느낌과 알아차림

일러두기

마르셀 프루스트의 『잃어버린 시간을 찾아서』는 판본별로 제책 형태가 매우 다양해, 특정 판본의 권번을 기준으로 내용을 설명하기에는 어려움이 있다. 따라서 이 책에서 작품을 언급할 때는 아래와 같이 각 편을 기준으로 한다. 괄호 안은 원작 초판 발행연도다.

1편 「스완네 집 쪽으로(Du côté de chez Swann)」(1913)
2편 「꽃피는 소녀들의 그늘에서(À l'ombre des jeunes filles en fleurs)」(1919)
3편 「게르망트 쪽(Le Côté de Guermantes)」(1920~1921)
4편 「소돔과 고모라(Sodome et Gomorrhe)」(1921~1922)
5편 「갇힌 여인(La Prisonnière)」(1922)
6편 「사라진 알베르틴(Albertine disparue)」(1925)
7편 「되찾은 시간(Le Temps retrouvé)」(1927)

* 프루스트가 생전에 붙인 6편의 제목은 '탈주자, 달아난 여자'를 뜻하는 라퓌지티프(La Fugitive)였는데, 그의 사후에 「사라진 알베르틴」으로 초판이 출간되었다. 1913년 노벨문학상 수상 작가인 인도 시인 라빈드라나트 타고르의 시선집이 1921년 프랑스어로 처음 번역 출간되면서 'La Fugitive'라는 제목을 먼저 썼기 때문에, 혼동을 피하기 위해서였다. 오늘날은 두 제목을 모두 사용하고 있다.

느낌과 알아차림

나의 프루스트 읽기 연습

이수은

민음사

차례

모든 글쓰기는 글쓴이의 내면에서 벌어지는 암투, 자아도취와 자기비하가 격돌하는 대결의 산물이다. 『시간』은 다른 비교 대상을 찾기 어려울 만큼 집요하게 이 내면투쟁을 기록했고, 그로써 문학적 성취를 이룩했다. 프루스트의 글쓰기는 자기만의 황홀과 심연을 끌고서, 인간이라는 신비를 파헤쳐 들어갔던 한 미친 탐험가의 찬란하고 외로운 궤적이다.

스몰토크

본론에 들어가기 전 나누는 한담(閑談). 일상의 화제로 가볍게 시작하기, 호감을 나타내는 소소한 질문하기, 개인적 경험을 곁들여 친밀감 쌓기. 대화의 기술에서 스몰토크는 결코 비중이 작지 않은 요소로 강조된다. 여기에 지지와 이해를 나타내는 맞장구(그렇구나, 맞아, 그랬겠네) 그리고 비언어적 호응(고개 끄덕끄덕)까지 곁들이면 나무랄 데 없다.

이성적 판단을 기대하는 토론이나 논쟁의 영역일수록 설득과 동의를 이끌어내는 관건은 대화자들 사이에 이루어지는 정서적 교감이다. 스몰토크는 사회적 상호작용에서 공감대를 형성하는 가장 손쉬운 윤활제다. 이런 주장을 듣고 생각한다. 스몰토크란 이를테면 오르가슴에 도달하기까지 행해지는 다채로운 전희 같은 것인가? 갑자기 스몰토크의 중요성이 확 와닿는다.

말은 '할 말'이 있을 때만 하는 편이다. 딱히 주제가 없는 대화에는 좀처럼 끼어들지 않는다. 반면 관심 가는 주제라면 그와 관련된 모든 걸 뿌리까지 뽑아버릴 기세로 파고든다. 그리고 일단 말을 시작하면 '핵심만 간단히'가 가장 어렵다. 써 놓고 보니 최악이다. 그럼에도 평소 나와 대화하는 사람들이 나를 이기적인 수다쟁이라고는 생각하지 않을 것 같다. 혹시 몰라서 몇몇에게 확인했는데 대체로, 오잉? 뜬금없이 무슨 소리? 하는 반응이었고, 한둘은 내가 말을 꽤 재미있게 한다고까지 증언했다.

그렇다. 나는 말이 많은 사람이 아니라 이야깃거리가 많은 사람이고, 깊이 있는 대화를 즐기며, 말로 웃기기도 제법 한다. 그렇지만 이런 말을 해준 다정한 지인들에게는 공통점이 있다. 그들도 나 못지않게 편향적인 인간들이고, 두서없는 수다에 취약하다는 것. 이로써 도출되는 결론. 초록은 동색. 유유상종.

일반적으로 지루하다고 여겨질 법한 화제—가령 '파이드라 비극'과 프루스트 소설 속 삼각관계의 대칭성이라든가, 19세기 파리 부동산 개발이 드레퓌스 사건에 끼친 영향—도 어떤 사람에게는 재밌어서 시간 가는 줄 모를 만큼 흥미진진할 수 있다. 물론 당신(과, 당신 비슷한 사람)은 열과 성을 다해 진심으로 하는 말인데 누군가에게는 통째로 잡담으로 들릴 가능성도 배제해선 안 된다.

어디까지가 잡담이고 어디부터가 본론인지는 불확정적이다. 일상의 수다가 아무리 건강과 행복을 증진시키고 삶의 질을 개선한다 해도(《타임스》 2023년 6월 1일) 스몰토크 잘하는 비법 같은 걸 배우기 어려운 이유다. 문제는 스몰토크가 아니라, 적당히 하고 넘어가는 요령이다. 그러니까 지금 나는 하나의 주제를 가지고 긴 사담을 늘어놓기에 앞서, 간단히 스몰토크를 시도 중이다. 그런데 눈치를 보아 하니 왠지 이것은 스몰토크가 아닌 것 같다.

마르셀 프루스트의 『잃어버린 시간을 찾아서』(이하 『시간』)를 완독했다는 사람은 의심스럽다. 그건 누구나 조금 읽다 마는 책이다. 한 번이라도 시도해 본 적 있는 사람들끼리 서로 눈길을 엇갈리며 나누는 은은한 동질감은 『시간』 읽기의 보편적 경험치를 가늠케 한다. 아무도 읽지 않는 걸작. 죽기 전에 결코 끝낼 수 없는 책. 실직했거나 요양이 필요한 병에 걸렸다면 한번 도전해 볼 만한 소설. 그리고 지루함에 몸서리치다 1편을 끝내기도 전에 일자리를 구하거나 퇴원하게 되더라는 전설. 이런 걸 완독했다는 건 당연한 의혹을 자아낸다. 할 일도 친구도 되게 없나 보다.

갈리마르 출판사의 1927년 초판본 기준 3031쪽, 126만 7069단어에 달하는 이 프랑스 소설을 둘러싼 음침한 소문만으로도 질색하는 사람들이 많다. 하지만 『시간』이 문학적 허세의 대명사로 자리매김한 이유는 유난한 길이 때문만은 아니다. 『시간』은 서양문학사에 보기 드문 대작 장편임에도 그 내용이란 것이 참으로 하잘것없는 일개인의 회고담, 더없이 사적이고 사념에 찬 소설이라는 사실로부터 『시간』의 가치가 과도하게 신화화되었다는 비판이 이어진다.

'서부의 셰익스피어'로 일컬어지는 미국 소설가 코맥 매카시는 오프라 윈프리와의 텔레비전 인터뷰에서 "예술가의 영감"이라는 수사(修辭)를 조소하면서 "『시간』은 문학이 아니라고 생각한다."고 단언했다. 하지만 다른 편에는 『시간』의 독창성, 독보적 문학성을 예찬한 이름난 독자들이 여럿 있다. 『시간』의 경이로움에 빠져들었던 버지니아 울프는 "프루스트는 내가 쓴 모든 문장들에 화를 내게 만든다."고 일기에 적었다. 그녀는 스스로에 대한 불만족으로 자살하게 될까 봐 『시간』 읽기를 그만두었다.

이처럼 무시무시한 증언들 때문에, 만일 어떤 독자가 자신은 정말로 『시간』을 끝까지 다 읽었노라 으쓱거린다면, 그 다음엔, 그가 무엇을 제대로 읽어낼 수 있었겠는가 하는 불신의 눈초리가 뒤따른다. 『시간』을 읽고 남긴 세계 각국의 독자 후기에서 유추되는바, 이 소설의 1편조차 끝내지 못한 사람들이 주로 "별 한 개도 아까운 시간 낭비"라는 악담을 늘어놓는다. 『시간』은 그들에게 분노를 유발하는데, 그것이 생소한 좌절감을 안기기 때문이다. 이까짓 게 뭐라고 내가 읽지를 못하겠는 것인가! 하지만 "별 다섯 개가 모자라는 걸작"이라고 극찬한 독자들의 감상문도 단순하기는 매한가지다. 이 소설을 끝까지 읽은 나 자신을 칭찬해, 뭘 읽었는지는 잘 모르겠지만, 하여간 끝내서 뿌듯하다.

『시간』이 '난해한' 소설이라는 만연한 평판으로부터, 내가 나 자신에게서 거두지 못하고 있는, 오독에 대한 끈질긴 불안이 생겨난다. 왜 내게는 이 글이 이렇게 읽히나? 제대로 읽은 게 맞나?

『시간』에 관한 거의 모든 책과 리뷰는 『시간』의 어떤 일부분을 이야기한다. 그리고 이렇게 부언(附言)한다. 무수한 단상들의 조합으로 이루어진 『시간』은 일종의 명상서나 잠언집처럼, 각자 자기 마음에 들어오는 부분들을 깊이 음미하는 것이 중요하고, 그것으로 충분하다고. 프랑스 최고의 비평가 중 한 사람인 롤랑 바르트마저 『시간』을 전체로 읽는 이는 아무도 없다고 『텍스트의 즐거움』에 썼다. 그리하여 『시간』은 빈번히 '소설'로 이해받지도 못한다. 그것은 심오한 심리 철학 예술의 아포리즘으로, 작가의 자전적 에세이 일기 일화의 편린으로, 발췌된 문장들로, 맥락 없이 떠돈다. 『시간』은 줄거리를 잃어버린 소설이 되었다.

널리 일반화된 이 『시간』 독해법은 몇 가지 무거운 질문을 남긴다. 어떤 책의 일부만 읽은 채로 작품성을 평가하고 판단하는 예외가 『시간』에 허용된다면, 그럴 수 있는 근거는 무엇인가. 만일 『시간』이 늘 파편적으로만 읽힌다면, 이 소설은 왜 그렇게 쓰여야 했는가. 각각의 부분들을 사색하는 것이 아무리 『시간』 읽기의 고유한 가치라 해도, **하나의 전체인 작품**으로 통독했을 때 『시간』이 어떤 소설인가를 파악하려는 노력이 무의미하다면, 이것은 소문대로 대실패작이거나 아예 소설이 아니다.

장소의 측면에서 보았을 때 『시간』은 꽤 뚜렷이 분절되는, 파악하기 쉬운 구조로 되어 있다. 가끔은 행위의 계기와 경과가 오로지 공간에 의해 결정되는 것같이 보일 정도다. 『시간』을 읽은 다수의 독자가 소설의 내용, 즉 최소한의 줄거리도 일관되게 진술하지 못하는 반면, 콩브레, 메제글리즈, 발베크 같은 가상의 지명을 선명히 기억하는 것도 이 특징과 무관하지 않다. 독자는 한 인물의 나이나 어떤 사건이 일어난 연도 하나조차 정확히 알아낼 수 없지만, 매 장면의 공간, 인물들이 담긴 풍경은 그 질감 양감 명암과 색채까지, 실체적으로 감각할 수 있다. '잃어버린 시간'을 되찾고자 기억의 심연을 더듬어가는 이 소설에서 가장 희박하게 감지되는 것이 아이러니하게도 시간이다.

그럼에도 『시간』은 결코 줄거리 없는 소설이 아니다. 오히려 이 이전의 어떤 소설에도 서술된 적 없는 종류의 기상천외한 일들이 일어난다고 해야 맞다. 세간에 어렴풋이 알려진 소설의 내용은 그중 극소량, 말라붙은 가는 뼈다귀에 불과하다. 아무리 독백체라 해도 설마 130만 단어짜리 책이 온통 화자의 '마음의 소리', 몽환적 웅얼거림뿐이라면 그런 작품이 20세기 최고의 고전으로 호명될 리 없지 않은가. '오전 8시부터 새벽 2시까지 18시간 동안 두 남자의 머릿속을 스쳐간 생각들'을 26만 5000단어(한국어 번역본으로 전 4권)에 걸쳐 기록한 제임스 조이스의 『율리시스』에 비하면, 프루스트는 얼마나 앙큼한 이야기꾼인가!

『시간』에는 논의되지 않는 커다란 공백이, 하계의 입구 같은 거대한 싱크홀이 한복판에 자리한다. 독자는 이 부분을 사실상 읽지 않는다. 신중히 피해 가거나 얼핏 엿보고는 어쩔 줄 몰라 하며 황급히 덮어버린다. 그렇지만 대체로는 정말로 **못 보고** 지나친다. 그렇게 되도록 장치되어 있기 때문이다. 그것은 어떤 심령술사들에게만 보이는 혼백처럼, 문장들 틈에 은신하고 있다. 그 위로 말의 향연이 펼쳐진다. 호사스럽고 진귀한 언어의 태피스트리 밑에서 귀신들은 안전하다.

『시간』에는 각기 다른 장소에서 열리는 네 번의 상류층 연회가 있다. 또 다른 곳에서는 부르주아 예술 애호가들의 살롱 모임이 있다. 이 또한 명시적으로는 네 번이다. 이에 더해, 화자 또는 화자의 가족이 지인들과 나누는, 상대적으로 짧은 대화 장면은 그 수를 헤아리는 것이 무의미할 정도다. 이들 담화 부분만 따로 모으면 전체의 절반이 훌쩍 넘는다.

독자는 거기 적힌 글자들을 빠뜨리지 않고 모두 읽어내는 데만도 강인한 인내심이 필요하다. 특히 루이 14세 때부터 32년간 베르사유에 기거했던 생시몽 공작(duc de SaintSimon, Louis de Rouvroy, 1675~1775)의 미련과 애증에 찬 궁정 야사(野史)인 『회고록(Mémoires)』을 다각도로 참조한 「게르망트 쪽」은 벨에포크 시대의 다사다난하고 지겨운 사교계 대담집이다. 이 걸작 소설을 끔찍스럽게 만드는 바로 그것이 스몰토크다.

십수 명의 사람이 누군가의 살롱에서, 별장에서, 기차 안에서, 대저택에 모여 긴긴 대화를 나눈다. **한담**이 시작되면 소설 속 **사건시**는 정지한다. 그와 동시에, 무한한 유동성으로 시대와 세월을 넘나드는, **다른 사건시들**이 활성화된다. 『시간』은 피카레스크,[1] 즉 근대소설의 가장 오래된, 최초의 형식을

1 프랑스어 피카레스크(picaresque)는 스페인어 피카레스코(picaresco)에서 유래했다. 16세기에 크게 유행한, 피카로(pícaro, 악당)들의 활약상을 그린 기사도 문학을 가리켰으며, 희곡에서 소설로의 양식 전이를 보여주었다.(세르반테스의 『돈키호테』가 대표적이다.) 현대에는 그 의미가 확대되어, 이야기 속 이야기들로 이루어진 액자소설을 뜻한다.

따른다. 일인칭시점 소설에 어떻게 등장인물이 2000명이나 될까? 그들 중 97퍼센트는 서사의 전면에 **등장**하지 않는다. 다만 타인들의 잡담 가운데 **거론**될 뿐.

독자는 인물들의 대화로부터, 특정인에 의해 시점화된 사건의 전모를, 객체화된 타자들의 실체를, 캐내야 한다. 그의 눈에 비친 무언가를 들여다보고, 그의 눈을 가지고 그가 바라보는 곳을 응시해야 한다. 그런 다음 고개를 들어, 조명이 비추지 않은 구석진 곳들을 살펴야 한다. 그러면 거기에 전혀 다른 이야기가, 이면의 비참이, 환희와 눈물로 얼룩진 진실이 줄곧 도사리고 있었음을, 뒤늦게 보게 된다.

작가는 왜 이렇게 은밀하고 복잡한 서사전략을 채택한 걸까. 이 소설이 무엇을 고백하기 위해서가 아니라 **들켜지기** 위해 쓰였기 때문이다. 아무런 비밀을 털어놓지 않았으나 모든 것이 진술되어 있는 소설을 쓰고자 했기 때문이다. 거짓말을 알아차리는 역할을 온전히 독자에게 넘겨주었기 때문이다. 『시간』은 지독하게 열렬히, 꼭 붙잡고 읽지 않으면 안 되는 책이다. 이것은 총력을 기울여 사랑해 주기를 요청하는 소설이다.

『시간』은 문학사에 유례없는 잡담소설이지만, 그렇다 해도 완간된 지 100여 년이 되어가는 소설에 대한 후일담들까지 줄기차게 스몰토크뿐인 것은 불온하다. 이야기의 중심으로 단도직입하지 않는, 점잖고 나태한 수다. 불균형하게 부풀려진 전기적 일화. 소문을 퍼뜨리는 속닥임. 방대하고 낯선 무언가를 어렵게 읽은 뒤에 남은 흐린 잔상을 더듬듯, 오인과 혼동과 편집된 기억과 몰이해로 점철된 말들의 부스러기. 그것은 바람 속 빗방울들처럼 이리저리 휩쓸려 다닌다. 누가 언제쯤 본론을 꺼낼 것인가?

이제 내가 『시간』을 읽은 3년 4개월 동안의 이야기를 시작하겠다.

— 여름의 끝, 새벽 2시 5분

유년의 침대

프루스트를 읽다 우울증에 걸린 것 같다는 말에 의사는 당연하다는 듯 고개를 끄덕였다. 프루스트 때문에 우울증을 앓는 환자/독자가 한 달에 한두 명은 꼭 내원하는 것처럼. 하긴, 정신의학적 관점에서도 프루스트가 흥미진진한 질병 견본집이긴 하지. 프루스트를 잘 아는 전문의라니, 의사의 깨끗한 흰 가운과 차분한 어조에 더해 신뢰감이 상승했다.

증세는? 멀쩡하다가도 책을 펼치기만 하면 가슴이 두근거리고, 어떤 때는 숨 쉬기도 힘들다. 그래서 책을 덮으면 심장이 발바닥까지 흘러내리는 기분이다. 요즘 정신과에서는 뇌-마음의 상태를 기계로 알아낼 수 있다. 축축한 그물망 모자를 머리에 쓰고 30~40분쯤 앉아 있는 걸로 '마인드스캐닝'이 끝났다. 수치상 우울증보다는 불안장애라고 했다. 우울감은 불안장애의 부수적 증세 중 하나고. 어쨌거나 둘 다 세로토닌재흡수억제제를 써서 치료한다.

다음은 면담 진료. 수면, 배변, 식사량, 주(!)당 섹스 횟수 등 생활습관 관련 문답이 오간 후. 가족관계(부모 형제 배우자 자녀)와 사회생활(직업, 동료, 친구, 기타 인간관계)에 대한 탐문이 이어졌다. 그리고 마침내, 설마 했던 대로, 어린 시절과 성장 과정은 어땠는가 하는 질문에 도달했다. 심리치료에서 흔하다는 '내면아이' 찾기가 시작된 것인가.

아니, 이건 제 유년기와는 상관이 없고요, 그냥 정말로 어떤 책을 읽다가 이렇게 됐다니까요. 책 내용이 원체…… 음…… 뭐랄까…… 하여간 미쳐버릴 만한 내용이라고요. 신경증적 초조감을 드러내는 환자를 대하는 매뉴얼이 있는가? 의사는 침착함을 견지하며 공감 어린 말투로 물었다.

"그래요. 그럼 책 얘기부터 할까요? 프로스트?"

네? 프로스트는 미국 시인인데요. 마르셀 프루스트라고, 프랑스 소설가입니다만.

"책 제목이…… 뭐라고 했죠?"

제기랄, 잃어버린 시간을 찾아서는 왜 이리 흐느적거리는 감상주의적 제목을 가졌는가. 제목을 말해야 할 때마다 민망함에 몸 둘 바를 모르겠다.

"잃어버린 시간을 찾아서요."

"아. (좀더 따뜻해진 어조로) 갱년기장애는 대부분 약물치료로 많이들 좋아지셔요."

유년기의 사건이 한 사람의 일생에 끼치는 영향은 어느

정도일까. 발달 및 양육 관련 책들은 성장기 아동에 대한 양육자의 올바른 태도와 역할의 중요성을 거듭 강조한다. 자녀의 부적응 문제는 외부적 폭력적 계기가 없는 한, 대개 부모가 주요 원인 제공자로 지목된다. 따라서 성인이 되어 겪는 심리장애 또한 어린 시절로 거슬러 올라가 문제의 발단을 찾는 것이 자연스럽다. 어릴 때 아빠가, 사춘기에 엄마가, 과거에 형제자매나 조부모가 했던 어떤 언행이 나의 내면에, 깊은 무의식에 남긴 상처를 깨달은 순간, 밀려오는 원망과 분노를 직시하는 것이 치유의 시작이라는 것이다.

전문가의 설명을 듣다 보면, 일곱 살의 내가, 열두 살의 내가, 미성숙한 채로, 40년이 지나도 여전히 위력을 발휘한다는 사실이 끔찍스럽다. 자식을 낳아 기르는 건 정말이지 일생일대의 무모한 짓이다. 그리고 자신이 어떤 부모가 될지도 모르면서 애를 낳았으니, 부모는 자식에 대해 평생 동안 유책당사자인가. 글쎄. 40년이 되도록 일곱 살 자아에서 벗어나지 못하고 있다면, 그것은 더이상 '일곱 살 나'의 문제가 아니지 않나. 분석은 언제나 어떤 의미가 있겠지만, 지난 전 생애를 아무리 잘게 쪼개 놓고 들여다본들, 그 파편들의 합으로 현재의 질문에 답할 수는 없다.

생애주기의 각기 다른 시기에 개별적으로 체험된 사건들을 개연성과 연속성을 갖춘 일련의 줄거리로 엮는 것, 즉 한 사람의 생애에 '서사'를 입히는 자전적 스토리텔링은 삶의 불가해성과 자아의 모순성을 받아들이기 쉽게 해준다. 하지만 그 또한 하나의 '지어낸 이야기'일 뿐, 대부분 사람은 마지막 눈감는 날까지 자기 생을 전체로 관조하지 못한다.

사람은 자기가 어떤 사람인지 잘 모르고, 원래 어떤 사람이었던 적도 없고, 이리저리 부딪히면서 살아가는 동안 이렇게 저렇게 형성되어 갈 뿐이라고 생각한다. 그중 조금 마음에 드는 모습이 있고, 너무 싫고 고치고 싶은 면도 있지만, 결국 잘 고치지는 못하고, 상처들과 추억들을 모두 다 한 개의 가슴에 담은 채 달그락거리며 살아가는 것이라고 말이다.

* ——

여기, 분리불안장애를 앓는 소년이 있다. 아이는 저녁 식사 후 2층 자기 방으로 올라가 혼자 잠드는 것이 두려워 매일 눈물바람을 한다. 잘 자라는 인사와 입맞춤으로 하룻밤 동안의 이별을 위한 의식을 치른 뒤에도, 소년은 엄마가 한 번만 더 키스해 주러 오기를 간절히 소망한다. 이웃에 사는 스완 씨가 저녁때 부모님을 찾아오자, 아래층 식당의 그 '심술궂은 불청객'이 어서 떠나주기를 고대하며 잠옷 바람으로 컴컴한 복도를 서성인다. 이때 소년은 처음으로 고뇌가 무엇인지를 배운다. 그것은 "내가 함께할 수 없는 쾌락의 장소에 사랑하는 사람이 가 있다."고 느낄 때 밀려오는 통증이다. 이 질투의 고통은 『시간』에서 '나'가 장차 경험하게 될 여러 사랑들에서 느끼는 공통 감각이다. **어떻게 그녀는 지금 여기 내 곁이 아닌 곳에서 즐거울 수 있단 말인가.**

다 큰 사내아이가 엄마를 떨어지지 못해 저녁내 징징거리고, 엄마가 자기에게 오도록 만들려고 꾀병을 앓는 꼴을 본 그 집의 요리사는 이런 자식을 둔 부모는 얼마나 불행할까 한심해한다. 그래도 '나'는 엄마를 되찾을 수만 있다면 다른 사람의 시선쯤은 아무렇지 않다. 이윽고 밤이 이슥해져 스완 씨가 물러가고, 창문을 닫으러 올라오는 어머니의 촛불 빛이 계단에 드리워지자 '나'는 눈물범벅이 된 얼굴로 달려가 엄마의 치마폭에 매달린다.

서러움에 복받쳐 우는 '나'를 내려다보는 어머니는 어떤 표정을 지었을까. 그것은 충격적이게도 "방금 전 해고하기로 작정한 하인에게 통보"하려는 주인의 침착함이다. 어머니의 노여움은 남자답지 못하고 유약한 아들에 대한 상심이다. 그 모습을 본 소년은 "나의 슬픔은 벌 받아야 할 죄가 아니라, 내 의지로는 어쩔 수 없는 병으로 공인되었다."고 느낀다. '나'는 어머니에게 "실망스러운 아들"이 되는 것으로 승자가 되었고, 유년기에서 단박에 어른의 자리로 올라섰으며, 마침내 "실컷

울어도 되는 사춘기"에 도달했다. 그리하여 그날 밤은 "새 시대가 시작된 슬픈 날"로 기록된다.

이 장면은 『시간』에서 구체적으로 묘사되는 첫 번째 사건이다. 그런데 선뜻 납득되지 않는 의문점이 있다. 소년은 일명 '엄마 껌딱지'인 예민한 아이다. 대부분 육아서는 분리불안이 사회성 발달 과정의 일부라고 설명한다. 독립적 자아가 형성되는 과정 중에 있는 것으로, 기질에 따라 정도의 차이가 있으므로 부모는 인내심을 가지고 기다려주어야 한다. 그리고 이러한 분리불안은 주로 학령기, 즉 처음 학교에 다니기 시작하는 초등 저학년 때 나타난다.

프루스트 연구의 세계적 권위자인 장이브 타디에(Jean-Yves Tadié) 소르본대 교수가 쓴 『마르셀 프루스트 전기(Marcel Proust: Biographi)』에 따르면, 이것은 마르셀의 일곱 살 때 일화다. 발달심리학 이론서가 설명하는 나이와 일치한다. 문제는 소설 속 '나'가 이때 중학교에 입학하기 직전(만 12세가량)으로 서술되었다는 점이다. 그래서 성인이 된 '나'는 이 사건을 아동기와 사춘기의 분기점으로 회상한다. 바로 이 부분이 이상하다.

나이에 걸맞지 않은 소년의 순진무구에는 부조리한 측면이 있다. 이차성징이 나타나기 시작한 아들들은 특히 잠자리에서 엄마의 눈을 피하려 애쓰기 마련이다. 아들의 침대 속 사생활은 엄마를 자기 방 밖으로 내치는 것부터 시작된다. 『전기』는 프루스트의 성적 자각이 열다섯 살 무렵 이루어졌다고 증언한다. 평균적인 사춘기의 한복판이다. 그러니까 작가는 일곱 살 때의 자전적 일화를 열두 살 '나'의 사건으로 바꿔 쓰면서 열다섯 살의 마음을 부여한 것이다. 결과적으로 소설에 묘사된 아들은 과도하게 조숙한 동시에 심각하게 미성숙하다.

이 양면성은 원래는 **죄**인데, 사춘기가 되자 **병**으로 받아들여졌고, 그래서 '나'는 슬프지만 자유로워진다.(어째서?) 그리고 "그날의 공인(公認)"이 어머니가 아들에 대해 품었던 "이상(理想)을 포기한 첫 번째 굴복"이었다는 문장은, 이러한 갈등이 한 번이 아니었고 그날이 마지막도 아니었음을 드러낸다. 마르셀은 어머니 잔 바일(Jeanne Weill,[2] 1849~1905), 마담 프루스트와 스물여섯 살 때도, 서른두 살까지도 같은 이유로 충돌했다. 여기에는 불안정 애착이나 분리불안이 아닌 다른 문제가 있다.

---

2 프랑스어 발음으로 '베유'인 그녀의 성은 독일계 유대인으로 파리에 정착해 도자기 공장을 차려 크게 성공한 바루흐 바일로 거슬러 올라간다. 잔 바일의 아버지 나테 바일은 부유한 주식 중개인이었다.

* ——

세로토닌재흡수억제제는 확실히 효험이 있었다. 열흘쯤 지나자 심장이 빨리 뛰는 느낌도, 수초에 휘감긴 듯 무력한 기분도 줄어들었다. 3주째에는 아침에 눈이 반짝 떠졌고, 가끔 발랄한 기분이 되기도 했다. 마음 저 아래에 여전히 녹조로 뒤덮인 불쾌한 습지가 있는데, 거기 빠져들지 못하도록 얇은 뚜껑으로 살짝 덮어놓은 것 같았다. 증세는 없어졌지만 그럼에도 여전히 증세가 있었다. 우울증 약은 기대에 못 미쳤다.

의사는 진료 때마다 내 '기억'에 대해 질문하기를 포기하지 않았다. 나는 꿋꿋이 '이상한 책 탓'을 했다. 그러면 약간 들어주는 척하다가 은근슬쩍, 학창 시절은 어땠는지, 유년기에 상처 입은 경험이 있는지, 대인관계에 어려움은 없는지 같은 질문으로 넘어갔다. 당연히 나의 학창 시절은 암울했고, 어릴 적 트라우마는 얼마나 심각했던지 망각이라는 방식으로 회피 중이며, 자타공인 사회성 결여자다. 그렇지만 '내 안의 억눌린 나'들과 이 낯선 병 간에 어떤 연결고리가 있고 그게 뭔지 알아낸들, 치료에 이르지 못하리라는 걸 나는 알 수 있었다.

나에게 심리장애를 일으킬 문제 요소가 잠재되어 있을 수 있고, 내가 둔감해서 그걸 알아차리지 못했거나 알면서도 고집스럽게 외면해 왔을 수 있다. 그러나 지금 이 구체적 불안은 『시간』과 깊이 연결되어 있는데, 그걸 형용할 '단어'를 모를 뿐이다. 나는 치유로서의 자서전을 쓰려는 게 아니다. 내가 하고 싶은 이야기는 『시간』에 관한 것이다. 할 말이 아주아주아주 많아서 명치나 목구멍 어디쯤에서 정체가 일어났다. 너무 많은 말이 한꺼번에 몰려들어 하나씩 순서대로 끄집어낼 수가 없다. 말하고 싶은데 말할 수 없을 것 같아서, 그래서 말문이 막혔다.

* ——

구슬픈 간청에 못 이겨 침대 곁에 앉은 어머니는 가련한 소년에게 책을 읽어준다. 조르주 상드(George Sand, 1804~1876)의 『프랑수아 르샹피(François le Champi)』, 우리말로 하면 '업둥이 프랑수아'다. 미혼모가 낳은 뒤 버린 아기 프랑수아를 방앗간 주인의 아내 마들렌 블랑셰가 입양해 헌신적으로 키웠더니, 소년이 자라 양어머니를 사랑하게 되고, 둘이 결혼까지 한다는 결말이다.

유년의 침대는 모성과 독점적 애착이 형성되는 장소로, 아버지에게 밖으로 나가달라고 공개적으로 요구할 수 있는 특수한 배타성을 지닌다. 그런 곳에서 어머니가 읽어주는 책을 보라. 어머니와 아들이 부부가 된다! 남근기의 근친상간적 리비도. 아버지를 제거하고 어머니를 차지하려는 아들의 무의식적 욕망 표출. 그래서 이 책은 『시간』 속 소년의 분리불안을 오이디푸스 콤플렉스로 해석할 때 자주 언급된다.

프랑스어 '샹피'는 밭, 들판을 뜻하는 샹(champ)의 파생어인데, (대개는 사생아로 태어나) 버려진 아이를 가리키는 은어였다. 하지만 이 어휘의 쓰임을 알 리 없는 아이에게 '전원의 프랑수아'는 신비하고 몽환적인 인상을 풍기는 "뜻 모를 제목"이었다. 어머니는 마들렌과 프랑수아의 사랑 부분은 건너뛰고 읽어주기 때문에, '나'에게 그 책은 세상에 홀로 버려진 아이를 믿음과 사랑으로 지지해 주는 어머니와, 씩씩하고 지혜롭게 자라나는 착한 아들에 관한 동화로 추억된다.

『프랑수아 르샹피』는 근친상간이어서가 아니라, 유부녀인 여성과 자식뻘 남성의 연애를 소재로 했다는 점에서 자극적이지만, 실제 내용은 지루할 정도로 교훈적이다. 소설은 19세기 프랑스 최고의 스캔들메이커였던 조르주 상드의 자전적 체험을 반영한다. 상드의 연애 상대들은 적게는 여섯 살 많게는 열네 살까지 어렸고, 그중 둘은 아들의 친구였다. 하지만 상드와 연하남들의 관계는 지배적 팜파탈을 모성애로 낭만화한 측면은 있을지언정 근친상간적 욕망이라고 보기 어렵다.

만일 『프랑수아 르샹피』가 딸뻘 여성이 아버지 또래의 남성을 사랑한 이야기였다면 아무도 전혀 놀라지 않을 텐데,

왜 그런가를 생각해 보면, 현실에서나 문학에서나 그런 설정이 흔하디흔한 남성 판타지기 때문이다. 도발적으로 여겨지는 것은 소설 속 남녀의 나이와 지위가 역전된 데 대해 느끼는 불편함이다. 그러나 가족이라는 형식 안에 들어 있다고는 해도, 엄연히 혈연이 아닌 남녀에게 '근친' 딱지를 붙이는 관습 추종이 실은 더 외설스럽다.

이 장면을 두고 어머니인 여성을 대상으로 하는 남자아이의 은밀한 욕망으로 파악하는 정신분석학은 모든 생물학적 남성에게 제일의 동인(動因)이 성충동이라는, 대단히 남근중심적 시각을 드러낸다. 한 발 더 나아가, 프루스트에게 두 살 터울의 남동생이 있었음에도, 자전적 소설의 화자가 외동이라는 점을 지적하면서, 독점욕과 질투심이 남달랐던 프루스트가 아버지에 이어, 엄마를 두고 경쟁해야 하는 동생까지 상상 속에서 제거해 버렸다는 주장은, 제법 체계적인 개소리로 들린다. 어린 시절 마르셀은 두 살 아래 남동생 로베르[3]를 무척 예뻐했고, 커서는 서로 기댈 수 있는 유일한 혈육이었다.

---

3 비뇨기과 전문의였던 로베르 프루스트(Robert Emile Sigismond Léon Proust, 1873~1935)는 병약한 형과 달리 몸과 마음 모두 남달리 튼튼했다. 그는 평생 잔병치레를 한 적이 없고, 1차 세계대전 때는 군의관으로 복무하면서 이동식 수술대를 고안해 포탄이 터지는 속에서도 수술을 계속할 만큼 용감했다. 의사로서는 전립선 절제술의 개발자로 유명하며, 프루스트가 끝마치지 못한 『시간』의 6~7편을 사후에 정리한 것도 로베르였다.

무엇보다 『시간』에서 '로베르'는 '나'의 가장 친한 친구 생루의 이름으로 버젓이 살아 있다.

소년의 불안이 통제 불가능한 성적 요인과 관련 있는 것은 사실이다. 그는 자신의 욕망이 손가락질당하는 데 대해 두려움을 느낀다. 그러나 그의 사랑이 반사회적인 것은, 어머니를 차지하기 위해 아버지와 경쟁하기 때문이 아니라, 전적으로 인정받고 싶은 바로 그 사람인 어머니에게조차 차마 고백할 수 없는 없는 욕망이기 때문이다. **침묵을 강요당하는 사랑**의 비애. 프루스트는 이것을 병으로 선언함으로써 죄에서 벗어나려 했다. 프루스트에게 병은 "악덕을 끊어내지 못하는 의지박약에 대한 자기비난"을 뜻했다. 이때 악덕에는 여러 가지가 포함되는데, 게으름, 약물남용, 무질서한 생활습관, 낭비, 무위도식 그리고 동성애가 있다.

양어머니를 사랑한 프랑수아와 동성을 사랑한 마르셀. 그들은 일탈적 존재고 어머니의 염려스러운 자식이다. 그럼에도 부모는 어쩔 수가 없기에, 사춘기에 이른 자식을 어른으로 대우하고(남다른 성적지향을 묵인하고), 모든 걸 눈치챘으면서도 질문하지는 않는다. 그러나 자신의 병을 가슴 아파하는 어머니가 세상에 엄연히 존재하므로, 소년은 자아검열을 피할 도리가 없다.

사춘기 이후로 줄곧 거짓말에 능숙해져야 했던 소년은 삼십대 중반에 접어든 「소돔과 고모라」 1부에서 이렇게 말한다. "동성애자인 아들은 어머니에게 평생토록, 어머니가 죽는 그 순간까지, 거짓말하는 아들이기 때문에, 어머니 없는 아들이나 마찬가지"라고. 하지만 마담 프루스트는 아들이 쓴 이 문장을 읽지 못했다. 어머니가 죽고 4년 뒤인 1909년 7월에야 비로소 프루스트는 『시간』의 첫 편을 쓰기 시작했다.

「스완네 집 쪽으로」의 어린 시절 침대 일화는 죄책감과 욕망의 내면투쟁이 시작된 순간의 변형된 기억이다. 어머니에 대한 유난한 애착은 폭로되는 데 대한 두려움과, 그로 인한 억압에서 해방되고 싶은 갈망 사이에서 분열하는 자아가 마지막 피난처를 찾는, 조건 없이 사랑받고 싶은 마음이다. 이 복잡한 심리상태를 못 본 척하는 것으로부터 『시간』의 많은 부분이 난해해진다.

* ——

나의 불안은 '남들에게 보이고 싶은 내 모습(자기제시 동기)'과 '그렇게 보일 수 있다는 스스로에 대한 믿음(자기제시 기대)'의 간극에서 비롯됐다. 『시간』을 제대로 읽어내고 싶은 욕심, 하지만 해독할 수 없는 문장들과 끊임없이 맞닥뜨리는 피로. 잘못 읽으면 안 된다는 압박과, 그로 인해 무한정 늘어나는 참고문헌들. 특히, 경험한 적 없는 세계에 들어섰을 때 느낀 위축감은 어설픈 이해로는 떨쳐지지 않았다. 선택한 적도 만끽한 적도 없지만 아무튼 이성애자로 살아온 내가 이 소설을 온전히 이해하기란 원천적으로 불가능한 것 아닌가 하는 의구심이 있었다. 『시간』에 대한 책을 쓰겠다는 목표가 거창해질수록 그보다 더 빠른 속도로 두려움이 자라났다.

병원에 다니기 시작한 초기에는, 잘하지 못하느니 안 하는 게 낫다는, 완벽주의자의 패배감에 짓눌려 있었던 것 같다. 그렇지만 약이 신체반응을 제어할 순 있어도 '도망치는 중'이라는 자각만은 없어지지 않았다. 약은 무력한 와중에도 한 번 더 시도해 볼 만큼의 정신적 신체적 힘을 되찾는 데 도움을 준다. 하지만 내 짧은 경험에 비추어보면, 대부분 마음의 병, 여러 종류의 중독이 약으로 완전히 나을 것 같지는 않다.

살다 보면 마음을 너무 애지중지하지 않는 게 나을 때가 있다. 마음은 예민하게 주시할수록 점점 민감해진다. 그리고 민감한 마음은 언제나 더 많이 상처 입는다. 삶의 여러 고통은 이유를 알아도 해결할 수 없고, 예상하거나 의도하지 않은 방식으로 심각한 갈등이 불현듯 해소되기도 한다. 개인적인 많은 어려움이 공동체 구성원 다수의 협력을 통해서만 실질적으로 제거될 수 있다. 경쟁 스트레스, 빈곤과 고독사, 범죄,

전쟁, 환경이나 소수자 문제 같은 것들. 그렇지만 오직 자기 자신만이 치유할 수 있는 각자의 병도 있다.

서른여덟의 프루스트가 『시간』을 끝내기로 결심했을 때, 그는 더이상 내려갈 바닥이 없는, "지옥으로의 하강을 완수"한 상태였다. 아버지가 죽었고 어머니가 죽었다. 자신을 버리고 달아났던 못된 연인이 사고로 허무하게 죽어버렸다. 지병이었던 천식이 급격히 악화되어 30시간, 50시간씩 기침이 멎지 않았다. 직업도 없고 이룩한 성취도 없었다. 호흡곤란은 늘 그랬듯 죽음을 환기시켰고, 그다음엔 생에 대한 각성을 불러왔다. 시간이 별로 없었다. 연연할 것도 그리울 것도 없어졌으므로, 이제 그는 무슨 말이든 해도 좋았다.

— 파란 밤, 보름달, 9시

나, 마르셀, 프루스트

'소설의 시점' 개념은 중학교 과정에서 배운다. 그 나이는 되어야 내가 보는 세상과 남이 보는 세상이 다를 수 있음을 납득하고, 타인의 눈으로 나를 돌아볼 수 있기 때문이다. 아이들은 소설의 서술자가 어떤 시점—일인칭 관찰자, 일인칭 주인공, 삼인칭 관찰자, 전지적 작가—을 채택하고 있는지 구분하는 연습을 한다. 그러나 하나의 소설이 일관된 하나의 시점으로 쓰인 경우는 극히 드물다(20세기에 잠깐 유행했던 의식의 흐름 기법이나 극사실주의 소설이 극단적 일인칭 또는 극단적 삼인칭 시점을 실험했더랬다).

일인칭 서술자 '나'가 다른 인물과 사건에 대해 전반적으로는 관찰자, 즉 이야기의 전달자로 머물더라도, 때에 따라 등장인물로서 어떤 역할을 할 수 있다. 「사랑손님과 어머니」의 여섯 살 소녀(옥희)는 일인칭 관찰자지만, 이 꼬마의 행위, 가령 유치원에서 훔쳐 온 꽃을 어머니에게 주면서 손님이 주었다고 거짓말하는 것은 과부인 어머니에게 격렬한 감정적 동요를 일으킨다. 대다수 아이들은 어머니나 손님보다는 또래에 가까운 '나'에게 감정이입하기가 더 쉽기 때문에 이 소설을 새아버지가 생길 뻔한 옥희네 이야기로 여긴다.

난데없이 풍금을 쳐대다가 와락 '나'를 끌어안고 흐느끼는 어머니의 발작적 행동은 관찰자인 옥희만큼이나 어린 독자를 어리둥절하게 만든다. 억제해야 하는 정념과 그로 인한 번민은 십대 초반 청소년에게는 생소한 감정이다. 독자가 자신의 시점을 소설 속 인물의 시점과 합치시키려면, 인물이 겪는 갈등에 대해 최소한의 유사성 있는 경험이 필요하다. 그래서 종종 사람들은 극중 비범한 히어로보다 현실에 가까운 서브캐릭터에게 친근감을 느끼고, 조연을 주인공으로 삼아 기존 서사를 재구성하는 놀이를 즐긴다.

삼인칭 서술자가 관찰자인지 전지적인지를 구분하는 것은 원칙적으로는 어렵지 않다. 둘 다 소설 속 등장인물이 아니고, 소설 밖에 존재하는 것으로 '약속된' 가상의 목소리라는 공통점이 있다. 만일 외부의 서술자가 단지 관찰자라면 그/그녀의 과거 미래 기억 의식 감정 등은 서술자 자신에게도 미지여야 한다. 이는 서사의 전개를 상당히 제한한다. 그래서 삼인칭 서술자는 인물과 사건에 대해 서술자 자신의 일반적이고 개연적인 추론 예측 기대 등을 다양한 장치, 일명 복선(伏線)을 통해 제시함으로써 관찰자 시점의 단점을 극복한다.

반면, 화자가 전지적이면 삼인칭 관찰자가 할 수 있는 모든 서술은 물론이고, 서로 다른 시공간에 있는 인물들의 과거 미래 기억 의식 감정까지 자유롭게 서술할 수 있다. 전지적 서술자는 말 그대로 신과 같이 전지적이어서 시공간의 제약을 받지 않는다.

『시간』의 첫 장면, 초저녁잠이 들었다 한밤중에 문득 깨어나 이야기를 시작하는 '나'는 장차 펼쳐질 장구한 드라마의 모든 세부를 아는, 서사의 창조자다. 중년, 아마도 사십대 후반일 '나'는 자기 앞날을 모르는 어린아이가 아니고, '나'에게 소설 속 미래는 기지(既知)의 사실이다. 『시간』의 서술자는 명백히 일인칭 화자다. 각 장면은 과거에 있었던 어떤 사건의 조각들인데, 그것이 '나'의 서술을 통해 잠시 현재의 순간으로 복원되었다가, '나'의 시선이 옮겨지면 다시 기억 저편으로 점멸해 가는 구조다. 회상 속에서 재조립된 '과거의 나'는 상황에 따라 단순한 구경꾼, 적극적 관찰자, 그리고 몇몇 사건들에선 주인공이다.

서술자인 '나'는 이야기 밖에 있지만(지난 일을 말하는 현재의 나), 이야기 속에서는 등장인물 '마르셀'(현재를 사는 과거의 나)이다. 그런데 시간은 이야기의 안팎에서 똑같이 흐르기 때문에, 서사가 진행될수록 서술자는 이야기하는 자와 이야기되어지는 자의 두 얼굴을 동시에 갖는다. 이 세 번째 '나-

마르셀'은 서사의 경계면에 그물을 치고 있는, 액자 틀 위의 거미처럼 독특한 양태로 존재한다. 그리고 한 인간의 것이라기에는 믿을 수 없이 광대한 경험과 기억을 갖는다.

소설 속 인물로서 '마르셀'은 스완과 오데트의 딸 질베르트와 동갑이다. 과거에 스완은 아돌프 작은외할아버지('마르셀'의 외할아버지 아메데의 동생)의 친구였다. 평생 독신이었던 아돌프는 한때 오데트와 사귄 적이 있다. 그래서 '마르셀'은 스완과 오데트의 연애사를 아돌프 할아버지를 통해 알게 되었다. 한데, 스완의 서사는 소년 '마르셀'이 어른들에게 전해 들은 것치고는 너무 문란하고, 중년의 서술자 '나'가 상상으로 재구성한 타인의 이야기로 보기엔 너무 직접적이다.

결혼 전 오데트가 혼자 살고 있는 아파트에 스완이 방문하는 장면을 묘사할 때, 서술자는 그녀의 이국풍 거실과 실내의 정물들을 눈앞에서 보듯이 말하고, 그녀가 입은 연보랏빛 크레이프 가운의 풍성한 주름과 펄럭이는 날갯짓을 손안에 움켜쥔 듯하다. 서술자는 오데트의 집 복도에 걸린 일본식 초롱처럼, 입구에 놓인 국화꽃 담긴 상자처럼, 거실의 중국산 병풍처럼 가만히, 눈에 보이지는 않는 사물-관찰자로, 두 사람 곁에서 모든 것을 지켜본다. 남녀의 밀회를 심장이 조여드는 생생함으로 진술하는 이 삼인칭 서술자는 누구인가. 이런 것이 가능한 인물은 다른 누가 아닌 스완 자신이어야 한다.

만일 1편 2부 「스완의 사랑」이 예외적인, 전지적 작가 시점의 삽입소설이라면, 그 내용을 등장인물 '마르셀'이 아는 것은 서사의 일반 규칙에 위배된다. 그런데 어쩐 일인지 훗날 성인이 된 '나'는 이 사랑의 전모를 훤히 알고 있다. 마치 「스완의 사랑」 부분을 앞서 읽은 우리들 독자처럼, 아니면 그것을 쓴 작가 자신인 것처럼.

'나'가 누군가를 삼인칭으로 묘사하는 여러 장면이 동일한 문제를 안고 있다. 샤를뤼스 남작과 그의 동성 연인 중 한 명이 (과거의 어느 때에) 대로를 어슬렁거리다 길 건너편에 있는 다른 성도착자를 알아보고 저속한 농담을 은밀히 주고받을 때, '나'는 그들 곁을 걷는 세 번째 산책자다. 하지만 샤를뤼스는 '마르셀'의 나이 많은 삼촌뻘이고, 둘은 그렇게 거리낌없이 사적 비밀을 공유하는 사이가 아니다. 이 불가능성에 대해 '나'는 어떤 해명도 하지 않는다.

무심결에 지나쳤다가 되돌아와 곱씹을수록, 이런 부분의 기이함은 두드러진다. '나'는 자신이 많은 사람들의 사생활을 훔쳐보고 엿듣고 우연히 알게 되었다고 말한다. 하지만 일단 장면 재연을 시작하면, 현장검증에 와서 자신은 단지 사건의 목격자일 뿐이라고 주장하는 범인의 진술처럼 모순된다. '나'는 자백하지 않지만 당사자가 아니면 알 수 없는 디테일을 말하고, 타인의 심정을 자신의 것인 양 절절히 토로한다.

독자는 『시간』의 고백적 문체 때문에, 이 서술자 또한 소설 내의 한 인물로서 다른 모든 인물들과 동일한 물리법칙의 지배를 받아야 한다는 사실을 잊어버린다. 프루스트적 서술자는 정서적 환기와 사유의 안내자로서 독자에게 강력한 영향력을 발휘하지만, 사건의 경과를 인식하는 독자의 집중력을 방해한다는 점에서는 비효율적인 서사 전달자다. 그리하여 시점에 관한 의문들은 하나의 물음으로 수렴한다. **'나'는 누구인가?**

『시간』의 시점은 체계적으로 엉켜 있다. 외부 서술자 '나', 등장인물 '마르셀', 메타서술자 '거미(또는 작가 자신)'는 상호 독립적이지 않고, 명시적으로 표면화되지도 않는다. 이들은 서술이 진행되는 동안 한 존재에서 다른 존재로 슬그머니 전환되었다 슬그머니 되돌아오기 때문에, 독자는 시점이 지속적으로 진동하고 있다는 사실을 눈치채지 못한다.

나는 프루스트가 의도적으로 혼란스러운 서술자 전략을 채택했다고 본다. 그의 목적은 애초에 '나'가 누군지 불분명하게 만드는 것이었다. 프루스트가 앙드레 지드에게 보낸 편지에 쓴 문장—"'나'라고 쓰지 않는 한, 나는 무슨 말이든 할 수 있습니다."—을 떠올려 보라. '나'의 작위적 독백체는 소설 속 타자들, 즉 관찰 대상들과 거리를 만들어내는 수단이다. 이로써 서술자는 '여기에 쓰인 것이 모두 다 내 이야기는 아니'라고 주장할 수 있는 알리바이를 만든다. 그렇지만 자주 '나'와 '그/그녀'들 간 거리가 좁혀지고, 시공간의 한계를 파괴할 만큼 밀착해서, 타인들이 곧 나 자신처럼 묘사되는 것이다. 이것은 완전범죄의 실패인가, 아니면 이 또한 의도된 비밀 누설인가.

이 질문에는 확답하기 어렵다. 그렇지만 초기 단편들과, 『시간』의 기본 구상이 전반적으로 담긴 미완성 장편소설 『장 상퇴유(Jean Santeuil)』 같은 작품에서 프루스트가 삼인칭 서술자를 유려하게 구사한 것에 비추어볼 때, 『시간』의 시점의 모호성은 미숙함이 아닐 것이다. 그럼에도 삼인칭 시점으로 썼던 작품들의 여러 부분이 주요 모티프로, 구체적 장면으로, 종종 문장 그대로 『시간』에 고스란히 되살아나 있는 것을 보면, 그가 쓰려던 이야기는 언제나 하나였다고, 하지만 그것을 삼인칭 시점으로는 결코 완성하지 못했으리라고 짐작할 수 있다.

프루스트가 『시간』의 서술자로 일인칭을 선택했을 때, 그는 이 소설이 자전적으로 보일 위험을 감수하기로 결단한 것이다. 그리고 유례없이 독창적인, 교묘하게 모호한, 조리에 맞지 않는 **전지적 일인칭** 시점으로 "진실은 언제나 회색"인 중간지대를 만들어냈다.

*—

시점을 바꾸는 일은 인생을 바꿀 수 있다. 부르주아의 살롱 모임에서 화류계 여인 오데트를 처음 만났을 때, 스완은 그녀가 못생겼다고 생각했다. 풍만하고 서민적인 육체를 즐기는 스완의 눈에 초췌한 안색과 마른 몸매의 오데트는 볼품없었다. 그녀는 유식한 척하는 촌뜨기, 그의 수준에 맞지 않는 천박한 여자였다. 그런 여자와 스완은 어쩌다가 결혼까지 하게 되었나.

보티첼리(Sandro Botticelli, 1445?~1510)가 바티칸의 시스티나 예배당에 그린 벽화 속 여인 십보라(Zipporah)와 오데트의 옆얼굴이 닮았음을 알아챈 순간, 그녀에 대한 스완의 시점이 바뀐다. 귀족보다 더 귀족적인 취향, 왕족에 버금가는 부와 인맥, 예술품 감정가로서 탁월한 식견을 가진 스완은 여러모로 유럽 역사상 가장 부유했던 유대 가문 로스차일드를 연상케 한다. 갖고 싶은 것이 더이상 없어 사치조차 지루해진 그는 권태에 시달리고 있다. 한데 시시해 보였던 여자에게서 걸작 예술의 특징을 발견하자 갑작스레 큰 흥미를 느낀다. 무심히 굴리던 유리구슬에서 다이아몬드를 알아보는 것. 스완에게는 최상의 최음제다.

다르게 보기, 다른 사람의 눈으로 보는 연습은 삶을 풍요롭게 만들고 세계 평화를 수호한다. 언쟁에서 송사, 정쟁과 전쟁에 이르기까지, 이 세상 모든 싸움이 관점의 차이에서 비롯하지 않는가. 성경을 해석하는 유일하게 옳은 관점을 가톨릭이 제시하던 시대에는 종교재판이 당연했으나, 프로테스탄트는 동일한 경전을 전혀 다르게 해석함으로써 종교개혁을 일으켰다. 공정의 실현이 불평등의 조건을 제거하는 것이라는 관점과, 기회의 평등을 보장하는 것이라는 관점은 오늘날까지도 첨예하게 대립하는 사회주의와 자유주의 이데올로기의 토대다. 누구의 시점으로 바라보느냐에 따라 하나의 사건이 백 가지 이야기로 서술될 수 있다.

관점이 다른 사람들이 서로를 이해하기가 그토록 어렵기 때문에, 도덕은 인간에게 역지사지를 가르쳐 건강한 사회구성원을 길러내고자 한다. 그러나 자기확신에 찬 파렴치한에게는 도덕 역시 하나의 주장에 불과해서, 자신의 악행을 증오에 대한 더 큰 증오로, 어둠에 대한 더 깊은 어둠으로 옹호한다. 이 피장파장의 오류에 맞서 악인을 응징하는 교훈서사에 많은 사람이 쾌감을 느끼지만, 이는 전형적인 양날의 칼이다. 무목적적인 순수한 '악 자체'를 상정하는 순간, 인간은 각자의 서사를 타인들에게 설득할 근거를 근본적으로 상실하게 된다. 완전무결하게 선량하고 내심(內心)에서부터 흠결 없이 무고한 인간이 없기 때문이다.

우리 내면에 어둠과 빛, 죄와 양심, 이기심과 이타심이 공존하기에, 고래로부터 문학이 유효한 가치를 지녀온 것이다. 아마도 인간이 자발적으로, 즐거이, 타인의 관점으로 세계와 자기 자신을 바라보는 시간은 소설 드라마 영화 같은 '허구의 서사'에 몰입해 있을 때가 유일하지 않나 생각된다.

문학적 상상력은 타인에게 공감하고 감정이입하는 능력을 자극한다. 그리고 보통의 인간은 자신이 사건의 이해당사자가 아니고, 실질적 구체적 유익도 손실도 없는 가정적 조건에서만 공정한 관찰자가 될 수 있다. 훌륭한 문학작품의 특징 중 하나는 손쉽게 정답을 고를 수 없는 딜레마를 여러 각도로 제시하는 것이다. 시선이 다양할수록, 그래서 이야기가 더 복잡할수록, 문학은 다른 어떤 사상 종교 철학보다도 수월하게 규범적 윤리를 능가한다.

인간의 산물 가운데 서로 다른 수만 가지 관점을 한 그릇에 모두 담을 수 있는 수단이 예술뿐이라는 사실, 아름다움의 발견이 시점 바꾸기를 통해서만 이루어진다는 사실, 예술의 가치가 바로 이것이라는 사실을 프루스트는 완벽한 한 문장으로 요약한다. "진정한 발견의 유일한 여정, 영원한 청춘의 샘에 닿는 유일한 길은 새로운 풍경을 찾아가는 것이 아니라, 다른 눈을 갖는 것, 다른 누군가의 눈으로, 백 사람의 눈으로 우주를 보고, 그들이 저마다 보는 백 가지 우주를 보고, 그들 자신인 백 명의 우주를 보는 것인데, 한 사람의 엘스티르, 한 사람의 뱅퇴유, 이와 비슷한 부류의 예술가들과 함께할 때 이것이 가능해지고, 이때 우리는 정말로 이 별에서 저 별로 날아다닌다."(「갇힌 여인」 2부)

— 태풍이 몰려오는 오전 6시

상투적 독자(상)

내가 『시간』을 읽고 있다는 소문이 나자 지인들이 이런 저런 제보를 했다. 어떤 영화에서 주인공이 『시간』에 대해 얘기하던데 그 영화 봤냐? 어디에서 프루스트 전시회가 있던데 가볼래? 『시간』에 언급된 미술 강의, 음악 감상회, 정원 가꾸기 모임, 그리고 놀랍게도 『시간』 속 장면들을 직접 따라해 보는 체험회도 있다고 한다.

약간의 관찰 결과, 『시간』을 소비하는 방식은 크게 세 갈래로 나뉘었다. 첫째는, 프루스트라는 **이미지**—감각과 감수성을 뜻하는 기호로서의 프루스트—를 소비한다. 인스타그램에 해시태그된 **#프루스트**는 빈티지 색감 필터를 입힌 향수 디저트 카페 호텔 들의 사진들을 보여준다. 이들 이미지는 '홍차와 마들렌'으로 대변되는 프루스트 효과—잊고 있던 기억을 일깨우는 감각—의 성능을 실험 중이다.

이미지 소비는 광범위하게 일어나며, 속물적 센티멘털리즘으로 사람들을 현혹한다. '프루스트'는 하나의 관용어구로, 지루하게 세련된 광고 카피로, 거듭 자기복제된다. 이미지 소비자들에게 '잃어버린 시간'은 전설의 엘도라도, 해저에 가라앉은 보물선이다. 하지만 그들은 독자가 아니므로 『시간』은 영영 닿을 수 없는 황금광의 신기루로 남는다.

둘째는, 『시간』과 프루스트의 삶을 동일시하는 상투적 독자다. 이는 1913년 11월 14일 『시간』의 첫 편이 출간된 때부터 이 소설을 소비하는 가장 대중적인 경향으로 꾸준하고 끈질기게 있어왔다. 작가의 초기작, 성장소설, 회고적 일인칭 서술자는 자전소설의 전형적 요소다.

『시간』은 초기작이 아니지만 프루스트의 이름을 드높인 첫 번째 작품이며, 서양문학에서 가장 유명한 '정체성 찾기' 소설이다. 그리고 프루스트의 일인칭 서술자는 매우 고도화된 복잡계의 성격을 띠기 때문에 그가 감추고자 한 자전적 성분은 정교히 은폐되었다. 간헐적으로, 예리한 몇몇 분석가들이 숨겨진 코드/암호를 풀었지만, 정중하고 엄격했던 그들은 '서사는 작가 자신과는 별개인, 독립 텍스트'라는 입장을 견지했다.

오늘날 독자가 누리는 해석의 자유는 1960년대에 구조주의 문학이론이 주도한 서술자와 작가의 분리에 크게 빚지고 있다. 구조주의는 허구의 서사인 문학 텍스트를 언어적 내재적 요소만 가지고 분석하는 비평이론을 체계화했는데, 이 이론화 작업에 가장 적극적으로 활용되고 예시된 작품이 다름 아닌 『시간』이다.[4] 이로써 작가와 화자를 동일시하는 것은, 악역을 연기하는 배우를 욕하고 연인들을 갈라놓는 작가를 저주하는, 원시적 의식 수준을 드러내는 몽매한 행위가 되었다. 진지한 프루스트 연구자들은 『시간』의 서술자를 '마르셀'로 칭하는 것에 경멸에 가까운 비판을 가한다. 원하는 대로 읽을 멋진 자유를 가졌으면서 언제까지 그리 비루하게 작가를 물고 늘어질 것인가.

그러거나 말거나, 많은 독자 비평가 연구자 들이 프루스트의 삶과 소설의 유사성, 화자와 작가의 공통점을 발굴해 왔고, 발굴하고 있다. 대표적으로, 영미권에서 가장 널리 알려진 프루스트 전기는 윌리엄 카터(William C. Carter)의 *Proust in Love*(사랑에 빠진 프루스트)다. 예일대학교 출판부가 펴낸 이 전기의 2006년 초판 표지는 충격적이다. 젊은 시절 프루스트의 은판 초상사진 입술에 검붉은 장미 한 줄기를 합성해, 마치 그가 꽃을 입에 문 게이 카사노바처럼 보인다.[5] 카터는

4 오늘날 가장 널리 활용되는 서사 이론을 체계화한 프랑스의 구조주의자 제라르 주네트(Gérard Genette)의 「서사담론(Narrative Discourse)」(1970)은 『시간』 텍스트를 분석 모델로 삼고 있다.

5 2013년 개정판은 제목을 *Marcel Proust: A Life*(마르셀 푸르스트 전기)로 바꾸고, 프루스트의 친구였던 화가 자크에밀 블랑슈(Jacques-Émile Blanche, 1861~1942)가 그린 프루스트 초상화를 표지 이미지로 썼다.

프루스트의 연애 상대들과 실제 경험들이 『시간』의 어느 부분에 어떻게 '허구적으로' 반영되었는가를 밝히는 데 집중하는데, 이때 '나'와 '마르셀'과 '프루스트'를 거의 구분하지 않는다. 『시간』에 쓰인 '나'의 서술을 아무런 의심 없이 모두 믿으면, 이렇게 읽기 쉽고 자극적인 전기가 만들어진다.

서양문학 가운데 작품 자체보다 작가의 생애에 관심 갖는 독자가 압도적으로 많은 예가 프루스트다. 그렇게 될 수밖에 없다는 걸 이해한다. 『시간』을 읽다 보면 인물들이 무엇/누구에 관해 대화하고 있는지 모르겠는 상황과 부단히 맞닥뜨리게 된다. 그것은 자구 자체의 난해함이 아니라, 암시와 비유의 숨은 뜻을 모르므로 웃을 수도 없는 외국어 농담처럼 답답함을 유발한다. 어떤 문장의 의미를 내재적 맥락만으로 파악할 수 없을 때, 그 글의 작성자에게서 단서를 찾는 것은 당연하고도 손쉬운 해결책이다.

그렇지만 만일 당신이 『시간』을 통해 프루스트의 생애를 알아내려고 시도해 본 적 있다면 크게 실망했을 것이다. 이 **이른바 자전적** 소설의 에피소드들은 심하게 변형되어 있고, 작가의 생애와 일치하는 요소가 있다 하더라도, 그것 때문에 『시간』이 다른 소설들보다 유난히 더 자전적이라고는 할 수 없다. 몇 가지만 예를 들어보자.

'나'는 1881년생이고, 프루스트는 1871년생이다. 이 10년의 차이는 소설을 창작하고 있는 작가의 시간과 소설 속 사건 시간을 분리하기 위해 의도된 장치다. 10년은 '나'와 작가 프루스트가 같은 기억을 공유할 수 있는 동시대인으로서는 최대의 나이 차다. 그보다 적으면 동년배에 가깝고, 그보다 크면 19세기 말에서 20세기 초라는 역사의 격동기에는 아예 다른 세대에 속하게 된다.

'나'의 아버지는 외교부 공무원이고, 프루스트의 아버지 아드리앵(Adrien Achille Proust, 1834~1903)은 파리 의과대학 교수로 시립병원장을 겸했다. 수도에서 120킬로미터가량 떨어진 시골 마을 일리에(Illiers)의 프티부르주아 집안에서 태어난 아드리앵은 남달리 영특해 중학교 시절부터 장학생이었다. 파리로 상경해 스물여덟이라는 젊은 나이에 의학박사 학위를 받은 그는 출세가도를 달렸으며, 덕분에 부유한 유대인 가문 여성과 결혼할 수 있었다.

사회적 영향력 측면에서 프루스트 박사는 소설 속 화자의 아버지와는 비교할 수 없는 거물이었다. 전염병과 공중보건의학 전문가였던 그는 무신론자 공화주의자로, 현대적 의미의 과학자였다. 그런데 소설에 몇 번 등장하지 않는 '나'의 아버지는 고위 공무원임에도 정치력이 부족하고, 세상사에 초탈한 특색 없는 인물이다. 이는 소설에서 권위 있는 가부장

이미지를 확실하게 지우고, 아버지를 제외한 전원이 모계인 '나'의 가족구성을 부각한다.

아드리앵 프루스트의 고향이었던 일리에는 1971년 프루스트 탄생 100주년을 맞아 마을 이름을 일리에-콩브레(Illiers-Combray)로 바꿨다. 이로써 일리에는 소설 속 '콩브레(Combray)'의 배경 마을로서 입지를 확고히 했다. 소설에서 '나'가 어린 시절 휴가를 보내는—'나'의 외할아버지의 사촌누이의 딸, 즉 '나'의 어머니와는 육촌 자매간인—레오니 이모댁으로 묘사된 집은 '프루스트 박물관'이 되었고, 프루스트 애독자의 문학기행에 빠지지 않는 명소로 꼽힌다.

하지만 그 삼층집은 실제로는 아드리앵 프루스트의 고모, 즉 마르셀에게는 고모할머니 집이었다. 『시간』 속 콩브레에 있는 많은 것이 현실의 일리에에는 없었다. 산사나무, 아름다운 정원과 숲길, 연못 같은 것들은 모두 오늘날 파리 16구, 당시는 파리 시외였던 오퇴유(Auteuil)에서 왔다. 그곳에 마르셀이 태어난 외할아버지 집, 즉 마담 프루스트의 친정 별장이 있었다.

『시간』 속 장소들은 하나의 지명에 여러 장소들의 특성을 부여한, 창조된 공간이다. 소설에서 주요 인물들의 얽히고설킨 만남이 시작되는 노르망디의 발베크(Balbec) 해변은 카부르(Cabourg)가 배경인 것으로 알려져 있다. 하지만 프루스트가 묘사하는 발베크의 지리 지형은 노르망디보다는 대서양을 향해 뻗어 나온 브르타뉴 반도의 "땅끝"과 더 흡사하다. 이는 소설 속 장소가 특정 지명과 곧바로 연결되지 않도록, 의도적으로 입힌 비현실적 채색이다.

아기자기한 축제도시 같은 발베크 풍경과 카지노가 있는 '그랑 호텔'은 19세기 상류층의 피서지였던 노르망디의 도빌(Deauville)을 묘사한 것이고, 긴 방파제와 등대, 그리고 발베크 성당은 투르빌(Tourville)에 있던 것이다. 너무 작고 황량해서 '마르셀'을 실망시키는 발베크 기차역은 파리와 노르망디를 잇는 두 철도 노선의 종착역인 투르빌-도빌 기차역을 닮았다.

그에 반해 긴 모래사장이 이어지는 쓸쓸한 바닷가인 카부르는 1880년대에 개발이 시작된 신흥 휴양지로, 파리의 부르주아들이 즐겨 찾던 곳이다. 그런데 소설 속 '마르셀'은 어떻게 그곳에서 프랑스 최고의 귀족 가문 사람들과 인맥을 쌓는 걸까? 왜냐하면 "파리 사교계를 통째로 옮겨다 놓은 듯" 과시적인 분위기의 발베크는 노르망디에서 한참 떨어진 벨기에 플랑드르주의 오스텐트(Ostende)가 배경이기 때문이다. 이곳은 일찍부터 유럽 왕족들과 귀족들이 몰려들던, 북해의 우아하고 사치스러운 해변이었다.

프루스트는 카부르에서 십대 때 가족과 함께 부활절 휴가를 보낸 적이 있다. 하지만 "현대식 가구 전시장" 같은 실제 '그랑 호텔'이 신장개업했을 때 그곳을 찾은 프루스트는 삼십대였고, 부모님은 돌아가신 뒤였다. 이 경험의 차이 때문에 『시간』의 2편 「꽃피는 소녀들의 그늘에서」의 발베크와 4편 「소돔과 고모라」의 발베크는 서로 다른 두 공간처럼 보인다.

모든 것이 **사실**과 **사실적인 거짓**과 **거짓**의 혼합물이다. 어떤 작가의 경우에는 문학기행이 나름대로 의미 있는 체험일지 모른다. 그렇지만 프루스트에 관한 한, 소설의 배경이 된 실제 장소를 찾아가 작가의 숨결을 느낀다는 생각은 허구, 단지 그럴듯한 '기분'일 가능성이 높다.

말년에 프루스트는 코르크를 두른 관 속 같은 방에서 시시각각 다가오는 죽음에 시달리며 침대에 '누워' 글을 쓴 것으로 유명하다. 하지만 오스망 대로 102번지의 그 '코르크 방'은 그가 마지막으로 지낸 곳이 아니고, 그는 죽기 4년 전인 1919년에 아믈랭가 44번지 아파트 6층으로 이사했다. 코르크로 막은 '창'은 집필에 전념하기 위해서가 아니라, 창틈으로 들어오는 먼지와 꽃가루를 막기 위한 설비로, 천식 환자였던 프루스트에게 필요 불가결한 인테리어였다.

프루스트의 알레르기가 처음 발현된 것은 1881년, 아홉 살 봄이었다. 불로뉴 숲을 산책하던 중 호흡곤란이 일어났다. 알레르기성 천식은 발작(기침)이 일어나면 기도가 좁아지기 때문에 "이때 환자는 곧 죽을 것 같은 공포"를 느낀다. 하지만 "약물을 적절하게 사용하고 환경 관리를 잘 한다면 정상 건강인처럼 살아갈 수 있다."(서울대학교병원 의학정보)

문제는 19세기 말까지만 해도 천식이 '정신과적' 문제로 여겨졌다는 점이다(알레르기가 면역력이 부족할 경우 나타나는 과잉면역반응이라는 것은 1906년 이후에야 알려졌다). 그래서 남들보다 기질이 조금 예민할 뿐이었던 소년이 신경증을 앓는 아픈 아이로 취급되었다. 하지만 그가 학교에 자주 가지 않은 것이 꼭 병 때문은 아니었다. 가정에서 충분한 사교육을 받던 당시 파리의 상류층 자제들에게 학교는 보충적 기능, 즉 미래의 지도자 그룹이 인맥을 형성하고 사회성을 함양하는 사교의 장 정도로 여겨졌다.

『시간』의 화자는 아주 어릴 때부터 아프고, 치유되지 않는 병 때문에 많은 일을 포기한다. 병자 이미지는 『시간』의 전반에 깔려 있고, 화자의 생을 옭아매는 굴레로, '마르셀'의 캐리커처로 묘사된다. 그렇지만 실상은 게으름에 대해 '나'가 늘어놓는 변명이 대부분이다.

실제로 프루스트의 병은 그 자신과 가족들, 그리고 지인들에게 상당히 과장되어 있었다. 아버지와 동생이 모두 의사였기 때문에 프루스트는 여러 유명 의사들이 추천하는 다양한 약물과 갖가지 치료법을 시도해 볼 수 있었다. 그는 비염 증상을 완화하기 위한 비강 소작술을 110번이나 받았다. 이렇게 적극적인 의료 처치가 독이 되었다. 그가 사용한 약들 대부분이 오늘날 중독 문제를 일으키는 것으로 알려진 마약성 진통제나 강력한 수면제, 아니면 그냥 마약이었다.

기초체력이 약하고 엄살이 심했던 프루스트가 잔병치레를 자주 한 건 사실이지만, 그가 와병 중인 환자였던 적은 드물다. 프루스트는 삼십대 중반까지 비교적 건강히 사회생활을 했다. 사교계 연회 참석, 연극과 오페라 관람, 살롱 모임, 여행, 미술기행 등을 다녔고, 여름이면 북해와 대서양 연안의 휴양지에서 즐거운 시간을 보내기도 했다.

『시간』의 집필에 착수한 후에도 어느 해에는 일주일에 두세 차례씩 외출했으며, 마지막 해까지도 종종 밤 12시에 리츠 호텔로 식사를 하러 갔다. 밤에 잠을 안 자고, 누우면 기침이 났기 때문에 침대에 '앉아서' 글을 쓰고, 오후 늦게 일어나는 나쁜 생활습관이었다. 그는 불치병 환자가 아니었지만, 알레르기 때문에 자주 '죽음의 위협'을 느꼈고, 바로 이것이 문학에서 **시한부인 삶**으로 표현됐던 것이다.

열거하자면 끝이 없다. 그러나 뭐니 뭐니 해도 프루스트가 『시간』에서 가장 공들인 거짓은, 소설의 주요 인물들이 모두 동성애자거나 적어도 양성애자로 드러나는 가운데도 '마르셀'만은 끝끝내 여자만을 사랑하는 이성애자라는 설정이다. 사람들은 왜 이것이 픽션임을 도무지 받아들이려 하지 않는가?

비단 문학뿐만 아니라 어떤 텍스트에건 그것을 쓴 사람의 그림자는 드리워진다. 현대과학이 언어에 깃드는 불가피한 인간성을 배척하기 위해 대부분의 가설과 증명을 수식으로 대체하기 전까지만 해도, 과학책이나 철학책에서도 저자의 캐릭터를 엿볼 수 있는 개성적 문체가 발견되었다.

원문이 라틴어임에도 남다른 괴팍함이 물씬 느껴지는 뉴턴의 문체와 다윈의 신중하고 조곤조곤한 말투는 얼마나 대비되는가. 어휘 선택과 문장 구성에 있어 편집증적 엄격함을 고수하는 칸트의 『순수이성비판』은 니체의 『이 사람을 보라』의 종잡을 수 없고 오만방자한 단문과는 확연히 다른 기질을 드러낸다. 제러미 벤담의 강박증, 볼테르의 신랄함, 갈릴레오 갈릴레이의 유머감각은 마치 그들 이마에 돋은 커다란 뿔인 양 눈에 잘 띈다.

모든 글쓰기는 글쓴이의 내면에서 벌어지는 암투, 자아도취와 자기비하가 격돌하는 대결의 산물이다. 『시간』은 다른 비교 대상을 찾기 어려울 만큼 집요하게 이 내면투쟁을 기록했고, 그로써 문학적 성취를 이룩했다. 프루스트의 글쓰기는 자기만의 황홀과 심연을 끌고서, 인간이라는 신비를 파헤쳐 들어갔던 한 미친 탐험가의 찬란하고 외로운 궤적이다. 그러나 이러한 사실이 『시간』에 줄곧 따라붙는 '자전적 글쓰기'라는 규정으로 곧바로 이어지는 것은 마땅하지 않다.

— 하늘은 핑크빛, 아침 6시 12분

상투적 독자(하)

「상투적 독자(상)」을 쓰고 17개월쯤 지나서, 『시간』을 자전소설로 읽는 것보다 더 나쁜, 세 번째 소비를 발견했다. 이 또한 지인의 제보가 발단이었다.

평소 공부를 지나치게 좋아하는 그녀는 영화 「오펜하이머」를 보고 내친김에 오펜하이머 전기까지 읽게 됐는데, 거기에 『시간』의 한 구절이 인용되어 있다고 했다. 『시간』을 "인생 책"으로 꼽았던 미국의 '천재' 물리학자, '원자폭탄의 아버지' 오펜하이머는 그 구절을 10년이 지나서도 한 자도 틀림없이 외울 만큼 좋아했다는 것이다. 그러니까, 이 구절은 『시간』의 어느 페이지에 나오는 것이냐?

나 원 참. 이래서 책 좀 읽었다고 함부로 아는 척을 하고 다니면 안 된다. 『시간』의 한국어판들이 평균 5000페이지 이상인데, 그중 한 구절을 듣고 몇 권 몇 쪽에 박혀 있는지를 딱 짚는 게 가능한 사람은 대체 누굴까? 『시간』에는 디테일이 조금씩 다른 엇비슷한 문장들이 아주, 진짜 아주 많고, 오펜하이머 전기에 인용된 구절은 『시간』의 영역판을 우리말로 옮긴 중역일 테니, 프랑스어 원전을 번역한 경우와는 뉘앙스가 다를 수 있다. 그러니까…… 글쎄? 모르겠는데?

대꾸는 그렇게 했지만, 속으로는 나도 궁금했다. 그것은 전형적인 프루스트의 문체처럼 보였지만 어째서인지 프루스트적이지 않은 뉘앙스가 느껴졌다. 『시간』의 하고많은 충격적인 문장들 가운데 왜 하필 그것인지, 무엇이 그토록 오펜하이머의 마음을 끌었기에 그 한 문장을 평생 외웠는지 이해할 수 없었다. 그 문장은 어딘가 상투적인 도덕의 냄새를 풍겼는데, 프루스트로 말할 것 같으면 문학사상 가장 참신한 부도덕의 소설 『시간』의 작가여서, 어떤 맥락에서 그런 문장이 나왔는지 짚이는 데가 없다는 점이 특히 이상했다. 그리고 얼마 후, 그 페이지를 알아낼 수도 있겠다는, 단서가 될 만한 사실 하나가 불쑥 떠올랐다.

1904년생인 오펜하이머는 22세 때인 1926년, 코르시카에서 여름휴가를 보내는 동안 『시간』을 읽었다고 한다. 『시간』의 최초 영역판은 스코틀랜드인 번역가 찰스 케네스 스콧몽크리프(Charles Kenneth Scott-Moncrieff, 1889~1930)의 번역으로, 1922년 프루스트 서거 직후에 1편이 *Swann's Way*라는 제목으로 출간되었다. 당시 런던의 차토앤드윈더스(Chatto & Windus) 출판사는 이 책을 전 3권 시리즈의 첫 권으로 홍보했다. 시리즈 명은 프랑스어 원제 *A la recherche du temps perdu*(잃어버린 시간을 찾아서)와 아무 관계 없는, 셰익스피어의 시에서 따온 *Remembrance of Things Past*(지나간 것들에 대한 회고)[6]로 소개되었다. 이 제목은 1992년 많은 오역을 수정한 전면 개정판이 펭귄 모던라이브러리 총서로 출간될 때, 원제를 직역한 *In Search of Lost Time*으로 바뀌었지만, 아직까지도 영어권에서 『시간』의 제목으로 혼용되고 있다.

'프루스트적인 문체'는 초창기 영어권 독자들에게 너무나 생소해서 문법적으로 틀린 것처럼 보였다. 그래서 스콧몽크리프의 초역에는 적잖은 윤색이 가미되었다. 프루스트는 1922년 9월 9일, 번역가인 영국인 친구 스티븐 허드슨(Stephen Hudson, 1868~1944)[7]의 편지를 받고서야 『시간』의 영역판 제목을 알게 되었다. 충격에 휩싸인 프루스트는 "이 끔찍한 오역"을 막기 위해 스콧몽크리프에게 즉시 편지를 보냈다. 자신이 말하는 '잃어버린 시간'은 '지나간 과거'를 의미하는 것이 아니고, Swann's Way에는 'To'라도 넣어달라고 간청했다.

---

6 셰익스피어의 「소네트 30번」 첫 문장. "달콤하고 고요한 사색의 시간에/나는 지나간 것들의 추억을 꺼내 본다(When to the sessions of sweet silent thought/I summon up remembrance of things past)".

7 스콧몽크리프가 1930년 『시간』 6편까지 영역 후 사망하자, 허드슨이 마지막 7편을 시드니 시프(Sydney Schiff)라는 필명으로 영역했다.

스완네로 가는 길(Swann's Way)과 스완네 집 쪽으로(To Swann's Way)는 얼핏 비슷하지만 전혀 다른 의미라는 것을 당시에는 누구도 인식하지 못했을 것이다. 스완 쪽으로의 길이 한 방향으로만 나 있는, 목적지에 닿는 막다른 길이 아니라, 원을 그리며 출발점으로 되돌아오는 둘레길이라는 사실은 『시간』의 마지막 편에 가서야 드러나기 때문이다. 중요한 것은 길 자체가 아니라 이동, 즉 나아가는 **움직임**이지만, 이러한 작가의 의도는 『시간』이 완간된 1927년까지 활자로 공표되지 못했다. 스콧몽크리프는 프루스트에게 진심 어린 용서를 구했지만, 출판사를 설득할 수 있을 것 같지는 않다는 회신을 보냈고, 그사이 프루스트는 폐렴 합병증으로 죽었다.

오펜하이머가 1926년에 『시간』을 읽었을 때, 미국에서 발행된 영역판은 1925년 랜덤하우스가 펴낸 1~3편이 전부였다. 친구가 읽어준 문장을 듣고 내가 떠올린, 짐작 가는 부분은 두 곳이었다. 한 곳은 5편 2부고, 다른 한 곳은 1편 1부였다. 따라서 오펜하이머가 외운 문장은 무조건 1편에 있어야 한다. 추측이 맞을 것인가? 그런데 『아메리칸 프로메테우스』의 프루스트 인용문은 내가 갖고 있는 4종의 한국어판은 물론이고, 영역판 『시간』과 비교해 봐도 잘못 해석되어 있었다.

여기에 한국어판 『아메리칸 프로메테우스』의 프루스트

인용문을 재인용하지는 않겠다. 내가 이 예를 든 것은 『시간』의 오역을 문제 삼기 위해서가 아니기 때문이다. 그럼에도 꽤나 복잡한 단계를 거쳐 이루어진 이 문장의 오역 과정은 소개할 필요가 있겠다.

먼저, 『시간』에 있는 원래 프루스트의 문장은 이렇다. "그녀가 다른 사람들 속에서와 마찬가지로 자기 자신 속에도, 사람들이 야기하는 고통에 대한 **무심함**이 있으며, 어떤 이름으로 부르건 그것이 잔인함의 끔찍하고 항구적인 형태라는 사실을 **식별할** 수 있었다면, 어쩌면 그녀는 **악**을 그처럼 드물고, 예외적이고, 색다른 상태로 여기지도, 그곳으로 이주하는 것을 아늑하게 여기지도 않았을 것이다."[8]

『아메리칸 프로메테우스』 영문판에 따르면, 오펜하이머의 전기 작가들은 위 구절을 『시간』의 프랑스어 원전이나 영역판이 아니라, 오펜하이머의 친구로, "오피"가 이 구절을 외우는 것을 들었다고 증언한 장본인인 버클리대학교 프랑스 문학 교수 하콘 슈발리에(Haakon Maurice Chevalier)의 회고

---

8 Peut-être n'eut-elle pas pensé que le mal fût un état si rare, si extraordinaire, si dépaysant, où il était si reposant d'émigrer, si elle avait su discerner en elle, comme en tout le monde, cette indifférence aux souffrances qu'on cause et qui, quelques autres noms qu'on lui donne, est la forme terrible et permanente de la cruauté. (*Du côté de chez Swann*, 163p., Folio, 1919; 1988)

록에서 재인용했다.[9] 슈발리에는 그 구절을 자신이 직접 번역한 것 같다. 『시간』의 여러 영역본들 가운데 그 문장을 슈발리에처럼 번역한 책이 없다.

전직 문학 편집자로서 나는 외국어로 쓰인 문학, 특히 복잡한 긴 문장이 수두룩한 고전 작품의 번역자가 겪는 속절없는 고충을 잘 안다. 그럼에도 만연체를 기피하는 요즘 시대에는 독자 친화적인 의역이 칭송받고, 괴팍한 원문을 그대로 살린 번역은 안 읽힌다고 비난을 사는 처지다. 프루스트의 문장은 그저 길기만 한 것이 아니라, 시적 비유와 철학적 사유가 언어적 음악성을 구현하며 조직되어 있다. '931단어로 이루어진 한 문장'도 아무렇지 않게 쓰는 프루스트는 복문(複文) 문장가들의 영적 지도자, 만연체의 사도마조히스트다. 그래서 프루스트 번역자들이 그토록 자부심이 높고, 또 그토록 악랄한 번역을 해놓고도 태연한 것이다. 모든 프루스트 번역자는

---

9 오펜하이머가 실제 읽었을 것으로 추정되는 1922년 스콧몽크리프의 초역 중 일부. "that indifference to the sufferings which they cause which, whatever names else be given it, is the one true, terrible and lasting form of cruelty."
영문판 『아메리칸 프로메테우스』에 재인용된 슈발리에의 번역 중 일부. "that indifference to the sufferings one causes, an indifference which, whatever other names one may give it, is the terrible and permanent form of cruelty."(*Oppenheimer: The Story of a Friendship*, 1965)
한국어판 『아메리칸 프로메테우스』에는 프랑스어의 말(mal)이 '사악함'으로, 엥디페랑스(indifférence)는 '무관심'으로 번역되어 있다.

각자 나름의 최선을, 아니 혼신의 힘을 다했을 것이다. 그럼에도 어느 언어권의 어떤 번역가도 번역으로 격찬받은 적 없는 작품이 『시간』이다.

슈발리에는 원문에 한 번만 쓰인 엥디페랑스(indifférence, 무심함)를 인디퍼런스(indifference, 무관심)로 옮기면서 같은 단어를 두 번 반복했는데, 이는 프루스트의 번역자들이라면 통상 하지 않을 번역이다. 슈발리에처럼 번역하면 이 문장의 맥락상 주제어인 악(mal)보다 '무관심'이 더 강조되고, 그러면 문장이 뜻하는 바가 해당 문장이 들어 있는 소설 속 장면과 동떨어지게 된다.

역사학자 마틴 셔윈과 저널리즘을 전공한 전기 작가 카이 버드는 슈발리에의 '변형된' 프루스트 구절을 『아메리칸 프로메테우스』에 삽입하면서, 오펜하이머가 그 구절을 좋아한 이유를 자의적으로 추측해 덧붙였다. 그리고 아마도 이들 전기 작가만큼이나 프루스트에 대해서는 잘 몰랐을 한국인 과학자가 오펜하이머 전기의 한국어판 번역을 맡으면서, 결과적으로 실존하지 않는 '프루스트의 한 구절'이 만들어졌다.[10]

10 여담인데, 한국어판에는 생략되었지만, 『아메리칸 프로메테우스』 원서는 이 구절이 『시간』 1편에 수록된 문장이라고 버젓이 밝혀 놓았다. 괜히 혼자 북 치고 장구 치고 수선을 피웠다.

프루스트의 어휘에서 '악/악덕'은 주로 동성애를 가리키고, 『시간』에서 '그녀', 즉 여성의 동성애 서사는 1편 끝부분에 짧게, 그리고 대부분은 5~6편에서 다뤄진다. 『아메리칸 프로메테우스』에 인용된 문장은 '사디스트'에 대한 서술의 일부로, 소년 시절 '마르셀'이 어느 날 저녁 산책을 나갔다 몽주뱅 마을의 언덕에서 우연히 엿보게 된 정사 장면에 이어져 있다. 그녀들은 피아니스트이자 작곡가인 뱅퇴유 씨의 딸과 그녀의 여자친구다. 뱅퇴유 씨는 외동딸의 노골적인 동성애 행각 때문에 수치와 근심 속에서 죽었는데, 뱅퇴유 양은 아버지의 장례식이 끝난 날, 아버지의 사진 액자에 침을 뱉으며 여자친구와 섹스를 한다. 이 신성모독 행위는 그들에게 해방감, 강렬하고 특별한 위반의 쾌감을 선사한다.

두 배덕자 여인을 훔쳐보며 '나'는 생각한다. 진짜 악인은 타인의 고통에 무심하기 때문에, 악을 행하면서도 무감각하고, 신성모독을 저지르면서 쾌감을 느끼지도 않는다. 반면 그녀들은 사디스트고, 사디스트는 악인이 아니라 쾌락을 탐하는 자다. 신성모독을 악행으로 여기기 때문에 그것을 범하며 기쁨을 느끼는 자다. 감상적이고 고결한 천성을 가진 그녀들은 악의 희소성을 믿었다. 그러나 사실을 알았더라면 그렇게까지 악(동성애)에 매료되지 않았을 것이다. 프루스트가 여기에 **식별하다**(discerner)라는 동사를 쓴 이유는, '(잔인성을 감각하지 못하는) 무심함'과 '(쾌감인) 악'의 차이를 알아보라는 요청이다. 이러니까 내가 궁금했던 것이다. 오펜하이머는 이 문장을 어떻게 이해했기에 그토록 가슴에 와닿았는지.

오펜하이머의 전기 작가들은 이 문장이 오펜하이머에게 "심리적 부담"을 덜어주었을 거라고 쓴다. 악을 상상하는 것이 "인간조건(human condition)" 중 하나임을 소설을 통해 알게 되었으므로, 내면의 죄의식을 털어버리고 자기혐오를 멈출 수 있었을 거라고 말한다. 이런 설명은 미묘하게 본의(프루스트)를 왜곡해 대상(오펜하이머)을 미화한다.

전기 작가들은 이 문장의 논점을 원래의 문맥에서 이해하지 않고 자신들의 논리에 맞춰 사용한다. '동성애와 사디즘'이라는 협소한 주제를 다루는 프루스트의 문장을 범인류적인 "무관심이라는 잔인함"에 관한 글로 확장해 쓴다. 이런 방식은 얼핏 더 도덕적으로 보이지만, 사실은 더 위선적이다. 소설 속 이 장면을 읽으면서 남다른 끌림, 어떤 강렬함을 느낀 독자 오펜하이머는 어느 쪽이었던 걸까. 그는 안도했을까? 나만 이런 걸 좋아하는 쓰레기는 아니었다고? 악행으로 쾌감을 느끼는 사디스트를 발견했을까? 아니면 정말로 자기 내면의 잔인한 무심함을 본 걸까?

전기의 끝부분에서 작가들은 오펜하이머가 자신의 행위가 야기한 타인들의 고통에 대해 "죄책감에 빠지려" 하지 않고 다만 "책임감을 받아들"이려 했다고 서술한다. 이때 책임감이 무슨 뜻인지 모르겠다. 전기 작가들의 묘사를 믿는다면, 오펜하이머에게는 능력주의자의 선민의식이 있었던 것 같고, 압도적 존재임을 인정받고 싶은 욕구가 남달랐던 듯하다. 그리고 내 생각에, 오펜하이머의 '프루스트 독서'와 '죄책감'을 연결 지으면 아이러니하게도 한나 아렌트가 말한 '악의 평범성'의 일례로 더 걸맞다. 업무로서 무심히 수행한 일의 결과로 자행된 악. 자신의 악에 죄의식이 없는, 나치를 만들어낸 평범한 악. 전쟁을 이해하는 데는 상충하는 여러 측면이 동시에 고려되어야 하지만, 히로시마와 나가사키에 투하된 원자폭탄만큼은 나치의 데칼코마니다. 그것은 똑같은 두 절반의 싸움이었고, 차이는 다만 미국이, 오펜하이머가 승자였다는 사실이다.

전기 작가들이 프루스트를 인용한 방식은 지독하게 상투적이다. 과학자로서는 비윤리적이라고 비판받을 수도 있는 결과를 초래하는 일을 했지만, 도스토옙스키의 『악령』, 앙드레 지드의 『배덕자』, 게다가 프루스트까지 읽는 뛰어난 문학적 감식안을 가진 과학도. 천재 작가 프루스트처럼 병약했던, 신경성 우울증을 앓았던, 퇴폐적이었던, 자기성찰적이었던 원자폭탄 개발자 오펜하이머. 이런 묘사는 어떤 이미지를 만들어내는가. 나는 여기서 '비범한 미국인' 콤플렉스를 본다. 위대한 영웅의 인격적 결함을 인정하기보다, 비장한 서사를 부여해 비윤리를 해소하려는 결벽증을 느낀다. 자신들이 천재로 부르고 싶은 인간이 내면으로부터 뒤틀린 영혼을 드러낼 때, 그것을 약간의 솔직함으로 수용하지만, 그 끝은 언제나 건강하게 순화한 피날레로 마무리하고 싶어 한다.

순진한 과학 평전 작가들은 예술가들이 얼마나 음흉하고 이율배반적인 상상을 하는지 모른다. 물질계와 현상계에 직접적 구체적 영향을 끼칠 수 있는 힘을 가진 다수의 과학자는 '인문'과 '예술'을 지나치게 숭상하거나 아니면 아예 무용지물로 여긴다. 그들은 구질구질하고 비루한 세계에서 부도덕한 욕망의 극한을 실험하는 예술 정신이 인간 내면의 어두움을 어디까지 묘사하는지 알려 하지 않는다. 아무리 패륜적이어도 궁극적으로 문학도는 교훈과 지혜를 전하는 자고, 끝내 인간의 선의와 선의지를 옹호하리라는, 낙천적인 틴에이저 같은 생각을 하고 있다. 하지만 그런 것이 사실이라면, 우리는 역사상 위인들의 수많은 악행을 설명할 길이 없다.

결국 문학은 유능한 직업인의 넥타이에 반짝이는 장식핀으로 사용될 뿐이다. 프루스트의 맥락 안에서 '악의 보편성'이란, 동성애는 그렇게까지 특별하지 않고, 어쩌면 당신들이 생각하는 것보다 훨씬 더 흔하다, 라는 이성애자들을 화들짝

하게 할 만한 말이다. 하지만 그래 봤자 동성애 얘기 아닌가. 그것은 전쟁, 학살, 인종청소 같은 거악(巨嶽)이 아니라, 시골집에서 두 여자가 금기를 깨는 방식으로 죽음을 애도하는 구슬픈 장면이다. 이 사디스트 레즈비언 연인은 후일 자신들의 사랑 속에서 아버지가 남긴 미완의 악보를 완성해 불후의 명곡을 세상에 선물한다. 악덕으로 지탄받는 동성애로부터 위대한 예술로의 전환을 이뤄내는 것. 일생 동안 어떤 폭력에 대해서도 무고했던 프루스트에게 악이란 이렇게 시시한 것이다. 이런 수준의 부도덕도 견딜 자신이 없다면 함부로 『시간』을 펼쳐선 안 된다.

어쩌면 오펜하이머는 『시간』을 잘못 이해했거나, 자기 방식으로 오독했는지 모른다. 그러나 누구든지 자신의 상상을 과감히 실현했고, 그것이 파괴적 결과를 낳았다면, 그에 대한 윤리적 사회적 책임은 전적으로 실행자 자신에게 있다. 그래서 나는 단 사흘 만에 21만 명의 목숨을 앗아간 원자폭탄 개발 책임자가 느낀 '내면의 고뇌'를 이해하는 데 프루스트의 문장이 사용되는 것에 반대한다. 과학자에게는 과학자로서의 엄정함이 있겠지만, 예술가에게는 또한 예술가만의 뾰족함이라는 것이 있지 않겠는가.

'프루스트'를 소비하거나 프루스트라는 '이미지'를 소비하는 것은 소비자의 자유 영역이다. 자본주의 경제체제 하에서 도서라는 상품에 대하여, 이 사실은 굳건하다. 그렇지만 프루스트 스스로는 어떠한 경우에도 그 모든 소비를 정당화해 주지 않는다. 아니 그 어떤 소설도 인간 행위와 그 결과에 대한 책임을 면제해 주지 않는다. 소비는 문학/예술의 외연에서 벌어지는 사건이고, 해석과 이해는 각자 개인의 내면이 수행하는 것이다. 그러니까 당신이 『시간』을 '읽는' 중인지, '소비하는' 중인지 정도는 자각하면서 했으면 좋겠다는, 프루스트 입문자로서의 작은 바람을 고백한다. 이 소설에 대해 무엇을 '안다'고 말하는 것이 얼마나 허황된 생각인지는 읽은 사람만이 알 것이다.

— 산책자를 위한 저녁 8시

이미지들은 시작점으로부터 무한히 확산할 뿐, 어떤 방법으로도 다시 응집시킬 수가 없다. 이 발산성을 극복하지 못하면 우리는 환유의 어휘들이 넘실대는 망망대해를 표류하는 존재가 되어버린다. 독자는 어떻게 다시 이야기의 해변으로 돌아올 것인가.

2

산사꽃

꽃에 비유된 사랑은 진부한 시적 수사(修辭)지만, 프루스트의 꽃들은 언제나 남다른 찬탄을 자아낸다. 그것은 언어로 엮은 풍성한 화환, 색채가 폭발하는 단어들의 꽃밭, 향기로운 음절들의 유원지다. 프루스트의 정밀묘사는 언어를 다루는 그의 천부적 재능을 과시한다. 모더니스트들이 혐오하는 무절제한 낭만주의의 풍미, 과잉된 장식성은 프루스트를 시대착오의 왕좌에 앉힌다. 하지만 어떤 문학적 취향과 호불호를 가졌든 『시간』의 꽃들은 결국 모두의 기대를 배반할 것이다.

* ——

5월의 탄생수인 산사나무는 사과나무와 비슷하게 자디잔 흰색 분홍색 무더기 꽃을 피운다. 키가 3~6미터까지 자라는 낙엽교목으로, 가을이면 시고 붉은 알알이 열매를 맺는다. 산사 열매는 심혈관계 질환에 좋다고 알려져 1000년 전부터 민간에서 약용으로 쓰였다. 잎의 모양이 둥근 사과나무와 달리, 산사나무의 넓은 잎사귀는 펼친 손가락처럼 여러 갈래로 갈라져 있고 끝이 뾰족뾰족하다.

산사나무의 학명은 '힘센 가시'를 뜻하는 그리스어에서 유래했다. 산사나무를 가리키는 프랑스어 영어 독일어에도 공통적으로 '가시'를 나타내는 어근이 들어 있다.[11] 조팝나무 사과나무 벚나무 등 장미과에 속하는 다른 나무들이 톱니 모양 잎이나 잔털 정도만 가진 데 비해, 산사나무는 뚜렷이 가시 돋친 줄기를 뽐낸다. 그것은 자기보호본능이 발달한 튼튼한 나무고, 적절한 환경에선 400년도 살 수 있다. 산사나무의 꽃말 '일생의 사랑'은 단 한 번의 뜨거운 로맨스가 아니라 '평생토록 사랑하라'는 명령이다. 살아 있는 동안 만나는 모든 사람과 사물을 사랑하라. 그들 중 누가, 무엇이, 당신 삶을 결정적으로 변화시킬지 모른다.

5월의 일요일 오후, 소년이 산책을 나선다. 그 집에는 문이 둘인데, 한쪽은 스완 씨의 소유지인 탕송빌을 지나 메제글리즈 라 비뇌즈에 이르는 길과 면해 있다. 다른 문을 택하면

---

11 산사나무속(屬)의 학명 크라테구스(Crataegus)는 그리스어 크라타이곤(Krataigon)에서 유래했다. 이는 크라토스(kratos, 힘)와 아키스(akis, 가시)의 합성어다. 산사나무를 뜻하는 프랑스어 오베핀(Aubépine), 영어 호손(Hawthorn), 독일어 바이스도르네(Weißdorne)의 밑줄 부분은 모두 '가시'를 뜻한다.

그곳에선 보이지 않는 게르망트성을 향해 뻗은 먼 길로 올라서게 된다. 메제글리즈와 게르망트는 서로 다른 문으로 나가야 하는, 만나지지 않는 두 세계로 소년에게 인식된다. 연둣빛 물결이 이는 너른 들판 가운데 자리한 콩브레는 그 중간에서, 어디로든 갈 수 있는 길 위의, 작고 쓸쓸한 마을이다.

소년의 발걸음은 대개 스완네 집 쪽으로 향한다. 그러면 2시간쯤 걷다 저녁 식사 전에 돌아올 수 있다. 길을 나서자마자 꽃들의 이름이 퍼레이드를 펼친다. 앵초, 민들레, 금잔화, 꿩의비름, 데이지, 제비꽃, 불두화, 장미, 라일락, 금련화, 물망초, 글라디올러스, 등골나물, 매화마름, 백합, 수레국화, 개양귀비…… 멀리 봄의 평원은 폭설을 맞은 듯 새하얗다. 규칙적으로 심긴 사과나무들이 앙증맞은 연분홍 꽃망울을 일시에 터뜨렸다. 그 장관은 소년에게 감격스러운 사랑의 전조로 각인된다.

그날의 산책길에서 '마르셀'은 스완 씨의 딸, 본 적도 없으면서 이미 반해 있던 질베르트 — 그녀는 '마르셀'의 우상인 작가 베르고트와 매주 식사를 함께하고, 절판된 그의 책을 빌려줄 수도 있다! — 의 실물과 맞닥뜨린다. 붉은 금발, 파란색으로 착각할 만큼 까만 눈동자, 분홍색 주근깨투성이 볼을 가진 그녀는 재스민과 제비꽃과 비단향꽃무로 둘러싸인 오솔길 옆 정원에서, 분무기 달린 초록색 호스를 들고 무지갯빛 물보라를 만들어내고 있다.

핑크빛 축제가 벌어진 산사나무 울타리 사이로 분홍 드레스의 소녀를 엿보았을 때, '마르셀'은 사랑의 마음이 너무도 간절해져서 그녀를 모욕하고 싶어진다. 그녀에게 달려가 못생겼다고 소리쳐서 그녀를 **아프게 만들고** 싶다. 부활절 휴가가 끝나 파리로 돌아가야 할 날이 다가오자, 소년은 헤어지는 슬픔에 겨워 눈물 흘리며 꽃핀 산사나무 줄기를 끌어안는다, 억센 가시들에 무참히 찔리면서도.

* ——

원하는 사람과, 원하는 순간에, 어떠한 방해도 받지 않고, 똑같은 크기로 사랑을 나누는 행운을 누릴 기회는 인생에 흔치 않다. 대부분은 '나만큼 원하는 사람'을 못 만난 채로 얘기가 끝나버리고, 가끔 쌍방이 원하더라도 좋지 않은 타이밍 때문에 얘기가 끝나버린다. 방해로 말하자면, 가족 친구 지인 돈 일 습관 그리고 경쟁자의 출현까지 오만가지가 있겠다. 무엇보다 서로 똑같은 열정과 똑같은 신의로 똑같은 시간 동안 사랑한 연인이 이 세상에 존재한 적이나 있었을까.

불평등한 마음은 갈망을 부채질하고, 갈망은 사랑을 그만둘 자유를 박탈한다. 간절하지 않은 쪽은 언제든지 다른 가능성을 맞아들일 수 있으므로, 그로 인한 질투는 고통과 집착을 낳는다. 이전까지 스완이 오데트에게 느낀 매력은 희귀본을 발굴해 낸 미학자의 탐구정신 같은 것이었다. 가치를 제대로 알아보지도 못하면서 대상을 소유했다는 사실만으로 자부심을 느끼는 속물 수집가들을 경멸하는 스완은 오데트에 대한 자신의 관심이 이상적 미에 대한 비평가적 호기심이라고 구분 짓는다.

원하기만 하면 어느 때에나 소유할 수 있는 사람은 무언가를 가질 필요가 없다. 그런데 예기치 않은 경쟁자, 포르슈빌 백작의 출현으로 스완의 예술 애호가적 흥미가 바닥없는 탐욕으로 급선회한다. 밤늦은 시각, 오데트를 찾아갔으나 그녀가 집에 없는 것을 안 스완은 미쳐버린다. **어떻게 그녀는 지금 여기 내 곁이 아닌 곳에서 즐거울 수 있단 말인가.**

스완은 파리의 번화가까지 전속력으로 마차를 달리도록 마부를 재촉한다. 오데트를 찾아 카페와 레스토랑, 오페라극장 들이 몰려 있는 이탈리앵 대로를 정신없이 뛰어다니던 그는 맞은편에서 오던 사람과 쾅 부딪친다. 그녀, 카틀레야 꽃다발을 손에 쥐고, 검정 벨벳 옷깃에는 연보랏빛 카틀레야를 꽂은 오데트다.

스완은 마법의 벼락을 맞는다. 이때부터 그는 거만한 신사에서 굴종하는 하인으로 변했다. 스완은 오데트의 코르사

주가 조금 기울어져 있는 것을 보고는, 그걸 손수 바로잡아 준다. 그리고 자석에 이끌리듯 몸을 기울여 그녀 가슴에 꽂힌 카틀레야의 향기를 맡는다. 이 순간으로부터 '카틀레야하다'라는 사적(私的) 동사가 태어난다. 그것은 '사랑하다'의 동의어고, 스완에게 선고된 **성스러운 병**의 기원이다.

모순어법은 '마르셀'의 사랑에서나 스완의 사랑에서나 미묘하게 신경을 거스르는 의미심장한 요소다. 질베르트에 대한 '마르셀'의 혐오, 오데트에 대한 스완의 증오는 어떤 감정인가. 소유되어지지 않는 대상에 대한 갈구. 패배와 굴욕의 참담함. 찢어발겨진 욕망의 반작용. 무력한 거짓 저항. 고통스러운 자학과 파괴적 가학의 양극단을 오가는 분열 상태는 사랑을 광기로 몰아간다. 세기의 로맨스를 홀로 하고 있는 사람과 미친 스토커의 거리는 손바닥과 손등만큼 가깝다. 그들은 연인이 죽어 없어지길, 그리하여 무고한 애도의 눈물을 흩뿌리며 이별하게 되길 소망한다.

서사의 측면에서, 절망은 치명적 로맨스의 필수 성분이다. 그렇지만 남녀 모두와 정사하는 난잡한 매춘부가 나에게 점점 더 많은 생활비를 요구하기 때문에, 너무 미워서 얼굴을 뭉개버리고 싶을지언정 도저히 헤어지지는 못하겠어서, 차라리 결혼을 하면 그녀로 인해 불행하지는 않을 거라는, 유능한 사업가 부르주아 남성의 사고구조는 기형적이다. 프루스트가 묘사한 사랑을 분석한 몇몇 남성 저자들은 '이것은 사랑이 아니'라고 선언한다. 사랑이라는 단어는 비뚤어진 집착의 미화일 뿐, 프루스트는 진정한 사랑의 기쁨을 몰랐다고. 나는 이 주장을 반박하는 하나의 가설을 제시하고자 한다.

낭만적 일부일처제 개념이 관습화되기 전까지 결혼의 제일 목적은 자원의 교환이었다. 강한 권력, 막대한 부, 전쟁 또는 평화 협상, 생계와 노동력 확보 등이 결혼과 관련됐다. 사랑의 관념이 덧붙은 후에도 결혼은 여전히 수단적 성격을 상실하지 않았다. 따라서 경쟁하는 수컷들은 자원의 효율적 사용에 집중하고, 다른 수컷의 새끼를 부양하는 손실을 막기 위해 암컷의 정조에 민감하며, 성(性) 외에 쓸 만한 자원을 갖지 못한 여성을 손쉽게 대상화한다.

동시대의 다른 남성 작가들이 쓴 작품, 예를 들어 졸라의 『목로주점』이나 위고의 『레 미제라블』 속 남성들이 창녀를 묘사하는 권력자적 태도와 비교해 보면, 프루스트의 인물들이 부정(不貞)한 여성을 바라보는 시선은 확연히 이질적이다. **프루스트적 남성은 배신자인 여성 때문에 괴로워하지만, 바로 그래서 결혼하려 한다.** 마치 결혼이 그녀를 조신한 어머니로 바꿔놓거나 또는 결혼하기만 하면 남편은 아내의 외도에 태연해질 수 있다는 듯이.

불충한 연인 때문에 고통받는 사람이 더 강력한, 극단적 결속 수단을 택하는 역설이라면, 평범하지는 않아도 개연적인 이야기일 수 있다. 이를 잘못된 집착으로 규정하는 것은 낭만적 사랑만이 진정한 사랑이라는 편협한 해석이다. 사람들은 사랑의 여러 기괴한 단면을 공개적으로 인정하기를 꺼린다. 그러면서도, 충분히 내 것이 되어주지 않는 연인이 다른 사람을 만나지 못하도록, 연인의 기쁨을 파괴하려고, 자신의 가능성과 기회마저 파괴하는 일탈적 복수로서의 사랑 서사를 아무렇지 않게 즐긴다. 왜냐하면 그런 것이 로맨틱하지 않을 뿐, 믿을 수 없게 보기 드문 예외가 아니기 때문이다.

받아들이기 어려운 것은, 막강한 자원을 소유한 남성이 결혼에 이르는 데 이 정도로 사랑**만**이 문제 된다는 사실이다. 내가 남성의 사랑을 너무 회의적으로 바라보는가? 그렇다. 나는 우월적 지위에 있는 이성애자 남성이 변덕스러운 도취경 속에서, 순간의 진심으로, 결혼을 약속할 순 있어도, “마음에 들지도 취향에 맞지도 않는” 매음녀에게 몇 년을 시달린 끝에, 그럼에도 식지 않은 사랑 때문에, 외도를 일삼는 그 부정한 여인과 결혼하는 **이야기**를 믿지 못하겠다.

실은 남녀가 바뀌어도 마찬가지다. 이성애자들은 최초에 그들 사랑의 강도와 관계없이, 가족 관계를 형성함으로써 얻게 되는 이익이 클 것으로 예견될수록 결혼에 이를 가능성이 높다. 결혼이라는 자원의 교환에 있어 사랑은 관계 유지의 최우선 요건이 전혀 아니다. 결혼한 남녀가 일상에서 겪는 어려움의 실체는 '사랑하는 감정을 계속 유지하는 것'이 아니라, '불안정한 열정'에서 '안정적인 유대'로, 욕구를 제때 적절히 변화시키고 적응하는 것이다. 그러니까 연인들은 사랑이 진부해졌을 때, 이별하거나 아니면 비로소 약간 진정된 마음으로 결혼을 한다.

비난과 고립을 감내하면서 오데트와의 결혼을 향해 돌진한 스완은 공적 사적 관계를 모두 잃는다. 선대(先代)로부터 긴밀했던 게르망트 가문의 어느 댁에도 출입하지 못하고, 오랜 친구였던 '마르셀'의 가족조차 그에게 등을 돌린다. 이처럼 막대한 희생으로 스완이 얻은 것은 무엇인가. 오데트 곁에서, 그녀로 인해 괴롭지 않은, 비굴하게 편안한 심부름꾼으로 살다가, 죽어서는 자신의 딸에게조차 배반당하는 것이다. 19세기 말이라는 시대적 배경과 두 사람의 엄청난 신분 격차를 감안한다면 스완의 결혼이 얼마나 비현실적인지 금방 알아차릴 수 있다.

이상한 부분은 사랑이 아니라, 프루스트가 재현한 이성애 서사다. 내 생각에, 스완의 결혼은 남성 동성애자인 소설가가 추측한 이성애자 남녀의 사랑의 결말이다. 프루스트는 이 결혼이 기이해 보인다는 것을 얼마쯤은 알고 있다. 그래서

"그들의 결혼에 모두가 놀랐는데, 그렇게 놀랐다는 것이 더 놀라운 일"이라고 쓴다. 그의 주장에 따르면, 사랑은 본질적으로 "주관적 현상"이고, 내가 사랑하는 대상은 실존재인 그 인격체가 아니라, "나 자신으로부터 추출해 낸 요소들로 창조한 어떤 새로운 존재"기 때문에, 누가 누구를 사랑하든지 별로 놀랄 일이 아니라는 것이다.(2편 1부 「스완 부인의 주변」)

사랑에 관한 프루스트의 통찰은 진실하다. 눈에 콩깍지가 씐다는 시쳇말을 그는 이렇게도 배배 꼬인 우아한 문장으로 써낸다. 그리고 그 콩깍지가 벗겨지면, 한때 몸과 마음의 모든 구석을 속속들이 안다고 믿었던 연인이 한순간에 전혀 모르는 사람 같고, 어떻게 저런 인간을 향한 마음이 그토록 열렬했을까 소스라치게 되는 것이다. 오데트에 대한 스완의 감정은 사랑이라 일러 부족함이 없다.

하지만 결혼을 생각해 봤거나 실행해 본 적 있는 세속적인 이성애자 남녀들은 안다. 세상 사람들의 손가락질에 훼손되지 않는 금강석 같은 사랑으로 결혼을 하고, 그 뒤로도 한결같이—문란한 아내 자신조차 이해 못 할 순진함으로—남편으로서의 미덕을 실천하는 오쟁이 진 남자의 이야기란, 사랑에 관한 허황된 동화라는 것을.

사랑 다음에 오는 현실로서의 결혼을 고려해 본 적 없는 프루스트에게는 이 부부 관계의 허구성이 충분히 인식되지 않았을 수 있다. 기괴하기로야 현실이 소설보다 더할 때가 많지만, 그래서 이런 결혼이 불가능하다 단언할 수 없지만, 적어도 이성애자 남성 **작가**는 이런 멜로드라마를 쓰지 않는다. 그리고 같은 이유에서, 이성애 외에 다른 사랑의 가능성을 믿지 못하는 독자에게(아마 남성에게 더) 스완의 사랑은 터무니없을 것이다.

『시간』의 인물들 다수는 소위 '정상'으로 일컬어지는 범주를 벗어난 사랑의 탐닉자다. 하지만 그런 것이 사랑일 수 없다는 주장은 대개 비평자 자신의 주관적 체험, 사랑에 대한 제한된 관념을 잣대로 삼은, 섣부른 단정이 아닌가 싶다. 그러나 또한, 프루스트의 경우를 보더라도, 아무리 뛰어나게 독창적인 상상력이라 해도, 사건들의 피상적 임의적 조합만으로 대중을 설득하기는 쉽지 않다. 남녀의 결혼은 인간사에 흔하디흔한 이야깃거리고, 바로 그렇기 때문에 가장 둔감한 독자조차 모순 있는 로맨스 서사를 금방 알아본다. 뻔해도 욕먹고 해괴해도 욕먹고 지루해도 욕먹는 사랑 이야기를 잘 쓰기란 얼마나 어려운가.

* ——

파리 오르세 미술관에는 스물한 살 때의 프루스트 초상

화가 있다. 당대에 매우 성공한 초상화가였던 블랑슈의 그림 속에서, 검은 재킷 단춧구멍에 푸른빛이 섞인 흰색 카틀레야를 꽂고 정면을 바라보는 프루스트는 유난히 창백하고, 병적인 요염함을 풍긴다.

프루스트의 평생 절친이었던 작곡가 레날도 안(Reynaldo Hahn, 1874~1947)[12]이 1905년 튀일리 정원에서 찍어준 흑백사진은 1921년 화랑전에서 처음 공개되었다. 이때도 프루스트는 체크무늬 바지에 모직 조끼를 받쳐 입고 보타이를 맨 멋스러운 차림에 재킷에는 탐스러운 오렌지색 카틀레야를 꽂고 있다. 누군가에게는 코르사주가 조금 눈에 띄는 치장이지만, 또 어떤 이에게는 유혹자의 특별한 징표일 수 있다.

남미 원산의 난초과에 속하는 카틀레야(Cattleya)는 오늘날 동서양을 막론하고 대표적인 관상식물이다. 1824년 영국의 원예학자 존 린들리가 런던 출신 무역상이자 화훼 연구가 윌리엄 캐틀리(William Cattley, 1788~1835)의 이름을 따 명

---

12 함부르크에서 베네수엘라 카라카스로 이주한 유대인 아버지와 스페인계 어머니 사이에서 태어났다. 1877년, 부모가 다시 프랑스로 이주하면서, 4세 때부터 파리에서 자랐다. 6세 때 나폴레옹 1세의 조카인 마틸드 공주 앞에서 노래했고, 8세 때부터 작곡을 시작했으며, 11세에 콩세르바투아르(파리음악원) 준비과정에 입학했다. 19세이던 1894년, 23세의 프루스트와 처음 만났다. 오페라 작곡가, 오페라극장 음악감독, 음악비평가 등으로 활동했다. 13세 때 빅토르 위고의 시에 멜로디를 붙인 성악곡 「나에게 노래의 날개가 있다면」이 유명하다.

명했다. 캐틀리는 1818년경 브라질에서 도착한 화물에 섞여 있던 정체불명의 덩굴손을 정성껏 돌봤는데, 무사히 살아나 꽃을 피운 그 식물이 바로 카틀레야다. 품종에 따라선 꽃의 지름이 18센티미터에 이르고, 뇌쇄적인 분홍보라나 쨍한 귤색, 비단 광택의 순백색 등 다양한 컬러의 이 난초는 여성의 의상 장식으로 인기가 높아 '코르사주 난초'로 불렸다.

『시간』의 연인들은 저마다의 사랑을 상징하는 꽃을 부여받는다. 소년 '마르셀'의 첫사랑은 만개한 산사꽃이고, 스완과 오데트가 벌이는 사랑의 줄다리기에서 카틀레야는 성적 친밀감을 나누는 둘만의 은어다. 여인이 숭배의 대상일 때, 그녀에게는 푸른 꽃이 어울린다. 파란색 수국, 남보랏빛 일일초, 자주색 파르마바이올렛은 환상적인 거리감을 자아낸다. 그리고 특별히 더 상징적인 난초와 꿀벌의 사랑이 있다. 암수한몸인 난초는 때에 따라 양성애를 암시하기도 하지만, 자연 상태에서 스스로 번식하지 못하는 불모성과 더 자주 연관 지어진다. 그래서 난초의 꽃가루를 옮겨주는 꿀벌은 수태 불능에 처한 암수 사이를 오가며 사랑의 교량 역할을 담당하는 성도착자를 상징한다.

그토록 자주, 그렇게나 다양한 꽃들의 이름을 열거했기 때문에, 프루스트와 꽃은 떼려야 뗄 수 없게 달라붙은 이미지로 남용된다. 확실히 어떤 사람들에게는 프루스트가 꽃들에 둘러싸인 퇴폐적 유미주의자로 여겨지는 듯하다. 그렇지만 건초열(꽃가루 알레르기)을 앓았던 프루스트는 평생토록 꽃을 멀리했다. 사과나무와 산사나무 꽃가루가 사방에 흩날리는 봄의 들판은 특히 유독한 장소였다. 카틀레야 부토니에를 즐겨 꽂았던 건 이 꽃의 생식기관이 갖는 상징성 때문일 수도 있지만, 끈적이는 젤리에 싸인 난초 꽃가루는 공기 중에 떠돌지 않기에 가능했다. 그는 봄에 외출하지 않았고, 피치 못할 때는 얼굴을 스카프로 둘둘 감아 눈만 내놓고 연신 기침을 하면서 돌아다녔다. 그럼에도 불구하고 프루스트가 가장 좋아하는 계절로 봄을 꼽은 이유는, 봄이 늘 그를 병들게 했기 때문이다. 사랑처럼 자신을 **아프게 만드는** 어여쁜 꽃들이 천지에 피어났기 때문이다.

— 바람, 밤, 11시 6분

뾰족하고 높은 곳

감사하게도 나를 위해 기도해 주는 사람이 여럿 있다. 복받은 삶이라 할 수 있다. 그런데 배은망덕하게도 나는 자주 이런 의문을 품는다. 그 기도들은 최종적으로 나를 위한 것인가 혹은 그들 자신의 공덕을 쌓는 일인가. 기독교도는 예수님에게 기도하고 불교도는 부처님에게 기도를 하니, 각자 자신의 신앙에 골몰하고 있는 것뿐 아닌가 하는 말이다.

신실한 마음으로 기도하는 이들 모두가 구원받기를, 해탈하기를, 지복에 이르기를 나 또한 바라 마지않는다. 그리고 어느 때엔가 그들 각자가 저마다의 이상향에 당도했을 때, 우리는 영영 이별하게 될 것이다. 어떤 종교든지 본질은 무한과 나, 영원과 찰나, 양자 간의 문제라서, 구원이건 해탈이건 다른 누가 대신해 주지 못하기 때문이다. 그래서 기독교도는 사랑하는 사람이 함께 구원받도록 복음을 전할 의무를 지고, 불교도는 집착과 애달픔을 낳는 지상의 모든 연을 끊어내려 한다.

그리하여, 모두가 그토록 열렬히 기도해 주었음에도 나

에게 믿음이 없다면, 나는 죽어서 지옥에 갈 것이다. 이리에게 찢기고 굶주림과 목마름에 울부짖고 영겁의 화마에 불탈 것이다. 윤회의 고리에서 벗어나지 못하고 비천한 미물로 거듭 태어나 무참히 짓밟힐 것이다. 아무리 참된 기도를 해도 끝끝내 친구가, 연인이, 부모자식이 신자(信者) 되기를 거부한다면, 그 사랑 많은 예수님도 자비로운 부처님도 어쩔 도리가 없다.

대신에 나에게는 꽤 근사한 해법이 있다. 절대자와 사후세계를 믿지 않는 무신론자는 죽고, 그다음은 없다. 내 시체가 땅에 묻히거나 타고 남은 재가 되거나 설령 거리에 함부로 버려진다 해도, 나는 알 도리가 없고 그로 인해 아프지도 않을 것이다. 썩어 문드러지며 구더기들을 살찌우다 미생물에 의해 분해되어 지상에서 사라질 것이다. 에너지보존법칙이 참이라면 다른 형태의 에너지로 변환되는 것이겠지만, 한때 나였던 미지의 소립자들에게 유다른 친밀감을 느끼지는 못할 것이다.

무신론자는 소멸할 수 있고, 그것으로 족하다. 죽고 보니 진짜 지옥이 있네? 죽었는데 거머리로 또 태어났네? 그러면 무척 당황하겠지만, 신앙인이 갖는 종교적 확신만큼이나 굳건하게, 신앙 없는 나는 죽음의 힘을 믿는다. 머지않은 미래에, 생으로부터의 자유에 이르는 사건이 나에게도 틀림없이 일어나리라 생각한다.

내가 죽음을 생각하며 안도할 때, 이 죽음은 다만 하나의 관념이다. 죽음에 초연한 용기는 상상력 결핍의 부작용일 수 있다. 미국의 사회심리학자 베커의 실험에 따르면, 직업윤리로서 공명정대함을 훈련한 판사들조차 자신의 죽음을 상상하는 설문에 답한 후 판결을 내렸을 때는 그러지 않은 경우보다 경범죄에 대해서조차 9배나 많은 벌금형을 선고했다.(브라이언 그린, 『엔드 오브 타임』 7장) 죽음을 생각하는 것만으로도 인간은 삶과 안녕에 대한 맹렬한 집념을 회복한다.

재난 기아 화재 폭력 사고 질병 같은 죽음의 실질적 계기를 떠올려 보라. 생명의 물질적 속성이 면제된 '깨끗한 죽음'은 없다. 인간은 누구나 피 토하고 몸부림치고 신음하며 숨가쁘게 죽어간다. 죽음의 서사, 죽음의 현장, 임사(臨死) 체험, 죽음에 대한 상상은 분노와 애통을, 속수무책의 두려움을 자아낸다. 의식과 사유는 끝내 생존본능을 억제하지 못한다.

죽음의 공포는 삶에 대한 의지뿐만 아니라 "인체의 생물학적 기능을 실질적으로 감퇴시키기" 때문에, 종교는 짧은 목숨, 불만족스러운 삶, 불우한 운명에 한탄하는 속인들의 고뇌를 누그러뜨려 줄 완화제로서 사후세계를 체계화한다. 『신곡』 「천국편」의 휘황한 빛과 화음, 황금 사다리를 올라가 맞이하는 횃불과 별빛, 고결한 흰 장미와 싱싱한 백합들과 무성한 잎사귀의 꽃밭, 그 밝고 맑고 향기로운 따뜻한 생명이 주는 위안은 「지옥편」의 생생하고 입체적인 참극을 견딜 이유를 제공한다. 현세의 그 무엇에도 저지되지 않는, 자기만의 종착점이 분명한 삶은 종교가 주는 궁극의 축복이다. 그것은 설령 살아생전에는 누리지 못한다 해도 추구해 볼 가치가 있는 특권이다.

이 은혜로움을 순순히 받아들이지 못하는 회의자는 무엇을 믿으며 살아갈 것인가. 문학은 근본적으로 세속적이고, 절대를 지향하는 인간 존재의 허망함을 부각한다. 문학은 인간의 악함과 약함을 무람없이 표출하면서도 회심(回心)은 하지 않는다. 이런 세계를 구경하는 것은 환멸을 자아내고, 즐기는 것은 죄스럽고, 탐구하는 것은 고통스럽다. 그럼에도 문학에는 그것 나름의 절실함이 있고, 그래서 다른 무엇에 이르는 수단으로 삼을 수가 없다. 문학을 공부하는 내내 종교와 예술을 양립시킬 방법을 찾으려 애썼던 독실한 크리스천 친구가 대학에서의 마지막 여름방학을 앞두고 초록이 무성한 교정 벤치에 앉아서 했던 말이다.

좋아하는 친구의 심원한 고뇌 앞에서 나는 침통하게 고개만 끄덕거렸다. 아직 어른이 아니었던 우리가 혼신의 진지함으로 문학이란 무엇인가를 서로에게 물을 때, 거기에는 한 순간의 냉소도 없었다. 머지않아 전혀 다른 길로 각자 나아가게 될 줄을 또렷이 인식하지는 못했지만, 두 친구가 마음을 다해 헤어지는 중이라는 것만은 알 수 있었다. 그날 나는 철없는 비장함으로 말했다. 종교와 문학 둘 중 하나만을 믿을 수 있다면, 나는 **문학을** 믿겠다. 그 말을 내뱉음과 동시에 내가 타락한 삶을 선언했다고 느꼈고, 신의 정원에서 도망쳐 나왔음을 알았다.

역사학자 요한 하위징아(Johan Huizinga, 1872~1945)는 『중세의 가을』에서 종교와 예술의 관계를 다음과 같이 설명한다. 어느 시대에나 "보다 아름다운 세계를 바라는 마음"은 이상적 삶에 이르는 세 가지 길을 찾아냈는데, 첫 번째 길은 추하고 불완전한 세속으로부터의 해방을 추구하는 것으로, 금욕적 태도를 취하거나, 보다 급진적으로는 현세를 부정한다. 두 번째 길은 세계를 건강하고 유익하게 만드는 것으로서, 사회 국가 제도 등을 개혁하려는 의지로 표현된다.

가장 쉬운 세 번째 길은 **꿈을 꾸는 것**이지만, 그 이상만은 언제나 가장 멀리, 높은 곳에 두었다. 이로부터 종교는 "하다못해 겉치레라도" 아름다운 삶을 가꾸기 위한 의례와 예술의 형식을 갖추게 되었다. 현실과 이상의 긴장이 강렬할수록 아름다움에 대한 갈망은 커지고, 이는 예술과 의례를 통해서만 해소될 수 있다. 예술은 비록 가짜일지라도 완전함을 흉내 내기 때문이고, 예의범절은 틀에 박힐수록 죄를 가리고 덕을 드러내기 때문이다.

신전은 보배로운 것들로 채워졌고, 더 많은 빛을 끌어들이기 위해 무수히 창을 냈다. 매우 값비싼 재료였던 유리가 실컷 낭비된 예배당은 한 인간이 평생 동안 체험할 수 있는 유일한 황홀경의 공간이었다. 중세의 예절 경쟁은 널리 퍼진 풍속으로서, 중세를 특징짓는 문화 중 하나다. 누가 먼저, 더 오래, 더 깊이 몸을 낮춰 절을 하느냐에 제후들과 왕자들의 평판이, 명예가, 정치 생명이 달려 있었다. 에티켓이 지나치게 과장되어 주객이 전도되었고, 극도의 형식주의로써 고상함이 달성되었다.

귀족들은 헤어지기 전 말 위에 올라앉아 주고받는 덕담과 인사말에 한나절을 소모하면서 '남다름'을 느꼈다. 황금의 빛깔을 실제로 본 적 없는 서민들은 보석과 비단을 휘감은 왕의 행차가 문자 그대로 '눈이 부셔' 똑바로 쳐다보지 못했다. 백성들이 왕족과 귀족 앞에서 한껏 머리를 조아린 것은 그 귀함과 빛남이 물질로서 우러난 데 대한 감탄과 존경이었다. "아름답고 고귀한 생활형태"를 만들어내는 모든 장치가 "종교의식의 색채를 띠었다".

종교와 예술은 인간이 꿈꾸는 두 가지 다른 방식이며, 다른 어떤 사유체계보다도 서로 유사하다. 인류사 전체로 보면

이 둘은 대부분 시간 동안 서로를 구별하지 않았다. 고대의 신화와 중세의 전설은 성스러움과 미(美)를 동일시했다. 아름다운 것들에는 신이 깃들어 있고 신성한 것들은 아름답다고 믿어졌다. 사후세계로 들어가는 관문인 무덤을 치장하고, 거대한 돌을 공들여 다듬어 상을 세우고, 나무판자나 천 위에 아름다운 인간을 그려놓고 신의 형상이라 일렀다. 계몽주의는 이 둘의 공고한 결합에 균열을 가져왔고, 근대과학은 신과 인간을 아득히 멀리 떼어놓았다. 그러나 현대에도 활발히 수행되는 물신숭배 속에서 신성(神性)과 속성(俗性)은 여전히 일체를 이루고 있다.

빅토리아시대나 벨에포크처럼 양식적 특색이 풍부했던 시대는 드라마나 영화를 통해 거듭 리메이크되며 하나의 장르를 형성한다. 그렇지만 과거의 풍습과 생활문화를 추적하는 데는 많은 자료와 꼼꼼한 검증이 필요하다. 보통의 상상력이 그려내는 시대물은 당대의 의식에 '스타일로서의 과거'를 덧입힌 경우가 대부분이다. 이때 과거는 흥미를 끄는 소재, 허구의 이야기라는 자유를 더 많이 누리기 위한 장치로, 등장인물들은 옛날 옷차림을 하고 과거를 연기하는 현대인이다.

『시간』은 반대로, 과거의 정신적 개성을 당대의 인간에게 부여하는데, 이 때문에 어떤 인물들은 역사적이면서 동시대적인, 초시간적 존재가 된다. 성년이 되기 전까지 '마르셀'이 세계를 인식하는 방식은 놀랍도록 중세적이며, 19세기 말에서 20세기 초를 살아가는 상류층의 생활양식은 프랑스혁명 이전으로 거슬러 올라가는 복고주의를 강하게 드러낸다. 이 때문에 독자는 『시간』의 어떤 부분들이 시대착오적이라는 인상을 받는다. 그러나 프루스트의 반동성은 정치사회적 의식의 결여 때문이라기보다, 이야기의 지평을 더 넓은 시간대로 확장하려 한 작가적 의지의 산물이다.

프루스트는 과거를 낭만화함으로써 지나가 버린 시간에 대한 무력한 그리움을 고백하고 있지 않다. 오히려 『시간』은 한 인간을 이루는 것이 단지 한 시대 일개인의 주관적 체험의 총합이 아니고, 우리가 개성이라고 부르는 것은 모든 시대, 전체 인간사가 총체로서 물려준 유산이 각자의 내면에서 재구성되는 동안, 개인성을 덧칠한 결과물이라는 사실을 소설의 형식으로 통찰한다. 『시간』은 기형적으로 과도한 세기말 풍속소설이 아니라 차라리 역사책에 더 가깝다.

내가 이 사실을 깨닫는 데는 20년이 넘게 걸렸는데, 「게르망트 쪽」 2부 첫 장면을 읽다가 불현듯, 서로 연관 지어 볼 생각조차 못 했던 두 책 『중세의 가을』과 『시간』이 평행우주처럼 뚜렷이 닮아 있음을 깨달아 혼자서 깜짝 놀랐다.

『시간』에서 어머니와 외할머니는 '마르셀'에게 취향과 감식안을 물려주는 인물들로, 그가 작가의 꿈을 품는 계기는 대체로 이 두 여인과 함께하는 경험 속에서 형성된다. 특히 외할머니 바틸드는 속물적이지 않은 교양인이고, 다독가이며, 비바람 몰아치는 궂은 날씨면 산책을 나가 치마가 흙투성이가 되도록 빗속을 돌아다니면서 시원함을 느끼는 자유로운 영혼의 소유자인 동시에, 외손자 '마르셀'을 극진히 사랑하는, 평범하지만 이상적이고 또한 매우 개성적인 할머니다.

그런 그녀가 신장염으로 죽어가는 장면에 기막힌 묘사가 있다. 현대의 독자라면 이 부분에서 분개하거나 비난하고 싶어질지도 모르겠는데, 할머니의 임종이 임박했다는 소식을 듣고 이웃으로서 문안드리러 온 게르망트 공작의 행동거지가 우스꽝스러움을 넘어 비상식적으로 보이기 때문이다.

"누군가에게 경의를 표하기로 작정하면 옆에 관(棺)이 대기 중이건 여행 가방을 싸놨건 전혀 개의치 않는" 공작은 다짜고짜 할머니가 단말마의 경련을 일으키고 있는 방에 들어가려 한다. '마르셀'은 그를 막아서기 위해 고군분투하는데, 마침 간병하던 어머니가 손님이 온 줄 모르고 산소통을 가지러 다급히 응접실로 나온다. 게르망트 공작은 어머니를 보자 무도곡에 맞춰 춤을 시작하려는 귀족처럼 두 발을 엇갈린 후, 한쪽 다리를 뒤로 최대한 길게 빼면서 천천히 상체를 숙이는, 완벽한 궁중식 절을 시작한다.

그 순간, 사경을 헤매는 모친을 보살피느라 몇 날 며칠 잠을 못 잔, 피로와 슬픔에 젖은 딸은 공작의 안중에 없다. 그는 "자신이 보여주려는 예의범절의 중요성"에 골몰한 나머지, 안하무인의 귀족을 거들떠보지 않는 어머니의 무엄함을 알아차리지도 못한다. 그사이 어머니는 도로 방으로 들어가 버리고, 뒤로 향하려던 공작의 한쪽 다리는 끝내 절을 완성하지 못하고 멈춰버린다. 바로 이것, 자신의 예절이 어머니의 무성의로 인해 탁월하게 완수되지 못했다는 사실이 공작을 불쾌하게 만든다. 어머니와 공작은 각자 서로의 매너에 무관심한데, 이는 그들이 같은 시간 속에 있지만 전혀 다른 시대에 속한 존재들이기 때문이다.

프루스트가 묘사하는 게르망트 공작의 인사는 하위징아가 『중세의 가을』에서 묘사한 '고귀한 형식으로서의 예의범절을 추구하는 삶'이 어떤 모습인지를 여실히 드러낸다. 전쟁터에 나가 있던 부르군트(부르고뉴) 공국의 제후 선량공 필리프(Philippe le Bon, 1396~1467)가 프랑스 왕태자 루이(훗날 루이 11세, 1423~1483)가 방문하러 오고 있다는 소식을 듣자, 그보다 먼저 궁에 도착해 왕태자를 맞이하기 위해 전속력으로 말을 달리면서, 제발 자신보다 먼저 입성하지 말아달라고 계속해서 사신을 보내는 장면. 궁정 안뜰에서 자신의 첫 번째 부인의 조카인 왕태자와 마주친 예순 살 노인 필리프가 무릎 꿇는 것을 말리려고 왕태자가 그를 끌어안는 장면. 그럼에도 기어코 무릎을 꿇는 데 성공함으로써 "자기 몸을 낮춰 자기 영예를 드높이는" 제후의 모습. 서로 상석에 앉기를 사양하는 데만 15분이 걸렸던 이 봉건적 명예심을 이해하려면 "예절의 심미적 가치"에 대한 공감이 필요하다.

죽음은 누구나에게 공평하게 일어나는 일이므로 전혀 특별하지 않지만, 의례는 매 순간의 유일함에 걸맞은 격식을 갖춤으로써 우아한 삶을 달성한다는 공작의 인식은 신성을 잃어버린 세속적 중세를 묘파한다. 진정한 귀족은 기능에 충실한 하인과 실질적으로 구분되지 않는데, 장의사가 죽음에 무심함으로써 깍듯하고 정중하게 장례식을 거행할 수 있는 것과 같은 이치다. 중요한 것은 형식이며, 그릇이 있기 전에는 담길 내용물도 없다.

프루스트는 중세적 인간을 재현하는 데 탁월할 뿐만 아니라, 중세적 상상력의 구조를 거의 그대로 답습하는 신기한 재능을 보여준다. 미성년의 '마르셀'이 게르망트 가문에 바치는 숭배는 왕족에 대한 중세 서민의 존경을 그대로 빼닮았다. 귀족은 자신의 우월함이 민중의 열등함에 비해 너무도 뛰어나기에 백성들에게 아량을 베풀 수 있었고, 민중은 어린아이처럼 변덕스러운 마음으로 자신들의 왕과 귀족에 대해 위축되거나 선망했다는 하위징아의 설명은 게르망트 가문과 '마르셀'의 관계에도 짜맞춘 듯 들어맞는다. 그것은 우아하고 고상한 삶, 즉 높고 뾰족한 것을 사랑하는 고딕 시대의 마음이고, 이로부터 생활세계를 상상으로 채우는 **꿈꾸는 존재**가 태어난다.

혼자 잠들기 두려워하는 소년을 위해 가족들이 침실 램프에 씌워준 요술 초롱[13]은 '마르셀'을 신비로운 환상의 세계로 이끈다. 음흉한 골로의 계략, 준비에브 드 브라방의 시련, 푸른 수염의 광기, 구호 성자 쥘리앵의 비극 같은 전설들은 외할머니와 어머니가 읽어준 책들에서 빠져나와, 감각되는 실체로서 소년에게 다가온다.

그는 이야기책 속의 왕과 왕비, 역사책 속의 왕족과 귀족들, 그리고 현실의 성주(城主) 게르망트의 차이를 구분하지 못한다. 때문에 소설 전반부에서 '마르셀'이 서술하는/상상하는 게르망트 가문의 내력은 16세기 프랑수아 1세(François I, 1494~1547) 시대로, 그리고 12세기 준비에브 드 브라방 전설과 9세기 샤를마뉴(Charlemagne, 742?~814) 대제를 거쳐 계

13 lanterne magique. '마술 환등기'라는 번역을 흔히 사용하지만, 이는 영사기의 초기 모델인 환등 장치를 연상시키기 때문에 다소 부적절해 보인다. 프루스트가 묘사한 매직 랜턴은 채색 그림이 그려진 유리판을 사면에 끼운 등갓 형태로, 양초나 석유램프 위에 씌워 실내의 벽과 천장에 이미지가 투사되도록 한 소품을 말한다.

속해서 과거로 거슬러 올라가, 마침내 프랑스 왕가의 시초인 메로빙거 왕조 시대 클로비스 1세(Clovis I, 466~511)에 도달한다.

이토록 웅장한 신화화는 역설적이게도 독자가 이 가문의 내력을 사실에 근거해 추적하는 것을 불가능하게 만들어버린다. 넓고 방대한 역사를 하나의 이름 아래 통합함으로써, 유럽 왕족 전체가 게르망트와 어떻게든 이어져 있는 것처럼 보이기 때문이다. 이 터무니없음은 곧 게르망트가 상상의 소산임을 확고히 한다. 게르망트는 다만 하나의 상징, 6세기부터 19세기까지, 그리고 1875년 프랑스에서 어떤 형태로든 군주가 완전히 사라진 뒤에도 여전히, 1890년에나 1910년에나 변함없이, 앙시앵레짐(구체제)의 존엄을 지니고 레지옹 도뇌르[14]를 멸시하는, 진짜 제후의 표상이다.

* ——

원근법과 사실주의에 적응한 20세기 이후의 인간에게는 입체가 너무도 당연해서, 2차원에 머물렀던 중세의 사본(寫本)

14 1802년 나폴레옹 1세가 수여하기 시작한 훈장으로, 귀족 작위를 '부여'받는다. 즉 레지옹 도뇌르 수훈자는 혈통으로부터 고귀한 신분이 아니라는 뜻이다.

삽화를 미발달된 기술의 결과물로 여긴다. 그러나 경전의 페이지마다 본문 주변 여백에 공들여 그림을 그리고, 머리글자를 금박과 아라베스크 문양으로 장식하면서, 그로써 신성을 드러내고 추앙하기 위해 일생을 바쳤던 중세 필사가의 황홀경은 현대인의 자신만만함보다 강렬했다.

페르시아와 비잔틴의 세밀화는 인간의 눈이 아니라, 까마득한 위에서 굽어보는 무한한 시선으로 그린 세계다. 은밀하고 노골적인 모든 것이 평등하게 늘어놓인 그 깊이 없는 신적 평면에서는 하찮은 인간의 치부를 숨길 구석도 죄를 숨길 방법도 없다. 신을 우러르며 인간은 환상에 젖어들고, 환영을 보고, 착시와 허상 속을 헤매다, 마침내 각성에 이른다.[15] 예술은 신의 가없는 영광의 빛을 나타내려는 부단한 노력, 그 신비한 여정의 부산물이었다.

『시간』에서 수없이 되풀이되는 중세 고딕 성당들에 관한 다정한 묘사, 온갖 석상들과 벽화들과 스테인드글라스와 종탑을 향해 서술자가 드러내는 애틋함에는 물신숭배가 깃들어

---

15 이 단어들은 모두 '빛을 밝히다'라는 뜻의 라틴어 일루미나레(illuminare)와 관련이 있다. 환상(illumination), 환영(illusion), 착시 또는 허상(hallucination), 영적 깨달음(spiritual enlightenment), 계몽주의(enlightenment) 등. 또한 비잔틴 세밀화를 가리키는 미니아튀르(miniature, 미니어처) 역시 중세에는 '일루미네이션'이라고 불렸으며, 이로부터 오늘날 삽화를 뜻하는 일러스트레이션(illustration)이 파생되었다.

있다. 그것들은 단지 풍경이 아니라 **가족 같은 존재**로 함께 살아가며, 다른 세계로 들어가는 **환상의 통로**를 내준다. 그 문은 손대지 않아도 저절로 스르륵 열린다.

'마르셀'이 외할머니와 광장에 서서 마을 종탑을 올려다볼 때, "기도하려고 모은 두 손처럼 위로 갈수록 점점 좁아지는 돌들의 그 부드러운 긴장, 그 열렬한 경사를 눈으로 좇는 동안에, 그것과 스스로를 완전히 합일시킨 할머니의 눈길은 그 첨탑과 함께 솟아오르는 듯" 보인다.(1편 1부 「콩브레」) 이 중세적 정경 속에서, 물아일체를 희구하는 인간은 우상에 대한 경외심으로 이야기를 지어내고, 자신이 지어낸 이야기를 진실하게 믿는다.

좋은[善] 것, 귀한 것, 빛나는 것은 강한 자력을 지녔기에 필연적으로 인간의 마음을 끌어당긴다. 상상은 실존하지 않음으로써 완벽한 낙원을 꾸며내고, 예술은 인간이 지상에 머무는 동안 숭고와 미를 합일시키려는 불가능한 시도를 포기하지 않는다. 영원과 불멸을 이상화하는 것은 생존본능의 이형태(異形態)다. 그래서 덧없으므로 아름다운 생을 빛나는 세밀화로 묘사한 『시간』 같은 책을 읽을 때, 나는 매일 기도하는 수련수사의 마음가짐이 된다.

모든 인간의 태어남은 비자발적이다. 우리는 별안간, 영문을 모른 채, 여기 있게 되었다. 진실은 어디에 있는지 알지 못하므로 찾을 수도 없으며, 아름다운 것들은 너무 희소해서 그 흔적만 겨우 알아볼 수 있다. 여리고 무방비한 알몸의 자아는 세계의 냉기에 소스라치고, 그는 현실의 비참과 쓰라림을 견디기 위해 꿈꾸는 법을 배운다.

하위징아는 "왜 그런지 설명할 수는 없지만, 어느 시대에나 인간이 누리는 삶의 행복, 한가로운 기쁨, 달콤한 휴식의 총량에는 큰 차이가 없으리라는 확신이 든다."는 경건한 깨달음을 고백했는데, 프루스트를 읽다 보면 그 말에 전적으로 동의하게 되고, 왜 그런지 설명할 수도 있을 것만 같다. 우리의 감각 지각력과 인식력이 현생인류 이래로 현격하게 변화한 적이 없고, 그로부터 가능한 상상과 사유도 이 능력 범위를 벗어나지 못하기 때문에, 환경과 조건의 여러 차이에도 불구하고 인간이 자기 삶의 희로애락과 생사(生死)에 부여하는 의미 또한 언제나 엇비슷할 수밖에 없지 않나 생각한다.

— 느닷없이 겨울, 아침 6시 45분

이름의 빛깔

“무엇이 『잃어버린 시간을 찾아서』의 통일성을 이루는가?” 이것은 들뢰즈(Gilles Deleuze, 1925~1995)가 쓴 『프루스트와 기호들』의 첫 페이지 첫 문장이다. 『시간』을 읽기 전에 나는 이 문장의 가치를 알지 못했다. 그럼에도 지난 몇 년간 어두운 눈으로 더듬더듬 『시간』을 읽어갈 때, 그것은 선지자가 남긴 지팡이처럼 나를 이끌어주었다.

누구든지 『시간』을 읽다 보면 수천수만의 결을 이루는 단어들에 둘러싸여 방향감각을 상실하게 된다. 들뢰즈는 『시간』 독해의 거대한 난맥상을 단 한 문장으로 꿰뚫는다. 『시간』 읽기는 유동하는 매질 속을 허우적거리며 거기에서 일련의 역학을, 어떤 규칙성을 찾으려는 분투다. 이때 들뢰즈의 물음은 두터운 안개를 걷어가는 강풍처럼, 독자에게 깨끗한 시야를 되돌려준다.

다른 인간이 발휘하는 이런 뛰어남은 나를 기쁘게 한다. 스포츠나 무용, 칼군무를 지켜보는 즐거움과 마찬가지로, 오랜 훈련을 거친 절제된 정신의 달인이 심오한 의미를 단박에 낚아채 보여줄 때, 내가 혼자서는 결코 알아낼 수 없었을 광활한 **해석**의 세계가 열린다.

* ——

'마르셀'에게 **이름**은 아주 사소한 것, 가령 짧은 음상(音像) 또는 어떤 색채에서 출발해 무한히 확장하는, 훌륭한 상상 재료다. 게르망트(Guermant)는 '앙트'라는 끝음절이 아마랑트(amarante), 즉 맨드라미를 떠오르게 하고, 맨드라미의 오렌지색은 다시 금색 미나리아재비로 변신하면서, 게르망트라는 이름에 '천진난만'의 이미지를 부여한다. 게르망트와 노란색은 화자의 상상 속에서 점점 더 단단히 결합되어, 그 이름의 소유자들에게 황금빛 후광을 입히고, 오리안이나 생루 같은 게르망트 사람들을 태양처럼 빛나 보이게 한다.

'마르셀'은 모든 이름에 저마다의 빛깔을, 어떤 감각의 인상을 부여한다. 황금물결로 반짝이는 베네치아, 꽃처럼 피어나는 피렌체 같은 이미지는 비교적 평범한 심상에 속한다. 화자의 개인적 체험들과 연결된 이름, 가령 "샹브르 드 콩브레(chambres de Combray)"는 그저 평범하게 '콩브레의 방'을 뜻하지만, 하나의 명칭처럼 독립적이며, "오돌토돌하고, 꽃가루가 뿌려진 듯한, 먹을 수 있는 무언가"와 같은 개성적 감각을 부여받는다.(1편 3부 「고장들의 이름—이름」)

어떤 지명은 그 이름이 불러일으키는 심상과 화자가 읽은 이야기책 속의 내용이 결합해, 현실에는 없는 신묘한 장소가 되기도 한다. 오데트가 산책하는 불로뉴 숲의 아까시나무 길은 교활한 베누스의 수작으로 정염에 불타오르게 된 디도의 도금양 길을 떠오르게 하고, 이로써 사랑과 배신, 향기로운 유혹과 순결한 결혼식이라는 이율배반의 속성을 갖게 된다.

베르길리우스의 『아이네이스』에서 카르타고의 여왕 디도는, 멸망한 트로이를 탈출한 베누스의 아들 아이네이아스를 사랑하게 되지만, 고향을 잃고 바다를 떠돌던 그를 극진히 보살펴 주었음에도 끝내 버림받자, 슬픔에 겨워 자살하고 만다. 이후 저승을 여행하게 된 아이네이아스는 "가혹한 사랑의 고통으로 스러져간 자들의 은신처"인 도금양 숲속에서, 상처 입은 채로 헤매고 다니는 디도를 본다. 성경에서 도금양은 '에덴동산의 향기'로 일컬어지고, 로마신화에서는 사랑을 상징하며, 유대교에서는 결혼식을 치른 신랑이 신방에 들 때 가져가는 꽃으로 사용되었다.

'발베크'라는 이름은 그 거친 발음 때문에 "낭떠러지 절벽이 있는 바다"와 "안개와 파도의 거품으로 만들어진 수의를 뒤집어쓴" 해변을 상상하게 만든다. '마르셀'은 발베크가 고대의 땅끝이었다고 믿고, 그곳에 가면 페르시아풍 성당을 보게 되리라 기대한다. 발베크는 오늘날 레바논의 해발 1150미터 고원에 위치한 고대 페니키아 도시 바알베크(Baalbek)와 음성적으로 유사하고, 바알베크에는 페니키아의 우주신 바알샤민(Baalshamin) 신전이 있기 때문이다. 소년에게 발베크는 '아라비안나이트'의 양탄자가 펼쳐지는 곳, "열려라 참깨!" 주문을 외면 동굴 문이 열리는 신비한 이야기의 세계다.

그래서 발베크 성당이 폭풍우 몰아치는 해안 절벽 끝에 있지 않고, 바다에서 20킬로미터나 떨어진, 기차선로가 교차하는 광장 앞에 서 있으며, 그 옆에는 '당구'라는 표지판이 있는 카페와 신용은행 출장소와 합승마차 사무실이 있다는 사실, 그리고 그 주변의 다른 집들과 마찬가지로 그을고 때 낀 추레한 건물이라는 실체를 확인했을 때, '마르셀'은 환멸을 느낀다. 이상을 완벽하게 구현한 불멸의 예술품일 것이라 믿었던 발베크의 성모상은 "작고 늙은, 돌로 된 여인"에 불과하다.(2편 2부 「고장들의 이름—고장」)

* ——

"과거로부터 온 것에 대한 물신숭배적 신앙"을 품은 '마르셀'에게 게르망트는 프랑스의 기원, 즉 고대 프랑크족의 후손이다. 이 신화는 그의 상상체계 한가운데 굳건히 자리 잡아, 사춘기를 지나면서 하나의 목표가 된다. 그는 **스완처럼** 게르망트 사람들과 친교를 맺고 싶고, 사교계에 나가 **스완처럼** 사교계를 권태로워하고 싶다. 이 소망은 뜻밖의 계기로 불현듯 이루어지는데, 실제 게르망트 사람들이 주고받는 대화 속에서 게르망트의 영지는 점점 더 넓은 규모로 확장된다.

독일 선제후 가문인 게르망트는 롬 대공, 오베르뉴 공작, 브라방 공작을 겸하며, 선대에는 기즈 공작 가문, 부이용 백작 가문, 사이프러스 백작 가문과 혼인으로 맺어졌다. 뷔템베르크 공작, 바이에른 왕, 하노버 대공, 파름 여공작, 뤽상부르 대공이 그들의 친인척이고, 질베르 르 모베 공작, 프랑수아 드 라로슈푸코 공작도 게르망트의 조상이다.[16] 그와 동시에, 몹시 혼란스럽게도, 게르망트 가문은 제3공화국 시대(1870~1940) 이래로 '왕위요구자'인 파리 백작 루이필리프 도를레앙(Louis-Philippe d'Orléans, comte de paris, 1838~1894)과도 친족이다.[17]

16　이중 일부는 실존인물이고 일부는 허구인데, 이들 소유의 영지는 오늘날 지역으로 프랑스, 벨기에, 네덜란드, 에스파냐, 이탈리아와 지중해, 그리고 독일을 아우른다.

17　프랑스에서 왕정이 종료되었기 때문에, 마지막 군주였던 루이필리프(Louis-Philippe, 1773~1850) 1세의 후손들은 오늘날까지 '왕위요구자' 상태다. 루이필리프 다음으로는 혈통의 귀족이 아닌 나폴레옹 3세(Napoleon III, 1808~1873)가 1852년 국민에 의해 황제로

프루스트는 프랑스의 마지막 왕가인 부르봉과 오를레앙 사이에 게르망트라는 허구의 계보를 끼워 넣음으로써, 화자의 어릴 적 공상과 소설 속 인물들의 가계보가 뒤엉킨, 전설적 제후 가문의 상(像)을 만들어낸다. 감수성과 '작가 되기' 주제를 다룬 독백체 사소설 『시간』에 이렇게나 거대한 배후를 가진 귀족 가문이 등장하는 이유는 무엇일까. 『시간』의 서사에서 게르망트 가문 사람들이 맡은 배역을 이해하지 못한다면, 이 소설은 분량의 절반 이상이 없었더라면 더 읽기에 좋았을, 불필요하게 긴 이야기로 보일 것이다.

프루스트는 게르망트와 음성적으로 유사한 라틴어 게르마누스(germanus)로부터 이 가문의 웅장한 가계보를 착안했을 것이다.[18] 게르마누스는 고대에 게르만족을 가리키던 명칭인데, 근대 이후로는 독일 민족을 뜻하는 단어로 통용되고 있다. 하지만 중세 이래로 독일을 지칭하는 독일어나 프랑스어

선출되어 제2제정기를 열고 18년간 통치했으나, 실정과 프랑스-프로이센 전쟁의 패배로 1870년 폐위되었다.

18 프랑스 중북부 센에마른(Seine-et-Marne)주에는 프루스트가 그 이름을 차용한 소도시 게르망트(Guermantes)와 17세기에 지어진 성이 실제로 있지만, 같은 이름이라는 점 외에는 『시간』과 아무런 관련이 없다. 소설 속에서 게르망트성, 즉 비본성은 외르에루아르(Eure-et-Loir)주에 속한 콩브레에서 8킬로미터가량 떨어져 있는 것으로 묘사된다. 센에마른은 파리를 기준으로 동쪽이고 외르에루아르는 서쪽이다.

에는 '게르만'이라는 음가(音價)가 없다.[19] 따라서 스완이 게르망트를 일컬어 "게르만족"이라 할 때, 이는 협소한 근대적 의미의 독일보다는 드넓은 세계의 지배자였던 고대 게르만족을 더 강하게 환기시키는 것이다.

고대 게르만족은 신석기시대 중부 독일 지역에 정착한 원시부족이다. 이들은 4세기경 중앙아시아에서 몰려온 유목민인 훈족을 피해 동에서 서로, 북에서 남으로, 대규모로 이동하면서 여러 갈래로 갈라졌다. 게르만족의 분파인 프랑크족 클로비스 1세는 481년 프랑크 왕국의 초대 왕으로 즉위했다.

프랑크 왕국의 중심지는 현대의 네덜란드와 벨기에 지역이었는데, 각각 부르군트 공국과 브라반트 공국으로, 프랑스어로는 부르고뉴와 브라방이다. 프랑크 왕국은 800년에 카롤루스(독일어로 카를, 프랑스어로 샤를마뉴)가 로마 황제에 임명되면서 최대 전성기를 누렸다. 그러나 카롤루스 사후 그 자손들의 권력 다툼으로 843년부터 870년 사이에 프랑크 왕국은 세 개의 왕국으로 분열되었다. 이들은 각기 오늘날 프랑스 독일 이탈리아의 시초가 되었다.

라틴어 게르마누스는 '한 줄기에서 나온'이라는 뜻으로,

---

19 독일어로 독일은 도이칠란트(Deutschland), 독일인은 도이체(Deutsche)고, 프랑스어로는 알마뉴(Allemagne)와 제르맹(germain)이다.

형제 또는 사촌을 가리킨다. 고트족 반달족 부르군트족 앵글족 색슨족 노르만족 프랑크족 등을 아우르는 게르만이 고대에 하나의 혈족이었음을 나타내는 것이다. 7편 「되찾은 시간」에서 1차 세계대전이 발발하자, 게르망트가의 일원인 샤를뤼스 남작은 이런 말을 한다. "내 사촌인 독일 황제의 패배를 바라는 것은 인지상정이 아니므로" 프랑스군 편도 독일군 편도 들 수가 없다고. 게르망트의 기원에 대한 이해가 없다면 샤를뤼스의 발언은 희생적으로 죽어가는 군인들을 외면하는, 조국을 등진 반역자의 궤변으로 들릴 것이다.

19세기 말부터 20세기 초까지 프랑스에서는 민족주의 역사관이 대두하면서 프랑스의 기원을 프랑크 왕국으로, 초대 왕조를 메로빙거로 보는 시각이 크게 유행했다. 이는 곧 공통 조상을 두고 프랑스와 독일 간에 소유권 논쟁으로 이어졌다. 그렇지만 현대의 역사가들은 프랑크 왕국을 독일도 프랑스도 아닌, 공동의 고대 왕국으로 분류한다.(프랑스 고유의 초대 왕가는 987년 시작된 카페 왕조로, 독일은 오토 1세가 신성로마제국 황제로 즉위한 962년부터로 본다.) 유럽 왕족의 효시이자 전 유럽 왕가들과 친인척인 게르망트의 가계보는 이러한 역사에 대한 프루스트의 열성과 흥미를 반영한다.

* ——

'마르셀'은 "물리학의 법칙을 고려하지 않으면서 원근법을 구사하는 화가처럼", 실제 대상이 아니라 "이름이 상상력에게 보여주는 것"만을 본다. 그래서 그가 콩브레의 마을 성당에서 게르망트 공작부인의 실물을 처음 보았을 때, 프랑스 왕실을 상징하는 백합의 이미지였던 동화 속 여왕님의 코끝에 뾰루지가 돋아 있는 것은 실망스러운 놀람을 안긴다.

그녀가 출연하는 연극이 보고 싶어 병이 날 지경이었던 여배우 라베르마의 연기를 드디어 관람하게 되었을 때는 그 단조롭고 평범한 연기에 혹시 배우가 바뀐 것은 아닐까 의심한다. 실망감을 극복하기 위해 '마르셀'은 손바닥이 뜨거워져라 박수를 치면서, 라베르마의 연기가 훌륭하다고 감탄함으로써 그녀의 연기를 감탄할 만한 것으로 인정하도록, 자신의 안목을 설득하고자 애쓴다.

그리고 선망의 대상이자 롤모델이었던 작가 베르고트를 스완의 집에서 마침내 대면했을 때, 작고 다부진 체구에 달팽이 모양 코와 턱수염을 가진 그 남자의 모습에 '마르셀'은 "총알을 맞은 비둘기처럼" 굳어버린다. 그토록 성스럽고 아름다운 문장들이 저 땅딸막한 인간의 육체에서 나왔다는 사실은 '나'에게 죽음에 가까운 슬픔을 안긴다.

'나'는 육체적 물리적 인간이 자주 생소하고, 그 사람과 그의 이름이 부정교합처럼 잘못 맞물렸다고 느낀다. 이 부조리를 해소하기 위해—"나의 몽상(imagination)과, 독립적으로 존재하는 인물에게서 포착되는 상(image)을 서로 합치시키기 위해"—소년은 더욱 열렬히 상상력을 발휘한다. 소설 회화 조각 등의 예술작품은 '나'에게 타인을 이해할 수 있는 실마리로서의 어떤 모형을 제시하고, '나'는 예술과 실재 간 유사성을 인식함으로써 대상을 더 잘 감각하고 다른 눈으로 바라보게 된다. 이럴 때 '마르셀'은 스완과 하나의 인격으로 잠시 합쳐진다. 그들의 상상력은 동일한 뿌리를 공유한다.

이름은 이야기의 원천이고, 사건은 언제나 이름에서 비롯한다. 알베르틴의 이름을 최초로 발화하는 사람은 질베르트고, '마르셀'은 첫사랑 질베르트가 그 이름을 말한 적 있다는 사실 때문에, 친구들에게 알베르틴이라는 이름으로 불린 소녀가 자기 곁을 스쳐갈 때, 그녀를 돌아볼 수밖에 없다.

사랑을 이어주는 닮은 이름은 때로 의미심장한 착오를 일으키기도 한다. G를 한껏 기울여 쓰고 i에 점을 찍지 않아서, Gi가 흡사 A로 보이는 질베르트(Gilberte)의 필체는 먼 훗날 베네치아로 떠난 '마르셀'에게, 죽은 줄 알았던 알베르틴(Albertin)이 살아 있다는, 그리고 그녀가 누군가와 결혼한다는 기이한 소식이 담긴, 잘못 도착한 전보처럼 혼동을 야기한다.

4편 「소돔과 고모라」 2부 2장에서 '마르셀'은 알베르틴과 함께 발베크와 두빌을 오가는 지방열차를 타고 베르뒤랭 부인이 체류하고 있는 라 라스플리에르 별장까지 가는 기차 여행을 한다. 이것은 1편 2부 「스완의 사랑」에서, 다른 남자와 함께 여행을 떠난 오데트와 우연을 가장해 마주치기 좋은 지명을 찾으려고 "가장 도취적인 로맨스소설인 열차 시간표"에 몰두했던 스완의 꿈이 불완전하게나마 실현된 모습이다. 연인과 여행을 함께한다는 점에서는 소망이 이루어졌으나, 질투하는 존재로서 여전히 고통 속에 있기에 '마르셀'의 처지는 스완과 크게 다르지 않다.

두어 시간 남짓의 이 짧은 기차 여행 장면은 수십 페이지에 걸친 대화로 묘사된다. 승객들이 나누는 현학적 수다의 주제는 열차가 지나는 길목의 소도시들과 정차하는 역들의 이름에 관한 **어원학**이다. 여행에서 중요한 것은 연인도 풍경도 아니고, 이름을 재료로 펼쳐가는 상상이다. 열차가 간이역에 멈출 때마다 새로운 승객이 올라타면 그의 사연도 함께 탑승한다. 그것은 한 개의 노선을 따라가지만, 여러 시간대의 이야기를 엮어 담고 달려가는, **시간열차**다.

스완에서 '마르셀'로, 질베르트에서 알베르틴으로 이동하는 사랑은 장조에서 단조로, 높은 음계에서 낮은 음계로, 상승에서 하강으로 변주되지만, 모티프는 한결같다. 그 이름들은 저마다 다른 육체와 개성과 이력을 가졌음에도, 항상 똑같이 맹렬한 질투와 실연의 비참을 야기한다.

사랑은 왜 이토록 끈질긴 집착을 낳는가. 우리가 영원무궁한 것을 사랑하기 때문이다. 사랑이란 애초에 항구적 완전함에 도달하려는 덧없는 꿈이기 때문이다. 그러니까 "생에 대한 우리의 사랑이라는 것도 끊어낼 방법을 모르는 오래된 관계에 지나지 않는다. 그것의 힘은 영속성에서 기인하지만, 이를 단절시키는 죽음이 불사불멸을 바라는 우리의 욕망을 치유해 줄 것이다."(「사라진 알베르틴」 3장)

* ——

『시간』을 읽는 독자는 페이지를 한 장씩 넘길 때마다 새로운 심상 상징 비유 들과 마주친다. 오감과 공감각이 만들어낸 이미지들이 파도처럼 부단히 밀려와 우리의 단단한 의식을 부딪는다.

수없이 갈라지며 퍼져나가는 표상들의 파도는 프랙털 패턴처럼 **구조적 자기유사성**을 갖는다. 기억, 추억, 지나간 시간, 마들렌 과자, 마르탱빌 종탑, 비본 시내와 수련, 뱅퇴유의 소나타, 열차 시간표, 베네치아 산마르코 광장의 포석…… 이미지들은 시작점으로부터 무한히 확산할 뿐, 어떤 방법으로도 다시 응집시킬 수가 없다. 이 발산성을 극복하지 못하면 우리는 환유의 어휘들이 넘실대는 망망대해를 표류하는 존재가 되어버린다. 독자는 어떻게 다시 **이야기의 해변**으로 돌아올 것인가.

어떤 대상을 이해하는 것은 그 대상의 내재적 통일성, 그러한 형상을 빚어내는 원리로서의 패턴을 찾는 것이다. 하지만 들뢰즈의 지적대로, 『시간』에 대해 논할 때 거듭 지목되는 여러 표상들은 이 소설의 근본 구조를 이루는 요소가 아니다. 그것은 패턴에서 뻗어나온 줄기들, 새 가지를 틔워내는 마디들, 생장하는 패턴의 말단에 맺힌 이슬들이다.

이런 개별적 파편들 가운데서 답을 찾으려 한다면 독자는 이 놀라운 감수성의 세계, 광활한 느낌의 바다를 영원히 떠돌게 될 것이다. '마르셀'이 오랫동안, 거의 평생을, 감각의 세계에서 길을 찾으려 했던 것과 같은 이유로, 각성의 세계로 나아가는 데 실패하게 될 것이다. 감수성은 매우 중요하지만 그것들에 체계를 부여하는 것은 인식이다. 독서는 **느낌**에서 **알아차림**으로 전환되어야 하고, 그것은 중력을 떨치고 날아오르는 높이뛰기처럼 연습을 필요로 한다.

들뢰즈는 이 과정을 '배움'으로 규정한다. 『시간』은 "한 작가의 배움의 과정의 이야기”이고, 이때 배움이란 **기호(sign)**의 해석을 습득하는 것이다. 화자의 기억으로부터 소환되는 추억들과 이미지들은 “배움의 원료들”이다.

화자는 세 가지 다른 세계로부터 그 재료들을 구해 오는데, 첫째는 사교계고 둘째는 사랑이며 셋째가 감각/인상이다. 이들 세 계(系, system)는 각기 고립되어 있지 않고, 서로 유기적으로 얽혀 이야기의 확산에 기여하다가, 마지막 편인 「되찾은 시간」에 이르러 원점으로 회귀하면서, 다의성으로부터 통일성을 이룩한다. 그것은 사물에 의미를 부여하고 그로부터 새로운 의미를 획득하는, 기호들의 해석과 재해석으로 점철된 정신작용이다.

관념어를 남발하는 이런 설명이 난해한 웅얼거림으로 들리겠지만, 언젠가 당신이 『시간』을 읽게 된다면 들뢰즈가 얼마나 명철했던가를 깨달아 환호성을 지를 것이다. 옳은 답은 제대로 된 질문에서 나오고, 어떤 훌륭한 질문은 그 자체로 답을 대신하기도 한다.

— 차디찬 진홍빛 5시 32분

미성년: 질베르트의 경우

자아정체성의 수립은 청소년기에 이루어지는 주요 발달 과제다. 이 말은 마치 한 아이가 십대에 접어들면 불현듯 '나는 누구인가'를 질문하게 되고, 스스로에 대해 어떤 상을 갖기로 자유롭고 주체적으로 선택해야 하며, 다들 그렇게 하고 있다는 듯이 들린다. 하지만 자신이 속한 사회의 개방성이나 개인성 존중의 정도에 영향받지 않고 순전히 자율적으로 형성되는 자아정체성은 없다.

개인의 정체성 수립에 관여하는 실질적 주체는 사회, 즉 개인을 둘러싼 크고 작은 집단들이다. 미성숙한 객체인 청소년은 각기 다른 방향에서 작용하는 힘들에 떠밀려 바람에 날리는 홀씨처럼 갈팡질팡하다가 서서히 몇몇 소속집단에 안착하며 성년이 된다.

정체성은 사회화된 자아인식을 습득하는 것이고, 인간 각자가 갖게 되는 자기인식은 개인성과 사회성 간의 치열한 힘겨루기 끝에 얻어지는 타협의 산물이다. 그것은 자신과 세계 사이에 알맞은 접점을 찾아가는, 길고 혼란한 여정이다.

'마르셀'의 십대는 동경의 시간이다. 이때의 동경은 동짓달 엄동설한에 한여름 무더위를 고대하는 것과 같은, 굳이 바라지 않아도 언젠가 오고야 말 계절을 성급히 갈망하는 조바심이다. 언제나 어른들에 둘러싸여 있는 유일한 미성년 '마르셀'은 모순들의 집약체다. 그는 충동적이고 치밀하며, 낭만적이고 냉소적이며, 감성적이고 논리적이다. 사색적인가 하고 보면 꽤나 성미 급한 행동파고, 도전적인가 하고 보면 금세 위축되어 있고, 못 말리게 고집스러운데 안쓰러울 만큼 남들에게 휘둘린다. 그는 쾌활하지만 우울한 변덕쟁이다.

남다른 감수성을 타고나 예술가를 꿈꾸는 소년에게 부모님은 외교관이 되라 했다. 그러나 진로 문제로 부자간 갈등이 극에 달하는 일 같은 건 벌어지지 않는다. 아들이 허구한 날 병치레를 하기 때문이다. 상심한 부모는 자식의 장래를 설계하고 다그치는 일을 포기하게 되었다. 그럼에도 병약한 육체가 허락해 준 자유로 소년이 할 수 있는 일은 겨우 독서와 공상밖에 없다. '마르셀'은 경험을 쌓고 사유의 폭을 넓히고 글을 써내기에도 너무 자주 아프다. 그는 유리 상자 안의 희귀종 이끼처럼 살금살금 자라고 있다.

미성년 '마르셀'은 두 번 사랑에 빠진다. 십대 초반에는 파리에서 질베르트에게, 십대 후반에는 발베크에서 알베르틴에게. 그러나 『시간』에서 이 소녀들과 관련된 구체적 사건을 추려내기는 매우 어렵다. 왜냐하면 그가 그때 그 시절에 소년다운 미숙함으로 열정을 바친 대상은 실존재로서의 소녀들이 아니기 때문이다.

화자는 자신의 기억에서 끄집어낸 과거의 장면들을 펼쳐놓고, 당시 자신이 느꼈던 감각들과 감정들을 반추해 서술한다. 그것은 오래전 무성영화에 내레이션을 후시녹음으로 입히거나 새로운 자막을 얹는 작업과 비슷하다. 진실을 말하자면, 사춘기의 '마르셀'에게 소녀들은 선망하는 어른의 세계에 다가가기 위한 구실일 따름이다.

열서너 살 무렵, '마르셀'은 샹젤리제 공원에서 우연히 질베르트를 다시 만나 함께 술래잡기를 하며 어울리게 된다. 이제 그녀는 탕송빌의 산사나무 꽃들 속에서 보았던 순수한 분홍빛이 아니다. 그녀는 도발적이고 앙큼하다. 놀이의 주도권은 언제나 질베르트가 쥔다. 그녀는 자신의 어머니 오데트를 점점 닮아가는 중이다. '마르셀'의 상상력을 자극하는 것은 무엇보다도, 그녀가 스완 씨와 스완 부인의 사랑의 결실이라는 사실이다.

값비싸고 화려한 차림에 붙임성 좋은 스완 부인은 어딜 가나 사람들의 이목을 끈다. 그녀의 결혼은 세간에 많은 이야깃거리를 제공하고, 신사들은 저마다 자신이 그녀와 잠자리

했던 과거의 기억을 떠벌린다. 하지만 오데트는 그 어떤 구설수에도 개의하지 않는데, 유대인 남편의 재력은 언제나 그런 말들을 압도하기에 충분하다.

스완 부인은 남편의 부를 아낌없이 과시하면서 자기만의 살롱 왕국을 구축해 가고 있다. 결혼 전에 스완은 지인들조차 이해 못 할 이유로—가난뱅이 예술가들의 하숙집이 몰려 있는 그곳 분위기가 마음 편해서—자신의 재력에 걸맞지 않게 형편없는 오를레앙 강변로에 살았다. 하지만 이제는 스완 부인의 취향에 따라, 파리의 부유한 부르주아들이 사는 최신식 고급 주택가로, 배후는 불로뉴 숲으로 감싸이고 전경으로는 에펠탑이 보이는 16구로 이사했다.

그토록 고대하던 다과 초대를 받아 드디어 질베르트[오데트(스완)]의 집에 가게 되었을 때, '마르셀'이 지대한 관심으로 장황하게 서술하는 인물들은 다 누구인가. 그 살롱에는 스완 부부와 그들의 부르주아 손님들이 나누는 대화를 듣고 있는 '마르셀'이 있지만, 질베르트의 자취만은 어렴풋하다.

어떤 때는 실제로 질베르트가 외출한 사이에 '마르셀'이 방문하는데, 그러면 숫기 없는 성격이라던 십대 소년이 여자친구가 부재하는 여자친구의 집에서, 그녀의 부모님과 몇 시간이나 기꺼이 넉살 좋게 눌러앉아 있다. '마르셀'의 첫사랑 서사는 질베르트라는 대상에 집중하지 못하고, 그녀를 둘러싼 주변부를 향해 산만하게 흩어진다. 그리하여 실질적으로 서술자가 가장 많은 페이지를 할애해 그려 보이는 것은 스완과 오데트의 결혼 이후 모습이다.

'마르셀'이 토로하는 사랑은 그저 기표(記標), 말에 지나지 않는다. 테이블 위에 놓인 방문카드[20]나 부인들의 모자 장식으로 달린 베일 꽃 열매 깃털 같은 사소한 사물을 세밀화로 그릴 때 그가 발휘하는 풍성한 어휘력에 비하면, 비 바람 눈빛 같은 계절 묘사에서 알 수 있는 그의 뛰어난 관찰력에 비하면, 질베르트의 외모는 몇 개의 선으로 특징만 잡아낸 크로키처럼 개략적이다. 놀랍게도 그는 질베르트를 보고 있지 않을 때는 그녀가 어떻게 생겼는지조차 기억나지 않는다고 고백한다.

소년은 소녀의 부모에 열광하고, 탐욕스러운 호기심으로 그들을 관찰한다. 그러고는 스완 씨처럼 자신도 외알안경을 끼고 대머리가 되고 싶다는 구체적인 소망을 품는다. '마르셀'은 점점 더 스완에게 감정이입하고, 자신을 그와 동일시한다. 이 어린 '아버지'의 잔소리에 분개한 질베르트가 이별을 고하자 '마르셀'은 질베르트가 없을 때만 스완 부인의 티타임에 합

20 소유자의 이름 주소 등이 적힌 명함처럼 생긴 종이카드로, 그곳에 다녀갔음을 나타내기 위해 한쪽 귀퉁이를 접어놓는다.

류한다. 번번이 질베르트를 못 만나 안됐다고 스완 부인이 위로할 때, '마르셀'은 이제 자신은 그녀와 헤어졌으므로 괜찮다고 답한다.

스완 부인 댁의 '마르셀'은 스완의 미니어처, 또는 미래에서 온 스완이다. 그리고 이 화자는 아마도 프루스트 자신과 가장 흡사한 인물일 것이다. 질베르트와 오데트의 모델이 된 실존인물들이 쉽게 특정되는 이유도 이 때문이다. 그녀들은 프루스트가 사교계에서 만난 여러 여성 명사(名士)들의 특징을 조합해 창작한 인물이다. 스완의 저택은 이야기 속에서 질베르트의 집으로 시작하지만, 최종적으로는 스완 부인의 살롱으로서 그 정체성이 확립된다. 애초에 그것이 프루스트가 드나든 사교계 명사들의 집, 특히 마담 스트로스(Madame Straus)의 살롱을 모델로 했기 때문이다.

포르투갈계 유대인의 후손으로 파리에서 태어난 준비에브 할레비(Geneviève Halévy, 1849~1926)는 오페라 작곡가인 아버지를 통해 조르주 비제(Georges Bizet, 1838~1875)를 만나 결혼했다. 1875년 「카르멘」 초연 후 비제가 심장마비로 갑작스럽게 사망하자, 그녀는 홀로 살롱을 열었는데 곧 당대 예술가 정치인 귀족 명사들의 집결지가 되었다. 그녀는 1886년 로칠드(로스차일드가의 프랑스 분파) 가문 변호사인 에밀 스트로스와 재혼해 스트로스 부인이 되었다.

십대 시절 프루스트는 비제의 외아들인 자크 비제(Jacques Bizet, 1872~1922), 그리고 준비에브 할레비의 조카인 다니엘 할레비(Daniel Halévy, 1872~1962)와 학교를 함께 다녔다. 처음에 마르셀은 친구의 어머니인 스트로스 부인에게 열광했는데, 이는 장차 오랫동안 지속될, 여성에 대한 프루스트의 탐구적 호기심, 즉 욕망하지 **않는** 열정을 예고한다. 그렇지만 열일곱 살이 되자 프루스트는 자크와 다니엘에게 순정하고도 뜨거운 시적 사랑이 흘러넘치는 편지들을 쓴다. 거기에는 확실히, 우정이라기엔 지나친, 정신적일 뿐만 아니라 육체적이기도 한, 혼신의 욕망이 깃들어 있었다.

마르셀이 갓 발현되기 시작한 동성애 성향을 너무도 해맑은 솔직함으로 표현했기 때문에 가족들은 당황했고, 친구들은 그를 피했다. 곧 양쪽 어머니들, 마담 프루스트와 마담 스트로스는 마르셀과 자크에게 서로의 집 출입 금지를 명했다. 소설 속 사춘기 '마르셀'은 이 순진하고도 눈치 없는 십대의 프루스트가 투영된 존재다.

모든 것을 유예당한 미성년은 의무 통념 상식 따위로 재단한 유니폼을 대강 둘러 입고 얼떨떨하게 세상이라는 문 앞에 서 있다. 그들은 자신이 어떤 기질과 취향과 성격을 가졌는지 잘 모른 채로 성인이 된다. 이 관습화된 자아는 타인의 다름과 새로움에 억압을 가할 뿐만 아니라, 자기 자신의 개성 독창성 다양성 추구 의지와도 불화한다.

십대는 생애 최초로 성정체성과 성적지향을 실험하는 시기지만, 이를 자율적으로 선택하고 탐구할 수 있는 개인은 존재하지 않는다. 대부분 문화권에서 인간의 성행동은 생물학적 결정론에 따른 기능과 욕망의 자연스러운 수행으로 여겨진다. 그러나 섹슈얼리티는 매우 강력하고 민감하게 사회적으로 학습되는 것으로, 한 사람의 성충동, 성적지향, 성적 페티시나 콤플렉스는 상당 부분 사춘기에 어떤 경험에 얼마나 자주 노출되는가에 좌우된다.

자신의 성적지향을—우연한 기회에, 누구인지 알려지지 않은 인물을 통해—구체적으로 자각하기 이전에 프루스트가 친구들에게 호소했던 사랑은 그 자신이 주장한바, "내 전부를 줄 수 있는 친구를 향한 무한하고도 극진한 마음"이라는 규정에도 불구하고, 이미 얼마간 남색의 전조를 띠었다. 그는 비난당했고, 따돌려졌으며, 자신이 "진드기" 같다고 느꼈다. 마르셀은 "내 사랑이 왜 다른 사랑들보다 덜 깨끗하다고 여겨져야 하는지" 이해하지 못했다. 거부당한 마르셀은 "진드기라는 존재론적 악몽"에 시달렸고, 고독 속에서 사랑을 은폐하는 기술을 연마하게 되었다.

『시간』에서 서술자와 등장인물은 하나의 이름을 가졌으나 각기 다른 시간대에 속한 여러 인물들이고, 현재는 미래의 자아와 과거의 자아가 조우하는 장(場)이다. 서로 다른 순간의 '나'들이 특정 시간에 공존하면서 어떤 자아는 인물을 연기하고 어떤 자아는 서술자를 맡을 수도 있다. 그러나 자아들은 어느 한 이름에 확고히 고정되어 있지 않으면서, 그 이름의 가장 바깥쪽 경계까지 나아갔다 되돌아온다.

이 색다름은 정말로 특이한 것일까. 어쩌면 이런 동시성과 다중성이 우리들 각자가 실제로 존재하는 방식에 더 가까운 것일지 모른다. 사람들은 종종 자아를 단단하고 독립적인 결정체처럼 묘사한다. 하지만 **나**라는 것은 생각만큼 그렇게 고정된 실체가 아니다. **나**는 나를 구성하는 여러 부분들이 성글게 뭉쳐 있는 **상태**고, 정체성은 그 조각들이 나로부터 이탈하지 않도록 묶어두는, 내가 만들어내는 일종의 에너지장, 나만의 자기장(magnetic field) 같은 것이 아닐까.

자아정체성은 완결된 서사를 갖춘 하나의 캐릭터가 아니다. 자아의식은 전 생애 동안에 꾸준히 변하며, 변해 마땅하다. 굳건한 자아상이란 실은 스스로에게 부과하는 강박, 고정관념의 한 유형일 가능성이 더 높다. 그래서 그에 반하는 모습이 자기 안에서 발현되려 할 때 거부감이나 좌절감이 더 극렬해지는 것이다.

사춘기에 형성되는 자아상은 빈틈없는 장막이 아니라 구멍이 많은 그물처럼 유연하고 가변적이어야 한다. 그래야만 긴 세월의 삶 동안에 밀어닥칠 갖은 풍파에도 귀중한 몇몇 것들만 남기고 많은 것을 가뭇없이 흘려보낼 수 있다. 성년이 되고도 많은 시간이 흐른 어느 날 문득, 스스로 믿어왔던 '나다움'에 대한 확신이 깨질 때, 사람은 깊은 병을 앓는다.

— 혹한, 새파란 한낮

미성년: 알베르틴의 경우

내가 "업어 키운"(당사자 주장을 인용함) 편집자 후배가 있다. 먹을 것과 볼 것에 진심인 그녀는 자주 '최애' 연예인이 바뀌었는데, 언제부턴가 미국 배우 티모시 샬라메에 정착하더니 시시때때로 그가 나온 영화를 추천하고 있다. 그렇지만 영상 서사물을 차분히 감상하는 데 어려움을 겪는 나는 (보면서 드는 생각을 계속 떠듦 → 같이 보는 사람들을 화나게 함 → 그래서 하고 싶은 말을 참음 → 흥미가 떨어짐 → 혼자 봄 → 내가 한 혼잣말에 설득되어 흥미가 사라짐) 번번이 흘려듣고 말았다.

때는 2021년 코로나 시국의 봄. 『시간』을 읽으면서 긁어모은 두서없는 자료들을 뒤적이다가, 후배가 얘기한 샬라메의 출연작 「콜 미 바이 유어 네임(Call Me By Your Name)」이 갑작스레 궁금해졌다. 프루스트는 이십대 때 친구 레날도 안을 졸라 그의 초상사진을 선물받은 적이 있다. 그 사진 뒷면에는 폴 베를렌(Paul Verlaine, 1844~1896)의 시 「그린(Green)」의 첫 구절이 적혀 있었다.

여기 열매들이, 꽃들이, 잎들이, 줄기들이 있다,

그리고 여기 당신을 향해서만 뛰는 내 심장이 있어.[21]

이 유명한 동성애자 시인의 시가 '너의 이름으로 나를 불러줘'라는 영화 제목을 떠오르게 했다. 서로 관련 없는 두 문장에 동성애를 공통 키워드로 부여하려 한 무의식의 작용이었는지, 아니면 낭만적 열렬함을 표출하는 방식에서 독특한 '일체화'의 경향이 유사하게 느껴져서인지는 명확지 않다. 하여간 나에겐 그 둘이 동류의 감성, 동종의 맥락에서 비롯한 것처럼 보였다. 영화 포스터 속 단색의 하늘이 때마침 강도 높은 사회적 거리두기 덕분에 믿을 수 없게 새파랬던 그날의 하늘과 같은 빛깔이었다. 이번에는 절대 투덜대지 않기로 단단히 다짐하고서, 영화를 봤다.

그것은 한 소년과 한 청년이 여름 한철 동안 나눈 사랑과 이별에 관한 이야기다. 영화의 배경인 이탈리아의 소박한 시골 마을과 싱그러운 자연이 쨍한 햇살 아래 나른하게 반짝이

---

21 「그린」은 1874년 출판된 시집 『말 없는 연가(Romances sans paroles)』에 수록된 시다. 1871년 27세의 베를렌은 17세 소년 랭보(Jean Nicolas Arthur Rimbaud, 1854~1891)를 만나 사랑에 빠졌고, 그와 함께 유럽의 여러 도시들을 방랑하면서 이 시집에 수록된 시편들을 썼다. 그러나 정작 시집이 출판되었을 때 베를렌은 브뤼셀에서 자신에게 이별을 고한 랭보를 권총으로 쏘아 복역 중이었다.

는, 수채화처럼 맑은 영상미가 유명하다.

열일곱 살 엘리오는 인간사에 대한 이해가 깊은 고고학 교수인 아버지와 현명하고 다정한 어머니와 함께 휴양지에서 지루한 여름휴가를 보내고 있었는데, 아버지의 보조 연구원으로 그곳에 온 스물네 살의 미국인 대학원생 올리버에게 '부적절한' 설렘을 느낀다. 두 사람은 서로를 향한 끌림을 자제하려 애쓰지만, 억누를수록 간절함은 더해 가고, 결국 "처음이자 진짜인" 사랑을 나눈다.

느릿느릿 흘러가는 영화를 보는 내내 나는 강한 의혹에 사로잡혔다. 이것은 지나치게 노골적인 프루스트의 패러디가 아닌가. 주로 『시간』의 2편 「꽃피는 소녀들의 그늘에서」를 모사(模寫)했지만, 그 밖에도 1편과 4편의 몇몇 에피소드를 연상케 하는 장면들이 섞여 있었다. 내가 『시간』에 너무 오래 머리를 처박고 산 것일까. 그래서 세상 하고많은 로맨스 서사가 전부 다 『시간』에서 유래한 듯 보이는 망상에 사로잡히게 된 걸까. 아니다. 이 영화가 『시간』의 독창적인 줄거리와 배경, 인물들의 특징, 심리를 매개하는 사물들과 상징물들을 적극 차용한 듯 보였다는 말이다.

가녀린 체구에 감수성이 뛰어난 책벌레 소년. 언어의 기원에 대해 토론하는 현학적인 인물들. 해변의 자유분방한 소년소녀들. 하지만 또래보다는 어른들에 둘러싸여 그들 이야기를 듣기 좋아하는 조숙한 주인공. 빛과 사물과 풍경의 음영 묘사에 공들인 화면. 사건이 아니라 서술자 중심인 플롯. 엘리오와 올리버가 서로를 '발견'하는 장면에 등장하는 자전거 모티프는 결정적이다. 프루스트는 다른 무엇으로 쉽사리 덮이지 않는 고유한 향취를 지녔는데, 영화 구석구석에서 그 강렬한 향이 진동했다. 차이는 다만 하나, 『시간』에서 동갑인 남녀 청소년이 영화에서는 미성년자 남자와 성인 남자로 바뀐 것이다.

감독은 커밍아웃한 게이였지만, 영화와 관련한 인터뷰나 비평에서 프루스트를 언급한 적은 없었다. 원작 소설이 있는 영화였는데, 작가인 안드레 애치먼(André Aciman)은 자녀가 셋인 유부남으로, 퀴어 서사를 창작할 사적 동기가 있어 보이지는 않았다. 하지만 그는 뉴욕시립대학원에서 프루스트를 강의하는 비교문학과 교수였다. 빙고! 애치먼이 2007년에 펴낸 『콜 미 바이 유어 네임』은 프루스트주의를 표방한 그의 첫 소설이었다. 영화와 『시간』의 유사성 기인(起因)에 대한 추적은 이 정도면 충분하다.

내가 영화를 보면서 투덜거림을 멈출 수 없었던 이유는, 어째서 원작자는 『시간』의 모작을 '퀴어 서사'로 만들었는가와, 왜 아무도 그것에 대해 질문하지 않는가라는 불편함이었다. 영화/원작은 『시간』에서 대부분의 영감을 빌려 오면서도 가장 의미심장한 한 요소를 왜곡함으로써 차별화를 꾀한다. 그런데 『시간』에 퀴어 서사가 없는 것은 아니지만, 적어도 '마르셀'이 사랑을 바치는 대상은 언제나 여성이고, 이 사실은 존중되어야 한다.

* ——

질베르트가 다른 남자[22]와 유쾌하게 거리를 활보하는 배신의 장면을 목격한 '마르셀'은 충격 속에서 그녀에 대한 사랑을 단념한다. 그리고 2년 후. 열예닐곱 살의 '마르셀'은 여름휴가를 보내러 외할머니와 함께 발베크로 향한다.

알베르틴과의 첫 만남이 이루어지는 이 바닷가 휴양지는 '마르셀'에게 사랑을 상징하는 장소다. 파리의 '마르셀'은 대개 아프고 우울하지만, 발베크의 '마르셀'은 자주 활기에 넘친다. 화창한 바다는 그를 반짝이게 하고, 풍랑이 이는 어두운 바다는 그의 상상력을 자극한다. 그럼에도 십대 시절 '마르셀'이 발베크에서 알베르틴을 처음 보았을 때, 그는 그녀에게 첫눈에 반하지 않았다.

왜냐하면 세상의 수많은 알베르틴 가운데 어떤 한 알베

22 남장한 여배우 레아 양이지만, '마르셀'에게는 알려지지 않는다.

르틴이 그에게 다가왔을 때, 그녀는 캡 모자에 케이프를 두른 스포티한 옷차림을 하고, 골프 클럽을 휘두르거나 자전거를 끌면서 방파제 위를 걸어가는 여러 명의 소녀들 가운데 하나였기 때문이다. 고성능 렌즈처럼 감도가 좋은 '마르셀'의 눈은 거리낌 없고 거친 소녀들의 모습을 소상히 묘사하지만, 각각의 얼굴은 저마다의 이름으로 구분되지 않으므로, 누가 누구인지 알 수 없다. 그런데 그중 키 큰 소녀 하나가—그녀의 이름은 '앙드레'로 나중에 알려진다—노신사의 머리 위로 점프를 해서 놀라 자빠지게 만드는 장난을 친다. 해변을 소란스럽게 만들며 몰려다니는 소녀 떼는 **르네상스 회화 속에 난입한 아라비아인들**처럼 이질적이다. 그 이국풍이 '마르셀'의 마음을 사로잡는다.

그녀들은 달[月]의 여신, 사냥의 여신, 처녀들의 수호신 아르테미스를 따르는, 건강하고 날렵한 님프들이다. 또는 모든 기성의 가치의 전복을 꾀하는 사투르누스 축제 퍼레이드의 미치광이 군중이다. 식물성 몽상가 '마르셀'은 소녀들의 동물적 생동성에 이끌린다. 문제는 모든 소녀가 저마다의 매력과 단점이 뚜렷해서, 그들 중 누구와 사귈지 마음을 정할 수 없다는 것이다. 모래사장에 앉아 여자아이들을 훔쳐보며 혼자 일방적으로 연애 상대를 점치고 있는 '마르셀'의 순진한 교만은 실소를 자아낸다.

그가 소녀들 중에 이름이 '알베르틴'인 여자아이를 선택한 것은 질베르트가 "알베르틴은 굉장한 애"라고 말한 적 있기 때문이다. 그렇지만 실제 소녀와 단둘이 대면하게 되자 어김없이 '마르셀'은 실망감을 느낀다. 통통하고 평범한 육체를 가진 그녀는, 기대와 달리 순진하고 눈치를 살피는, '마르셀'의 기준에선 조금 무식한, 고분고분한 소녀였다. 부모를 여의고 삼촌 집에 얹혀사는 가난한 그녀에게는 질베르트/오데트처럼 군림하는 여왕의 위엄이 없다. 알베르틴에 시들해진 '마르셀'은 차라리 그녀를 통해 다른 소녀들을 소개받아 볼까 궁리하지만, 그마저도 딱히 내키지 않자 그냥 소녀들 무리에 끼어 모두와 어울리기로 한다.

「꽃피는 소녀들의 그늘에서」라는 제목이 무색하게도, 발베크에서도 '마르셀'의 호기심과 열정이 쏠리는 방향은 어른의 세계다. 그는 이 고급 휴양지에 몰려든 사교계 신사숙녀들의 일거수일투족에 촉각을 세우고, 브르타뉴 귀족인 스테르마리아 양을 소개받고 싶어 안달한다. 게르망트가의 일원인 빌파리지 후작 부인이 여학교 동창인 외할머니를 알아보고 인사하려는데 외할머니가 극구 피하자, 그는 "다가오는 듯하던 구조선이 그냥 멀어져 가는 모습을 지켜보는 조난자처럼" 통탄한다. 외할머니를 통해 기어이 빌파리지 부인과 인사하

게 된 '마르셀'은 빌파리지 후작 부인의 조카손자인 로베르 생루 후작과 친구가 된다.[23]

이 시기의 서술자 '마르셀'은 징후적이다. '나'는 여성들이 보내오는 노골적인 신호에는 어린애인 양 둔감하고 대부분 잘못된 해석을 내리는 데 반해, 남성들에 대해서는 사소한 암시에도 직관적으로 반응한다. 빌파리지 부인의 조카이자 생루의 외삼촌인 샤를뤼스 남작을 발베크의 그랑 호텔 정문 앞에서 처음 본 순간, 그를 관찰하는 '나'의 시선을 보라.

서술자는 샤를뤼스의 교태 부리는 몸짓, 세심하게 차려입은 복식, 남녀가 교대로 나타나는 콘트랄토 목소리, 흘깃 던지는 오묘한 일별(一瞥)까지, 모든 디테일이 살아 있는 생생한 묘사를 독자에게 제공한다. 사귀고 싶은 여자애라던 알베르틴의 얼굴에 있는 미인점 위치가 눈 밑인지 턱 밑인지 입술 위인지도 기억하지 못하는 데 비하면, 남자들에 대한 '나'의 민감도는 예사롭지 않다.

---

23 빌파리지 후작 부인은 게르망트 공작 부부의 고모다. 게르망트 공작인 바쟁과 여공작 오리안은 둘 다 직계 게르망트로, 서로 사촌간이다. 반면, 기즈 공작의 후손으로, 방계 게르망트인 빌파리지 부인은 공작 부부보다 서열이 낮다. 게다가 빌파리지 부인은 젊은 시절 신분 낮은 남자와 연애결혼을 한 적이 있고, 그 때문에 노년에 이르러서까지 게르망트로 제대로 대접받지 못한다. 로베르 생루의 어머니 마르상트 백작 부인은 게르망트 공작의 여동생이고, 샤를뤼스 남작은 게르망트 공작의 남동생이다.

성에 대한 관심이 폭발할 나이에, 또래 소녀들로 둘러싸여 있음에도, 그는 다른 데 정신이 팔려 있다. 자신의 그림 모델이었던 여자와의 결혼으로 이러쿵저러쿵 뒷말을 듣고 있지만, 정작 본인은 지극한 만족 속에 발베크에 은둔하면서, 인상주의 회화의 걸작을 창조하고 있는 화가 엘스티르의 작업실이 '마르셀'에게는 당돌한 소녀들이 점령한 해변보다 훨씬 흥미로운 장소다.

'나'는 엘스티르를 관찰하면서, 예술가에게 바람직한 구도자(求道者)적 삶의 태도를 배우고, 진정 새로운 예술은 속된 욕망들로부터 멀리 놓여난 이후에 탄생한다는 사실을 깨닫는다. 아름다움을 물질적으로 창조해 내는 일은 다만 정신의 분투로써 달성되는 것이다. **미광(微光)**에 잠긴 호젓한 아틀리에에서 늙은 예술가와 지적이고 미학적인 대화를 나눌 때, '나'는 어렴풋하지만 틀림없는 **행복**을 느낀다.

한편, 발베크 인근에 위치한 동시에르 병영에서 군 장교로 복무 중인 생루는 '나'보다 몇 살 위인 형답게, 어수룩하고 주변머리 없는 '나'를 챙겨준다. 그는 게르망트임을 숨길 수 없는 금빛을 전신으로 뿜어내고 있음에도, 스스로 귀족의 특권을 반납하고 개인으로 살아갈 자유를 모색하는, 비판적 미래지향적 교양을 갖춘 청년이다. '나'는 생루를 통해 성숙한 남자들의 무리사회를 체험하면서, 한 발짝 어른에 다가간다.

그러나 이 사춘기 소년의 정체성 실험은 이제 겨우 시작됐을 뿐이다. '마르셀'은 여전히 소녀들과 어울리며, 이 꽃 저 꽃 사이로 바삐 날아다니는 벌처럼 윙윙대고 있다. 그는 어째서 어떤 한 꽃에 똑바로 내려앉지 못할까.

여러 이유가 있지만, 확실한 하나는 소녀들이 **군체**(群體)로 존재하기 때문이다. 그녀들은 서로 너무 가까이 붙어 있고, 많은 비밀을 공유한다. 불분명하지만 동성애의 가능성을 암시하는 소녀들 간의 친밀함, 그리고 그녀들 특유의 시기와 경쟁은 요령 없는 풋내기가 비집고 들어갈 틈을 허락하지 않는다.

* ——

사랑이 폐쇄적 사적 영역에서 이루어지는 일이라는 믿음은 정체성에 대한 고정관념만큼이나 잘못되었다. 미성년의 사랑이건 황혼의 사랑이건, 남녀나 남남 혹은 여여의 사랑이라도, 시대 문화 관습 같은 제반 조건에 민감하게 영향받지 않는 사랑이 없다. 그렇기 때문에 동성애 서사를 생산하고 즐기는 주체들이 엘리오와 올리버의 사랑에 부여하는 특별함의 기만성은 진지한 분석의 대상이 된다.

퀴어 서사가 주로 여성 독자를 사로잡는 이유를 설명하

는 몇 가지 클리셰가 있다. 가령, 이성애의 섹슈얼리티가 부각시키는 '본능'은 정서적 몰입을 기대하는 여성 독자의 욕구를 좌절시키는 반면, 퀴어 서사는 감성적 로맨스 판타지의 대체물로서, 성적 자극과 정서적 교감을 모두 충족시킬 수 있다는 것이다. 이런 설명은 그 진실성 여부와 상관없이, 여성 독자가 성애와 성행동에 무지할 뿐만 아니라 근본적으로 무심하다는 전제하에 성립한다.

정반대로, 여성이 남성중심적 이성애의 억압에서 벗어나 상상적 쾌락을 적극적으로 향유하는 장으로 퀴어 서사를 평가하기도 한다. 하지만 이 경우는 여성이 스스로를 주체로서 위치시킬 자리가 없는 남성 동성애 서사여야 하는 이유를 충분히 설명해 주지 못한다. 그리고 이때도 여성 독자의 관심사는 성적 만족감이 아닌 '허구인 이야기 자체'라는 사실은 여전하다.

세 번째로, 가장 설득력 있어 보이는 설명은, 완전하게 대등한 두 존재가 이상적 낭만성을 실현하기 때문이라는 것이다. 성별에 따른 위계질서에서 자유로운 두 남성에게 문제 되는 것은 오직 사랑뿐이다. 그들은 관습적 사회적 존재인 현실의 소년/남성이 드러내는 추함과 불완전함이 없으므로 사랑스럽다. 퀴어 서사는 서로를 '있는 그대로' 받아들이고 완전한 일체(一體)에 도달하는 사랑을 재현함으로써 여성 독자의 정서적 육체적 판타지를 고르게 채워준다.

이런 주장들은 하나같이, 대다수 여성 독자가 섹슈얼리티 문제에 있어 미성숙하고 수동적인 존재로서 연애 서사를 마주하고 있음을 폭로한다. 이때 여성은 실제 나이, 성행동 경험, 성적지향 등과 무관하게, 언제까지나 '소녀의 마음'을 가진 독자다. 그녀들이 원하는 것은 육체적 생화학적 쾌감이 아니라 정신작용으로서의 에로티즘이다. 그녀들은 공감능력이 뛰어나고 순수를 동경하기에, 영혼의 단짝인 엘리오와 올리버의 이루어질 수 없는 사랑을 애달파할 수 있다. 과연 그러한가.

엘리오와 올리버의 관계가 애절한 이유는 그것이 금기를 위반하기 때문이다. 이때 금기는 성애의 유희가 흔하디흔한 플러팅 이벤트(희롱질)로 전락하는 것을 막아주고, 억압당하는 연정(戀情)에 남다른 가치를 부여하는 장치로 남용된다. 이러한 공상적 로맨스가 설령 동성애를 터부시하는 규범에 비판적 입장을 취할지라도, 동성애 서사를 낭만적으로 미화하는 데 그칠 뿐이라면, 그 비판은 효력을 얻지 못한다.

퀴어 서사를 능동적으로 소비하면서 독자는 자연스럽게 탈정상성을 획득하고 퀴어에 대해 보다 개방적이 된다는 분석에 타당성이 아주 없는 것은 아니다. 그러나 그것이 인습적 사고로부터의 완전한 탈주인지, 아니면 그러한 제스처에 불과한지는 경우마다 판단이 달라질 수 있다. 다만, '이것은 동성애가 아니라 그저 진실한 사랑일 뿐'이라는 항변은 퀴어를 퀴어로 승인하는 데 대한 거부감을 은폐하는 전략인 경우가 더 흔하다.

퀴어 비평적 시각으로 『시간』의 로맨스 서사를 분석한다면, 동성애자인 작가 프루스트가 일생에 걸쳐 시도했던 전환, 패싱, 커버링[24]의 세 단계가 고도로 집약된 콤플렉스의 산물이라는 진실과 대면할 수밖에 없고, 알베르틴을 바라보는 '마르셀'의 시선에서 이성애자로 위장한 게이의 눈빛을 읽어내는 것도 어렵지 않다. 그럼에도 불구하고 '마르셀'과 알베르틴의 퇴폐적 병적 서사를 산뜻한 퀴어로 치환하는 것은 자신의 소수자 정체성 문제와 평생토록 투쟁한 결과로 『시간』이라는 걸작을 써낸 프루스트의 인격권에 대한 모독은 아닌가.

---

24 '전환'은 동성애 지향성을 자각함과 동시에 이를 부정하고 이성애를 시도하는 단계를 가리킨다. '패싱'은 당사자가 소수자 정체성을 받아들였음에도 이를 감추고 억압하는 과정으로, 주로 가족 등 가까운 주변인들에 의해 소수자 정체성을 부정당하는(존재하나 존재하지 않는 것으로 간주되는) 양상으로 나타난다. 패싱은 동성애자가 정체성 위기를 겪는 강력한 원인이 된다. '커버링'은 주류 사회에 동화(同化)되었음을 입증하기 위해 소수자가 취해야 하는 전략으로, 소수자 정체성을 상호 승인하더라도 그러한 정체성을 '공공연히 드러내지는 않는 것'이다. 커밍아웃하지 않은 소수자는 일생 동안 커버링의 압박에 시달리게 된다.

프루스트와 동시대인이었던 많은 작가들이—결혼을 하고 자녀까지 두었거나, 일생을 독신으로 살았거나와는 별개로—일생에 한 번 이상 동성애를 경험했지만, 그들 중 누구도 후대의 창작자들에 의해 자신의 대표작을 퀴어 서사로 리라이팅(rewriting, 다시쓰기)당한 적은 없다. 망자는 살아 있는 인간들의 행위로 고통받지 않지만, 한 인간의 비밀을 다루는 **태도**는 어느 때에나 도덕판단의 대상이 될 수 있다.

『시간』의 복잡다단함은, 미성년기의 '마르셀'이 '꽃피는 소녀들의 그늘' 아래서 충동적이고 불분명한 감정들에 이리저리 휩쓸리다가(2편), 알베르틴과 성인 남녀로 재회해 '소돔과 고모라'의 사랑을 향해 날아오르지만(4편), 알베르틴의 도주와 죽음이라는 파국으로 급전직하하기까지(6편), 겹겹이 뒤틀린 사랑의 심층을 이해하는 문제와 관련이 있고, 그렇기 때문에 '마르셀'의 이성애 서사는 프루스트가 써 놓은 그대로, **다의적인 채로** 독해되어야 한다.

누군가에게 『시간』은 연애소설이고, 다른 누군가에게는 철학소설이나 성장소설 혹은 심리소설일 수 있다. 그러나 『시간』은 주류와 비주류, 기득권과 소수자, 중심과 주변의 치열한 각축이 벌어지는 사건 현장을 다각도로 투시한, 엄연한 사회소설이기도 하다. 이런 작품을 멜랑콜리한 퀴어 서사로 고쳐 읽고 즐기는 행태는, 마치 『시간』에 소수자성이라고는 흔적도 없다는 듯이, 곧이곧대로 이성애 서사로만 읽는 독자의 무심함 못지않게 속물적이다.

겹겹이 쌓아올린 크레이프케이크 같은 이 소설을 우리는 아직 본격적으로 음미하지도 못했다. 프루스트가 인간 내면을 응시하는 방식을 이해하는 데는 문학의 상투적 공식들이 적용되지 않는다. 그리고 이 다름에의 경험은 누구에게나 열려 있다.

— 동지, 자정

'마르셀'은 쓰고 싶은 이야기를 결정할 수 없었다. 그래서 대신에 흥미로운 이야깃거리를 찾아다니는 수집가가 되었다. 물론 그에게도 말하고 싶은 절실한 이야기, '사랑'이라는 평생의 테마가 있었다. 하지만 어떻게 그것을 쓸 수 있겠는가. 그는 온 힘을 다해 글쓰기를 미루고 있었다.

별들의 운행 궤도 속으로

1895년 5월, 스물네 살의 프루스트는 프랑스 최초의 공공 도서관으로, 파리 6구에 위치한 마자랭 도서관(Bibliothèque Mazarin)[25]의 채용 시험에 응시했다. 당시 공공기관 취업자는 무급 인턴부터 시작해야 했는데, 6월에 임명장을 받은 프루스트는 즉시 이의 신청서를 제출했다. 본인은 건강상 사유로 인턴 업무를 수행하기 어려우니, 유급인 정직원으로 승격시켜 주거나 아니면 병가를 허락해 달라는 내용이었다. 도서관장은 회신을 통해 "도서관의 보조적 업무를 맡기에 프루스트 씨는 충분히 건강하다."고 주장했지만, 마르셀은 병가를 허락하지 않으면 사임하겠다고 으름장을 놨다.

기어이 2개월의 휴가를 받은 그는 1900년 3월 1일 공식적으로 인턴 직을 사임할 때까지 5년간 병가를 연장했다. 이 이야기는 프루스트의 게으름과 사회 부적응에 관한 대표적 일

25 이탈리아 태생의 추기경으로 프랑스에 귀화한 재상이자 유명한 예술품 수집가였던 쥘 마자랭(Jules Mazarin, 1602~1661)이 자신의 서가를 1643년 공공도서관으로 개방했다.

화로 회자되고 있다. 그는 왜 단 하루도 출근하지 않을 직장을 구하고, 도서관장이 병가를 허가하도록 아버지의 지인에게 청탁을 넣으면서까지 '인턴 사서'라는 직업을 유지했던 것일까.

열여덟 살이던 1889년 7월, 수학을 제외한 전 과목에서 우수한 성적으로 바칼로레아(대학입학자격시험)를 통과한 마르셀은 그해 가을 보병으로 자원입대했다. 이 시기 프랑스의 성인 남성은 3년의 병역의무를 졌는데, 프루스트는 이듬해 8월에 이미 전역 대기자로 분류되었다. 군대에서도 손이 많이 가는 사병이었던 그는 늘 열외거나 특별휴가 중이었지만, 프루스트 자신은 꽤나 자부심을 가지고 즐겁게 병영 시절을 회상하곤 했다.

제대한 그는 미래 지도자 양성을 목적으로 설립된 신생 정치학교의 외교학과에 입학하고, 1891년에는 파리 법대에도 등록했다. 그가 2년을 다닌 정치학교는 오늘날 프랑스 최고의 정치 엘리트 양성소로 꼽히는 그랑제콜인 파리정치대학의 전신이다. 당시 프루스트의 지도교수는 프랑스혁명사가로 유명한 알베르 소렐(Albert Sorel, 1842~1906)이었다. 그러나 1894년 10월 마르셀은 모든 학업을 중단했다.

이십대의 프루스트가 그대로 학업을 마친다면 그다음은 외교관, 회계사, 법률가나 변호사가 되는 수순이었다. 하지만 대학에 다니는 동안에도 전공 공부보다는 친구들과 《월간(Le Mensuel)》《향연(Le Banquet)》 등의 문예지를 편집하고 발행하는 일에 열을 올렸던 마르셀은 작가가 되고 싶었다. 문제는, 중산층 부르주아인 프루스트의 부모님에게 직업이란 경제활동 수단을 의미했는데, 그러한 기준에서 작가는 '직업'이 아니었다.

프루스트가 도서관 인턴 사서라는 타이틀을 고수한 것은, 그가 분명히 노력했음에도 '번듯한 직업인'이 되는 데 실패했으며, 그의 능력에 상응하는 것으로써 사회가 제안하는 일자리가 실질적으로 무용함을(무보수이므로) 아버지에게 시위하기 위해서였다. 마르셀은 관료가 되느니 차라리 주식 중개인이 되겠다고 했다. 그러나 그가 숫자에 약할 뿐만 아니라 돈에 관한 한 한숨이 나올 만큼 구제불능이라는 걸 잘 아는 부모 입장에서 주식 중개인은 만류할 수밖에 없는 최악의 아이디어였다.

오랫동안 모든 문화권에서 생물학적 연령은 사회적 성숙도와 동일시되어 왔다. 누구든지 사람 구실을 하려면 나이에 따라 정해진 관문을 통과해야 하고, 그 결과로 가족구성원이자 시민공동체의 일원으로서의 여러 역할을 두루 수행할 수 있어야 한다. 직업은 이러한 요구를 실현하는 최우선 수단으로, 한 사람이 부여받는 사회적 책임과 권리는 노동의 주체로서 경제적 자립을 이루는 정도에 상응한다. 고도경제화 시대에 들어서면서 생산인구에 포함되는 나이가 점점 늦춰지고는 있지만, 그럼에도 '취업'이 사회인으로서 내디디는 첫발이라는 인식은 여전하다.

발자크(Honoré de Balzac, 1799~1850)는 평생 글쓰기라는 노동으로 높은 수입을 올렸다는 점에서—비록 벌어들인 돈보다 훨씬 많은 빚을 늘 졌지만—작가가 직업이었다고 말할 수 있다. 그에 비하면 프루스트는 작가가 되겠다는 핑계로 인생의 3분의 2를 무위도식한 잉여인간이었다. 이 사실은 많은 사람들의 심기를 거스른다. 표면적으로 프루스트에 대한 조소는 그 가치가 과대평가된 **이른바 예술가**에 대한 빈정거림이지만, 그 이면에는 노동의 짐을 지지 않는 유한계급에 대한 시샘이 도사리고 있다.

현대 자본주의 사회에서 직업적 성공과 그에 따른 부(富)는 개인 각자의 성취를 평가하는 제일의 척도다. 고대부터 전근대까지 시민권은 자신의 수입으로 세금을 내는 자에게만 주어졌다. 근대 헌법은 천부인권을 보장하지만, 공동체의 일원으로서 생계를 스스로 해결하지 못하는 자는 그에 따른 불이익을 감수해야 한다.

그런데 여기, 규칙에서 열외인 자들이 있다. 유산을 상속

받은 불로소득자나 밥벌이에 무관심한 예술가는 우리들 노동의 보람을 퇴색시킨다. 그들이 누리는 '여가'는 다수가 감내하는 업(業)의 고달픔과 대비되며 상대적 박탈감을 일으킨다. 어떤 운이나 의지에 의한 무임승차는 부정의(不正義)한 것으로 여겨진다. 그리고 동시에, 그 비난의 강도에 비례하는 욕망의 대상이 된다.

『시간』은 사회라는 엔진을 돌아가게 하는 에너지원인 '돈 문제'를 전혀 다루지 않는다는 이유로 현실과 동떨어진 사소설로 폄하된다. 먹고사는 문제로 고민하는 인물이 아무도 없다는 점에서 부르주아적이고, 서민과 하층민에 무심하다는 점에서 작가에게 사회적 책임의식이 부족하며, 허구한 날 사랑타령만 하는 소설이라는 점에서 문학적으로 한계가 있다는 비판이 주를 이룬다. 이러한 공격은 스스로를 시민 노동자로 인식하는 오늘날 독자가 근대의 유산으로 물려받은 계급적 시기심의 소산이다.

20세기 이래로 노동자는 사회계층의 압도적 다수를 차지하게 되었지만, '상상적' 특권계급에 대한 적의는 문화유전자로 의식에 뿌리박혀 있다. 인생 정체성 죽음 실존 같은 질문은 아무리 심오해도 먹고사는 문제에 우선할 수 없다. 불평등한 현실, 부조리한 시대상을 외면하는 예술지상주의는 이기적인 나르시시스트의 변명일 뿐이다. 세기말 데카당의 상징인 『시간』은 이러한 민중주의적 요구에 어떤 답을 내놓을 수 있는가.

근대의 시민계급은 세 단계에 걸쳐 그 정체성을 이룩했다. 첫 번째는 17세기 말엽, 봉건 귀족에 도전한 부르주아의 약진으로 전통적 신분질서가 붕괴하기 시작한 것이고, 두 번째는 귀족과 부르주아에 맞선 프롤레타리아트의 저항으로, 정치적 철학적 기반이 각기 다른 여러 갈래의 시민혁명이 일어난 것이다. 이 과정은 18~19세기 내내 혼란하고 동시적인 양상을 띠며 전개되다가, 20세기 초에 양차대전을 겪으면서 구시대적 특권층은 와해되고, 가처분자산을 기준으로 하는 중산층과 소시민 노동자로 양분되었다. 즉 현대의 개인 다수는 정신적으로 무산계급의 후예고, 부의 대물림을 권리로써 누리는 유산계급의 정당성을 부인하는 가치관을 몇 세대에 걸쳐 교육받은 존재다.

현대인은 자신의 노력과 어떤 행운으로 주류 부르주아가 될 수 있다. 그러나 티베트의 승려건 파리 센강 다리 밑의 노숙자건, 돈에서 완전히 자유로운 존재는 없다. 그런데 만일 당신이 급여 생활자로 일할 필요가 전혀 없고, 그러한 조건에 있다는 이유로 어떠한 사회적 비난도 받지 않는다면, 당신은 일생 동안 무엇을 하며 살겠는가. 프루스트가 『시간』에서 즐겨 언급하는 화학자 라부아지에(Antoine Laurent Lavoisier, 1743~1794)는 바로 그러한 지위와 조건 속에서, 자신이 전념한 **일**로써 위대한 **업적**을 이뤄낸 인물이다.

부유한 변호사 집안의 장남으로 태어나, 마자랭대학(Collège Mazarin)에서 자연과학을 공부한 라부아지에는 법학대학원을 졸업하고 변호사 자격증까지 취득했지만, 25세에 과학아카데미 화학분과 회원에 선출될 정도로 일찌감치 과학자로 두각을 나타냈다. 막대한 상속 유산에다 징세청부인[26]으로 벌어들이는 수입도 상당했던 라부아지에는 당대 유럽에서 가장 앞선 수준의 장비를 갖춘 개인 실험실을 운영했다. 국가나 공공기관이 과학 연구를 지원하는 경우가 거의 없었던 때라, 실험에 투입되는 모든 비용을 사비로 부담했던 그는 부유했음에도 매우 검소하게 살았다.

그의 실험에 관한 모든 이야기가 놀랍지만 그중 사회적으로 센세이셔널했던 것은 1772년 루브르 광장에 영국에서 입수해 온 거대한 오목렌즈를 설치하고(당시 영국은 뉴턴의 나라답게 광학렌즈 분야에서 세계 최고였다) 햇볕을 모아 유리병 속에 든 다이아몬드를 태운 사건이다. 라부아지에는 이

26 왕을 대신해 세금을 징수하는 독점 권한을 지닌 '수세조합' 회원들로, 주로 부유층이 돈을 내고 자격을 샀다. 왕이 요청한 세액을 초과하는 세수는 징세청부인의 몫이었다.

실험으로 다이아몬드가 순수 탄소결정체라는 것을 확인하고, 석탄 백금 등 다른 물질들도 연소시켜 보면서 물질의 질량보존 법칙을 확신하게 된다(다이아몬드가 연소한 질량만큼의 기체가 발생했으므로, 물질의 성상이 바뀌더라도 총질량은 그대로다). 실증적 학문으로서 근대화학의 토대를 세운 라부아지에는 거리의 조도(照度) 개선, 파리 상수도 수질 개선, 공기 질이 인체에 미치는 영향 연구 등을 통해 과학으로써 공익을 달성하고자 한 인본주의자였다.

그러나 라부아지에는 프랑스대혁명 때 자코뱅(혁명군)에 의해 단두대에서 참수되었다. 혁명기에 자코뱅이 된 농민들의 기억 속에 라부아지에는 무자비한 세리(稅吏), 길바닥에서 다이아몬드를 태운 사치스러운 부자였다. 그는 민중의 적이었다. 혁명재판이 시작되자 라부아지에의 아내는 그의 화학 연구가 계속될 수 있도록 선처를 호소했으나, 판사는 "공화국은 과학자도 화학자도 필요하지 않다."고 답하며 사형을 선고했다.

발베크에서 어른의 환락을 어슴푸레 맛본 '마르셀'은 지난날 풋풋했던 순정도 열렬한 작가의 꿈도 까맣게 잊어버리고, 축제일 광장의 장식조명처럼 휘황한 게르망트의 세상을 기웃거린다. 때마침 '마르셀'의 가족이 게르망트가의 파리 저택 별채로 이사한 덕분에 그는 아침저녁으로 게르망트 사람들을 엿보고, 이따금 사소한 해프닝에 연루되는 즐거움을 누리기도 한다.

어느덧 이십대에 접어든 그는 쾌락에 목마른 청년, 세상에 널린 온갖 진기한 유희를 찾아다니는 주광성(走光性) 곤충이다. 오페라 극장 1층 귀빈석에 앉아 있는 게르망트 공작부인을 보고 매혹되는 것은 바로 그 칸막이로 둘러진 "특별석"이라는 자리 때문이다. 공작부인 오리안은 질베르트나 알베르틴 같은 평범한 소녀들과는 차원이 다른, 고전적 우아함을 일상으로 영위하는 세상에 속한다.

'마르셀'은 공작부인과 우연을 가장해 마주치기 위해 매일 그녀가 산책하는 길목을 지키고, 콧바람 든 강아지처럼 나다니다가 집에 와선 시들시들 앓아눕기를 되풀이한다. 아들이 노골적으로 공작부인을 쫓아다닌다는 소문에 어머니는 당혹스러워하며 꾸지람한다. 작가가 되겠노라 선언했지만 글 쓸 기미는 보이지 않고, 실제로도 한 자도 쓰지 못한다. 이 젊은이에게 무슨 문제가 생긴 걸까?

'마르셀'이 글을 쓰지 못하는 이유는 쓰고자 하는 이야기가 없기 때문이다. 쓰고 싶은 마음은 그지없으나 **무엇을 쓸지를** 모르기 때문이다. 한 사람이 작가가 되는 것은 그가 반드시 해야만 한다고 느끼는 어떤 이야기를 더는 참을 수 없을 때다. '마르셀'은 쓰고 싶은 이야기를 결정할 수 없었다. 그래서 대신에 흥미로운 이야깃거리를 찾아다니는 수집가가 되었다. 그는 책으로 읽어 친숙하고 현실에서도 가까이에 있는 사교계를 맴돈다. 자기 서사의 주체인 인격적 '마르셀'은 후면으로 물러나고, 상류층 생활세계의 중계자이자 해설자로서 허구와 실사의 중간지대를 떠도는 그림자인간이 된다.

'마르셀'은 자기의 들끓는 연정이 게르망트 공작부인을 향해 있다 말하지만, 이 사랑 또한 기표일 뿐이다. 태양을 추종하는 해바라기처럼 공작부인을 바라보는 '마르셀'은 신분 상승을 노리고 파리로 상경해 사교계의 여왕인 귀족 부인의 환심을 사려 발버둥치는 시골 귀족이나 부르주아 청년을 닮았다. 이 '마르셀'에는 실존성이 없다. 그는 야망이라는 밀랍으로 이어 붙인 욕망의 날개를 달고 상류층을 향해 솟구쳐 오르는 하나의 **캐릭터**, 발자크 소설 속 '라스티냑'이나 '뤼시앵'의 재림이다.

서술자는 "별들의 운행 궤도를 관찰하는 천문학자의 마음"으로 대상들을 관찰한다. 그의 시선은 소설 속 인물들을 주도면밀하게 추적하지만, 그가 자세히 들여다보고 있는 것은 그 이면에 놓인 세계의 형상이다. 『시간』에 일말의 자전적 요소가 있다면, 바로 이런 부분일 것이다. 프루스트의 관찰은 구시대적 특권층의 생활상을 가십으로 소비하는 대중의 호기심을 충족시키지 않는다. 그가 그 사회의 구경꾼인 동시에 당사자였으며, 지배질서의 재편과 도덕적 정신적 혼란을 이야기 소재가 아닌 삶으로 사는 중이었기 때문이다.

어떤 직업들은 먹고사는 문제에서 자유로울수록 최선의 결과를 낸다. 공익 실현을 최종 목표로 삼는 모든 직업—정치인, 군인과 경찰, 학자, 사제 등—은 일이 다만 생계수단일 때 부패하기 쉽다. 이들이 궁박하여 돈에 눈이 먼다면 사회에 큰 해악을 끼치는 행위를 저지를지 모른다. 이런 직업을 가진 사람들에게 국민의 세금으로, 정부의 지원으로, 신도들의 헌금으로 보수를 주는 이유다.

그리고 예술가는 독특하게 예외적인 존재다. 프루스트가 어렸을 때만 해도 작가란 오늘날보다는 사회적 영향력이 큰, 식자(識者)들의 직업이었다. 물론 어느 시대에나 무해무익한 시인들, 세속적인 극작가들은 많았지만, 사회에 일대 파란을 일으켜 새로운 시대의 선봉장이 된 인물들은 모두 다 글을 썼다. "나폴레옹이 칼로써 이룬 일을 나는 글로 이뤄내겠다."던 발자크의 출사표는 헛된 야망이 아니었다. 빅토르 위고(Victor-Marie Hugo, 1802~1885)는 『파리의 노트르담』을 써서 기념비적 중세 고딕 성당이 파괴되는 것을 막았고, 『레 미제라블』로 제3공화국의 도래를 재촉했다.

19세기 말에 상층 부르주아 집안에서 태어나 17~18세기 작가들의 작품을 주로 읽으며 성장기를 보낸 프루스트의 사회의식은 당대인들에 비해 퇴보적이었을까. 꼭 그렇지만은 않다. 민중의 눈에 세계는 지배자와 피지배자로만 나뉘지만, 어느 시대에나 지배계급 내의 암투야말로 드라마틱하다.

시대소설로서 『시간』은 제2제정 말엽부터 1차 세계대전 종전 직후까지 50여 년간 상류사회를 휩쓸었던 여러 경향들—정치관, 경제관, 계급론, 패션 장식미술 음악 건축 회화 문학을 아우르는 예술론 등—을 채집한 표본이다. 그것은 사회의 거울로서, 거대담론이 간과하는 계급투쟁의 실상을 상당한 수위의 적나라함으로 묘파한다. 『시간』에 얼마나 많은 사실들이 담겼는지는 그것이 사실임을 아는 사람만이 알아볼 수 있는데, 그들이 멸종했으므로 사실들은 비밀이 되어가고 있다.

프루스트는 1903년에 아버지가, 1905년에는 어머니가 사망하면서, 오늘날 화폐가치로 최소 500억 원에 달하는 현금과 주식, 부동산을 상속받았고(동생 로베르와 공평하게 절반을 나눈 금액이다), 여기서 나오는 이자 수익만 월 2,000만 원에 달했다. 자기 시대의 사회에 미미한 영향조차 실질적으로 끼칠 수 없었던 프루스트는 상속받은 부를 예술가로 살아갈 자유에 소비했다. 아마도 역사상 모든 예술가 가운데 한 작품을 완성하는 데 가장 많은 사유재산을 투입한 작가가 프루스트일 것이다. 『시간』은 프루스트의 전 재산과 목숨이 바쳐진 소설이고, 이렇게나 아낄 줄 모르는 사랑만을 한 그가 나는 애틋하고 존경스럽다.

— 양지바른 곳의 오후 2시

르무안 사건

대학교 강의실 대신 사교계 살롱을 드나들기 시작한 프루스트는 한동안 쾌락의 나날을 보냈다. 많은 명사들, 예술가들과 친교를 맺었고, 함께 공연을 보고 여행을 떠나고 밤새도록 대화하고, 그중 몇몇을 사랑하기도 했다.

그러면서도 프루스트는 글을 쓰려고 나름대로 애썼다. 이 시기에 그의 비평적 안목은 이미 프루스트 고유의 관점과 세계관을 견고히 드러냈고, 명불허전인 수려한 문체는 일찌감치 완성되었다. 그럼에도 성년이 되고 19년간 그가 이룬 성취는 객관적으로 보잘것없었다. 마르셀은 여전히 아마추어에 가까운, 예술가 지망생이었다.

물론 그에게도 말하고 싶은 절실한 이야기, '사랑'이라는 평생의 테마가 있었다. 하지만 어떻게 그것을 쓸 수 있겠는가. 그는 온 힘을 다해 글쓰기를 미루고 있었다. 아내도 직업도 없는 그는 사교계에 암암리에 퍼진 추문만으로도 충분히 근심거리인 아들이었다. 마르셀은 "어머니가 살아 계신 한 작가가 될 수 없다."고 느꼈다. 자신이 한심하고 가엾게 여겨지는 쪽이 사랑하는 어머니의 가슴에 비수를 꽂는 것보단 나았기 때문이다.

* ——

『시간』에 도달하기 이전, 프루스트가 썼던 습작들 가운데 주목할 만한 미완성작 하나가 있다. 1908년 2월과 3월에 《르피가로》에 실렸던 『르무안 사건』은 프루스트가 자기의 진실을 고백하지 않으면서 **이야기의 부재**를 해소하기 위해 취한 전략에 대한 유쾌한 힌트를 제공한다. 열 개의 짧은 소품으로 이루어진 이 연작은 1908년 1월 신문에 대서특필된 '르무안 피소 사건'을 소재로 한다.

1772년 라부아지에가 다이아몬드가 탄소결정체라는 사실을 실험으로 입증한 지 133년 만에, 앙리 르무안(Henri Lemoine)이라는 인물이 탄소를 합성해 다이아몬드를 제조하는 기술을 개발한다. 1905년 르무안은 이름난 다이아몬드 딜러에게 자신이 합성한 다이아몬드의 감정을 의뢰한다. 르무안은 딜러가 보는 앞에서 '특수한 가루'가 든 컵을 오븐에 넣었고, 30분쯤 지나자 컵 속에는 "완벽하게 진품"인 다이아몬드가 생성되어 있었다. 이 사실이 알려지자 영국 드비어스(De Beers)사의 주가는 곤두박질친다.

1866년 영국 식민지 남아프리카공화국 오렌지(Orange)강에서 21캐럿짜리 다이아몬드 '유레카'가 발견되자, 당시 식민지 총리였던 세실 로즈가 로스차일드 은행의 투자를 받아 설립한 드비어스는 오늘날까지도 세계 최고의 다이아몬드 채굴 및 가공 회사다. 1905년 당시 드비어스의 회장은 독일계 영국인으로, 금광 및 다이아몬드 광산 개발로 거부가 된 줄리어스 워너였는데, 그는 르무안의 합성 다이아몬드 기술을 전수받는 대가로 6만 4,000파운드(오늘날 화폐가치로 100만 파운드, 약 17억 원)를 지불한다.

르무안은 드비어스사와 합작으로 프랑스 남부 아라스에 다이아몬드 제조공장까지 건설하지만, 정작 기술 이전은 차일피일 미룬다. 결국 1908년 12월 드비어스사는 르무안을 고소한다. 병적인 거짓말쟁이였던 르무안은 십대 때부터 온갖 사기 행각을 벌여 고소고발이 끊이지 않았다. 이탈리아 트리에스테의 프랑스 영사였던 그의 아버지는 오래전에 그를 집 안에서 내쫓았다. 피소되자 콘스탄티노플로 도주했던 르무안은 체포되어 재판에 회부되는데, 당시 프랑스에서 가장 유명한 변호사 중 한 명이었던 라보리(Fernand-Gustave-Gaston Labori, 1860~1917)를 선임해 무죄를 주장한다.

라보리는 독일 첩자 혐의로 억울하게 옥살이를 했던 유대인 대위 드레퓌스의 재심을 청구하다 1898년 군에 대한 모독죄로 군사법정에 회부된 소설가 에밀 졸라의 변호를 맡아 명성을 얻은 인물이다. 라보리는 1899년 드레퓌스의 재심 청구가 받아들여지자 반(反)드레퓌스파에게 암살 시도를 당하기도 했다. 졸라는 1심과 항소심에서 모두 유죄판결을 받았지만, 졸라 재판이 신문에 대서특필되며 프랑스를 떠들썩하게 만들었기 때문에, 라보리는 무고한 피해자의 누명을 벗겨주는 정의로운 변호사로 명망 높았다.

라보리가 내세운 르무안의 무죄 변론 요지는, 그가 발명한 다이아몬드 합성 기술 자체는 사기가 아니라 다만 실패한 실험이라는 것이었다. 재판부는 "탄소에 열과 압력을 가하면 다이아몬드가 합성된다."는 르무안의 주장의 진위를 판단할 능력이 없었고, 르무안이 다이아몬드를 바꿔치기하는 속임수를 썼다는 명백한 증거 또한 없었다. 르무안은 재판 중에도 줄곧 드비어스사가 투자금을 추가로 지급한다면 자신이 실험을 성공해 보이겠노라 큰소리쳤다.

오븐에서 30분 만에 다이아몬드를 굽는다는 르무안의 주장을 라부아지에가 들었더라면 코웃음을 쳤을 것이다. 자연계의 모든 물질은 에너지를 얻거나 잃는 방식으로 분해되거나 결합된다. 관건은 에너지가 얼마만큼의 열 빛 속도 압력 등의 형태로 주어지느냐다. 과학기술의 성패는 정확성과 재현 가능성에 달려 있고, 르무안은 인공 다이아몬드 제조에 필요한 온도와 압력의 정확한 값을 알아낼 능력이 없었으므로 사기가 맞다.

다이아몬드 합성은 1954년 미국 제너럴일렉트릭(GE)사의 자금 지원을 받은 스웨덴 출신 공학자가 성공했다. 흑연(탄소물질)이 든 배양기에 종자(種子)가 될 다이아몬드 조각을 넣고 1600도에서 10만 기압의 압력을 가하는 방법을 사용했다. 천연 상태에서 탄소가 다이아몬드로 결정화되는 시간을 고온, 초고압으로 급격히 단축시키는 원리다. 르무안 사건으로부터 불과 50여 년 만에 다이아몬드 합성 실험에 성공한 것인데, 이 기간은 인류 역사상 과학이 가장 빠른 속도로 진보한 시기였다. 초기 단계의 원자모형이 영국 물리학자 톰슨에 의해 1904년 제시되었고, 주기율표를 작성한 러시아 화학자 멘델레예프는 1906년 노벨상 후보에 오르기도 했다.

만일 르무안이 정말로 1908년에 다이아몬드 합성의 필요조건을 알았더라면 당시 기술로는 구현해 낼 수 없다는 사실도 알았을 테고, 따라서 터무니없는 농간을 부릴 엄두도 내지 못했을 것이다. 그러나 "과학자를 필요로 하지 않는 공화국"은 1909년 르무안에게 사기 혐의 무죄를, 갈취 혐의만 인정해 6년의 징역을 선고한다.

애초에 르무안의 목적은 드비어스사의 주가를 폭락시키고, 드비어스사에게 뜯어낸 돈으로 드비어스 주식을 대량 매입하는 것이었다. 합성 다이아몬드가 가짜로 판명 나고 주가가 원상복구되면 그때 드비어스 주식을 팔아 부자가 된다는, 전형적인 협잡의 계획이었다. 그는 드비어스사로부터 받은 거액을 은닉하고 그 행방에 대해 끝까지 함구했다. 출소 뒤 르무안은 흔적도 없이 사라져 이후로 그를 본 사람은 아무도 없다.

프루스트는 하나의 사건을 두고 서로 다른 시대에 속한 열 명의 작가들이 각기 자기만의 스타일로 쓴 글을 상상한다. 이때 르무안은 이야기의 씨앗으로서 시공간의 제약을 받지 않고 자유롭게 합성된다.

첫 번째 글은 프루스트에게 지대한 영향을 끼친 『인간극(La Comédie humaine)』의 작가 발자크의 서론이다. 발자크의 『인간극』 시리즈에 여러 차례 등장하는 소설가 다르테즈가 '탁월한 천재는 어떻게 세기의 범죄자가 되는가'라는 주제로 르무안 사건을 사회유기론의 시각에서 고찰하는데, 프루스트는 발자크의 트레이드마크인 에너지 넘치는 장황한 문체를 매우 그럴듯하게 재현한다.

이어지는 단편은 일물일어(一物一語) 문체론의 창안자 플로베르(Gustave Flaubert, 1821~1880)를 모사한 단편 '르무안 사건'이다. 르무안의 심리가 진행되는 법정에 '보바리 부인'

이 방청인으로 앉아 관찰하는 것같이 나른하고 숨 막히는 분위기가 까다롭고 지겨운 미문(美文)으로 묘사되어 있다. 이걸 보면 프루스트가 특히 어렵기로 소문난 플로베르 문체의 모방에도 상당한 재능이 있음을 알 수 있다.

그다음은 프랑스 근대 비평의 아버지로 일컬어지는 생트뵈브(Charles Augustin Sainte-Beuve, 1804~1869)의 패러디다. 그는 바로 앞의 '플로베르의 소설 르무안 사건'을 작가론적 관점에서 신랄하게 비판한다. 이는 작품 자체가 아닌 작가를 공격하는 생트뵈브 비평의 자가당착을 비꼬는 프루스트식 풍자다.

연작소설 『르무안 사건』은 독서광이었던 프루스트가 한 작가의 개성은 문체로써 구축된다는 사실과, 각기 다른 문체가 형성되는 원리를 간파하고 있었음을 여실히 드러낸다. 실제로 흉내 내기는 프루스트가 타고난 남다른 재능 중 하나였다. 그는 어릴 때부터 다른 사람들의 몸짓 말투 목소리를 재치 있게 따라 해 가족들을 웃겼고, 때로는 너무 절묘하게 특징을 포착해서 모사당한 상대방이 짜증을 낼 정도였다고 전해진다.

풍자의 성격이 강한 패러디나, 예찬으로서의 모방인 오마주는 원작을 차용하되 뚜렷한 자의식을 가지고 각색함으로써 독자성을 인정받고자 한다. 스스로 복제품임을 노골화하여 반대급부로서 원작과의 차이를 돋보이게 하는 것이다. 반면에 **패스티시(pastiche)**는 자기주장을 하지 않는 모방, 그 진지함과 충실성으로써만 식별되고자 하는 모작이다.

순수하게 기예(art)적 유희인 패스티시는 수천 년 동안 고전과 경전을 베껴 쓰면서 비의지적 스타일을 창안하고 전승했던 사본 제작자들의 전통을 따른다. 모범이 되는 **본(本, pattern)**을 재현하려는 성실한 노력 가운데서 때로 원본을 능가하는 감탄스러운 모작이 만들어지기도 한다. 프루스트는 문학사의 걸출한 대가들을 우러르면서, 그에 대한 예술적 도전으로 자신이 사랑한 작품들을 패스티시했다.

그 결과로, 『시간』에는 프루스트가 참조한 많은 고전이 다양한 맥락에서 반복적으로 언급된다. 파름 여공작[27]은 그 이름만으로도 늘 '마르셀'로 하여금 스탕달(Stendhal,

27 여러 번역서들이 이 인물을 '파름 공작부인'으로 옮겼는데 적절하지 않은 번역이다. 뒤셰스(duchesse, 영어로는 duchess)는 공작과 결혼해 그의 아내가 된 여성이 부여받는 칭호기도 하지만, 공작(duc, 영어의 duke)의 여성형 명사로 여성 자신이 공작인 경우에도 쓰였다. 공국의 여성 군주인 여공작은 프린세스(princess)로도 불리는데, 이때는 공주라기보다 왕위 계승권자인 딸, 즉 미래의 여왕을 뜻한다. 그 밖에, 왕위 계승권자인 공작(프린스, 대군)의 아버지나 형제, 그리고 여왕의 남편에게 붙이는 대공 작위 역시 명목상은 프린스고, 따라서 대공 부인도 프린세스로 호칭한다. 각각 우리말의 군(君)과 빈(嬪)에 해당한다.

1783~1842)의 『파르마의 수도원』을 떠올리게 한다. 이는 단지 이탈리아 파르마(Parma)의 프랑스어 발음이 파름이기 때문이어서만은 아니다. 파르마는 이탈리아의 명문가(家)인 파르네세가 중세 때부터 다스렸던 영지로, 알레산드로 파르네세(Alessandro Farnese, 1468~1549)가 교황 파울루스 3세로 선출된 후, 1545년에 자치공국이 되었다.

1802년 나폴레옹 보나파르트는 이탈리아 원정 때 파르마 공국을 정복, 프랑스 직할령에 포함시켰다. 황제에 즉위한 나폴레옹은 1810년 오스트리아 왕녀 마리루이즈(Marie-Louise, 1791~1847)와 재혼하면서 황후에게 파르마를 영지로 선물했다. 그러나 1814년 나폴레옹이 엘바섬에 유배되자 마리루이즈는 빈으로 돌아갔고, 파르마는 다시 한번 독립 공국이 되었다.

나폴레옹 원정기에 프랑스 군인과 파르마의 귀족 부인 사이에서 태어나 열렬한 나폴레옹주의자로 성장한 파브리스 델 동고의 불꽃같은 삶과 사랑을 그린 『파르마의 수도원』은 바로 이 시기를 배경으로 한 소설이다. 파르마 공국은 1860년 이탈리아 통일과 함께 사라졌지만, 『시간』의 파름 여공작은 실제 파르마 여공작이었던 마리루이즈의 환생처럼 보인다.

세비녜 부인(Marquise de Sévigné, 1626~1696)의 『서간집』을 즐겨 읽는 '나'의 외할머니, 조지 엘리엇(George Eliot,

1819~1880)의 『플로스강의 물방앗간』을 프랑스어로 번역하는 취미를 가진 앙드레, 앙투안 갈랑(Antoine Galland, 1646~1715)의 『천일야화』 속 마법 주문을 외고 다니는 샤를뤼스 남작 등. 문학 고전들은 등장인물을 관찰하는 서술자의 상상력을 자극해 대상에 보다 풍부한 인상을 덧입힌다.

다른 한편, 『시간』과 프루스트를 연구한 많은 비평가들이 중요성을 강조하는 기념비적 작품들이 있다. 발자크의 장편소설 『잃어버린 환상』, 라신의 희곡 『페드르』, 보들레르의 시집 『악의 꽃』은 일찍이 프루스트가 그 속에서 자신만의 감수성을 싹틔운 배양기였고, 언젠가는 그것들을 넘어서 나아가야 할 예술적 부표(浮漂)들이었다. 그리고 『시간』에게 특별히 의미심장한 「실비(Sylvie)」 같은 작품이 있다.

1828년, 괴테의 『파우스트』를 프랑스어로 번역 출간해 문단에 이름을 알리기 시작한 제라르 드 네르발(Gerard de Nerval, 1808~1855)이 1853년 문예지에 발표한 「실비」는 프루스트가 「되찾은 시간」에서 '마르셀'의 입을 빌려 이 단편소설을 "프랑스 문학의 최고 걸작들 가운데 하나"로 칭송하기 전까지 근 70년간, 대중에게 잊혔던 작품이다.

네르발은 의학박사인 아버지가 나폴레옹 군대의 군의관으로 임명돼 독일로 파견되었기 때문에, 태어나자마자 시골의 유모에게 맡겨졌다. 당시의 많은 아내들처럼 남편을 따라 전장에 갔던 어머니는 그곳에서 죽었다. 고아나 다름없게 된 그는 외가 친척 집에서 자라다 1815년 아버지가 퇴역하면서 드디어 파리에서 함께 살게 되었다. 산부인과를 개업한 아버지는 네르발이 의사가 되길 바랐다. 하지만 문학에 뜻을 두었던 그는 파리 의과대학을 한 학기 만에 그만둔다.

네르발은 진로 문제로 아버지와 극심하게 충돌했다. 이때 마침 외할아버지가 돌아가시며 3만 프랑의 유산을 남기자 그는 아버지 집에서 나와 독립한다. 한동안 그는 프랑스와 이탈리아 각지를 여행하며 보헤미안의 삶을 즐겼다. 이 무렵, 이십대 중반의 네르발은 바리에테 극장에서 여배우 제니 콜롱을 보고 반하지만, 자신의 마음을 정식으로 고백하지는 않는다. 그 대신 난데없이 호화본 연극비평지 《드라마의 세계(Le Monde dramatique)》를 창간했는데, 그 이유가 제니 콜롱을 띄워주기 위해서였다는 설이 있다.

얼마 후 같은 극단 소속 플루티스트와 결혼한 제니는 임신중독으로 사망하고 만다. 네르발에게도 불행이 이어졌다. 그는 잡지 창간 1년 만에 상속재산 대부분을 잃고 파산한다. 이어서 발표한 번역 시집, 희곡, 여행기 등은 소수의 비평가들에게 주목받았을 뿐 상업적으로 실패했다. 칼럼 연재로 근근이 생계를 이어가던 네르발은 극빈자의 처지로 전락했고,

착란과 환각에 시달려 정신병원 입원과 퇴원을 반복하다가, 47세 때 파리의 후미진 거리에서 목을 매 자살했다.

네르발이 죽기 직전 해에 출판한 유일한 소설집 『불의 딸들(Les Filles du feu)』에 수록된 「실비」는 서술자 '나'가 일생 동안 헛되이 사랑하고 잃어버린 세 여인에 관한 이야기를 회고하는 내용이다. 수십 페이지에 불과한 단편이지만, 이 작품을 보면 볼수록 네르발의 스타일이 『시간』에 끼친 영향이 상당했다고 짐작하게 된다.

오늘날 파리 근교, 중세에 발루아 왕조가 터전을 잡았던 고장에서 태어난 '나'는 어린 시절 꽃축제에서 원무를 추다가 금발의 키 크고 아름다운 소녀 아드리엔과 얼떨결에 키스를 하게 된다. '나'의 친구의 여동생 실비는 그 모습을 보고 서운해 어쩔 줄 몰라 눈물 흘린다. 머지않아 '나'는 중등교육을 받으러 파리로 떠나고, 삼촌의 유산을 상속받은 뒤로는 "타고난 재력가인 양" 돈을 쓰며 향락의 자유를 만끽한다. 이 시기에 '나'는 오렐리라는 여배우에게 빠져 지내는데, '나'가 오렐리에게 반한 이유는 그녀가 첫사랑 아드리엔과 닮았기 때문이다.

세월이 흐르고 쾌락의 날들도 저문다. 물려받은 재산 대부분을 탕진한 '나'는 어느 날 신문에 난 "지방의 꽃축제" 광고를 보고 불현듯 첫사랑 아드리엔과, 그 추억 속에 언제나 함께였던 순박한 시골 소녀 실비를 떠올린다.

기억의 연상은 어느 싱그러운 여름 아침, 전설 속 요정 같았던 실비의 모습을 되살려 낸다. 두 사람이 아직 소년소녀였던 때, '나'는 꽃축제를 준비하던 실비가 자신의 친척 할머니를 방문하는 데 동행한 적이 있다. 그곳에서 둘은 할머니가 간직해 온 지난 세기의 결혼 예복을 입고 그 앞에서 잠시 동안 순결한 신랑신부가 되었던 것이다. 비로소 '나'는 이제껏 사랑하기에 부적절한 상대들에게 허영에 찬 숭배를 바치느라고 그 자리에 늘 변함없이 있는 실비, 축제에서는 나하고만 춤추던 소녀를 번번이 지나쳐버렸음을 깨닫는다. '나'는 당장에 실비를 만나러 고향으로 달려간다.

기억하고 있는 것보다 훨씬 성숙하고 기품 있는 아가씨로 성장한 실비가 평화로운 전원 속에서 현실에 발붙이고 소박하게 살아가는 모습에 '나'는 가슴이 부풀어 오른다. 그녀는 너무 오랜만에 찾아온 '나'를 가볍게 책망하지만, 그래도 전과 다름없는 다정함으로 대한다. 그러나 잔인하게도 그날은 다름 아닌 실비의 결혼식 전야였다.

문체, 캐릭터의 특징, 중심 서사의 구조, 문학적 모티프 등 여러 측면에서 『시간』과 「실비」는 닮은꼴이다. 발루아(Valois), 샹티이(Chantilly), 루아지(Loisy) 같은 실제 지명들을 매개로 추억과 상상을 연결 짓는 독특한 문체나, 꽃의 이름들과 그 이미지들로써 시적 정서를 드러내는 연출법은 프루스트 이전에 「실비」가 먼저였다. 또 『시간』의 '나'가 소년기에 맛본 마들렌 과자의 감각으로부터 먼 훗날 소설 집필의 실마리를 얻는 것처럼, 「실비」의 '나'도 신문에 게재된 광고를 보고 첫사랑의 순간을 떠올리며 이야기를 시작한다.

무엇보다 『시간』과 관련해 「실비」를 주목할 수밖에 없는 것은 독특한 '세 여인' 캐릭터의 반복 때문이다. 「실비」의 여배우 오렐리는 『시간』의 화류계 여인 오데트를 환기시킨다. 스완과 결혼 전 오데트는 '미스 사크리팡'이라는 예명으로 바리에테 극장에서 싸구려 오페레타에 출연했더랬다. 「실비」에는 오렐리가 공연한 극장명이 명시되지 않지만, 네르발이 제니 콜롱을 보고 반했던 파리의 바리에테 극장은 에밀 졸라의 『나나』에도 자세히 묘사된 꽤 유명한 장소다. 정통 연극이나 오페라가 아닌, 춤과 노래 위주의 단막극으로 시선을 끄는 유흥 공연을 주로 했던 바리에테 극장에서 과감한 노출로 신사들의 사랑을 듬뿍 받는 나나는 배우라기보다 선정적 스트리퍼에 가깝다.

당대의 문학이나 미술에서 흔히 볼 수 있는 묘사대로, 19세기 파리의 여배우는 엄연히 예술적 성취로써 평가받는 비평의 대상이었다. 하지만 스폰서의 지원 없이는 고물가로

악명 높은 수도(首都)에서 살아갈 방도가 없는 매춘부의 측면도 부인하기 어려웠다. 이러한 위치에 있던 여성들을 일컫는 데미몽드(Demi-monde), 그리고 이를 번역할 때 흔히 선택되는 단어 '화류계'는 사창가에서 돈을 받고 단지 성(sex)만을 파는 여성과 구분하기 위해 만들어진, 에두른 표현이다. 오렐리와 오데트는 신사들의 눈길을 끌고, 그 시선으로써만 가치를 얻는, **데미몽드들**이다.

왕족에 가까운 소녀 아드리엔에 관한 묘사는 단박에 게르망트 공작부인을 연상시키는데, 키가 크고 금발이라는 외양뿐만 아니라, 모성이 없는 여성이라는 점도 공통적이다. 이들은 자식을 낳지 못한 여왕들로, 수녀가 된 아드리엔이 의지적 불임이라면, 여성 편력이 심한 남편 때문에 유부녀임에도 수녀나 마찬가지로 독수공방인 오리안은 생물학적 불임으로 암시된다. 그녀는 게르망트 공작이 밖에서 낳고 다니는 자식들을 눈감아 주는 것으로 손이 귀한 게르망트 가문의 안주인 도리를 다하고 있다.

아드리엔과 오렐리를 한 카테고리로 묶는다면, 이는 『시간』에서 콩브레 시절의 질베르트, 여배우 라베르마, 게르망트 공작부인, 그리고 결혼 전의 오데트 등 여러 여인을 떠오르게 한다. 고귀한 아드리엔이 집안의 전통에 따라 수도원에 보내져 아름다움을 감추고 살아가는 것과 정반대로, 다수의 찬미

자를 거느린 오렐리는 각광(脚光)을 받고 있지 않은, 즉 무대 밖의 한 인간으로서는 환멸스러운 존재다. 그럼에도 두 여인 모두 "가까이 다가갈 수 없는 **여왕 또는 여신**"으로서만 빛을 발하는, 환상 같은 존재라는 공통분모를 가지며, 이로써 현실의 여인 실비와 대조된다.

실비는 아드리엔이나 오렐리에 비해 더 다중적이다. 유년기의 첫 번째 실비는 확실히 파리의 질베르트와 흡사하다. 그러나 어느 순간 촌사람 실비는 불안정한 생활을 이어가는 이십대의 가난한 알베르틴에 가까워진다. '나'와 실비 사이에 놓인 지위와 재력의 차이 또한 '마르셀'과 알베르틴의 격차 못지않다. 그리고 마지막에 아드리엔이 오래전 수도원에서 때 이른 죽음을 맞았다는 사실을 '나'에게 알려주는 실비는 다시 7편 「되찾은 시간」의 질베르트로 돌아간다.

두 소설 모두에서 '나'들은 현실 세계의 인간보다는 꿈결같이 멀고 아득한, 신비한 대상들에게 일방적 동경을 바치느라 인생을 낭비한다. 『시간』 2편 발베크 해변의 소년 '마르셀'은, 고대의 님프를 닮은 소녀들 무리에서 유일한 사내아이로 원무를 추는 「실비」의 '나'의 모사다. 부질없는 사랑의 슬픔, 그리고 이로부터 예술가적 정체성을 확인하고 문학을 되찾는 결말까지, 두 이야기는 거의 동일한 패턴을 따른다. 약간의 과장을 보탠다면, 『시간』의 서사는 「실비」라는 효모를 넣고 숙성시켜 구운 커다란 빵과 같다. 비록 분량 차이는 100배에 달하지만, 거기에 들어간 재료가 같다면 비슷한 맛을 내는 것이 당연하다.

그럼에도 『시간』과 「실비」는 전혀 다른 작품으로 완성되었다. 장소와 시간의 반복적 교차 서술, 급격한 장면 전환, 사건과 기억의 불분명한 경계 등의 요인으로, 「실비」는 매 장면이 실제 있었던 일인지, '나'의 시점으로 왜곡된 기억인지, 또는 그 모두가 그저 '나'의 상상은 아닌지 의심스럽다. 이러한 몽환적 분열적 서술은 네르발에서는 그가 앓고 있던 광증의 징표였지만, 프루스트는 이를 **스타일화**했다.

「실비」의 '나'가 되찾고자 하는 세계는 아르카디아, 즉 인간성을 회복시켜 주는 자연으로의 복귀를 노래한 베르길리우스의 『전원시(Eclogae)』 속 이상향이다. '나'와 소녀들이 뛰노는 꽃밭이 루소가 말년에 은둔했던 에름농빌(Ermenonville) 숲에서 멀지 않은 장소인 것 또한 의도된 상징이다. 그것은 독일 낭만주의 시인들—실러, 노발리스, 하이네 등—의 영향을 강하게 받았고, 사상적으로 루소(Jean-Jacques Rousseau, 1712~1778)의 추종자였던 네르발의 인생관과 정신적 추구를 투영한다. 「실비」는 다신론적인 고대가 기독교 세계의 신비주의와 만나 비이성적으로 융해된 작품이다. 네르발의 문학은 여러모로 18세기의 예술사조와 더 친근하다.

그에 반해 『시간』은 모든 장면이 귀족과 부르주아의 살롱을 벗어나지 않고, 인물들의 일이란 사교계와 무도회 참석뿐이고, 끝도 없이 열거되는 작위 가진 이름들에 멀미가 날 지경임에도, '개인'을 다룬 현대소설의 정점으로 평가된다. 『시간』은 수많은 고전적 오브제들로 구성된 그림이지만, 그 속을 활보하는 인간들은 유례없이 새로운 감성의 소유자들이다. 프루스트의 캐릭터들은 혁신적이고, 『시간』이 나타내는 예술적 개성은 세기말의 허무를 밀어내고 닥쳐오는 새 세기에 속한다.

* ——

프루스트에게 「실비」가 필요했던 이유는 처음에는 무엇을 쓸지 몰랐기 때문이다. 하지만 그가 마침내 쓰기로 결심한 후에도 질문은 해소되지 않았다. 그는 여전히 이야기의 부재와 이야기의 과잉이 양립하는 모순—말할 수 없지만 말하고 싶은, 감춰야 하지만 드러내고 싶은 양가감정—상태를 벗어나지 못했다.

쓰고 싶은 그것을 어떻게 쓸 수 있을까. 프루스트는 이 난관을 정면 돌파할 수 없었으므로 무수한 샛길들이 빽빽이 펼쳐져, 이동경로를 한눈에 알아볼 수 없는 거대 지도를 구상한다. 그는 문학사의 최고 걸작들로부터 이야기의 골격을 추출해 내고 거기에 살점을 붙이는 방법을 탐구했다. 자신이 존경한 작가들이 묘사한 바로써 자신의 경험에 결핍된 감각들을 채우고, 자신의 개인적이고 특수한 체험은 보편적 일반적 서사에 녹여 넣었다. 예사로운 이야기의 외피를 입고서라면 비밀은 당당히 토로될 수 있다.

그럼에도 진실과 허구 사이에는 완벽히 밀착되지 않는 들뜸이 생겨난다. 시점의 모호함이나 서사의 불안정성은 그런 미세한 빈 공간들로 인해 발생하는 진동 같은 것이다. 프루스트는 자기만의 문체로써 그것을 결함이 아니라 독창성으로 전환해 내는 데 최종적으로 성공한다.

— 흐린 날, 오후 5시 같은 오전 10시

피와 영토

그러나 프루스트의 어떤 무능은 그의 탁월한 예술적 기량 못지않게 놀라움을 자아낸다. 르무안 재판은 단지 소설의 소재로서만 프루스트의 흥미를 끈 것이 아니다.

자신의 경제적 무능력을 선명히 자각했던 프루스트는 글쓰기에 대한 압박감이 가중되자, 마음대로 처분할 수 있게 된 돈으로 주식 투자에 뛰어들었다. 그것은 강렬한 불안-회피 상태에서 충동적으로 빠져드는 도박 중독과 유사했다. 친구들 가운데는 유능하고 영향력 있는 은행가, 경제학자, 투자 전문가가 있었고, 그들이 시시때때로 적절한 조언을 해주었다. 하지만 어리석은 프루스트는 번번이 "오를 때 사고, 떨어질 때 팔았다".

그가 받은 유산 가운데는 외할아버지 대(代)부터 보유해 온 드비어스와 비쉬[28]의 주식도 있었다. 르무안의 다이아몬드 합성 소식으로 드비어스의 주가가 폭락하자 그는 1908년 이

---

28 지금은 프랑스의 대표적 코스메틱 브랜드지만, 원래는 1881년 광천수 회사로 설립되었다.

를 처분하고 대신 랑드 소나무[29] 채권을 샀다. 그러고는 해송(海松) 가격이 오르기만 고대하며 매일 시세표를 들여다보았다. 그는 이해타산과는 거리가 먼 알 수 없는 이유로 멕시코 철도, 오스트레일리아 금광, 탕가니카 철도에 투자했다. 열차 시간표를 펼쳐놓고 로맨스를 꿈꾸는 스완처럼, 프루스트는 투자 종목의 **이름**들을 보면서 몽상에 잠겼다.

주식에 대한 프루스트의 열정이 경제적 합목적성과 얼마나 거리가 멀었는지를 엿볼 수 있는 짧은 장면이 『시간』 2편 1부에 있다. 노르푸아 후작이 집에 손님으로 와 저녁 식사를 함께한 날, 소년 '마르셀'은 아버지와 후작이 나누는 주식 이야기를 듣게 된다. 이때 아버지는 자신이 보유한 수도회사의 증권증서를 서랍에서 꺼내 보여주는데, 소년의 눈에 그것은 참으로 "매혹적"이다.

꽃무늬로 장식된 프레임 속에 성당의 첨탑들과 강의 님프들의 모습이 그려진 그 직사각형 종잇장은 위고의 『파리의 노트르담』 또는 네르발의 소설들과 비슷해 보인다. 그 시절 증권증서의 디자인을 맡은 도안가들이 문예지에 실린 일러스트의 삽화가들과 동일인이었던 탓이다. 프루스트는 증권증서

29 1857년 나폴레옹 3세가 프랑스 남부의 황량한 랑드 해변에 목재용으로 쓸 해송 조림지를 대규모로 계획했고, 이때 사업비를 조달하기 위한 국채가 발행되었다.

에서조차 무한한 문학적 상상력을 발휘하는, 비경제적인 투자자였다.

* ——

프루스트가 태어난 1871년은 프랑스혁명사에서 가장 과격했던 두 번째 순간이었다. 1789년 7월의 바스티유 함락으로 시작된 프랑스혁명은, 노동자 중심의 혁명정부인 파리코뮌이 1871년 5월 무력으로 잔인하게 진압되면서 모든 동력을 상실하고, 근대적 대통령제로 나아가게 되었다. 이 80여 년의 시간을 거시적으로 보면 **누가 지배계급의 자리를 차지할 것인가**의 투쟁이었다.

18세기의 끝자락에 농민반란으로 시작된 혁명이 왕(루이 16세)을 끌어내렸으나, 민중의 아들 보나파르트는 스스로 황제가 되었다. 이 무렵 프랑스에서도 최초의 산업화가 시작되었다. 귀족과 교회의 토지를 몰수한 나폴레옹 1세는 각종 기반사업에 필요한 자금을 조달하기 위해 다량의 국채를 발행했다. 1724년 루이 15세 때 설립된 파리증권거래소를 확장하기 위해 신청사를 짓도록 명했고, 그 결과로 1826년 브롱냐르 궁전(Palais Brongniart)이 완공되었다. 브롱냐르에는 주식시장과 선물(先物)거래소, 그리고 상업재판소가 함께 있었다.

발자크의 표현대로 돈이 "사회 시스템을 작동시키는 혈액"이라면, 브롱냐르는 그것의 순환을 담당하는 심장이었다.

주식 열풍이 불자 상상할 수 있는 모든 사기 행각이 극성을 부렸다. 투자자들 가운데 벼락부자와 파산자가 속출했다. 덩달아 공증인과 소송대리인(민사재판에서 의뢰인을 대리해 협상하는 변호사)의 수입이 늘었다. 발행된 주식이 대부분 국공채였기 때문에 주식 중개인은 신청자 가운데 정부가 선별해 임기와 자격을 부여했는데, 20세기 초까지 평균 100명 내외가 활동했다. 주식시장은 프랑스, 특히 파리의 권력구조가 재편되는 데 막대한 영향을 끼쳤다. 귀족보다 부유한 대부르주아 계층이 형성되었고, 주로 금융인 또는 전문직(법률가, 의사, 학자) 종사자들이었던 이들은 곧 정치권력도 장악했다.

그럴 수 있었던 배경에는 부르주아가 민중을 배신한 과거가 있었다. 1815년 나폴레옹 1세가 실각하자 구체제의 왕이 복귀했지만(루이 18세와 샤를 10세의 왕정복고기), 자유의 힘을 맛본 사람들은 절대군주를 용인할 수 없었다. 결국 1830년 7월 혁명으로 왕을 몰아냈는데, 혁명을 주도한 도시 중산층이 오를레앙 가문의 루이필리프를 군주로 '선임'한 것이다. 부르주아는 노동자 계급과 동등한 권리를 나누는 대신,

입헌군주제를 채택해 의회 권력을 장악하고 스스로 지배계급으로 올라섰다. 1848년 2월, 보통선거권을 요구하는 민중이 다시 한번 혁명을 시도했으나 실패했고, 그 결과로 나폴레옹 1세의 동생 루이가 1852년 두 번째로 황제에 즉위했다.

제2제정기에 나폴레옹 3세는 산업화를 가속화했다. 도로 정비와 철도 사업이 힘을 얻으면서 운송회사와 철도회사 주식이 발행되었고, 도시개발 정책에 따라 정부를 대리하는 부동산회사와 투자은행이 채권을 마구잡이로 찍어 팔았다. 신도심 건물들이 완공되면 부동산회사는 월세 수익에서 나온 배당금을 투자자들에게 돌려줄 것이다. 또는 투자은행이 발행한 국채를 매입해 이자 수익을 연금으로 받으면서 편안한 노후를 보낼 수 있을 것이다. 장밋빛 전망에 너도나도 채권을 사들였고, 주식시장은 광풍에 휩싸였다.

금권(金權)의 차이는 파리의 부르주아를 세 계층으로 서열화했다. 정치가이자 엘리트 자본가인 대부르주아, 하급 공무원 또는 상공인인 중산층 부르주아, 도시 서민인 프티부르주아. 『시간』에서 외교부 비서실장인 '나'의 아버지와, 제2제정기에 러시아 대사를 지낸 노르푸아 후작이 나누는 대화는 19세기 말 부르주아 남성들의 관심사를 사실적으로 보여준다. 그들은 영국 공채와 러시아 공채를 유망주로 추천하고, 정계 진출의 교두보나 마찬가지인 학술원 회원 자격을 얻기 위해 누구에게 로비할지를 상의한다.

대부르주아들은 정부에 필요한 자금을 대고 자긍심을 채워주는 귀족 작위를 얻었고, 중산층 부르주아는 신분 상승을, 소시민은 인생역전을 꿈꾸며 투기에 빠져들었다. 위로는 극소수의 귀족이 과거의 영광을 그리워하며 겉치레뿐인 위세를 연명하고 있었고, 아래로는 다수의 빈민이 여전히 도시의 짙은 그늘 아래서 시름하고 있었다.

미친 투기판 뒤에는 어김없이 유대인 큰손들이 있었다. 로스차일드 가문의 시조인 마이어 암셸 로트실트(Mayer Amschel Rothschild, 1744~1812)의 막내아들로 프랑크푸르트에서 태어난 제임스 로칠드(James Rothschild, 본명은 Jakob Mayer Rothschild, 1792~1868)는 프랑스에 정착해 금 투자를 발판으로 금융인으로 발돋움했고, 프랑스 최초의 철도회사를 설립, 파리에서 교외로 뻗어나가는 여러 노선의 철도를 건설했다.

독일계 유대인으로 법학을 전공한 행정관료 조르주 외젠 오스만(Georges-Eugène Haussmann, 1809~1891)은 1853년 파리 센강 이북의 열악한 주거지 정비 사업을 맡아 17년의 공사 끝에 파리를 오늘날과 같은 계획도시로 탈바꿈시켰다. 오스만은 도심의 서민들을 하루아침에 파리 외곽으로 쫓아내고 헐값에 토지를 수용한 후, 에투알 광장의 개선문을 중심으로 시원스럽게 뻗어나간 대로들을 깔고, 그 좌우로는 높이, 폭, 창문 수, 외장 디자인과 페인트 컬러까지 지정한 엄격한 설계 지침에 따라, 똑같은 모양의 신식 아파트들을 지었다. 샹젤리제 대로변에 늘어선 고급 상점들, 라파예트 백화점과 프랭탕 백화점, 가르니에 극장 등이 모두 이때 들어섰다.

스페인계 유대인 에밀 페레르(Emile Pereire, 1800~1875)는 신문사를 운영하며 각종 개발사업에 대해 비판적 기사를 쓴 뒤 이를 발행하지 않는 조건으로 해당 사업가들에게 돈을 뜯는 인물이었다. 그런 그가 철도 건설에 우호적인 기사를 쓰자, 제임스 로칠드가 눈여겨보고 그를 스카우트한다. 로칠드의 철도회사 운영을 도우면서 영업 노하우를 학습한 페레르는 머지않아 로칠드를 배신하고 독자적으로 크레디 모빌리에 투자은행을 설립했다.

크레디 모빌리에는 농업은행을 인수하고, 난방 및 조명용 가스 회사, 합승마차 회사 등을 합병해 사업 영역을 넓혔다. 스페인과 이탈리아에도 지부를 설립했으며, 특히 오스만 제국의 파리 은행(Banque Impériale Ottomane)으로 선정되면서 한때 페레르는 로칠드를 넘보는 대자본가로 발돋움했다. 하지만 조르주 오스만의 파리 정비 사업에 조달할 자금을 모으는 채권은행으로 선정된 것이 결국은 재정난으로 연결되면서 1867년 그는 파산했다.

『시간』에서 고아인 알베르틴을 거둬 길러준 삼촌 봉탕 씨는 건설부의 하급 관료인데, 금융업을 장악한 유대인 때문에 자신의 주거래은행이 도산하는 바람에 연쇄적으로 파산한 부르주아다. 몰락한 귀족은 사치스러운 생활습관을 유지하기 위해 영지와 저택을 팔고, 부동산을 사들인 유대인에게 자기 집에서 월세를 내고 산다. 엘리제궁을 모델로 묘사된 게르망트 공작의 웅장한 파리 저택도 실은 임대한 것이고, 게르망트 공작이나 게르망트 대공이나 하나같이 "반쯤 파산했다". 귀족의 연회는 필사의 재치로 감춘 옹색함이 실크드레스 밑의 해진 속치마처럼 엿보이고, 공작은 값비싼 마차 유지비를 감당하느라 마부에게 건네는 동전 한 푼에도 인색하다.

19세기 말 중산층 이상 파리 시민들은 가열한 근대화의 과정 속에서 돈의 힘을 뼈저리게 느꼈다. 많은 이들이 자본주의에 적응하는 데 실패했는데, 이들은 자신들의 좌절감과 분노를 표출할 대상으로 유대인을 지목했고, 비합리적 감정을 민족주의로 포장했다. 『시간』이 가장 진지하게 다루고 있는 주제 중 하나가 바로 이 유대인 혐오다. 그것은 빌파리지 부인의 오후 다과 모임에서, 게르망트 공작의 만찬에서, 게르망트 대공의 연회에서, 인물들이 나누는 스몰토크 곳곳에—수에즈 운하, 파나마 스캔들, 드레퓌스 사건의 연쇄로 점점 더

고조되는—섬뜩하고 거리낌 없는 적의로 심겨 있다.

1859년, 프랑스 외교관으로 포르투갈과 북아프리카 각지에서 근무했던 유대인 레셉스(Ferdinand Marie de Lesseps, 1805~1894)가 홍해와 지중해를 잇는 인공수로 공사를 시작한다. 유럽에서 인도양까지의 항로를 현격히 단축시키는 기념비적 건설사업을 위해 레셉스는 2억 프랑어치, 40만 주의 공채를 발행했는데, 이중 17만 주를 이집트 정부가, 20만 7000주를 프랑스의 일반 투자자가 매입했다. 험난한 공사 여건으로 수에즈 운하는 착공 10년 만인 1869년 개통되었다.

그런데 1870년 프랑스와 프로이센 간 전쟁(보불전쟁)이 발발하고, 프랑스의 참패로 레셉스를 지원했던 나폴레옹 3세가 폐위되면서, 수에즈 운하의 실질적 소유권은 영국이 차지하게 된다. 프로이센에게 50억 프랑에 달하는 전쟁배상금을 청구당한 프랑스는 아직 수익을 내지 못한 채 빚의 늪에 빠져 있던 수에즈 운하에 추가 자금을 댈 여력이 없었는데, 대주주인 이집트 정부가 투자금의 채권만기일이 도래해 파산 직전에 몰리자, 보유하고 있던 17만 주 전량을 매물로 내놓는다.

이 소식을 들은 영국 총리 디즈레일리(Benjamin Disraeli, 1804~1881)는 1억 프랑을 단 하룻밤 만에 조달할 수 있는 지인을 만난다. 바로 로트실트의 차남으로 영국에 정착한 네이

선 로스차일드의 장남 라이어널 로스차일드(Lionel Nathan de Rothschild, 1808~1879)였다(프랑스의 제임스 로칠드의 조카다). 기독교로 개종한 유대계 집안에서 태어난 총리는 오랜 친구인 금융인에게 "대영제국을 담보로" 400만 파운드를 빌려 수에즈 운하를 빅토리아 여왕의 품에 안긴다. 이 사건은 프랑스 국민의 자존심을 건드렸다.

그러나 이보다 훨씬 심각한 사건이 곧 이어진다. 수에즈 운하 개통으로 명성과 자신감을 얻은 레셉스는 1881년 남북 아메리카를 연결하는 지협에 인공수로를 놓는 파나마 운하 사업에 다시 한번 도전한다. 이때는 프랑스 정부가 레셉스를 적극 지원했는데, 9년의 공사 끝에 열대의 무더위, 습지대의 악조건, 말라리아 전염 등으로 2만 2000명의 인부가 사망하면서 사업이 중단되고 말았다.

파나마 운하 회사의 주식을 산 프랑스인 개미투자자는 수에즈 때보다 훨씬 많은 80만 명에 달했다. 9종의 주식과 채권을 발행해 모집한 투자액이 총 13억 5,000프랑이었다. 파나마 운하 개발 당시 레셉스는 라이나흐(Jacques de Reinach, 1840~1892)라는 독일계 유대인 은행가에게 자금조달 업무를 맡겼다. 라이나흐와, 그의 동업자로 역시 유대계인 헤르츠(Cornelius Herz, 1845~1898)는 부실한 재정 상태와 공사의 불확실성을 은폐하고, 의회의 승인이 필요한 공공대출이 실행될 수 있도록 수년간 다수의 공무원에게 거액을 상납했다. 빚이 쌓여갔고, 그만큼 로비 자금도 늘어났다.

그런데 헤르츠는 로비스트로 주도적 역할을 하면서 뒤로는 이런 사실을 폭로하겠다고 라이나흐를 협박해 지속적으로 돈을 갈취했다. 1889년 회사가 도산하기 직전, 헤르츠는 또다시 대출을 신청하고 투자 선수금 60만 프랑을 거둬들여 착복했다. 하지만 이번에는 대출이 거절되었다. 이때 반유대계 민족주의 신문이 유대인의 정재계 인사 매수 혐의를 폭로했다. 일명 파나마 스캔들이다.

당시 고발된 인원은 장관만 여섯 명, 국회의원은 510명에 달했다. 그 가운데는 언론인 출신 급진공화주의자로, 사회당 소속 국회의원 클레망소(Georges Clemenceau, 1841~1929)도 있었다. 라이나흐는 자살했고, 100명이 넘는 국회의원이 뇌물수수 유죄판결을 받았다. 전체 투자액 가운데 공사에 실제 투입된 돈은 절반에 불과했다. 파나마 운하는 미국의 손에 넘어갔다. 이번에도 돈을 날린 프랑스 투자자들은 망연자실했다.

* ——

보불전쟁 패배와, 프로이센에 항복한 임시정부에 격렬히 저항했던 파리코뮌의 비참한 최후에 대한 기억으로, 프랑스 국민들의 가슴속에 독일에 대한 적개심이 여전히 생생하던 1894년, 프랑스 육군 참모본부 소속 포병 대위 알프레드 드레퓌스(Alfred Dreyfus, 1859~1935)가 독일 첩자 혐의로 체포되었다. 프랑스 주재 독일 대사관을 감찰하던 프랑스군 방첩부가 대사관 우편함에서 독일 장교 앞으로 보내는 프랑스군의 기밀 서류 한 장을 발견했는데, 그 필적이 드레퓌스의 것과 유사하다는 이유에서였다. 드레퓌스는 파리 군법회의에 회부된 지 나흘 만에 종신형을 선고받고 프랑스령 기아나의 악마섬(Île du Diable)에 유배된다.

드레퓌스의 매국 행위는 애국주의자를 자처한 극렬 가톨릭교도들과 반유대주의자들을 들끓게 했다. 민족주의 신문들은 뻔뻔스러운 유대인의 만행을 연일 최고치의 강도로 비판했다. "유대인에게 죽음을!"이라는 구호가 어디서나 들려왔다. 드레퓌스 기사를 접한 독일은 성명을 통해 드레퓌스와 프로이센은 아무런 관련이 없다고 밝혔지만, 프랑스 국민 어느 누구도 독일을 믿지 않았다. 드레퓌스는 악마화되었고, 유대인은 은혜를 모르는 배신자의 상징이 되었다.

진짜 스파이가 있긴 있었다. 1896년 드레퓌스 사건 문서를 열람한 정보국 소속 피카르(Marie-Georges Picquart, 1854~1914) 중령은 드레퓌스가 팔아넘겼다던 '기밀 문건'의 필적이 방첩부 소속 소령 에스테라지(Ferdinand Walsin Esterhazy, 1847~1923)의 글씨체라는 것을 알아냈다.

명문 군인 집안 출신이지만 인간 말종이었던 에스테라지는 항상 빚에 허덕였고, 유대인 장교들에게 빌붙어 결투 후견인을 자처하거나 공갈협박으로 용돈벌이를 했다. 부유한 유대인 부르주아 대위 드레퓌스는 돈을 헤프게 쓰고 다니는, 눈치 없고 잘난 척하는 재수 없는 인간이었다. 부대의 프랑스인 장교들 모두가 그를 싫어했다. 에스테라지는 드레퓌스가 혐의를 덮어쓴 것에 양심의 가책을 전혀 느끼지 않았다.

피카르는 상부에 재조사의 필요성을 보고했지만, 되레 식민지 파견근무라는 좌천을 당했다. 군부는 '유대인에 대한 오심(誤審)'을 인정할 의향이 없었다. 북아프리카의 프랑스령 튀니지로 떠나기 전 피카르는 자신이 알아낸 내용을 지인인 변호사에게 전하고, 변호사는 이를 언론에 흘렸다. 여론은 드레퓌스 재심파와 반대파로 나뉘었다. 가톨릭 민족주의자들이 주축인 반드레퓌스파가 다수였지만, 지식인과 자유주의자들로 구성된 재심파는 민중의 압력에 굴하지 않았다. 이때 《르 피가로》가 드레퓌스 유죄의 증거로 쓰였던 문건을 공개하고 에스테라지를 진범으로 지목하는 기사를 쓴다. 논쟁은 과거 혁명기의 왕당파와 공화파 못지않게 극렬한 집단 대결 양상으로 치달았다.

프루스트는 『시간』에서 당시 상황을 이렇게 설명한다.

"사건으로부터 시일이 지나, 충분한 시간적 간격이 벌어지고, 그사이에, 역사적 관점으로 볼 때 다소간이나마 드레퓌스파의 주장이 정당화되는 듯 보일수록, 반드레퓌스파의 적의는 두 배나 격화되었고, 그래서 순전히 정치적이었던 것이 사회적 적의로 변해 있었다. 이제 그것은 군국주의의, 애국주의의 문제가 되었고, 사회 안에서 일어난 분노의 물결은 시간과 더불어, 태풍이 그 시작 단계에서는 갖지 못하는 그런 위력을 갖게 되었다."(「소돔과 고모라」 2부 1장)

"국익을 최우선으로" 하는 정부와 군 당국은 여전히 드레퓌스의 재심 청구를 받아들이지 않았다. 흐름을 바꾼 것은 《로로르(L'Aurore, 여명)》 1898년 1월 13일 자에 실린 졸라의 기고문 「나는 고발한다…!」였다. 신문은 이날 하루 30만 부가 팔렸고, 드레퓌스의 무죄를 주장한 졸라는 고발되어 공개재판을 받는다. 당시 27세였던 프루스트는 졸라 재판에 방청인으로 참석해 변호사 라보리의 변론과 여러 증언들을 진지한 열의를 가지고 지켜보았다. 그사이 드레퓌스 사건을 초기에 조사했던 또다른 장교가 드레퓌스에게 불리하도록 증거를 조작한 사실이 폭로되었고, 그가 자살하자 진실을 밝히라는 요구를 더는 묵과할 수 없게 되었다. 마침내 고등법원이 드레퓌스 재심을 명령했다.

드레퓌스 사건은 흔히 양심적 지식인 예술가 공화주의자들이 극우주의자들의 불의와 폭력에 맞섰던, 험난하지만 가치 있는 투쟁의 드라마로 묘사된다. 하지만 그 결말은 우리가 사랑하는 사필귀정 인과응보가 아니었을 뿐만 아니라, 실질적으로 법과 진실과 정의 중 어느 하나도 바로세우지 못했다.

1899년 렌(Rennes) 군사법원에서 열린 재심 결과는 '정상 참작에 의한 금고형 10년'이었다. 그리고 일주일 후 대통령의 특별사면이 이루어졌다. 드레퓌스의 가족이 군이 제안한 형량 거래—유죄를 인정하고 차후 재심을 요구하지 않는 조건으로 즉시 사면—에 동의한 결과였다. 유형지에서 5년간 밤낮으로 목과 양발에 차꼬를 찬 상태로 짐승보다 못한 취급을 당하며 날로 쇠약해져 가던 그를 하루라도 빨리 구해 내는 쪽을 택한 것이다. 드레퓌스 가족의 선택은 그를 위해 싸워온 사람들, 피카르, 라보리, 클레망소를 허망하게 했다. 1898년 재판의 항소심 패배 후 런던에 망명 중이던 졸라는 분노했다. 우리는 드레퓌스를 위해 싸우는데, 드레퓌스는 왜 함께 싸우지 않는가!

한나 아렌트(Hannah Arendt, 1906~1975)가 『전체주의의 기원』에서 지적한 대로, 드레퓌스 재심을 위해 목소리를 높였던 이들 명사는 정의의 수호자 영웅이 아니었다. 그들이 개인적 야심이나 명예를 위해 드레퓌스 사건에 뛰어든 것은 아니었지만, 그리고 여러 불이익—강등, 실형 선고와 망명, 신변 위협 등—을 감내하면서까지 발휘한 불굴의 의지와 용기는 평가받아 마땅하지만, 그럼에도 그중 누구도 드레퓌스 사건의 본질을 문제 삼지 않았다. 그들은 드레퓌스가 '유대인 혐오'의 피해자라는 사실을 애써 외면했다.

드레퓌스 재심파는 인종주의와 국가 폭력에 맞서 싸운 것이 아니라 반드레퓌스파, 즉 척결해야 할 과거의 유산을 옹호하는 **계급**과 싸웠다. 재심파는 민주주의 자유 양심 같은 추상적 가치를 내세웠으며, 그로써 강한 파급력을 획득했고, 한 사회 내의 두 주류 간 권력투쟁으로 사건을 확장시켰다. 파나마 스캔들로 국회의원 재선에 실패하고 정계를 떠났던 클레망소는 《로로르》를 창간해 졸라의 기고문을 실으면서 다시 민의의 중심에 서게 되었다. 그는 1903년 상원의원에 선출되었고, 1906년에는 내무장관 겸 총리가 되었다. 자유주의 공화파가 내각에서 입지를 확고히 다진 것이다. 그러는 동안에도 드레퓌스 자신은 인간으로서의 존엄성도 사회적 권리도 회복하지 못한 채, 두 번째의 재심을 청구하고 기각당하기를 되풀이하고 있었다.

1906년 7월 클레망소 총리의 설득 끝에 파리 고등법원이 재심을 받아들였고, 이때 비로소 드레퓌스는 '렌의 판결 무효'와 '복권'이라는 최종 판결을 받게 되었다. 하지만 아렌트는 드레퓌스의 두 번째 재심 또한 절차에 위배되므로 법적 효력이 없음을 예리하게 지적한다. 재심재판은 형을 선고한 법정에서 여는 것을 원칙으로 하며, 따라서 드레퓌스의 재심은 군사법원에서 이루어져야 했다. 파리 고등법원은 렌 군사법원의 판결을 취소할 권한이 없었으며, 드레퓌스에 대한 사면이나 복권과 무관하게, 앞선 두 번의 유죄판결은 어느 것도 **번복되지 않았다**. 고등법원 선고는 폭동으로 번질 위험이 있는 여론을 가라앉히기 위해 정치적으로 이루어진, 사건 종결 선언에 불과했다. 그때껏 이 사건으로 단 한 번도 기소되지 않았던 에스테라지를 포함해 관련자 모두가 같은 법정에서 무죄를 선고받았다.

의도와 다르게 고등법원 판결은 반유대주의 정서를 더욱 강화했다. 민족주의자들은 유대인의 금권에 무릎 꿇은 사법부와 당국을 거칠게 비난했다. 로마 시대 이래로 프랑스 지역에 정착해 살아온 유대인 가운데 상당수가 해방된(기독교로 개종한) 유대인이었지만, 드레퓌스 사건에서 순혈주의자들이 드러낸 공격성은 유대인들에게 두려움을 자아냈다. 고향 예루살렘에 유대민족국가를 건설하자는 시온주의 운동이 본격화한 것이 이때부터다.

1902년 영면한 졸라는 국립묘지에 묻혔고, 피카르 중령은 여러 단계를 건너뛴 승진 끝에 국방장관이 되었으며, 라보리는 변호사로 승승장구했다. 드레퓌스 사건으로 정치적 기반, 유명세, 지지자를 얻은 인물들 모두가 이때쯤엔 "드레퓌스 사건에 손을 떼면서 자신들의 명성을 지켰다."고 아렌트는 말한다.

군에 복귀한 드레퓌스는 1906년 이후에도 공공장소에서 집단 테러를 수차례 당했다. 프랑스는 유대인 부르주아의 '유죄'를 고집했다. 드레퓌스는 선량하고 도덕적인 인간이 전혀 아니었다. 그렇다 해도 인종을 근거로 법 앞의 평등 원칙에서 배제되는 것은 옳지 않다. 그러나 당시 재심파의 어느 누구도 이 문제를 거론하지 않았다. 프랑스 육군이 드레퓌스의 무죄를 공식 선언한 것은 사건이 일어난 지 100년 뒤인 1995년이다.

* ——

『시간』은 소설 속 현재의 시대 배경을 정확히 알기가 매우 어렵다. 숫자에 무능한 프루스트가 날짜 연도 시각 등을 쓰지 않으려고 의식적으로 노력한 탓이다. 그런데 유일하게 시간적 배경을 특정할 수 있는 부분이, "세간을 떠들썩하게 만들고 있는 졸라 재판"이 언급되는 3편 「게르망트 쪽」, 빌파리지 부인의 오후 다과 모임이다. 그로부터 불과 수년 만에,

「소돔과 고모라」에서 등장인물들은 재심파와 반드레퓌스파로 갈려 갑론을박을 벌인다.

일찍이 플라톤이 "견해를 만들어내는 것은 진리가 아니라 신념"이라고 통찰했듯이, 프루스트는 귀족들과 부르주아들이 내세우는 저마다의 입장과 견해에 내재한 속물성을 소름 끼치는 진실함으로 해부한다. "우리는 언제나 나중에야 깨닫게 된다, 우리의 적들이 그들이 속한 진영의 편에 서게 된 데에는 나름의 이유가 있지만, 거기에는 그 어떤 정당성의 요소도 없다는 것, 그리고 우리처럼 생각하는 사람들이 그런 생각을 갖게 된 이유는 이성 때문이지만, 이는 타고난 품성으로부터 그러기에는 그들의 도덕성이 저열하기 때문이고, 올곧음에 따라 그러기에는 그들의 통찰력이 부족하기 때문이라는 것을 말이다."(「소돔과 고모라」 2부 1장)

스완의 돈으로 꾸민 트렌디한 인테리어의 살롱에서, 영국식 영어 악센트를 섞어 쓰면서 "식민지 정복자처럼" 영향력의 영토를 넓히는 데 매진하고 있던 스완 부인 오데트는 부르주아 정치관료 신사들과 맺은 자신의 인맥이 손상될까 봐 재빨리 반드레퓌스 진영에 선다. 유대인 남편 때문에 조금의 불이익도 받고 싶지 않은 그녀는 애국주의자를 자처하면서 반유대주의여성연맹에 가입한다. 그리고 그곳에서 귀족 부인들과 친분을 쌓으며 드디어 게르망트 일가의 연회에까지 진출한다. 이때껏 스완은 아내인 오데트를 게르망트 가문에 소개하기 위해 꾸준히 노력해 왔지만 끈질기게 거부당했다. 그런데 반유대주의는 너무도 손쉽게 계급을 뛰어넘었다.

바로 그래서 게르망트를 위시한 귀족들이 반드레퓌스파다. 그러나 동시에 귀족들은, 단지 같은 반드레퓌스파라는 이유로 "자기네가 우리와 동급이라도 된 듯" 이곳저곳 살롱에 출몰하는 부르주아들이 같잖다. 그들은 "남편이 유대인인 여자가 민족주의자로 보이려고" 버둥거린다며 오데트를 비웃는다. 상류층 귀족은 부르주아인 드레퓌스가 일으킨 논란에 **계급이 없다**는 사실 때문에 심기가 불편하다. 게르망트 공작부인은 유대인 부르주아의 아내가 자신을 알은체할까 봐 오데트가 투명인간인 양 못 본 척 지나가 버린다.

게르망트 공작이 만찬 테이블에 둘러앉은 신사숙녀들 앞에서 공개적으로 스완을 비난할 때, 그에게는 자신이 반드레퓌스파일 수밖에 없는 사유가 있다. "(스완이) 드레퓌스의 유죄에 대해 마음속으로야 어떤 의견이건, 그간 포부르생제르맹[30]이 그를 합법적으로 받아들여 준 데 대한 응분의 감사를 표해야" 마땅하거늘, "그를 입양하고 동등한 일원으로 대해

30 Faubourg Saint-Germain. 루이 14세 이후로, 전통적 귀족계급이 파리 구도심을 벗어나 센강 이남 '좌안'에 대저택들을 짓기 시작하면서 형성된 상류층 주거지역이다. 귀족을 일컫는 대명사로 '좌안'과 '포부르생제르맹'이 자주 쓰인다.

준 사회에 맞서 드레퓌스 편에 서다니, 할 말을 잃었다. 여기 우리 모두가 스완을 보증해 왔고, 나는 그의 애국심을 나의 애국심처럼 장담했을 테건만, 이런 배은망덕으로 보답하다니".(「소돔과 고모라」 2부 1장)

유대인이 유죄인 이유가 이것이다. 그들 스스로가 우리로 하여금 그렇게 하도록 만들었다. 피해를 당한 책임마저 피해자에게 돌리는 악질 가해자의 논리다. 공작의 비난 속에서 스완은, 비록 프랑스에서 나고 자랐더라도 유대인이므로, 이제 "외국인"이다. 공작부인은 스완의 면전에서 "우리 가문 사람들은 유대인과 친구였던 적이 없다."는 말로, 평생 나눠온 친교를 부인한다. 암으로 죽어가는 스완이 마지막으로 참석한 게르망트 대공의 연회에서 그는 이렇게 **핍박받는 유대인**의 모습을 하고 있다.

대연회의 그 많은 참석자 가운데 흉금을 털어놓을 이가 아무도 없었던 스완은 유일하게 말동무해 주는, 어릴 적 딸의 친구 '마르셀'에게 이렇게 고백한다. "나는 삶을 무척이나 사랑했고, 예술을 무척이나 사랑했다오. 그렇지만 이제는 다른 사람들과 어울려 사는 일에 조금 많이 지쳤습니다."

콩브레 시절부터 상술되는 스완과 상류층의 긴밀한 관계와, 그럼에도 상류층에 완전히 편입되지는 않고 그들과 거리를 두려는 스완의 한결같은 태도는 근대로의 이행기에 부르주아 유대인이 취한 생존전략이다. 『전체주의의 기원』 1부 3장에서 한나 아렌트는 『시간』을 가리켜 "비유대인 사회에서 유대인의 역할"이 무엇이었는지를 보여주는 "진실한 기록"이라고 평가한다. 그리고 프루스트가 포부르생제르맹의 살롱을 이야기의 무대로 택한 이유는, "(유대인이 어떤 역할을 맡을 수 있는) 그런 상류사회가 다른 곳에는 없었기 때문"이라고 쓴다. 우리는 이 말의 무서운 의미를 새겨보아야 한다.

엄청난 규모의 사유재산을 소유하고, 그것으로써 한 사회를 구성하는 최상층부터 밑바닥에까지 두루 영향을 끼칠 수 있는, 단일종교를 가진 단일민족 소수자 집단이 자신들이 속한 사회에서 일어나는 모든 사안에 대해 정치적 종교적 계급적 윤리적 입장을 표명하지 않을 때, 그들은 나머지 대다수 세력의 표적이 된다. 2500년간 자신들의 정부와 국가와 언어를 갖지 못한 채 어디에서나 이방인이었던 유대인은 정치 능력과 판단력을 함양할 기회가 없었다. 심정적으로 또 사회적 인식으로도 최하층민이었던 유대인은 특정 국민국가 내에서 살아남기 위한 방편으로, 누구의 편에도 서지 않았다. 그들의 줄타기는 기회주의적으로 보이고, 스파이라는 의심을 사기에 알맞다.

자본주의 형성기에 유대인은 사회의 뒤편으로 겸손하게

물러나, 전면전에 접어든 계급투쟁에는 일체 관심을 두지 않고, 신중하고 은밀하게 돈에 집중했다. 그들이 자산을 일구는 터전인 사회에 참여하지 않음으로써 유대인은 모든 나라들에서 가장 부유하고 이기적인 종족이 되었다. 이것이 로스차일드 일가가 뿔뿔이 흩어져 정착한 나라들—영국 프랑스 독일 오스트리아 이탈리아—의 국민을 화나게 했다.

즉 유대인에 대한 증오는 단순히 인종혐오가 아니라, 19세기 말 20세기 초 제국주의 선진국들에서 유대인의 특수한 위치로부터 시작된 것이다. **막강한 금권에 비례하는 정치권력을 갖지 못한 유대인**은 서구 사회의 경제계층 구조가 빠르고 극렬하게 재편되면서 온갖 갈등이 폭발할 때 맨 먼저 분풀이 대상이 되었다. 그것은 아무런 권력 없는 유대인이 계급구조의 정점인 귀족과 대부르주아에 가깝다는 사실에 대해 민중이 품은 **계급적 적의**였다. 그랬기 때문에 1894년 프랑스에서는 이루어지지 못한 “유대인에게 죽음을!”이라는 구호가 1942년 독일에서는 나치의 유대인 학살로 실현될 수 있었다.

스완은 “드레퓌스가 복권되고 피카르 중령이 승진하는 것을 보고 죽는 것”을 마지막 소원으로 꼽지만, 그럼에도 피카르 중령을 위한 서명운동에 동참해 달라는 블로크의 요청을 거절한다. 그 대신 보불전쟁에 참전했을 때 받은 공로훈장을 달고 다니고, 자신의 장례식은 레지옹 도뇌르 기사 훈장 수훈자로서 예우해 달라는 유언을 남긴다. 과격한 드레퓌스 재심파로 친구들에게 배척당했으나, 블로크에게는 "민족주의에 오염된 국수주의자"로 보였던 스완은 자신이 개종한 유대인, 동화된 이민족 프랑스인임을 입증하고자 안간힘을 쓴다.

하지만 그 무엇으로도 그의 몸속을 흐르는 이스라엘인의 피를 제거할 수는 없다. **피와 영토가 하나**인 단일민족국가의 환상은 유구하다. 아렌트의 말마따나, 유대인은 아무리 부자여도 "최초의 하층민적 속성"을 간직한 천민자본가이므로, 언제든지 저열한 돈으로 위대한 국가와 민족을 매수할 수 있다. 스완의 결혼에 대해 논평하는 노르푸아 후작의 어조에는 스완의 '이중성'에 대한 불쾌감이 여과 없이 드러난다. 정치적 기회주의자로 승승장구해 온 이 은퇴한 관료는 스완이 천한 신분의 여성과 결혼한 진짜 목적이 상류층에 대한 저항의식, 신분제 전복 의지의 발로였다는 음모론적 분석을 내놓는다.

현실에서 그랬듯이 『시간』에서도 일부 지식인들과 예술가들이 드레퓌스 재심파로 등장한다. 그러나 진실을 밝히고 정의를 세운다는 재심파의 대의 아래에는 계급 장악력을 차지하고 싶은 부르주아의 소망이 내적 동인으로 자리하고 있다. 그들은 매 사안마다 가장 급진적인 진영을 선택함으로써 경향을 선도하려 한다. 오래된 모든 것은 배척되어야 할 구태다. 이념의 최전선에서 기득권을 끌어내려야만 자신들이 들어갈 자리가 생기기 때문이다. 하지만 한때 재심파였던 자유주의자 부르주아들은 자신들이 주류로 올라선 후에는 그 진부한 주제를 일절 입에 담지 않는다. 1차 세계대전이 벌어졌을 때 과거의 드레퓌스파는 가장 열렬한 군국주의 애국자로 변신해, **최신 유행**인 '반독일'을 외친다.

아렌트에 따르면, 드레퓌스 사건의 본질은 국가의 용인 아래 민중이 특정 인종에게 죄책감 없이 폭력을 가한 것이고, 그에 대해 아무도 진정으로 사죄하지 않은 것이다. 정치 지도자들은 드레퓌스 사건으로부터 "권력의 가장 충실한 힘이 폭민으로부터" 온다는 사실을 학습했고, 이때부터 "정치는 기득권을 직업적으로 대변하는 것"이라는 견해가 자리 잡았다. 그랬기 때문에 1910년대쯤엔 이미 모두가 한마음 한뜻으로 그 사건을 잊어버리고 싶어 했던 것이다.

프루스트가 「되찾은 시간」에서 졸라의 실명을 언급하면서까지 "실천적"이고 "사회참여적"인 문학을 비판한 이유가 여기에 있다. 프루스트는 "어린이를 위해 쓰인 책이 어린이를 싫증 나게 만들듯이" 소위 민중예술이라는 것을 향유할 수 있는 계급은 부르주아이며, 노동자는 독서를 위해 의자에 앉을 겨를을 내지 못하는 사람들이라는 무거운 진실을 말하는 작가다. 그는 문학이 특정 계급이나 집단을 대변하는 수단이 될 때, 곧바로 그 계급과 집단을 소외시키는 아이러니를 잘 알았다.

나치의 유대인 말살 정책은 몇몇 개인—보통 사람이 아닌 극악무도한 사이코패스들—의 일탈이 아니라, 유럽에서 반유대주의 정서가 반성적 사유 없이 인종혐오로 확산되어 가는 긴 과정 끝에 나타난 결과고, 드레퓌스 사건은 그 증오 범죄의 서곡이었다. 프루스트는 1922년까지만 살았기 때문에 나치즘의 출현을 목격하지 못했지만, 드레퓌스 사건을 통해 근대사의 가장 어두운 측면을 깊숙이 파고들었고, 그로써 『시간』은 예언서의 성격을 띠게 된다.

* ——

많은 독자가 『시간』의 '마르셀'을 유대계로 여긴다. 이는 작가의 전기적 사실을 소설 속 인물에 투영한 대표적 오독이다. 프루스트의 어머니는 유대교 전통을 따르지 않는 비종교적 유대인으로, 유대인 사회와 교류도 없었지만 가톨릭 세례도 받지 않았다.

반면에 소설 속 '마르셀'의 외가는 갈리아(켈트)족의 후예로, 뼛속까지 프랑스인인 가톨릭 신자고, 소년 시절 '나'는 일요일마다 외할머니와 성당에서 미사를 본다. 게다가 외할아버지는 사람의 이름으로 유대 혈통을 알아맞히는, 평범한 수준의 인종주의적 취미를 가졌다. '나'는 돈후안만큼이나 여자를 좋아하는 기독교도인데, 우연찮게 주변에 유대인과 동성애자들이 득실거릴 뿐이다.

『시간』에 등장하는 유대인들의 계급은 다양하다. 주식중개인의 아들로, 오를레앙 가문의 자산관리인인 스완은 유대인 대부르주아의 상징이다. "로스차일드보다 더 부유한" 뤼피스 이스라엘 경과 결혼한 레이디 이스라엘이 "가난한 조카" 스완에게도 막대한 유산을 상속해 준 덕분이다.

그에 반해 생루의 애인 라셸은 삼류 극장 여배우인데, 생루는 모르지만 '나'는 십대 때 친구 블로크의 손에 끌려간 사창가에서 몸을 파는 그녀를 본 적이 있다. 게르망트 가문의 유일한 후손이 이런 유대인 말종과 사귄다는 사실은 모두에게 끔찍한 모독이다. 바로 그 때문에 생루는 극렬한 재심파고, 의심 많은 라셸의 공격적 언사로 마음이 식어감에도 자신의 사랑이 귀한 도련님의 치기였다고 매도될까 봐, 게르망트적 자긍심 때문에, 그녀와 헤어지지 못한다.

그리고 『시간』에서 가장 작위적이고 정치적인 캐릭터인 블로크가 있다. '마르셀'보다 몇 살 많은 학교 친구로 소개되는 블로크는 소설의 처음부터 끝까지, 언제 어디에나 불쑥불쑥 나타나, 서사의 개연성을 추락시킨다. 그가 등장하면 물 흐르듯 진행되고 있던 정극은 돌연 블랙코미디로 바뀐다. 그는 **사회의 어릿광대**, 인간의 몸에서 떨어져 나온 기이한 그림자, 실체 없는 추물이다.

블로크는 드레퓌스 사건과 유대인 문제를 소설 전면으로 끌어내 논하려는 작가의 의도를 충실히 따른다. 그는 『시간』에서 열리는 네 번의 게르망트 연회에 빠짐없이 등장하는데, 유대인인 그가 상류층 사교계에 들어올 수 있는 이유는 표면적으로는 그때그때 다르지만, 근본적으로는 **구경거리**인 존재기 때문이다.

실제로 19세기 유럽 상류사회에서는 오리엔탈리즘이 크게 유행했다. 제국주의 시대에 진행된 산업과 과학의 근대화는 이종(異種)에 대한 폭발적 호기심을 자극했다. 동식물의 품종 개량, 펫쇼, 서커스, 동물원 열풍이 이때 일었다. 이국 취향 애호가들은 색다르고 진기한 **전시품**으로 튀르키예인 유대인 그리스인 아프리카인 등을 파티에 끌어들였다. “심령술사가 강신술로 불러낸 존재”인 듯한 그들은, 중국풍 일본풍 페르시아풍의 소품과 장식으로 꾸며진 상류층 살롱에 인종적 다채로움을 더해 주는, 눈길 끄는 기괴한 장식이었다.

과시적이고 경쟁적이며, 열등감과 선민의식이 뒤섞인 블

로크는 반감을 자초하는 유대인의 전형이다. 하지만 블로크의 자아상에는 유대인의 정체성이 없다. 『시간』 2편에서 발베크 해변에 등장하는 그의 모습을 보라. 블로크는 북적이는 인파를 뚫기 위해 도로 한복판에서 양팔을 휘저으며 “거치적대는 유대인들 때문에 도대체가 길을 걸어갈 수가 없다!”고 소리친다. 그는 아름다운 휴양지를 오염시키는 이스라엘 민족에 대해 갈리아인보다 더한 반감을 드러낸다.

블로크는 자신이 유대계이므로 유대인에 대해 얼마든지 막말할 자격이 있다고 생각한다. 정착한 이민자의 후손으로서, 동족을 강하게 비난함으로써 그 소수자들과 자신을 구분 짓고, 자신의 동화 척도를 드러내 주류성을 확인받고자 한다. 그럼에도 드레퓌스 사건에서는 재심파에 서는데, 그가 스스로 ‘합리적 지식인’이라 자부하기 때문이다. 블로크는 자신이 재심파인 것은 유대인에 대한 연대가 아니라, 객관적 추론에 따른 귀결일 뿐이라고 믿는다. 마찬가지로 공화파 정권에서 관료를 지낸 노르푸아는 합리적일 것이므로, 당연히 재심파일 것으로 ‘추론’한다.

확증편향에 쉽게 사로잡히고, 타인을 경멸함으로써 자신을 드높이려는 그는 주목받고 싶은 욕망이 너무나도 강한 허언증 환자, 자기애적 연극성 성격장애의 표본이다. 그러나 다른 사람들 눈에 그는 순진한 촌뜨기, 자신이 조롱당하고 있다는 것조차 알아차리지 못하는 아둔한 이종이다. 샤텔로 공작이 “드레퓌스 문제는 야벳족(백인의 기원)하고만 얘기하는 것이 나의 원칙이라, 당신과는 토론할 수 없다.”고 하자, 블로크는 벌컥 화를 내며 반문한다. “내가 유대인인 것을 대체 어떻게 알았는가! 누가 그걸 떠벌렸는가!” 그는 자신의 이름도 얼굴도 행동거지도 오직 셈족(유대인의 기원)의 후예임을 가리킨다는 사실을 본인만 모른다.

그래서인가. 『시간』의 맨 마지막 **가면무도회**에 “위대한 작가”가 되어 나타난 블로크는 이름을 바꿨고, 유대적인 곱슬머리는 가르마를 타 머리통에 바짝 붙여 넘겼으며, 얼굴 한가운데 자리 잡고서 “이스라엘과의 연결고리”를 자백하던 콧수염은 깨끗이 밀어버렸다. 외알안경과 영국식 악센트로 전체적인 인상을 갈아엎은 그는 사람들이 더이상 자신에게서 유대인의 냄새를 맡지 못하리라 믿는다.

하지만 블로크의 개명한 이름이 자크 뒤 로지에(Jacques du Rozier)인 것은 프루스트의 잔인하고도 서글픈 농담이다. 자크는 프랑스 민중을 상징하는 이름이고, 로지에는 파리 4구, 유대인 구역의 한가운데에 있는 로지에 거리(Rue des Rosiers)를 연상시키기 때문이다. ‘로지에의 자크’는 서로 상충하는 소망들을 하나의 자아에 모두 욱여넣으려는 블로크의 불굴의, 그러나 필패일 도전의 일부다.

이 속물 유대인의 발버둥은 누구의 책임인가. 그의 위악은 일개인이 국가와 국민 다수의 적의에 맞서 양심과 바름으로써만 살아갈 수 없을 때, 필연적으로 형성되는 방어기제다. 발베크에 사는 블로크의 사촌여동생들이 해변을 산책하고 있을 때, 그녀들은 성장을 다 갖춰 입었는데도 "반쯤 벌거벗고" 돌아다닌다고 손가락질당한다. 그녀들은 유대인인 데다 동성애자이므로 "불결"하다.

"어른들이 저 이스라엘인들과는 놀지 말래요."라면서 알베르틴이 해맑은 잔인함으로 유대인을 배척할 때. 샤를뤼스 남작이 '이국적 외모'의 블로크에 흥미를 보이며 '마르셀'에게 "네 외국인 친구"를 소개해 달라고 할 때. "블로크는 프랑스인"이라는 '나'의 대답에 남작이 "글쎄 나는 재가 유대인인 줄 알았지 뭐야."라는 반응을 보일 때. 이는 오로지 유대인에 대해서만이 아니라, 모든 시대 모든 영토에서 이루어졌고, 21세기에도 여전히 가해지고 있는 소수자에 대한 끈질긴 차별을 고발한다. 이 환멸스러운 진실 앞에서 전적으로 무죄인 인간이 누구인가. 우리는 문학을 통해서만 우리 자신의 과오에 대하여 참회의 시간을 갖는다.

유대인의 피가 섞인 동성애자 프루스트가 한 시대, 특정 사회의 일원으로서 쓸 수 있는 소설은 순혈의 프랑스인 이성애자의 그것과 같을 수 없었다. 경제적으로 상층 부르주아인 것과 무관하게, 그는 철저히 소수자였다. 세상을 향해 자기 목소리를 내는 작가가 되려면 이 문제는 어떤 식으로든 극복되어야 했다.

프루스트는 허구의 이야기를 지어내는 소설가의 특권을 발휘해, 모른 척 침묵하거나 아닌 척 거짓말할 마음이 없었다. 아니, 그는 어떻게든 **바로 그것**을 말하고 싶었다. 그렇지만 사회적 이슈를 가져와 정치화하는 것은 소수자 당사자에게 선뜻 주어지는 선택지가 아니다. 그래서 교묘하지만 더 과감한 수법을 찾아냈다. 프루스트는 고백과 거짓말을 동시에 했다.

혈통 계급 성적지향 등 모든 요소가 주류로만 이루어진 '마르셀'의 정체성에서 알 수 있는 프루스트의 의도는 명백하다. 유대의 피가 섞인 작가는 동족에 대한 일방적 옹호나 반대자에 대한 무조건적 적대감으로부터 자유로운, 공평무사한 '나'의 시선으로, 자기 시대의 상충하는 입장들을 두루 섭렵하고, '정체성'과 '소수자'라는 어려운 주제를 가장 깊은 심도까지 다룬다. 그리하여 '나'의 방자한 유대인 친구 블로크가 우스꽝스러운 속물로 비하될 때, 프루스트는 삼엄한 내부고발자로서 역사 속 유대인 문제의 폐부를 찌른다.

"유대교에서 벗어난, 유대교의 가장 위대한 증인"이었던 프루스트는 "시종일관 사회에 속해" 있었으며, "그가 무언의 고독 속으로 침잠할 때에도" 여전히 그러했다. "프루스트 자신이 이 사회의 진정한 대표자였다."고 아렌트는 존경을 담아 말한다.(『전체주의의 기원』 1부 3장)

* ——

『르무안 사건』 시리즈의 여섯 번째 모작은 역사가 미슐레(Jules Michelet, 1798~1874)의 보고서다. 이 글에서 르무안은 '유대인'이고, 그는 중세에 이스라엘 민족이 프랑스 남동부 도피네(Dauphiné) 지방 어딘가의 지하 1300미터 아래에 감췄다는 전설의 다이아몬드 "타오르는 눈동자"를 찾으러 내려간다. 만일 르무안이 다이아몬드를 발견한다면, 각자 식민지들에서 광산을 운영해 큰돈을 벌어들이고 있는 영국 독일 프랑스에 적잖은 파장이 일 것이다. 그리고 어쩌면 "수세기에 걸쳐 제물로 바쳐졌던 유대인"의 역사가 되풀이될지 모른다.

비록 매우 불완전하고 불분명한 짧은 글이지만, 비슷한 시기에 세간을 떠들썩하게 했고, 유럽의 지도적 국가들에게 큰 혼란을 안겼으며, 재판이라는 상황의 유사성이 있는 르무안의 이름을 빌려, 프루스트가 1908년에도 다시 한번 드레퓌스를 환기시키려 했던 흔적은 뚜렷하다.

세상 사람들 아무도 믿어주지 않고, 거듭해서 고발당하고, 어쩌면 죽음을 각오해야 하지만, 그럼에도 르무안은 스스로에게 용기를 불어넣는다. “자신감을 가져, 아무것도 두려워마, 너는 지금 역사 속, 삶의 한가운데 있어.” 어쩐지 이 문장은 프루스트가 고독한 글쓰기를 각오하기 직전에, 캄캄한 지하 갱도 앞에서 머뭇거리는 자기 자신을 격려하기 위해 쓴 것처럼 보인다.

— 아직은 봄이 아닌 밤, 10시 21분

딜레탕트를 위한 수요 모임

드디어 베르뒤랭 부인을 얘기할 차례다. 『시간』에 등장하는 수많은 인물 가운데 소위 '빌런' 캐릭터라면, 나는 오데트, 샤를리 모렐 그리고 단연코 베르뒤랭 부인을 꼽을 것이다. 셋 중 누가 더 악당인가는 독자 저마다의 관점이나 가치관에 따라 다르겠지만, 신분 상승을 위해서라면 무슨 짓이든 하는 욕망의 화신이라는 공통점에 있어서는 우열을 가리기 어렵다.

하층민 출신인 오데트와 모렐이 근대 초 많은 나라들에서 동시다발적으로 일어났던 유물론적 계급투쟁의 실상을 보여준다면, 부르주아인 베르뒤랭 씨의 아내로 소개되는 중년 여성 '마들렌'의 욕망은 한결 더 심리적이고 상징적이다.

한 사람이 품는 시기심은 그에게 결핍된 부분에 대한 과민한 자각으로부터 온다. 돈에 대하여 승자인 부르주아는 신분에 민감하다. 귀족을 "따분한 족속들"이라 폄하하며 상류사회에 무관심한 척할 때, 베르뒤랭 부인은 자신의 영향력이 미치지 못하는 세계에 대한 시기심을 은폐하고 있다.

관습적 사치를 끊지 못하고, 주식과 도박을 구분하지 못하는 귀족은 퇴화하는 계급이다. 멍청한 투자와 무분별한 낭비로 가문의 영지를 잃고 빚더미에 올라앉아 부르주아에 기생해 연명하는 무능한 자들이, 그 알량한 귀족 작위를 내세우며 부르주아를 졸부로 깎아내리다니. 베르뒤랭 부인의 분개는 자긍심에 입은 상처의 크기만큼 커간다.

“출처를 알 수 없게 끝없이 샘솟는 부”의 소유자인 베르뒤랭 부인은 부르주아 살롱의 여제다. 그녀는 빈곤한 예술가, 자만심에 찬 학자, 야심만만한 의사와 몰락 귀족 등으로 구성된 “신도들”의 후원자를 자처하면서 패거리를 형성한다. 이들은 매주 수요일 베르뒤랭 부인의 살롱에 모여 문화에서 정치까지 모든 분야의 최신 경향들에 대해 ‘논평’한다. 세간의 이목을 끈 예술작품의 결함을 지적하고, 작가의 사생활을 두고 쑥덕거린다. 이 회합에서 이루어지는 **취향 비평**은 오직 베르뒤랭 부인의 동의에 의해서만 공인되며, 그녀는 언제든 자신의 변덕에 따라 졸작을 걸작으로, 천재를 무능한 사기꾼으로 선포할 수 있다.

베르뒤랭 부인은 ‘돈’이라는 교리로써 세운 신흥 종교의 교주다. 그녀는 과거에 기독교의 사제가 유럽 사회에서 했던 역할을 대체하고자 한다. 문화에서 사회로, 더 나아가 정치의 영역까지 세력을 확장하면서, 자신의 정적들을 은밀하게, 그러나 확실히 제거하려는 목표가 있다. 그럴 때, 그녀는 오데트와 모렐 같은 천민의 가슴속에 부글대는 야심을 유효적절하게 이용한다. 배후 세력인 베르뒤랭 부인은 싸움의 전면에 나서지 않는다. 그저 선의와 호의에서 우러난 조언인 양 연인 사이를 이간질함으로써 흐름을 바꿀 뿐이다.

자기만의 작은 세계에서 전권을 휘두르는 베르뒤랭 부인은 자신의 살롱에서 누가 누구와 사귈 것인가를 정하는 것도 자신의 권한이어야 한다고 믿는다. 그녀는 사랑에 빠진 사람의 마음을 장악함으로써 대상을 조종한다. 소르본대 교수인 브리쇼가 세탁부와 사귈 때, 그녀는 두 사람의 잠자리로 쳐들어가 천한 여인을 쫓아버리고 브리쇼에게서 충성 서약을 받아낸다.

애인을 제공해 주는 포주는 사랑에 빠진 자에 대해 절대 권력을 갖는다. 그래서 화가 비슈가 자신의 통제 범위 밖에 있는 여성과 사랑에 빠지자 둘 사이를 갈라놓으려 하고, 스완의 마음을 얻으려 애쓰는 오데트에게 포르슈빌 백작을 소개해 주어 스완을 차버리도록 유도한다.

베르뒤랭 부인은 두 시도 모두 실패한다. 비슈는 그녀의 살롱에 발길을 끊고 발베크로 이주해, '엘스티르'라는 이름으로 활동하면서 인상주의의 대가가 된다. 엘스티르는 베르뒤랭 무리와 결별한 이후에야 비로소 "전형적이고 상투적인 아름다움을 해체"하고 "자연의 매혹적인 시적 상태"를 포착하는 눈을 갖게 된다.

그러나 베르뒤랭 부인의 증언(허언)은 정확히 그 반대다. 엘스티르에게 '안목'을 가르친 것이 바로 그녀 자신이고, 그가 이룬 대수롭지 않은 성취라는 것도 자신의 휘하에서였더라면 더 찬란했을 터인데, 후일 엘스티르 부부가 수요회에 복귀하고자 무진 애썼으나 그녀 자신이 탕자의 귀환을 허락하지 않았다고 말이다. 베르뒤랭 부인에게 중요한 것은 사실이 아니라 **견해**고, 견해를 좌우하는 것은 **여론**이므로, 그녀는 **여론을 조장**한다.

오데트로 말하자면, 그녀는 베르뒤랭 부인 못지않은 야심가인지라, 언제까지고 베르뒤랭 부인의 그늘 아래서 데미몽드로 살아갈 마음이 애초부터 없었다. 따라서 스완 부인이 된 오데트와 베르뒤랭 부인의 살롱 경쟁은 같은 속성을 가진 다른 샘플들이다. 베르뒤랭 부인이 이 '변절자'를 못 견뎌 하며, 줄기차게 오데트에 대해 험담하는 이유다. 그녀는 자신을 흉내 내는 '아류'를 비하하지 않고서는 스스로의 독보적 가치를 주장할 수가 없다.

권력투쟁과 계급투쟁이 동시적으로 격렬하게 일어났던 혁명기는 위고의 『레 미제라블』, 졸라의 『제르미날』, 플로베르의 『감정 교육』 같은 걸출한 고전을 탄생시켰다. 오늘날에도 억압당하는 민중과 무도한 지배자 간 갈등의 역사로서 그것은 대중의 가슴을 달구고 눈시울을 붉어지게 한다. 반면에 프루스트의 『시간』은 벨에포크에 베르뒤랭 부인 같은 대부르주아 계급이 게르망트 혈족으로 대변되는 구시대 상류층의 마지막 남은 상징적 권위까지 찬탈하고, 경쟁자인 유대인 부르주아를 발본색원한 뒤에, 명실상부한 근대의 절대 권력자로 올라서는 과정을 담고 있다.

『시간』에서 귀족의 사교계 연회나 부르주아의 살롱에 모인 인물들이 나누는 대화 주제는 표면적으로는 음악 미술 연극 문학 등 비물질적 추상적 가치를 지닌 것들이지만, 그들에게 가장 절박하고 열렬한 관심사는 '부(富)'다.

이때 부는 '돈 자체'와 다르고, 돈으로써 실현되는 삶의 양태를 의미한다. 이는 실질적 경제력이 아니기 때문에, 부유해 **보이는** 것으로도 어느 정도는 충족된다. 그래서 예술이 그들의 적나라한 욕망을 가려주는 우아한 포장지로 활용될 수 있는 것이다. 귀족에게 예술은 '내 성에 널려 있는 흔한 소장품'이라는 과시의 수단, 몰락한 위세를 가리는 옛 영화(榮華)의 파편이고, 부르주아에게 예술은 자신들 계급에는 원래 없던 귀족적 요소를 덧칠해 주는 값비싼 장식품이다.

이로부터 딜레탕트(dilettante)의 개념이 확립되었다. 라틴어 '델렉타레(dēlectāre, 쾌락을 쫓는)'에서 유래한 이 단어는 '예술 애호가'로 번역되지만, 아마추어적 미숙함과 근본 없는 잡다한 취향에 대한 경멸을 담고 있다. 진품, 대상의 진짜 가치를 알아보는 눈이 없기 때문에 딜레탕트들은 고가(高價)를 선호하고 신뢰한다. 취향의 졸렬함을 들키지 않으려면 눈이 휘둥그레지는 가격표라도 달고 있어야 한다. 가짜 신사인 **스놉(snob)**은 무엇이건 더 비쌀수록 더 간절히 **구매**하고자 한다.

그래서 상류사회에 속해 있으면서도 이를 대수롭지 않게 여기는 스완이 베르뒤랭 부인의 눈에는 위선자로 보인다. 대부르주아인 그녀는—3,500만 프랑의 자산가라는 언급이 딱 한 번 나오는데, 오늘날 화폐가치로 5,000억쯤 된다—스완만큼 부유하지만, 스완과 달리 켈트족이다. 이 기본 조건의 차이가 무수한 차이들을 만들어낸다. 비정치적인 스완은 돈의 힘을 휘두르려는 의지가 없고, 자신이 귀족들과 친구라는 사실을 다른 계급 사람들이 알아차리지 못하도록 신중하게 처신한다. 그의 겸양과 섬세함, 취향의 고상함은 이상적 귀족의 매너고, 그것이 너무도 자연스럽고 진정한 것으로 보이기 때문에 베르뒤랭 부인은 심사가 뒤틀린다.

재력과 인맥을 과시하려고 안달하지 않는 스완은 부르주아답지 않다. 그의 자족적 소탈함은 베르뒤랭 부인의 좌절되는 욕망과 보색을 이루며, 그녀의 내면에 똬리를 틀고 있는 천박한 부르주아를 노출하게 만든다. 부르주아이면서도 부르주아적이지 않고, 유대인이면서 유대적이지 않은 스완은 계급과 소속집단이 불분명한 존재고, 그러므로 불온하다. 구태의연한 귀족에 대한 신흥 부르주아의 반감은 **사이비 귀족**인 스완에게로 우선 먼저 향한다.

베르뒤랭 부인의 최종 목표는 과거에 귀족이 누리던 모든 것을 차지하는 것이다. 이 왕좌의 게임에서 그녀가 고른 무기가 **결혼**이다. 개인이 자신의 능력과 노력만으로 계급을 뛰어넘을 수 없을 때, 결혼은 신분을 극복하는 매우 유용한 수단이다. 베르뒤랭 부인은 예술가 살롱이라는 무대를 차려놓고, 이곳에서 자신과 같은 추구를 가진 미니미(Mini-Me)들을 양성한다. 중매쟁이로서 신도들의 연애에 개입하고, 이로써 자신의 모조품들에 대해 지배적 지위를 확인한다.

그러나 그것만으로는 충분하지 않다. 돈을 가진 그녀는 더 큰 힘, 즉 사회적 영향력을 원한다. 1900년대에 베르뒤랭 부인은 **드레퓌스에는 완전히 무관심한** 과격 재심파다. 자유주의자 지식인과 예술인의 편에 선다는 절호의 명분으로, 그녀는 애국적 반드레퓌스파인 오데트와 게르망트를 비난하는 데 화력을 집중한다.

1910년대에 베르뒤랭 부인은 반독파다. 권력의 상층부를 차지한 부르주아와 게르망트가 친독파기 때문이다. 전쟁이 터지자 그녀는 열렬한 애국주의자가 되어 "전장의 군인들을 지지하는 뜻으로" 전사자의 수통이나 탄띠를 드레스에 액세서리로 착용하고 다닌다. 독일군의 공습이 연일 계속되는 동안에도 그녀는 "후방의 처자식들이 행복하게 잘 지내면서 그들에게 고마워하는 것이 프랑스군의 전의를 높여줄 것이므로" 호텔 식당을 독차지하고서 저녁마다 '수요 살롱'을 이어간다. 파리 시내에 설탕과 버터가 바닥나도 그녀만은 초콜릿 크루아상을 구해 먹을 수 있다.

부르주아는 근본적으로 속물이고, 그 속물성이 곧 부르주아의 힘이다. 정신적으로 근대 이전의 순진함에서 벗어나지 못한 게르망트는 자본주의의 확산 속에서 부르주아에 맞서 싸울 수단을 상실했기에 멸종될 운명을 목전에 두고 있다. 그들은 살아남기 위해 부르주아와 혼인을 하고, 그 재력에 의존하는 대가로 부르주아를 귀족과 동등한 상류층으로 승격시키는 데 합의한다.

게르망트 대공 부인이 이사한 새 저택에서 열리는 『시간』의 마지막 연회는 '마들렌'의 승전식이기도 하다. 그사이 베르뒤랭 씨가 세상을 뜨자, 마들렌은 작위 없는 이름—베르뒤랭 부인—으로 죽지 않으려고, 파산한 뒤라스 공작과 곧바로 재혼했다. 이 병든 몰락 귀족은 부르주아 여인의 돈으로 마지막 2년의 안락을 사고, 대신에 마들렌에게 게르망트 가문의 일원—뒤라스 공작과 게르망트 공작이 사촌이므로—이라는 신분을 넘겨주었다.

부끄러운 부르주아를 탈출한 마들렌은 '뒤라스 공작 부인'으로서 귀족 사회에 입성한다. 그리고 두 번째 남편의 예정된 죽음이 실현되자마자, 선택 가능한 가장 정통의 게르망트와 세 번째로 결혼한 것이다. 파산한 홀아비 게이인 대공에게 애정을 요구하지 않는 부유한 여성은 최상의 배우자다. 마들렌은 게르망트 대공 부인이 소유했던 모든 것, 그리고 그 이름까지 점령한다. 그녀는 이제 늙어서 틀니 낀 마귀할멈 같은 모습이지만, 쇳소리 나는 커다란 목청으로 여전히 자기 주위에 사람들을 끌어모으고 있다.

『시간』의 서사는 사회적 공적 차원이 아닌 사적 생활 속에서 벌어지는 계급 간 각개전투를 보여주며, 결국 귀족이 패배하고 부르주아가 승리하는 미래를 그려 보이고 있다는 점에서 시류를 정확히 파악했다. 전근대에서 근대로의 이행기에 민중은 이념, 즉 권리와 명분을 놓고 싸웠다. 그에 비하면 무엇보다도 돈이 문제 되고, 오직 그것으로써만 '타이틀(작위)'을 얻을 수 있는 『시간』의 투쟁은 자본주의 시스템 속 현대인의 욕망에 근접해 있다.

귀족이 누리던 자원과 특권 대부분을 빼앗은 부르주아가 귀족적 교양과 배타성을 열렬히 모사함으로써, 과거 상류층이 그랬듯이 스스로 다른 계급과 구분되려고 발버둥질하는 모습은 적의 얼굴을 닮아버린 투사처럼 저열하다. 프루스트가 자신이 속한 계급의 속물성을 정겨운 통렬함으로 묘사할 때, 그의 비판정신은 과거를 밟고 올라서려는 욕망의 이전투구가 이데올로기를 추동하는 제일의 동인이라는 사실을 정조준하고 있다.

"이 유명한 장면들에서 프루스트는, 드레퓌스 사건에서 1차 세계대전 사이에 변화하는 살롱의 모습을 통해, 사회적 망각의 위력을 분석한다. 그것은 레닌이 말한바, '타락한 낡은 편견'을 전혀 새로운, 보다 야비하고 보다 어리석은 편견으로 대체하는 한 사회의 재능에 관한 최상의 주해다."(『프루스트와 기호들』 1부 6장) 그럼에도 독자는 모든 인물이 물밑에서 벌이는 가열한 인정투쟁에 그다지 주의를 기울이지 않는다. 우리는 지나간 역사를 놓고 왈가왈부하기 좋아하면서도, 지금 우리 자신이 어떤 모습인지는 자세히 보려 들지 않는다.

하지만 세상에는 나와 생각이 다른 이들이 많을 것이고, 나로서는 받아들이기 어려운 행동과 선택을 기꺼이 하는 사람이 허다할 것이다. 다양한 신념과 입장과 욕망을 관용하는 것이야말로 인간된 자들이 서로를 위해 지켜주어야 할 미덕 아니겠는가. 그래서 말인데, 『시간』을 완독한 어느 미국인 독자가 자신의 블로그에 남긴 "베르뒤랭 부인은 나의 롤모델"이라는 감상문을 보고, 가슴이 철렁한 적 있다. 혹시 내가 이 소설에서 뭔가를 놓치거나 잘못 읽은 걸까. 인생의 지표로 삼을 만한 모범이 되는 인물을 가리키는 롤모델이라는 단어에 어떤 다른 뜻이, 지독한 반어적 의미가 있는 것은 아닐까. 리뷰를 한 행 한 행 다시 정독해 봤지만, "내 인생 최고의 캐릭터 베르뒤랭 부인"을 향한 블로거의 추앙은 진심으로 보였다. 그러고 보면 인간이 인간을 이해하는 것은 기적에 가까운 엄청난 일인 듯하다.

— 3월의 진눈깨비, 오후 4시 8분

『시간』은 문학에 대하여 고집스럽게 순정했던 프루스트가 완곡어법으로 엮어낸 사랑 이야기고, '마르셀'은 눈부시게 찰랑이는 언어의 그물 위에서 사랑에 관한 어휘들을 고요히 사색하는 플라토닉한 거미다.

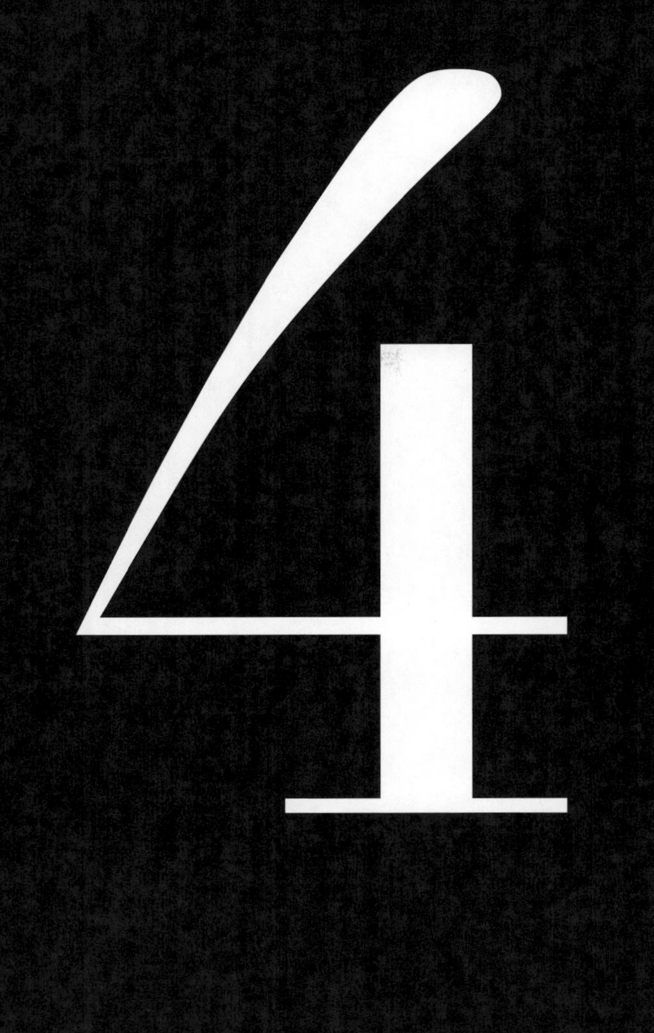

디오게네스의 사람 찾기

『시간』은 내 무지가 오만함의 소산이고, 내 무심함이 비정의 소산임을 뼈저리게 가르쳤다. 그사이 여러 번, 프루스트 읽기를 그만두려 했던 이유도 그 질책이 너무 아팠기 때문이고, 지금 쓰고 있는 이 글을 포기하려 했던 이유도 아집에 찬 내 문장들이 너무 미련했기 때문이다. 그럼에도 내가 끝내 도망치지 못한 이유는 메메의 슬픈 멜로드라마를 외면할 수 없어서다. 지금껏 그를 알아봐 주지 못해서 부끄럽다고, 이해한다는 말은 여전히 섣부르겠지만, 조금씩 배워가는 중이라고 고백하기 위해서다.

그의 진짜 이름은 팔라메드 드 게르망트(Palamède de Guermantes)고, '메메'는 가족끼리만 부르는 아명(兒名)이다. 장남인 바쟁(Basin)이 롬 대공이었다가 부친 사후 게르망트 공작에 즉위하자, 차남 팔라메드가 형의 작위를 물려받을 차례가 되었다. 그런데 이때 갑자기 메메는 스스로를 샤를뤼스 남작(Baron de Charlus)으로 선언한다.

자신이 보유한 여러 작위들—이탈리아 공작, 스페인 대공 등—가운데 가장 빈천한 '남작'을 채택한 것은, 그의 게르망트적 자부심이 그 누구보다도 드높아서였다. 거만하고 우아한 대귀족의 표상과 같은 인물인 메메에게 "프랑스 최초의 남작"으로 알려진 몽모랑시보다도 오래된 '샤를뤼스 남작' 작위는 멋들어진 **귀족적 소박함**이다. 프랑스 원수(元帥)로서 전장을 누빈 고조부의 날깃날깃한 망토를 자랑스럽게 두르고 다니는 왕태자처럼.

이 모순투성이 인간을 묘사하는 프루스트의 시선을 지켜보노라면, 작가가 그에 대해 얼마나 큰 **애정과 수치심**을 품었는지 짐작할 수 있다. 일찍이 부르봉 여공작과 결혼했다 사별한 샤를뤼스 남작은, 혈기왕성하던 시절에는 잦은 불충으로 무던히도 아내 속을 썩였지만, 평생 재혼하지 않고, 아직까지도 파리에 있는 동안에는 매일 아내의 묘소를 찾는 낭만적인 홀아비다. 신분과 재력에 더해 훤칠한 키와 새카만 머리칼의 미남자인 메메는 사교계의 가장 눈길 끄는 여자들뿐 아니라 야심찬 청년들로부터 끊임없이 구애받는다. 그러나 까다로운 심미안의 소유자답게, 미모며 교양이며 예술적 감각까지 두루 높은 그의 기준을 통과할 사람은 극히 드물다.

복식과 매너에 있어 트렌드의 창시자로, 사교계 남성들 사이에 비쿠냐 울(Vicuña Wool) 코트를 유행시켰고, 단춧구멍에는 이끼장미(rosier mousseux)를 꽂고 다니며, 자신이 직접 디자인해 금은 세공사에게 주문 제작한 포크가 없다면 차라리 손으로 케이크를 먹는 메메 앞에서는 누구나 미천하고 투박한 하인의 기분이 된다. 이런 묘사는 가볍게 지나가지만, 샤를뤼스의 재력, 럭셔리한 취향, 뛰어난 패션 감각, 즉 댄디즘을 재치 있게 드러낸다.

안데스 고지대에 서식하는 라마의 일종인 비쿠냐의 털로 만든 비쿠냐 울은 천연 동물섬유 가운데 가장 곱고 광택이 풍부해 '신의 섬유'로 일컬어진다. 비쿠냐가 멸종 위기종이어서 원료도 극소량만 채취되기 때문에, 오늘날에는 이탈리아의 명품 브랜드 로로피아나가 100년 전부터 독점 생산하고 있으며, 최고급 섬유인 캐시미어보다 열 배 이상 비싸다. 생루는 '마르셀'에게, 샤를뤼스 삼촌이 여행용으로 쓰던, 파랑과 주황 줄무늬가 들어 있는 비쿠냐 울 담요로 코트를 만들어 입자, 그때부터 이 디자인의 코트가 대유행했다는 전설 같은 이야기를 전한다.

이끼장미로 불리는 꽃들은 여러 종이 있는데, 공통적으로, 개화하기 전 꽃봉오리가 이끼 같은 가는 털들로 덮여 있다. 통상의 이끼장미는 남미 원산인 쇠비름과의 포르툴라카 그란디플로라(Portulaca grandiflora)로, 이 꽃은 장미가 아니라 채송화 계열이다. 샤를뤼스가 부토니에로 꽂은 이끼

장미는 영어로 양배추장미(cabbage rose)인 로사센티폴리아(Rosa×centifolia)를 가리킨다. 18세기에 마리 앙투아네트 왕비의 초상화에서 그녀가 손에 들고 있는 꽃으로 사교계에 유명해졌다.

'100장의 꽃잎'이라는 뜻의 라틴어 학명에서 알 수 있듯이, 겹겹이 풍성한 탐스러운 꽃과 벌꿀향이 섞인 싱그러운 장미향이 아름다워 특별히 사랑받는 향수 원료다. 17세기에 네덜란드 원예가가 육종한 이끼장미의 꽃말은 '사랑의 고백'이다. 하지만 아이러니하게도, 인공 교잡된 장미여서 자연 상태에서 번식하지 못한다(그리고 당연히 고가의 품종이다). 디테일의 장인답게 프루스트는 단춧구멍에 꽂은 장미 하나로 샤를뤼스의 사랑과 성애의 특징을 함축해 낸다.

기생오라비처럼 하고 다니는 유약한 남자에는 차디찬 경멸을, 귀족 여인에 들러붙는 기생충 같은 "젊은 남자를 향해서는 여성 혐오자의 증오심을 연상케 하는 격렬한 증오심"을 표출하는 샤를뤼스는 일관되게 확고한 남성성 선호 취향을 **주장**함에도, 행동거지며 말투 하나하나가 눈에 띄게 세련된 **여성스러움**을 풍기는지라, 멀리서 보면 생루의 어머니 마르상트 백작 부인이 다가오는 듯한 착각을 불러일으킨다. 그는 "성도착자가 아니고, 비록 여인들을 좇아다닐지라도, 제 아버지를 빼닮지 않았으므로, 자신의 얼굴로써 제 **어머니에 대한**

모독을 이룩한다".(「소돔과 고모라」 2부 2장)

모든 장면에서 등장만으로도 공기의 흐름까지 바꿔놓는 화려한 캐릭터임에도, 샤를뤼스가 처음으로 이야기에 나타나는 순간은 한 번의 살랑임처럼 가볍게 지나간다. '마르셀'이 메제글리즈의 스완네 정원에서 질베르트를 처음 본 날에, 하얀 옷을 입은 부인(오데트) 곁에 리넨 양복 차림의 미지의 신사로 서 있는 그는 그림 귀퉁이에 숨은 인물처럼 눈에 띄지 않는다. '나'는 그가 누구인지 모르고 다만, "금방이라도 얼굴에서 튀어나올 것처럼 쏘아보는 눈빛"이 예사롭지 않다는 인상을 받을 뿐이다.(1편 1부 「콩브레」)

그로부터 수년 뒤, 발베크의 그랑 호텔 정문 앞에서, "도주하며 발사하는 마지막 총알 한 방"과도 같은 시선을 보내는 중년 신사와 마주쳤을 때도 '나'는, 오래전 스완이 "안심하고 오데트의 감시를 맡길 수 있는 유일한 친구"로 여겼던 남자가 바로 그임을 알지 못한다. 그러다가 "상대에게 모멸감을 안기는 차디찬 눈초리"를 가진 자기 삼촌을 생루가 '나'에게 정식으로 소개할 때에야 비로소 그 "검은 안광"을 통해 '나'는 세 쌍의 눈동자를 하나의 얼굴에 고정시킬 수 있게 된다.(2편 2부 「고장들의 이름—고장」)

하지만 '나'는 여전히 그의 **정체**를 모르고, 죽음을 안길 듯한 눈빛으로 자신을 주시하는 샤를뤼스가 전신으로 뿜어내는 **신호**를 해독하지도 못한다. 사실 '나'는 거의 아둔하달 만큼 이런 쪽에 무디고, 집요할 정도로 눈치가 없다. '마르셀'의 이 몰이해는 무엇을 의미하는가. 처음에 나는 '마르셀'의 유난한 둔감함이 억지스럽다고 느꼈고, 그 때문에 소설의 핍진함이 훼손된다고 생각했다. 이러한 판단은 피상적 이해만을 할 줄 아는 나 자신의 반성 없는 사유에서 비롯한 편견이었다.

그것은 실제로 작위적인데, 바로 그 부자연스러움으로써 무심한 독자가 스스로를 비춰 보도록 의도된 거울이다. 남성을 "그녀"로 칭하고, "계집애"건 "갈보년"이건 "여보"건 "여왕"이건 여성형 명사로 은유하는 **암호화**가 게이 커뮤니티의 언어습관 가운데 하나라는 것을 나 스스로 알아낸 적이 없고, 『시간』의 어디에나 거미줄곰팡이처럼 뽀얗게 퍼져 있는 게이 코드를 혼자서 읽어낼 능력도 없다. "19세기 말 20세기 초라는 시대적 배경을 생각하면 놀라울 정도로 솔직하고 용감했"던 프루스트가 게이 종족을 묘사할 때 사용한, 은밀하거나 공공연한 기술들은 대부분, 게이를 커밍아웃한 프랑스의 대표적 문학비평가 디디에 에리봉(Didier Eribon)의 책을 통해 배웠다.

아침 해수욕을 하는 '마르셀'에게 다가와 경망스럽게 웃으며 소년의 목덜미를 꼬집고, 물망초 한 줄기가 가죽 표지에

양각된 베르고트의 희귀본을 빌려주면서 자기 방으로 초대하는 이 남자의 교태를 나 또한 '마르셀'만큼이나 멍청하게 쳐다만 보지 않았던가. 나도 '마르셀'처럼 샤를뤼스가 왜 하필 꽃말이 '나를 잊지 마세요'인 물망초가 새겨진 책을 빌려주는지 간파하지 못했고, 친근하게 껴 오는 팔짱을 어리둥절해했다. 미숙한 '마르셀'은 다름 아닌 나 자신, 센스도 미적 감각도 한참 떨어지는 이성애자다. 집착적 여성 숭배자 '마르셀'은 **성애에 대한 우리의 외곬**을 스케치한다.

샤를뤼스의 게이 정체성은 명약관화하지 않으며, 피할 수 없는 '타고남'이 아니다. 호모가 되는 과정은 언제나 점진적이고, 그사이에 한 인간은—남성 아니면 여성밖에 없는 양자택일의 단자(單子)가 아니라—여러 '여성적' 요소와 '남성적' 요소가 뒤섞인 유기혼합물로 형성된다. 그것은 발자크의 서사 모델을 다각도로 참조한다.

처음에는 그저 여성스러움이 조금 도드라질 뿐이었던 샤를뤼스는 어느 순간 「사라진(Sarrasine)」에 등장하는 미모의—카스트라토(거세가수) 또는 드래그퀸(의상도착자) 사이 어디쯤에 있는—프리마돈나 '잠비넬라'처럼 완연히 여자로 보이고, 마침내는 「세라피타(Séraphîta)」의 '세라피투스'와 '세라피타'처럼 남녀가 합체된 자웅동체 인간이 된다. 더 분명하게 호모 정체성을 획득할수록 그는 더욱더 도착적 병자로, 사회의 건강성을 해치는 배덕자로 전락한다.

샤를뤼스의 추락에 날개를 다는 이는 다른 누가 아닌, 그의 무정한 연인 샤를리 모렐이다. 발베크 기차역에서 처음 본 순간 모렐에게 홀딱 반해 허둥대고, 금세 들통날 거짓말을 진땀 흘리며 늘어놓는 샤를뤼스의 우스꽝스러움은 우리가 사랑하게 된 누군가가 얼마나 우연적 존재인지를 나타낸다. '그'여야만 하는 절체절명의 이유가 없음에도, 일단 굴러내리기 시작했다면 사랑의 수레는 가속도를 얻으며 질주한다. 자력(自力)으로는 멈춰 세울 수 없는 운명의 바퀴는 '오직 그 사람'을 필연으로서 희구한다.

이 순정에 대하여 모렐은 어떠했는가. 젊고 아름다운 바이올리니스트는 아버지뻘 귀족의 돈과 권력을 이용해 호사를 누리고, 무대를 얻고, 명성을 쌓고, 그다음엔 그를 짓밟는다. 모렐이 첫 번째로 배신했을 때—샤를뤼스의 남색 취향을 연회에서 폭로해 사교계가 그를 배척하게 만들고, 한 번 더 배신했을 때—생루의 새로운 애인이 되어 삼촌과 조카를 멀어지게 하고, 또 세 번째로 배신했을 때—샤를뤼스의 동성애 행각을 예심판사에게 누설해 투옥되게 만들었어도, 샤를뤼스는 샤를리를 향한 사랑을 떨치지 못한다. 그와의 사랑이 샤를뤼스의 전 생애 동안의 로맨스 편력 가운데 단연 절정의 사건이었기 때문에, 그 빛나던 순간들의 기억을 지울 수가 없어서, 그의 마음은 언제나 그리운 샤를리에게로 돌아간다.

메메가 감내해야 했던 모욕들은 사랑의 값비싼 대가일까. 그렇지 않다. 지조 없고 난잡하고 욕심 많은 천민 출신 야심가 모렐은 자신의 이익을 실현하기 위해 베르뒤랭 부인의 호모포비아를 이용했다. 심술궂은 베르뒤랭 부인이 제 집에서 살 능력이 없어진 빈곤한 귀족을 조롱하고 싶어서, 발베크 인근의 라 라스플리에르 언덕에 있는 캉브르메르 후작의 성을 여름별장으로 임대해, 그곳으로 자신의 수요회 신도들을 불러들였을 때, 샤를뤼스는 모렐의 손에 이끌려, 어설프게 귀족 흉내를 내는 이 오합지졸들의 모임에 난생처음 참석하고, 단 한마디의 말로 베르뒤랭 부인의 가연성 적개심에 불씨가 살아 있는 성냥불을 던지고 만다.

귀족에 대해서는 아무것도 모르고, 진짜 귀족을 만난 적도 없으면서, 언제든지 귀족을 멸시할 만반의 태세인 베르뒤랭 부인은 샤를뤼스 '남작'이 집주인인 캉브르메르 '후작'보다 당연히 서열 낮은 귀족이라 생각해 이런 말을 한다. "어디서 몰락 귀족이나 하나 구해다가 우리 집 문지기로 쓰고 싶다." 그러자 샤를뤼스는 여유로운 냉소로 답한다. "그렇다면 손님들이 모조리 문 근처에만 머물다 가겠군."

눈치는 빠른 베르뒤랭 부인은 그 말에 담긴 비웃음에 뼈가 아프다. 복수를 다짐한 그녀는 모렐을 들쑤셔 — 자신이 남작보다 더 예술계에 영향력이 막강하며, 나에게 협조한다면 바이올리니스트로서의 성공을 보장하겠다 — 그의 남색을 증언하게 만든다. 샤를뤼스에 대한 추악한 소문은 베르뒤랭 부인의 수요회라는 진앙으로부터 일파만파 퍼져나간다. 이는 곧 막대한 재산상의 손실로, 공적 생활의 파탄으로, 인격권의 파괴로 이어진다. 메메가 아무리 게르망트일지라도 성도착자에게는 실추될 명예가 없으므로 그것을 회복할 수도 없다. 포부르생제르맹뿐만 아니라 게르망트 가문조차도 그에게서 등 돌린다. 샤를뤼스는 궤멸한다.

그러나 승리가 확실해지자마자 베르뒤랭 부인은 자신이 그런 '하찮은' 귀족을 상대로 온갖 자극적인 소문을 날조해 퍼뜨렸다는 사실조차 기억에 남겨두지 않는다. 베르뒤랭 부인이 각종 논란과 가십을 도마에 올려 난도질하는 잔인한 취미를 즐기는 데는 특별한 이유가 없다. 반복적 일상의 무한한 권태로움을 일시적이나마 해소하기 위해서, 일종의 자극 추구로 행해지는 악담이므로, 자신이 '말로써' 도륙한 대상에 대해 죄책감이나 유감을 가질 이유가 없는 것이다.

서민 출신으로, 아직까지도 악센트에서 무산계급의 흔적을 완전히 지우지 못한 베르뒤랭 부인의 인정욕구는 자신의 부에 상응하는 지위와 찬사와 복종으로써만 충족된다. 그래서 단 한 명의 프랑스인에게도 고개 숙일 마음이 없는 거만한 귀족 샤를뤼스는 그녀에게 타도의 대상이다. 이것이 히틀러를 낳은 '종족투쟁' 개념이다.

12세기의 음유시인이었던 브누아 드 생트모르(Benoît de Sainte-Maure, ?~1173)는 「트로이 이야기(Le Roman de Troie)」라는 3만 3000행짜리 장시를 지어, 프랑스 왕가의 시조인 프랑크족이 트로이 생존자들의 후예라는 전설을 만들어냈다.[31] 또한 그는 「노르망디 공작들의 역사(Chronique des ducs de Normandie)」에서 봉건제의 세 신분을 기사와 성직자와 상민(常民)으로 구분했다. 정의를 지키고 실행하는 자인 기사(곧 귀족), 밤이나 낮이나 기도하는 자인 성직자(겸직으로서 예술가), 그리고 일하는 자인 상민(부르주아 프티부르

---

31 그리스신화에서 트로이는 그리스 대 트로이 전쟁으로 멸망한다. 하지만 로마 시대에 베르길리우스는 『아이네이스』를 통해, 트로이 민족의 유일한 생존자 아이네이아스가 이탈리아 반도로 피난해 그곳에 정착했고, 그의 후손인 로물루스가 로마를 세웠다는 건국 서사시를 만들어냈다.
브누아의 「트로이 이야기」는 이러한 신화화의 프랑크족 버전이지만, 서사의 원류인 그리스신화와는 접점이 거의 없다. 브누아의 시에서 트로이는 전설의 도시로, 기사가 활약하는 광활한 무대고, 이로부터 중세 기사도 정신의 원형이 제시된다. 브누아는 프랑스 수도 파리(Paris)가 헬레네를 납치한 트로이의 왕자 파리스(Pâris)의 이름에서 따왔다는 낭설도 만들어냈다. 하지만 실제로는 기원전 5세기경 센 강 유역에 정착했던 골족의 분파인 파리지(Parisii) 부족에서 유래한 지명이다.

주아 프롤레타리아트를 아우르는 무산계급 전체)의 세 위계는 훗날 제1계급 성직자, 제2제급 귀족, 제3계급 시민으로 이어진다.

19세기에 민족주의가 유행하자 서유럽에선 프랑크족 역사 다시 보기 열풍이 불었는데, 이에 맞서 자유주의 공화주의 부르주아 진영은 새로운 대립 구도를 체계화한다—게르만족의 분파인 프랑크족은 지배층 귀족들의 조상일 뿐이다, 우리 피지배층 프랑스인은 켈트족의 후손인 골족이다. 이로부터 유산계급 프랑크족에 저항하는 무산계급 골족의 투쟁 서사가 형성되었다. 계급보다 훨씬 선명하고 선동성이 강한 '종족' 신화는 곧 주류 전술로 부상한다. 이때 유대민족과 동성애자는 하나의 영토(내 자원과 권력과 지위)를 놓고 싸우는 여러 종족들의 밑바닥에 깔려 있는 **잘못된, 기형의, 악한** 종족으로, 희생의 제물이 된다.

베르뒤랭 부인이 샤를뤼스에 대해 특히 더 전의를 불태우는 이유는 그가 최상층 프랑크족인 동시에 최하층 동성애자기 때문이다. 귀족을 상대로 싸우고자 했건만, 더러운 남색가라니. 그녀의 혐오는 폭력적 증오로 점증된다. 일찍이 드크레시 남작과 결혼해, 그가 파산에 이를 때까지 벗겨 먹은 전력이 있는 오데트가 자신의 유대인 남편을 축출하고 그 부를 탈취해 포르슈빌 백작 부인이 되는 과정 또한 이러한 종족

투쟁의 일부다.

십대 시절, '마르셀'이 질베르트에게 이별 통고를 받은 이유가 이것이다. (유대인) 할아버지가 돌아가셨으니 오늘은 댄스 교습에 가지 말고 (유대인) 아버지를 위해 조의를 표하는 것이 도리가 아니냐는 '마르셀'의 바른말이 질베르트의 민감한 자의식을 건드렸던 것이다. 불충한 행실을 비난받은 질베르트는 폭발한다. 유대인의 피는 기필코 부정되어야 한다.

"붉은 머리칼에 황동색 피부"를 가진 유대인 혼혈 질베르트는 어머니의 기민함 덕분에 암울하고 병든 **유대적 그늘**로부터 해방되었다. 아버지의 죽음 이후 1억 프랑이라는 천문학적 금액을 상속재산으로 보유하게 된 질베르트는 포르슈빌 양이라는 새로운 신분으로 생루와 결혼함으로써, 게르망트와 스완에 대하여 최종 승자로서 적들의 고지에 부르주아의 깃발을 꽂는다.

이 유명한 로맨스소설이 주류 집단에 의해 억압되고 희화화되는 소수자들을 이야기하는 데 이토록 심혈을 기울이고 있다는 사실은 더 널리 알려져야 한다. 기원들의 충돌과 소수자성 문제를 토론하는 『시간』으로부터 떠오르는 질문들에 답하려 애쓰다 보면, 문학사의 저 위대한 작품들조차 정치사회적 담론들에 대하여 얼마나 가까이 다수자의 편에 서 있는지를 깨달아 소스라치게 된다. 그들 작품에서 보여준 작가의 양심적이고 고매한 성찰이 위선은 아닐지라도, 시대와 계급과 통념에서 자유롭지 못한 인간의 한계는 부인될 수 없다.

『시간』에 등장하는 유대인들과 동성애자들의 고난과 비참을 읽어내지 못하는 것은, 우리가 냉담한 주류 계급 이성애 옹호자들이기 때문이다. 아직도 우리에게는 더 많은 도덕감정과 도덕판단력의 함양이 요구된다.

* ——

「게르망트 쪽」 1부에는 샤를뤼스와 '마르셀'이 정답게 대화하는 장면이 하나 있다. 빌파리지 부인의 오후 연회가 끝나 집으로 돌아가려는 '마르셀'을 남작이 바래다 주겠다고 자처해, '나'는 남작과 단둘이 마차를 타게 된다.

이날의 '마르셀'은 오래 꿈꿔 왔던 사교계에 첫발을 들인 신출내기고, 상대는 그 자신이 프랑스 상류층 사교계의 기원이자 현재고 미래인 인물이다. 그런 남작이 '나'에게 삼촌과 같은 애정으로 진지하게 조언한다. 젊고 전도유망한 청년일수록 "각자의 외국어"로 떠들어대는 이 허황된 세계를 가능한 한 멀리해야 한다고.

마차 안에서 샤를뤼스는 자신이 아는 인간 전체에 대하여 온갖 막말을 서슴지 않으면서 동시에, "순결하여 미덕에 의해 타오를 수 있는 한 영혼"을 찾아, "그의 생을 인도하여 높은 곳에 이르도록" 자신이 가진 모든 뛰어난 유산을 물려줄 후계자로 삼고 싶다는 **소박한** 포부를 밝힌다. 그러면서 남작은 '그 후계자가 혹시 너'일 수도 있지 않겠느냐는 의미심장한 말을 한다.

이때 남작은 사교계를 향해 날아오르려 파닥이는 부나방 '라스티냐'에게 유능한 멘토를 자처하는 『고리오 영감』의 지명수배범 '불사신(보트랭의 별명)'이다. 혹은 절망에 빠진 미소년 '뤼시앵'에게 접근해 구원을 약속하는 『잃어버린 환상』의 에스파냐 신부(로 변장한 보트랭)이다. 두 사람의 나이 차, 의도를 숨긴 사근사근한 말투, 그리고 대화가 이뤄지는 공간이 '마차 안'이라는 공통점까지 고려한다면 후자에 더 가깝다. 하지만 순진무구하기만 할 뿐, 성애에 대해 아는 게 없는 '나'는 남작의 말에 담긴 은밀한 거래 제안을 상상조차 못 한다.

그것은 틀림없이 타락한 소도미(sodomy)로의 초대다. 하지만 샤를뤼스의 시점에서 본다면, 이보다 더 진실하고 이타적인 마음이 없다. "그럴 가치가 있는 사람을 위해 번거로움을 감수하는 것만큼 커다란 즐거움"이 없고, 인간 가운데서 그러한 탁월함을 지닌 사람을 아직 찾지 못해 어쩔 수 없이 심심파적으로 예술품을 모으고, 정원에서 베고니아를 가꾸고는 있지만, "수고할 가치에 대한 확신이 서는 경우라면 언제든지, 인간이라는 나무에 시간을 바치는 편을 택하겠다." 고 말하는 그는, 전 생애 동안 사람들로 인해 숱한 환멸과 상처를 겪었음에도, 인간에 대한 긍정을 포기하지 않는, 충직한 사랑의 헌신자다. 그래서 샤를뤼스가 자신도 디오게네스(Diogenēs, 기원전 404?~기원전 323)처럼 "한 인간을 찾고 있다."고 말할 때, 그는 니체의 초인을 닮는다.

고대 그리스 견유학파의 대표 철학자인 시노페(Sinopē)의 디오게네스는 대낮에 등불을 들고 아테네 시내를 돌아다니다, 사람들이 그 연유를 물으면 "한 사람을 찾고 있다."고 답했다고 한다. 디오게네스의 "한 사람"은 자주 '진정한 인간'으로 윤색되는데, 참다운 인간이 단 한 명이라도 있다면 찾고 싶다는 의미를 강조하려는 의도다.

샤를뤼스가 디오게네스를 언급한 이 장면은 플라톤의 『향연』과 연결 지어져, 그의 동성애 성향을 암시하는 것으로 분석되곤 한다. 『향연』에서 '뛰어난 인간'은 곧 철학자를 뜻하고, 소크라테스의 제자들은 대개 소년기에 자신의 멘토와 동성애 관계를 맺었기 때문이다. 그렇지만 디오게네스와 플라톤이 앙숙지간이었음을 생각한다면, 이는 다소 자의적인 확대해석이다. 일단 디오게네스는 '진정한 인간'이라는 말을 하지 않았고, 그냥 "사람"이라고 했다. 디오게네스의 사람 찾기

일화는 이것 말고도 여러 버전이 있다.

그가 길에 앉아서 "인간들아!"라고 외치자 사람들이 몰려들었는데, 이를 본 디오게네스가 지팡이를 휘둘러 쫓으면서 "나는 인간을 불렀지 쓰레기를 부르지 않았다."고 했다는 설. 플라톤이 "인간은 두 다리를 가진 날개 없는 동물"이라고 정의하자, 디오게네스가 날개를 뜯어낸 암탉을 들고 플라톤의 아카데메이아[32]를 찾아가 "이것이 플라톤이 말한 인간이다."라고 했다는 설 등.

당대에 유명한 독설가이자 풍자가였던 디오게네스는 특히 높은 존경의 대상이었던 소크라테스와 플라톤을 대놓고 조롱했는데, 어찌나 심하게 독설을 퍼부었던지 플라톤은 그를 가리켜 "개와 같다."고 했다. 이에 디오게네스는 옳다구나 그 말을 받아, '충직한 개처럼 부끄러움 없는 삶'을 자신의 철학적 모토로 삼았다. 이로부터 견유학파(犬儒學派)[33]라는 명칭이 만들어졌다.

실제로 디오게네스는 부끄러움을 모르는 인간이었다.

---

32 Akadēmeia. 기원전 385년경 플라톤이 아테네 성벽 외곽에 세운 야외 학교로, 숲으로 둘러싸인 공터에서 철학 논쟁, 종교의식 수행, 체력 단련을 함께했다.

33 견유학파를 영어로는 시닉스(Cynics)라 하는데, '개와 같은'을 뜻하는 고대 그리스어 '퀴니키(κυνικοί, 라틴어 표기는 cynici)'에서 유래했다. 냉소를 뜻하는 시니컬(cynical)은 원래 '개처럼 으르렁거린다'는 의미였다.

통[34] 속에서 살면서, 땅에 떨어진 음식을 주워 먹고, 극장에서는 똥을 누고, 길 한가운데서 자위하고, 사람들을 가운뎃손가락으로 가리켰던 그는 보기에 따라서는 극도로 무례하고 방자한 인간이었다. 그럼에도 그에게 일말의 호소력이 있다면, 디오게네스가 한순간도 권위에 굽실거리지 않았고(소원을 말하면 들어주겠다는 알렉산드로스 대왕에게 "햇빛을 가리며 서 있지나 말아달라."고 했다는 굉장한 설), 그가 조롱한 대상들이 일관되게 주류 기득권자들이었다는 점이다.

샤를뤼스는 자신의 존재로써 사교계의 허위와 퇴폐성을 폭로하는 증언자이자, 범람하는 대하와 같은 구정물 속에서 개처럼 떳떳이 살고 있는, 참다운 디오게네스적 인간이다. 그러기에 '마르셀'은 그를 보면서 **"하나의 내심(內心)에 공존하는 선과 악 사이의 복잡다단한 관계를 밝히는 일의 흥미로움"**을 깨닫는 것이다.

인간은 사회를 이루고 살아가는 모든 동물들 가운데 무리생활에 가장 부적응하는 종일 것이다. 오늘날 인간들끼리의 관계 맺기는 그 복잡성이 너무도 진화하여, 인간이 타고나

---

34 '통(tube)'으로 흔히 말해지지만, 실제로는 피토스(Pithos)라고 불린 사람 키 높이의 대형 항아리였다. 곡식이나 술 등을 장기 보관하는 용도 외에, 관으로도 쓰였다.

는 기본적 사회성만으로는 인관관계를 제대로 이어가기가 불가능해진 듯하다. 인간은 생존과 무관한 이유로 동종을 계획적으로 살해하고, 자신의 목적을 위해 집단 전체를 심각한 위험에 빠뜨린다. 인간은 손실에 민감하고, 희생은 정말 피치못할 경우에만 어쩔 수 없이 하려 한다. 인간은 인간에게 너무 많은 것을 바란다.

전적인 가해자 또는 전적인 피해자는 아닌 우리가, 우리의 도덕성과 사회성을 더이상 성숙시킬 수 없다면, 과연 우리에게는 어떤 해결책이 있을까. 어쩌면 조금은 개와 같은 마음, 인간에게 수고하고 바치는 시간을 아까워하지 않는 단순한 충직함을 가진다면, 당장에 세상사람 누구라도 약간이나마 더 사랑스러워 보일 것 같다.

— 오전 11시, 밖은 빛으로 가득하겠지만

상스럽게 아름다운

미(美)에 대한 편견은 끈질기다. “그리스 미소년”을 연상케 하는 “잘생긴 용모”의 모렐은 프랑스령 북아프리카 식민지―세네갈 또는 튀니지―출신으로, 흑인이다.

「게르망트 쪽」 1부, ‘마르셀’과 모렐의 첫 대면에서 그의 특출한 미모와, 열여덟 살임에도 벌써 뚜렷한 출세주의자적 면모는 강한 인상을 남긴다. 이후 그가 악행을 저지를 때마다 그의 “매혹적”인 신체는 재삼재사 언급되며, 그 수려한 외면과 추잡한 내면의 상반됨을 부각한다.

그럼에도 우리는 모렐의 아름다움이 검은색일 거라고 자발적으로는 거의 생각하지 못한다.[35] 독자가 문장으로 묘사된

35 이 책에 인용한 『시간』의 구절들은 모두 내가 문맥에 맞춰 번역했기 때문에, 인용 페이지를 한국어 번역본들로 밝히는 데 어려움이 있다. 하지만 이 부분만은 아무래도 직접 확인하고 싶은 독자가 있을 듯하니, 다음과 같이 페이지를 알려드린다. 출간 순으로, 국일미디어 11권 25쪽 “모렐은 극도로 검어서”, 동서문화사 3권 2915쪽 “모렐은 피부가 매우 검었으므로”, 펭귄클래식 12권 30쪽 “모렐의 피부가 몹시 검은지라”, 민음사 12권 33쪽 “모렐은 피부색이 지독히 검었으므로”.

인물을 '읽을' 때, 상상력은 대개 우리 자신의 확증편향에 따라 추함과 아름다움을 재구성하기 때문이다. 『시간』 속 캐릭터들을 그린 일러스트에서 모렐은 언제나 창백할 정도로 새하얗고, 게이 정체성의 발현을 예고하는 유니섹스적 외모를 가졌다. 하지만 모렐은 동성애자가 아니고, 여성스러운 게 아니라 향락적일 뿐이다.

그렇다 해도 모렐의 인종을 단박에 파악해 내지 못하는 것이 단지 우리가 못된 차별주의자여서라고 한다면 불공평하다. 처음에 모렐은 '마르셀'의 작은외할아버지(아돌프)의 은퇴한 시종의 아들로서 '나'를 찾아온다. 자신을 콩세르바투아르[36]의 우등생으로 소개하는 그는 아비의 신분을 물려받지 않겠다는 굳은 의지를 상당히 거만한 방식으로 시위한다. 초면인 '마르셀'에게 존칭을 생략하고 '너(tu)'라고 부르며 반말하는 것이다.[37]

그가 '마르셀'을 방문한 목적은, 그사이 돌아가신 아돌프

---

36 conservatoire. 르네상스 시대에 고아들을 위한 요양보호 시설이었던 이탈리아의 콘세르바토리오(conservatorio)가 17~18세기에 교회음악 및 오페라를 위해, 재능 있는 고아들을 음악가로 양성하는 학교로 발전했다. 모렐이 말한 콩세르바투아르는 1795년 설립된 파리음악원(Conservatoire de Paris)을 가리킨다.

37 프랑스어에서 존댓말과 반말의 사용은 관계의 친밀도에 따라 결정되기 때문에, 알베르틴과 '마르셀'도 대부분 대화에서 서로를 '당신(vous)'이라 부르며 존대한다. 이에 비춰 보면, 생면부지의 상대를 다짜고짜 '너'라고 칭하는 것은 신분 고하를 떠나 무례다.

할아버지가 남몰래 간직하고 있던 외설스러운 사진들을 자기 아버지가 보관하고 있었는데, 그걸 "남몰래" 전해 주기 위해서다. 모렐은 자신의 아버지가 존경했던 옛 주인의 비밀과 명예를 지켜드리고 싶어서라는, 순수한 호의를 자랑한다.

그러나 머지않아 그는 비열한 협박범의 정체를 드러낸다. 베르뒤랭 부인에게 자신의 출신성분이 들킬 위기에 처하자, 모렐은 '마르셀'에게 "그 사진들"을 상기시키면서, 자기가 아돌프 할아버지를 지켜드렸듯이 "도련님"도(이때만 잠깐 존댓말과 '므시외'라는 존칭을 쓴다) 적당한 거짓말로 자기 신분을 숨겨달라고 요구한다.

모렐은 단순히 천박한 인간이 아니다. 그는 순정한 것, 깨끗한 것, 고아한 것을 격렬히 증오한다. 그는 어둠의 피조물이고, 죄의식 없는 본능이다. 원하는 것을 손에 넣기 위해서 자신의 '미'와 '성(sex)'을 최대치로 사용하는 모렐은 무정한 양성애자, 오데트의 강화된 남성 버전이다. 십대 때부터 사창가에서 난교와 혼음을 즐겼던 그는 레즈비언인 알베르틴에게 소녀들을 대주었고, 둘이 함께 세탁부 소녀를 윤간한 적도 있다. 나중에 '마르셀'은 알베르틴이 일찍부터 모렐 패거리에 끼어 여자들과 어울렸다는 세탁부 소녀의 증언 때문에 엄청난 고뇌에 휩싸인다.

모렐은 게르망트 저택에 세 들어 사는 재봉사 쥐피앵의

조카딸[38]을 갖고 놀다 버릴 심산으로 수작을 걸었는데, 순진한 아가씨가 자신을 진심으로 흠모하자 짜증 나 미치려 한다. 그럼에도 샤를뤼스 남작에게 매이기 싫고, 빌붙기에 더 좋을 것 같아서, 모렐은 그녀와 약혼한다. 하지만 여러 명과 동시에 즐기고 싶으니 네 여자 친구들을 데려오라는 그의 요구를 그녀가 거부하자, 난동을 부리며 쌍욕을 퍼붓고는, 이를 빌미로 파혼한다.

그는 이 행패 장면을 '마르셀'에게 목격당하는데, 그러자 자신은 쓰레기라며 참회하듯 말하지만, 자세히 들어보면 이런 식의 흥분이 자기 건강에 해로울까 봐 걱정돼서 울고 있다. 프루스트가 애초에 모렐을 어느 정도로까지 타락한 인물로 구상했는지 알지 못하는 우리로서는, 시간이 흐를수록—페이지가 넘어갈수록—점점 더 이기적 본성을 거침없이 발휘하는 모렐로 인해 충격과 혼란을 느낄 수밖에 없다. 그러다 돌연, 소설의 마지막 편에 이르러서야, 그가 흑인이라는 것이다.

『시간』을 소설로 읽을 때 겪는 가장 큰 어려움이 이와 같은 **말 바꾸기**다. 진술은 거듭 번복되고, 기존 진술은 새로운 진술에 의해 거짓임이 폭로된다. 한 사람의 생애는 단편적으

---

38 「게르망트 쪽」 1부에서 쥐피앵의 딸(la fille de Jupien)로 처음 소개되었으나, 사진을 빌미로 '나'를 찾아온 모렐이 안뜰에서 그녀를 눈여겨보는 장면부터 쥐피앵의 조카딸(la nièce de Jupien)로 서술되고, 이후로는 줄곧 조카딸로 불린다.

로, 서서히, 시간의 경과에 따라 드러나기 때문에, 어떤 인물에 대해서도 일관된 상을 가질 수 없다. 그들의 내실에는 저마다의 무거운 비밀이 감춰져 있고, 독자는 벽의 아주 작은 틈새로 일부분만을 엿볼 수 있다. 그러다 낱낱의 인상들이 어느 순간 하나의 전체를 이루며 만천하에 드러날 때, 지금까지의 추측과 판단은 일거에 와해된다.

그사이에 어떤 암시가, 모렐의 인종을 추정할 만한 단서가 있었던 걸까? 서사를 되짚어 더듬어보지만, 페이지들은 헤아릴 수 없이 많고, 기억은 뒤죽박죽이다. 어쩌면 그가 '시종의 아들'이라는 것에서 단박에 눈치챘어야 했는지 모른다. 하지만 현대의 독자는 그런 정도로까지 인종차별적 상상을 하기에는 너무나 올바르게 교육되어 있고, 풍속사 속 인간들의 천태만상에 대해서는 아는 게 거의 없다. 제국주의의 역사를 가진 서구인들이라고 해서 이런 면에 대한 이해가 더 깊지도 않다. 그러니까 모렐의 신분과 인종을 생각한다면 더욱더, 그가 상류층에서 빈민가까지 거침없이 맘대로 드나드는 것을 어떻게 받아들여야 하는가. 그것은 작가의 외설적 판타지인가, 혹은 일말의 사실에 기초한 소설적 과장인가.

『시간』의 상류층 귀족, 특히 게르망트 혈통 남자들은 늦든 빠르든 모두가 (여자와도 성관계하는) 동성애자로 밝혀진다. 유일한 예외가 게르망트 공작인데, 대신에 그는 지독한 오입쟁이다. 사교계의 여왕 오리안 주위로 몰려드는 귀부인들 가운데서 맘에 드는 아무나와 잠자리를 갖고 숱하게 사생아를 낳고 다닌다. 귀족의 성애 취향은 난잡하다 못해 엽기적이다. 관음증이나 복장도착은 가벼운 취미 수준이고, 팔다리 없는 기형 또는 난쟁이 취향, 소아성애, 살인자 취향, 채찍질 당하기를 즐기는 사도마조히즘까지 각양각색이다.

모렐은 대귀족의 이인종(異人種) 페티시의 수혜자고, 그 중에서도 코카서스인(백인)의 전형인 게르망트에게 완벽하게 결여된 빛깔을 가졌기에 사랑받는다. 생루와 샤를뤼스가 모렐을 사랑하는 것은 그 두 사람이 영락없는 삼촌 조카—같은 취향의 세계에 속한—사이라는 증거다.

1차 세계대전이 터지고, 젊은 남자들이 모두 동원돼 파리 시내가 텅 비었을 때, '마르셀'은 우연히 샤를뤼스와 만나 짧은 산책을 함께한다. 그때 군복 차림으로 휴가 나온 세네갈 병사 하나가 그들 곁을 스쳐간다. 그의 뒷모습을 아련하면서도 슬픔에 찬 눈으로 좇는 샤를뤼스를 지켜보면서, '나'는 그가 여전히 특정 인종의 남자들에게서 '모렐의 전형'을 찾고 있음을 깨닫는다.

지독한 그리움으로 부패한 샤를뤼스는 "페르시아의 밤거리를 거니는 고독한 술탄"이고, 그의 시간은 환락과 죽음이 한 몸인 밤—아라비안나이트—들의 연속이다.

＊ ——

제임스 조이스(James Joyce, 1882~1941)와 마르셀 프루스트가 현대소설의 시원(始原)을 이루는 양대 산맥으로 꼽히는 이유는, 전근대적 인간과는 확연히 구분되는 내면세계를 가진 인물들로써 '현대인'을 묘사했기 때문이다.

『율리시스』와 『시간』이 공개하는 현대인의 가장 두드러진 특징은, 뚜렷한 자의식 속에서 상스러움을 인지하고 유희한다는 것이다. 하지만 그 표현 방식은 두 작가가 서로 상이하고, 추구한 예술적 지향 또한 상당한 거리가 있다.

성행위나 성기와 관련된 금기어, 가령 'fuck' 'cunt' 같은 단어를 문학작품에 최초로 사용한 조이스는 그 자신이 한때 색광증 환자였다. 고향 아일랜드에서 민족주의 독립운동이 격렬히 일어났을 때, 학생 투사들에 반박하는 글을 써 집단 린치를 당한 전력이 있는 조이스는 호텔 메이드였던 아내를 만나 중독증을 치유했다.

1904년부터 유럽 각지를 떠돌며 영어 교사로 생계를 이어가던 조이스는 1912년 이후, 고국이 자신을 온전히 받아들이기 전에는 귀향하지 않겠노라 선언하고, 자발적 '망명'을 고수했다. 코즈모폴리턴이었던 그는 일평생 아일랜드 민족운동가들로부터 기회주의자라는 비난을 샀고, 1918년부터 2년간

『율리시스』를 최초 연재한 미국 잡지사 《리틀리뷰(The Little Review)》는 풍기문란으로 고발돼 벌금을 내느라 파산했다.

파리의 동시대인이었던[39] 프루스트와 조이스는 1922년 2월에 딱 한 번 만난 적이 있다. 프루스트의 친구인 시드니 시프[40]가 '우리 시대 최고의 예술가'들인 피카소, 스트라빈스키, 조이스 그리고 프루스트를 한자리에 모아 리츠 호텔에서 만찬을 대접했다. 하지만 조이스가 새벽 2시에 만취 상태로 도착했기 때문에, 둘은 길게 대화하지는 못했다.

주로 조이스의 후일담으로 전해지는 이날의 만남은, 두 작가가 서로에게 얼마나 무관심했는지, 그리고 둘 사이에 얼마나 접점이 없는지만을 확인해 주었다. 당시 조이스는 온갖 사건사고 끝에 『율리시스』가 단행본으로 막 출간된 차였는데, 자긍심 강한 아일랜드인인 그에게 프루스트는 귀족연하는 거만한 파리지앵으로 보였다.

프루스트에게 조이스는 생명을 위협하는 존재였다. 프루스트의 알레르기천식을 몰랐던 조이스는 택시에 함께 타자마자 창문을 열고 담배에 불을 붙였다. 조이스는 1922년 11월 21일 생피에르드사요(Saint-Pierre-de-Chaillot) 성당에서 거

39 조이스는 1920년 파리에 처음 입성했으며, 1940년 파리를 점령한 나치를 피해 취리히에 정착할 때까지 20년간, 주로 이 도시에서 지냈다.

40 59쪽 7번 각주 참조.

행된 프루스트의 장례식에 참석했다.

『율리시스』로 판매금지, 분서(焚書), 고발 등 갖은 박해를 당했음에도, 조이스의 외설성은 무대 위에서 자신의 성적 판타지를 고백하는 배우처럼 연극적이고, 그래서 그것이 아무리 노골적인 방식으로 사생활을 폭로한다 해도 본질적으로는 '언어적'이다. 스타킹 신은 종아리에 낀 새까만 음모가 유발하는 수치심이나, 대낮에 해변의 바위 그늘에서 자위하는 남자의 남우세스러움은 너무 가까이 들이대져, 실감을 즐길 상상적 초점거리를 상실한다. 『율리시스』는 인간의 행위 태도 소망 신념의 후면을 영사(映寫)하는 언어기계고, 그 문장들의 코믹하고도 신경질적인 실제성이 우리 감각의 '불쾌한 골짜기'를 건드린다.

그와 달리, 프루스트는 추미(醜美)의 본질을 성찰한다. '천한 아름다움'을 사랑하는 샤를뤼스는 나쁜 취향을 뜻하는 '키치'가 현대 미학의 중심을 차지하게 된 이유를 설명해 준다. 상스러움 천박함 저속함 등의 어휘는 계급적이다. 추함은 신분 낮은 사람들, 상민 천민 속인의 특징을 가리킨다. 고상함 기품 우아함 같은 단어가 귀족의 특징을 지칭하는 것과 같은 원리다. 아름다움은 어느 시대에나 고도로 정치적이다.

귀족적 교양의 스노비즘에 신물이 올라오는 샤를뤼스는

천민다움과 아름다움이 결합한 모델을 통해 모순의 기쁨을, 충격적 쾌를 맛본다. 그것이 이질적이기 때문에 흥미롭고, 규범에서 탈출한 아름다움이어서 매혹적이다. 세기말의 인간이 광활한 허무의 바다에서 발버둥질할 때, 그를 구원하는 것은 심오한 사상도 고매한 정신도 아니다. 조금의 술, 한 모금의 진정제, 한갓된 몸뚱어리로써 얻는 따스한 유사(quasi) 위로만이 그를 기쁘게 익사해 가도록 돕는다. 고전적 미의 웅대한 유산을 물려받은 샤를뤼스는 추미의 의미를 재설정하는 자, 파괴된 아프로디테 신전의 고독한 주춧돌에 송가를 지어 바치는 자, 조악하고 뻔뻔하고 반항적인 모든 새로움을 사랑하는 현대인이다. 이러한 정신을 일러 데카당티슴이라 한다.

생루는 “보잘것없는 신분의 인간에게서도 존경할 부분을 찾아내는 마음”을 가졌다. 그것은 진정한 귀족—왕의 최초의 ‘시종’이었던 게르망트—만이 보유한 봉사와 헌신의 미덕이다. 샤를뤼스가 라틴어 바로(barō)에서 유래한 바론(baron, 남작)을 자신의 작위로 선택한 이유는, 그것이 ‘한 사람’이라는 뜻과 ‘섬기는 자’, 즉 종(從)이라는 뜻을 가졌기 때문이다. 생루와 샤를뤼스의 모렐에 대한 사랑은—스완의 오데트에 대한 사랑도—감수성의 기쁨이다. 그들은 열성 팬, 예찬의 대상에게 비타산적 사랑을 바치는 **마니아**다. 현대인의 ‘덕질’과 마찬가지로, 이들에게 숭배되어지는 존재의 아름다움은 규범적

미와 무관하고, 숭배자의 수만큼 다의적이다. 프루스트의 데카당티슴은 다양성의 빛을 향해 있다.

고전 시가, 제례악, 경전이 정형률을 갖는 이유는 확고부동한 형식이 의미의 불완전성을 진정시켜 주기 때문이다. 점성술 수비학 명리학 같은 것들은 관찰 가능한 패턴들에 상징적 의미를 부여함으로써 일종의 최면효과, 즉 자기암시성을 얻는다. 수(數)나 도상 같은 추상적 대상의 규칙성은 추론을 통해 예언 가능하기 때문에, 규칙을 파악하는 훈련을 받지 못한 사람들에게는 미래를 보는 능력이 된다.

미려한 조각상, 장관을 이루는 파도, 피어나는 꽃잎과 떨어져 내리는 빗방울에서 '미'를 발견하는 것은 기실 인간에게 있는 패턴 인식력의 일부다. 아름다운 형상이 황금비를 갖는다는 설명은 순환논법의 오류다. 우리가 놀라워하는 것은 비례의 규칙성 자체이지, 그것의 외연적 형태가 아니다. 그렇다면 비대칭성 우연성 임의성에 이끌리는 마음도 같은 이치로 설명할 수 있다. 규칙이 신비로운 경건함으로 존재를 고양시키듯이, 그 반작용인 불규칙하고 부조화하고 비논리적인 것들로써도 인간은 초월에 도달한다. 어떤 이는 필연을 신의 섭리로 믿고, 또 다른 이는 우연을 신의 섭리로 믿는다.

샤를뤼스는 프루스트가 그토록 존경한 보들레르

(Charles-Pierre Baudelaire, 1821~1867)의 황량한 시적 풍경 속에 사는 인물이다. 광기와 기형, 반인반수와 괴물, 바로크적 뒤틀림, 음산하고 불완전한 것들이 그를 매료하는 까닭은 그 자신이 광인 어릿광대 불치병자기 때문이다. 그가 무덤 속 골동품 인간이기 때문이다. 천상의 아름다움을 향한 지루한 찬미, 닳아빠진 숭배, 안이한 황홀경은 차갑게 식은 그의 심장에 피를 흘려 넣지 못한다. 썩은 짐승들과 오물의 악취가 진동하는 곳에서 후각은 더 끔찍한 혐오에만 반응한다. 어째서 사람들은 세계의 부패가 난폭한 속도로 진행되고 있음을 알아차리지 못하는가.

천 년을 산 것보다 많은 기억이 내게는 있다.
(……)
절룩이며 가는 날들보다 지겨운 것이 없다,
푸지게 눈 내리는 해의 무거운 눈송이들 아래서
권태가, 음울한 무심함의 열매가,
불멸의 규모로 자라날 때.
—그리하여 이제 너는 다만, 오 살아 있는 물질아!
막연한 공포에 휘감긴 화강암에 불과하다,
자욱한 사하라 깊숙이에서 잠자는,
냉담한 세상이 등진 늙은 스핑크스,

지도에도 잊힌, 길들지 못하는 분노를

지는 해의 빛줄기 속에서만 노래하는.

—보들레르, 「우울(Spleen)」 중에서

인간의 악행은 어느 시대에나 우리의 예상을 뛰어넘지만, 결코 우리가 상상하는 것만큼 굉장하지 않다. 악은 창의성이 부족하고, 하찮은 만족에 과도한 의미를 부여하기 때문에 지루하다. 잔인한 범죄는 멍청함의 소산이다. 거기에는 어떠한 '신선미'도 없다. 악은 너무 오랫동안 비슷한 방식으로 되풀이되어 왔고, 인간 종은 수천 년을 살아왔음에도 야만 시절의 우둔한 습성을 버리지 못하고 있다.

진부한 미덕이나 진부한 아름다움도 악덕의 일종이다. 더 나은 체제, 보다 건전한 사상, 이상적 아름다움 개념은 유독한 마취제인 위선을 남발한다. 그중에서도 가장 지독한 악을 꽃피우는 양분은 **냉담**이다.

프랑스 데카당티슴의 거목인 보들레르가 독실한 가톨릭 신자였고, 그 자신이 해시시 클럽[41]의 가장 유명한 멤버였음

41 1840년대에 정신과의사 장자크 모로가 부작용이 심한 아편의 대용품으로, 당시 유럽에 갓 수입된 인도산 해시시의 효능을 실험하고자 결성한 월례회다. 예술지상주의를 창안한 소설가 테오필 고티에(Théophile Gautier, 1811~1872)와 그의 친구들이 참여했는데, 주요 멤버는 보들레르, 위고, 네르발, 랭보, 알렉상드르 뒤마(Alexandre Dumas, 1802~1870), 화가 외젠 들라크루아(Ferdinand

에도 마약 중독의 위험성을 준엄하게 경고한 것은, 자가당착도 탕아의 회심도 아니다. 『악의 꽃』은 나약한 정신의 게으른 인간이 감당할 능력도 없으면서 죄에 대해 갖는 호기심의 불성실을 고발한다. 겨우 그 정도로밖에 악해지지 못한다면, 악은 너의 적성이 아니니 그만둬. 보들레르는 무지에 기댄 우리 양심의 초라함을 냉소한다.

지난 10세기에 걸쳐 축적되어 온 분열과 투쟁의 트라우마가 세기말의 불안과 결합한 데카당티슴은 빈번히 속물들의 가십거리로 소비된 후 비난당하고, 불태워지고, 때로는 실질적 형벌이 선고되었다. 그것은 음란함의 변종인 거세충동, 욕구의 강도에 비례하는 반작용이다.

근대는 법과 도덕을 일치시키려는 강박증 속에서 성장했고, 그로써 사회의 건강성이 유지되리라는 기만적 믿음을 갖게 되었다. 거대하고 복잡한 현대 사회는 60억 인간이 공생하기 위한 필요조건으로서 위생 관념을 수호한다. 그리고 그것의 허위성을 사유하지 않는다. 하여, 『악의 꽃』을 여는 서시(序詩) 「독자에게(Au lecteur)」의 마지막 구절은 오늘날에도, 우리 유능한 청결 애호가들에게 특별한 울림을 안긴다.

Victor Eugène Delacroix, 1798~1863) 등이었다. 발자크와 플로베르는 해시시를 복용하지는 않고, 참관자로 몇 차례 참석했다.

그대는 안다, 독자여, 이 예민한 괴물을,

―위선자 독자, ―내 동종, ―내 혈족이여!

— 초록이 깊어지는 나무들의 오후 3시 45분

플라토닉

저녁에 약속이 있는데 낮부터 습한 기운이 차오르더니, 집에서 출발해야 할 시간이 가까워지자 장대비가 쏟아졌다. 혹시나 모임이 취소되는 것 아닐까, 연거푸 휴대전화를 들여다봤다. 날씨가 이렇게 되면, 아무래도 만남을 다음으로 미루는 편이 낫지 않겠느냐는 사람이 한둘은 꼭 있기 마련이고, 그러면 너도나도 신중한 의견에 동조해 슬그머니 약속이 깨지고 만다. 그럴 때 내 마음속 천방지축 어린애는 외친다. '와 날씨 미쳤다! 나가자!'

폭우가 쏟아지는 날에 만난 사람에게는 너그러워진다. 악천후를 무릅썼다는 사실이, 수고를 마다하지 않은 그 마음이—설령 우연일지라도—정겨운 추억으로 남는다, 라고 생각은 하지만, 이건 뭐, 댓줄기처럼 퍼부으니 앞이 안 보일 지경이다. 약속 시간보다 30분이나 늦게 도착했지만, 오느라 고생했다 다들 반겨주었다. 소문난 프렌치 레스토랑의 조명이 하도 침침해서 얼굴들이 다 예뻐 보였다. 날씨를 고려해 비치 샌들을 신었는데, 에어컨이 너무 세서 발이 시렸다. 오랜만에 남들 흉을 실컷 봤더니, 가슴까지 시원하다. 오늘 적립한 우정 포인트를 언젠가 그녀들에게 넉넉한 다정으로 돌려줄 수 있기를 나는 바란다.

「게르망트 쪽」 2부에는 유난히 마음을 끄는 장면이 하나 있다. 발베크에서부터 염탐해 오던 귀족 스테르마리아 양과 드디어 단둘이 만나기로 한 날, 두근거리며 외출 준비를 마친 '마르셀'이 집을 나서려는데, 편지(약속 취소 통보)가 배달된다. '나'는 얼어붙었다 절망에 빠졌다 급기야는 식탁에 기대서 있는 둘둘 말린 카펫에(날씨가 추워져 깔려고 프랑수아즈가 꺼내놓았다) 머리를 처박고 부들부들 떨며 운다.

이 시기의 '마르셀'은 이십대 청년으로, 불안정했던 미성년기의 몽상에서 완전히 벗어나, 사교계의 중심부로 나아가는 중이다. 소녀들과의 추억은 철부지 시절의 좌충우돌로 흘려보냈고, 이제는 신분 재력 교양 등 여러 조건이 자신과 맞는 여성을 진지하게 사귀려 하고 있다. 스테르마리아 양과 수차례 신중한 편지를 주고받으며 자신감을 얻은 '마르셀'은 첫 데이트를 성공적으로 주도하려고 식당도 미리 답사해 두었다. 그런데 고백도 못 해보고 버려진 것이다. 이 비참한 사나이에게 냉랭한 다이닝룸은 "불행한 겨울 감옥"의 도래를 알린다. 그때 문간에서 한 목소리가 들린다.

“나 들어가도 돼? 프랑수아즈 말이, 네가 여기 있을 거래서. 어디 가서 저녁이나 함께하면 어떨지 물어보러 왔어, 네 목에 너무 해롭지만 않다면 말이야. 칼로 자를 수도 있을 만큼 안개가 두껍게 끼었거든.”

장교인 생루는 부대를 따라 주둔지를 옮겨 다니고, 휴가 때만 파리에 있다. 그런데 모로코나 아니면 어느 바다 위에 있는 줄 알았던 그가 불쑥 나타나, 그저 밥 한 끼를 ‘나’와 함께하고 싶어서 데리러 왔다 말한다. 실망과 수치심으로 자기 연민에 빠져 있는 ‘나’에게 생루는 무슨 사연인지 묻지 않고, 힘이 되지 못하는 위로의 말을 건네지 않고, 날씨는 사납지만 그래도 같이 나가자고 한다. 다정은 이런 것이다.

그가 몰고 온 온기와 활력, 생명의 기운에 감격하여 ‘마르셀’은 또 새로운 눈물을 줄줄 흘리며 그를 따라나선다. 생루는 식당도 알아서 정하고, 마차도 알아서 부른다. 그가 이끄는 대로, 무거운 장막 같은 안개를 뚫고 당도한 레스토랑은 젊은 귀족 부르주아 청년들로 바글바글하다. 생루는 ‘나’를 먼저 레스토랑 앞에 내려주고, 마부에게 픽업 시간을 일러주러 간다.

이 밤의 식당은 각자 외롭게 침몰해 가는 축축한 세계 한가운데 떠 있는, 홀로 빛을 밝힌 구조선이다. 하지만 그곳에도 출입문은 둘로 나뉘어 있다. 하나는 귀족 전용 홀로 이어지는 최신식 회전문이다. 그 옆의 훨씬 큰 일반 홀은 맞은편의 유대인 전용 여닫이문을 바라보고 있다.

생루가 내려준 회전문을 통과해 실내로 들어선 '나'는 즉각 레스토랑 사장에게 덜미를 잡혀 일반 홀의 기다란 대기 의자로 쫓겨난다. 심약한 숙맥 '마르셀'은 항의 한마디 못 하고 엉거주춤 의자 끝에 걸터앉아 유대인 출입문이 열릴 때마다 밀려드는 찬바람을 맞으며 오들오들 떤다. 곧이어 생루가 들어서고, 레스토랑 사장과 종업원들이 귀빈을 맞으러 우르르 몰려간다. 생루는 '나'를 찾아 두리번거리다 깜짝 놀라 외친다.

"맙소사! 대체 왜 자리를 바꾼 거야? 작은 방보다 여기가 더 마음에 들어? 감기 걸리면 어쩌려고! 몸이 얼음장이 될 텐데. 저 문이라도 닫아주시오!"

당황한 사장이 활짝 열린 채인 문을 재빨리 닫고는, 굽실거리며 '나'와 생루를 귀족 전용 홀로 모신다. 밝고 보송보송한 그곳은 **노아의 방주**처럼 아늑하다. 식당 안의 이목이 일제히 로베르 드 생루엉브레(Robert de Saint-Loup-en-Bray) 후작에게 쏠리는 가운데, '나'는 가장 좋은 자리로 안내된다.

신화 속 황금빛 새를 닮은 생루의 귀족적 우아미는 부연 설명이 필요하지 않다. 모두가 그에게 찬탄과 경의의 눈빛을 보낸다. 그러나 생루는 오로지 '마르셀'을 배불리 먹이고 담요를 덮어주려고 따라온 보모처럼 보살피기 바쁘다. 이때 로베르의 지인인 푸아 대공이 다가와 합석해도 괜찮은지 묻는다. 푸아 대공은 이렇게 공개된 장소에서 후작과의 친분을 과시할 기회를 놓치지 않으려 한다. 하지만 '나'는 오랜만에 만난 친구와 단둘이 있고 싶고, 로베르는 '나'의 뜻을 존중해 대공을 물리친다.

로베르는 기관지가 약한 '나'를 데리고 나와 혹시라도 아플까 봐 노심초사다. 그러다 무슨 생각이 났는지 벌떡 일어나 어디론가 간다. 잠시 후 그는 푸아 대공이 입고 있던 비쿠냐울 코트를 들고 돌아온다.

이 에피소드의 압권은 여기부터다. 생루는 미로처럼 펼쳐진 테이블들을 슥 둘러보더니, 벽을 따라 놓인 의자의 붉은 좌석을 밟고 등받이 위로 사뿐히 올라선다. 레스토랑 안의 **"플라톤주의자들"**이 모두 다 숨죽이고 지켜보는 가운데, 생루는 천장에 늘어져 있는 어지러운 전깃줄들을 요리조리 피해, 나란히 이어진 의자 등받이 윗면을 따라 공중곡예사처럼 우아하게 달려서, '나'에게로 온다. 그는 '마르셀'을 한 번 더 자리에서 일어나게 하지 않으려고, 장애물을 뛰어넘는 경주마처럼 의자들 위를 **난다**. 생루가 군더더기 없이 깔끔한 동작으로 '마르셀' 앞에 착지하자, 곳곳에서 박수가 터진다.

로베르는 대귀족의 특권인 오만함으로 남의 코트를 벗겨 와선, 더없는 공손함으로, 포근하고 커다란 코트를 '마르셀'의 어깨에 둘러준다. 생루가 벽면을 따라 달릴 때, 그 모습은 고대 신전의 프리즈[42]에 새겨진 조각처럼 아름답다. 그에게는 정신의 품격과 육체의 품격이 분리 불가능한 일체로 깃들어 있어서, 찬탄을 자아내는 것이 꼭 예술품만은 아니라고 '나'는 생각한다. 그리고 이 순간 자신이 느끼는 우정과, 생루가 자신에게 보여주려는 우정이 서로 다른 종류면 어쩌나, 두려워한다.

플라토닉(platonic)이 '성애가 배제된, 순수하게 정신적인 사랑'의 의미로 쓰이기 시작한 것은 17세기경부터다. 하지만 단어에 들어 있는 이름 '플라톤'으로부터 추측할 수 있는바, 이것은 원래 남성 동성애의 완곡어법(euphemism)이었다. 그렇게 된 연유는 플라톤(Platōn, 기원전 428?~기원전 347?)의 저작인 『향연』에 있다.

기원전 416년, 소크라테스의 제자 중 한 명인 시인 아가톤이 비극 경연대회에서 처음으로 1등상을 수상한 기념으로 잔치를 열었는데, 그 자리에 모인 축하객들이 '에로스'라는 주제로 다양한 관점에서 논쟁을 펼쳤고, 이날의 대화를 훗날 플라톤이 대신 전하는 형식으로 쓰인 책이 『향연』이다.

---

42 고대 그리스 로마 건축에서 처마돌림띠에 일정한 간격으로 붙인 장식 석판으로, 흔히 다양한 인물상이 부조되어 있다.

『향연』은 사랑에 관한 가장 오래된, 그리고 오늘날까지 통용되고 있는 대표적 개념들을 제시한다. 먼저, 에로스를 추잡한 것과 고귀한 것으로 나누고, 육체의 욕망을 채우기에 급급한 범속한 에로스를 법으로 제재해야 한다는 관점은 '사적 영역에 대한 공적 제재'의 근거로 현대에도 널리 적용되고 있다.

한편, 원초적 인간은 남성과 여성 외에 양성의 세 젠더가 있었는데, 각각이 절반으로 나뉘는 바람에 '잃어버린 내 반쪽'을 찾으러 다니게 되었고, 그로부터 다양한 성적지향이 생겨났다는 흥미로운 신화도 소개된다.[43]

그리고 『향연』의 유일한 여성 등장인물이 주장하는바, 아름다운 사랑이란 필사의 인간이 '임신'과 '출산'을 통해—대를 잇는 자손의 존재로써—불사가 되는 것이라는, 생물학적 기능론도 있다.

그렇지만 사랑의 정의를 두고 아무리 왈가왈부해 봤자, 그 자리에 모인 그리스 최고의 미청년들은 반인반수를 닮은 추남 소크라테스를 가장 사랑한다. 플라톤주의자들이 이상형으로 꼽는 소크라테스는 비록 외모는 흉측하지만 그의 내면

---

43 남성이 여성을, 여성이 남성을 욕망하는 것은 그들이 원래는 양성구유(兩性具有)였기 때문이다. 동성을 사랑하는 경우는 애초에 그들이 단성(單性)이었기 때문으로, 절반의 단성에서 온전한 단성으로 복원되려는 것이다.

은 "몸을 던져 유혹해서라도 얻고 싶을 만큼" 아름답고, 그의 용기는 펠로폰네소스 전쟁에서 늙은 보병 소크라테스가 젊은 기마병 알키비아데스를 적으로부터 지켜주었을 만큼 강인하다.

소크라테스 스승님은 늘 당신께서 우리들 제자를 사랑한다 하시지만, 실제로는 이렇게나 출중한 모든 젊은이의 사랑을 독차지하는 욕심쟁이시다. 그러니까 애송이 아가톤아, 지금 네가 차지한 스승님의 옆자리는 한때 내 것이었단 말이다. 질투심 강한 옛 애제자 알키비아데스의 원망에 찬 증언이다.

프루스트에게 이상적 동성애는 그리스적인 것이고, 아름답고 뛰어난 정신의 소유자에 의해 **플라토닉**하게 인도되는 것이다. 식당에 모인 청년들은 플라톤적으로 서로를 사랑하며, 소크라테스의 까마득한 제자인 생루 또한 플라톤주의자인데, 그러한 성향은 점진적으로—하지만 '마르셀'에게는 비밀에 부쳐져 있다가 어느 날 불현듯—표면화된다.

'방주' 식당의 일화로부터 10년쯤 흐른 1910년대, 그사이 로베르는 유대인 연인 라셸과 헤어지고, 포르슈빌 백작의 양녀로서 귀족 사회에 입성한 질베르트와 결혼해 딸 하나를 낳았다. 유대인과 부르주아와 귀족 사이에 쳐 있던 높은 칸막이는 이렇게 세월의 흐름 속에서 비의지적으로 허물어졌고, 게르망트 가문의 혈통을 잇는 유일한 적통인 생루 양은 새로운 시대의 당도를 알린다.

거대한 변화는 전쟁과 함께 온다. 1차 세계대전이 발발하자 생루는 삼십대 후반의 적지 않은 나이임에도, 젊은 남자들이 어떻게든 징집을 피하려는 것과 반대로, 군의 인맥을 총동원해 최전방에 파병되려 노력한다. 작위 가진 자로서의 책무를 다하기 위해 군에 입대했고, 장교로서 청년기를 보냈던 생루에게, 참전은 귀족의 의무다. 하지만 그것만이 다는 아니다.

생루에게는 "여성들로부터 멀리 떨어져, 오직 남성들로만 이루어진 기사단의 일원으로서, 자신이 좋아하는 사람들과 더불어 기사도를 실천"하려는 열망이 있다. 전쟁은 그 영웅적 이상, 진정한 용기를 드러낼 기회다. 생루는 "전적으로 순수하여 서로를 위해 목숨 바치기를 주저 않는 남자들의 우성에 깃든 지적 도덕적 고결함"을 찬미한다.(「되찾은 시간」)

전장의 군인이 흙먼지에 덮이고 습지대를 구르고 온몸이 피로 물들면서도 전우를 구하기 위해 돌격할 때, 그 묵시록적 하늘 아래서 이루어지는 망설임 없는 사랑은 숭고하다. 그것은 인간이 인간에 대하여 할 수 있는 가장 이타적이고 순수한 사랑, 육체로써 육체를 넘어서는 사랑이다. 진정 남자다운 남자들이, '사랑'을 말하지 않으면서 서로를 지극히 사랑하는 **그리스적 전우애**는 남자의 심금을 울린다.

생루는 부하 대원들의 퇴각을 엄호하다 전사했고, 죽음으로써 게르망트의 일원으로 돌아간다. 모계로 게르망트였던 로베르는 장례식에서 살아 있는 동안의 이름과 작위를 벗어 버리고, 게르망트가를 상징하는 빨간색 이니셜 G와 닫힌 왕관[44]이 수놓인 검은 휘장으로 덮인다.

그러나 밤의 식당이 '방주'라면, 거기에는 변질된, 다른 종류의 동성애도 있다. 이 기독교적 공간에 있는 '유대인 전용문'은 인종차별의 표지일 뿐만 아니라, **비그리스적**인 것의 표지기도 하다. 소크라테스 시대의 그리스인들이 동성애자이면서도 지극히 정상인 인간으로 여겨졌다면, 기독교 시대에 이르러 동성애자는 비정상인 악덕의 존재가 되었으므로, 그들은 유대인처럼 천대받으며 **뒷문**으로만 드나들어야 한다.

생루가 결혼 후에도 여러 명의 여자 친구들을 곁에 두어 질베르트의 질투심을 자극할 때, 그것은 들켜서는 안 될 사랑

---

44 couronne fermée. 정수리 부분이 트여 있는 헤어밴드 형태의 왕관과 달리, 신성로마제국 황제가 대관식에서만 쓰던 '닫힌 왕관'은 테두리에서 정수리까지 보석 박힌 금속 장식으로 둥글게 감싸이고 벨벳 등으로 안감을 댄 모자 형태다. 프랑스에서는 16세기에 프랑수아 1세가 신성로마제국 카를 5세와 서유럽 지배권을 놓고 다투던 시기에, 황제의 왕관 디자인을 경쟁적으로 프랑스 왕관에 적용했다. 여기서는 로베르가 생루엉브레 후작에서 게르망트 왕족으로 승격되었음을 나타낸다.

을 위한 **위장**이다. 동성애자는 보호색이 필요하고, 이성 친구나 배우자는 효과적인 엄폐물이다. 같은 남자를 사랑했음에도, 생루와 샤를뤼스가 나뉘는 지점이다. 생루가 질베르트의 존재로 세간의 의심을 피하면서 모렐을 당당히 집으로 불러들이는 것과 달리, 갖은 추측과 소문이 난무하는 가운데도 꿋꿋이 독신을 유지하면서 모렐을 양자 삼으려는 샤를뤼스는 너무나 자명한 동성애자여서 지탄받는다.

"인생에 대한 자신의 관점을 지지하는 사람들"을 좋아하는 샤를뤼스가 예순 살에 가까운 나이임에도 "학구적이고 사려 깊은 청춘들"이 모이는 라탱 구역을 즐겨 찾고, 브리쇼 교수의 초대로 소르본대학교 강의실에 참관자로 앉아서, 순수한 열기를 뿜어내는 젊은이들을 후원자 귀족의 마음으로 흐뭇하게 바라볼 때, 이 늙은 게이는 왜 손가락질을 받아야 하는가.(「소돔과 고모라」 2부 3장)

모렐과 샤를뤼스의 '부도덕'한 관계에 대한 사람들의 분노는 발작적이고, 잘못된 것을 바로잡겠다는 표독한 정의감에는 원한에 가까운, 영문을 알 수 없는 악의가 있다. 베르뒤랭 부인의 수요회가 샤를뤼스에게서 모렐을 떼어놓고, 남작에게만 특별히 처참한 고통을 가하려고 준비 중일 때, '마르셀'은 "이 가장 나약하고 불행한 자의 편에 서고 싶은" 마음이 된다.

기호와 취향에 민감한 부르주아는 자신이 아는 인물들 가운데 '누가' 게이이고, '얼마나' 게이이며, 게이들은 '어떻게' 사랑하는지를 집요하게 알려 한다. 『시간』 속 인물들의 이러한 행태는 오늘날처럼 개방된 사회에서도 여전하다. 아니, 어쩌면 더 부덕한 방식으로 극심해지고 있는지도 모른다. 우리의 관심사가 오로지 섹스를 누구/무엇과 어디로/어떻게 하는가에만 쏠려 있다면, 그러한 '앎'은 우리가 즐겁고 자유롭게 사랑하는 데 어떤 유익을 가져다주는가.

현대인은 가장 폭넓은 사생활의 자유를 주장하는 동시에 가장 내밀한 사적 영역인 섹스와 사랑을 공공의 장으로 끌어냈다. 부도덕에 대하여 면역된 21세기인은 각양각색의 폭력과 패륜을 '콘텐츠'로 즐기면서 또한 처벌하는 제도를 운영하고 있다. 이토록 노골적으로 음란을 소비하는 동시에 단죄하는 시대는 인류 역사상 처음이다. 인간들 간의 물리적 실제적 접촉이 줄어들수록, 인터넷은 애정결핍에 시달리는 공허한 마음을 위로하는 인공낙원이 되어가고 있다. 개인 각자가 견뎌내고 있는 삶의 무게와 부피가 휘발된 그곳에서는 온갖 자백 폭로 은폐 왜곡이 연중무휴 계속된다.

선명한 자의식은 현대인의 특징이고, 여기에는 성정체성 또는 성적지향에 대한 선명성 요구도 포함된다. 그 결과로 젠더와 섹슈얼리티는 각각의 속성과 특이성에 따라 8가지,

16가지 또는 64가지 유형으로 점점 세분화되고 있다. 이러한 정교한 범주화가 다양한 성행동과 성적지향을 이해하고 저마다의 개성을 존중하려는 선의의 동기에서 시작되었다 해도, 사랑이 성행동과 등가인 한, 그것은 결코 목표를 이루지 못할 것이다. 모든 사랑에는 얼마간의 플라토닉이 필요하다고 나는 믿는다.

생각해 보면, 동성애에 대한 이성애자의 과민한 공포심은 우스꽝스러운데, 게이에게도 취향과 안목이라는 것이 있지 않겠는가. 세상 모든 여자가 남자를 덮치려고 안달하지 않듯이, 게이라고 해서 남자면 다 좋을 리 없다. "평생 동안 가장 많이 한 성행위가 자위"였던 조신한 게이 프루스트가 『시간』을 통해 묻고 있는바, 만일 동성애가 악덕이라면 그것이 인간의 유일한 악덕이겠는가. 동성애자는 육체의 쾌락에만 몰두하는 색광이 아니고, 인간이 이성애의 형식을 취해 저질러온 만행의 역사는 장구하다.

사랑에 관한 감각적인 소설임에도 『시간』에는 성애의 직접적 사실적 묘사가 전혀 없다. 사랑은 수만 가지의 소리 빛깔 향기 온도를 가진 사물들로 **환유**되지만, 어떤 사적 순간도 모방적이지 않다. 중요한 것은 사건/행위가 아니라, 그로 인해 일어나는 주관적 감각들이 얼마나 적확한 기호/언어로 치환되느냐다. 들뢰즈가 이 연애소설의 화자를 "오로지 기호에만 반응하는 감각기관들 없는 신체"(『프루스트와 기호들』 2부, 결론)라고 한 이유도 이 때문이다.

『시간』은 문학에 대하여 고집스럽게 순정했던 프루스트가 완곡어법으로 엮어낸 사랑 이야기고, '마르셀'은 눈부시게 찰랑이는 언어의 그물 위에서 사랑에 관한 어휘들을 고요히 사색하는 플라토닉한 거미다.

— 많은 비, 어두컴컴한 한낮

권총을 두고 와서 아쉽게 됐군

믿기 어렵겠지만, 프루스트 연구자들이 공통적으로 증언하는바, '마르셀'의 유머 감각은 굉장하다. 이 재능을 어머니로부터 물려받은 프루스트는 어릴 때부터 가족들과 지인들에게 코미디언으로 통했다.

프루스트의 유머에는 서로 다른 두 갈래 방향이 있는데, 한쪽은 온도를 딱 맞춘 고소한 거품의 크림색이고, 반대편은 풀메탈재킷(full-metal-jacket)을 입힌 총탄의 무정한 구릿빛을 띤다. 따뜻한 쪽은 생활세계의 습관에서 우러나는 해학이고, 차가운 쪽은 초현실적 각성으로써 날아오는 냉소다. 특히 후자는 『시간』의 문학성과 깊은 관련이 있다.

이른바 순문학에서 '씨팔'이라는 단어를 처음 봤을 때의 놀람은 아직까지 선명하다. 서양문학에서는 1960년대 말부터, 한국문학은 1990년대 후반부터, 그리고 외국문학의 한국어 번역본들에서는 대략 2000년대 중반부터, '좆같다'를 '젠장'으로 순화하지 않고 쓰기 시작한 것 같다. 날것 그대로 재현된 쌍욕은 문학의 엄숙주의에 대한 저항이었고, 짜릿한 위반의 쾌감을 안겨주었지만, 효과는 오래가지 않았다. 서사 창작물은 물론이고 일상어에서도 '시발'과 '졸라'가 수식어이자 감탄사이자 종결어미로 활용되는 시대에 욕은 미학적 가치를 얻지 못한다. 프루스트는 씨팔보다 백배는 무서운 욕을 발레리나가 피케턴[45]하듯이 사뿐사뿐 한다. 예를 들면 이런 식이다.

자신이 타인에게 하는 무례한 말은 '뼈 때리는 직언'이고 남이 자기를 평가하는 것은 '비열한 공격'이라고 여기는 블로크는 종종 '마르셀'에게 "선의에서 우러난" 핀잔을 놓는다. 간절히도 게르망트 일가와 친분을 맺고 싶었던 블로크는 '마르셀'의 주선으로 생루와 저녁식사를 함께하는 데 성공한다. 그러고는 '마르셀'에게 이런 말을 한다. "네가 생루와 어울리는 것은 귀족을 선망하는 부르주아의 스노비즘 아니냐? 너는 속물이다."

이에 대한 '마르셀'의 논평은 다음과 같다. "비록 선의가 사리사욕 때문에 마비돼 실천으로 이어지지 못하더라도, 그것은 틀림없이 존재하며, 아무리 끈질긴 이기심이라도 그것을 저지할 수 없는데, 그 선의가 실현되는 방식의 예를 들자

---

45 piqué turn. 발끝으로 선 한쪽 다리를 축으로 가볍게 빙글 돌면서, 다른 쪽 다리를 곧게 뻗었다 접으며 앞으로 나아가는 귀여운 동작이다. 사실 발레 동작에 대해서는 잘 모르는데, '피케'가 프랑스어로 창, 찌르다, 꼬집다 등의 뜻이라기에 써본 비유다.

면, 어떤 사람이 신문이나 소설을 읽을 때, 허구의 이야기의 애독자로서, 약자와 의로운 자와 박해받는 자들에 대한 온정이 그의 마음에서 싹트고 꽃피고 자라나는 것과 비슷하다, 그가 비록 현실에서는 살인자일지라도. 인간의 결함은 인간의 미덕만큼이나 경이롭게 다종다양하다. '세상에서 가장 흔해 빠진 것'은 **도리(bon sens)**가 아니라, **선의(bonté)**다."(「꽃피는 소녀들의 그늘에서」 2부)

또 다른 예로, 매일 아침부터 밤까지 골프장 댄스홀 카지노를 순회하며 놀기 바쁜 부르주아 청년 옥타브에 대해서 '마르셀'은 다음과 같이 재기발랄하게 비웃는다. "세상에는 '아무것도 하지 않는 것'을 견디지 못하는 아무것도 하지 않는 사람들이 있는데, 그 완벽하게 아무것도 하지 않는 상태는 그들의 신체와 근육뿐만 아니라 성격에까지 장기간에 걸친 과로와 동일한 영향을 끼쳐서, 옥타브의 명상적인 이마 안쪽에 고이 모셔진 채 일절 쓰이지 않은 지성이 마침내, 구김살 없이 평온한 그에게조차 생각하고 싶은 간절한 열망을 불러일으켜, 결국 그는 생각에 지쳐 잠들지 못하는 수면부족의 형이상학자와 닮게 되었다."

'옥타브'의 모델은 부유한 부르주아 출신 극작가 장 콕토(Jean Cocteau, 1889~1963)로 알려져 있다. 콕토는 위의 묘사가 수록된 「꽃피는 소녀들의 그늘에서」를 읽은 뒤 프루스트와 절교했고, 프루스트는 이 『시간』 2편으로 1919년 공쿠르상을 수상했다.

프루스트의 위트는 **서캐즘(sarcasm)**의 속성을 갖는다. 야유하다, 놀리다, 비꼬다 등으로 번역되는 이 단어는 16세기부터 '통렬한 풍자'의 개념으로 쓰이기 시작했다. 하지만 어원적으로 서캐즘은 새타이어(satire, 풍자)가 아니라 시니컬과 근친관계에 있다.

로마신화에서 곡물의 여신 케레스에게 바치는 '음식을 한가득 담은 접시'라는 뜻의 라틴어 '란스 사투라(lanx satura)'에서 유래한 새타이어는 세월이 지나면서 '뒤죽박죽 잡탕'의 의미로 변했고, 언제나 정치사회적 맥락에서 쓰였기 때문에, 엄밀히는 세태 비판을 뜻한다. 이와 달리, 서캐즘은 고대 그리스어 사르카스모스(sarkasmós)에서 왔는데, 살[肉]을 뜻하는 '사르코스'를 (개처럼) 물어뜯는다는 의미인 만큼, 으르렁거림[46]에 불과한 시니컬보다 강도가 훨씬 세다.

맹견(猛犬) 프루스트가 무언가/누군가를 물어뜯기로 작정했다면, 그 대상은 얄팍한 거죽을 갈가리 찢겨 음험한 속내를 만천하에 들키고 만다. 하지만 그 과정은 진흙탕 개싸움처

---

46 241쪽 33번 각주 참조.

럼 요란하기보다, 능숙한 푸주한의 절제된 칼질처럼 매끄럽고, 고도로 훈련된 저격수의 총탄처럼 기습적이다. 무심히 글자를 읽어가던 독자는, 예기치 못한 타이밍에 불현듯 날아온 일격에, 선의 지성 온정의 제스처로 은폐하려던 내심을 관통당한다.

노르푸아 후작이 마음에 없는 생색내기용 '후의'를 약속했을 때, 소년 '마르셀'이 어린애다운 순진함으로 열렬한 감동과 감사를 표하자, 싸늘하게 식어가는 그의 얼굴은 인간의 못된 습성 중 하나인 심술—남이 잘못되는 모습을 지켜보며 즐거워하는 마음—을 부지불식간에 표출한다. 그것은 "우리가 어쩌다 거리에서 모르는 사람과 꽤 즐겁게 대화를 나누게 되었고, 오가는 행인들의 천박함에 대해 논평하면서 서로 의견 일치를 보았는데, 불현듯 그가 주머니를 더듬더니 '이런, 권총을 두고 와서 아쉽게 됐군, 안 그랬으면 모조리 쏴버렸을 텐데!'라고 태연히 내뱉음으로써, 그와 우리 사이에 놓인 **병적 심연(l'abîme pathologique)**을 드러낼" 때와 같은 충격을 안긴다.(「꽃피는 소녀들의 그늘에서」 1부) 가혹한 이기주의자를 이런 문장으로 묘사할 수 있는 작가는 프루스트뿐이다.

프루스트는 맞수 없는 희대의 총잡이, 무자비한 언어의 연금술사다. 그래서 프루스트의 어떤 문장들은 우리를 불편하게 한다. 보통의 상식을 가진 사람들이 사회적 위신, 평판,

처벌 가능성 등을 염려해 발설하지 않는 위험한 생각들을 몽땅 끄집어내기 때문이다. 인간의 협소한 마음속에는 갖가지 부도덕한 정념이 불분명한 반죽 상태로 꿀렁거리고 있다. 그중 일부가 순간적 방심이나 약간의 외력에 의해 표면으로 솟구쳐 나오면, 사람들은 경악하며 그를 욕한다. 그러나 비난과 험담을 그토록 즐겨하는 우리 자신은 이러한 병적 파토스[47]에서 과연 자유로운가.

글쓰기와 관련해 가장 흔한 조언 중 하나는 '솔직하게 쓰라'는 것이다. 그렇지만 나는 이 조언의 허위와 부작용 사례를 수없이 보았다. 정말로 많은 사람이 '솔직하게'의 뜻을 오해한다. 솔직한 글쓰기는 자신이 겪은 상황, 그때의 감각이나 증상, 기분을 세세히 늘어놓는 것이 아니다. 이야기로 재구성되는 순간에, 모든 사실들에는—설령 실제 경험담이나 목격담일지라도—변형이 일어난다. 미화 폄하 정당화 왜곡 착오 조작 등. 글을 쓸 때 사람은 누구나 자신의 인간적 결점을 진솔하게, 그러나 세심하게 정제해 고백함으로써, 통념을 크게 거스르지 않으려고 노력한다.

---

47 이성에 따라 절제하고 금욕하는 삶을 추구한 스토아학파는 순간적 충동, 격정을 뜻하는 파토스(pathos)를 '질병'으로 규정했고, 그로부터 파톨로지(pathology, 병리학)라는 단어가 파생되었다.

문학적 솔직함은 선정적 르포, 적나라한 내부고발, 악의에 찬 일기장, 자질구레한 가계부가 아니다. 문학적 솔직함은 개인적이고 특수한 것으로서의 내 경험과 생각을 나로부터 가장 멀리 떨어져 있는 존재의 시선으로 조망하는 것이다. 내면의 모든 음흉한 구석들을 타자의 눈으로 투시해 원근감을 얻는 것이다. 가장 밑바닥에 있는 비가시적 욕망들에까지 세균학자의 초연함으로 현미경을 들이대는 것이다. 언어, 즉 문체는 이 조감도를 실질적으로 이루고 있는 점 선 면 색 음영이다. 작가는 오직 문체로써만 평면적 인간 이해를 극복할 수 있다.

문체와 사유, 문체와 발상, 문체와 구조는 불가분의 관계에 있고, 그래서 예술작품의 표절이 그토록 심각한 부정행위로 여겨지는 것이다. 문체에 대하여 나태한 현대 소설가는 자기 문체의 독창성을 너무 쉽게 확신한다. 그런데 그가 쓴 문장들이 그의 내면으로부터 건져 올린 고유한 것, 그만의 독창적 사유와 감수성이 맺은 최초의 결실이라는 자신감은, 그가 무엇인가를 '읽지 않았으므로 베낄 수도 없었다'는 빈약한 사실에 기초한다. 그의 믿음은 무지로써 겨우 보존되는 착각이다.

『시간』을 읽으면서, 지금껏 내게 큰 감명을 주었던 수많은 현대소설의 구절들이 이미 100년 전에 프루스트에 의해 쓰였던 것임을 발견할 때마다 나는 언어도단의 충격을 느꼈다. 그것은 '창의적 표현'의 정의를 다시 질문하게 만들었고, 문학이 결국은 문체적 개성에 의해서만 변별된다면, 우리가 읽고 있는 이것들은 다 무엇인가라는 비관적 물음에 부닥치게 했다.

글자 그대로는 아니더라도 동일한 의미 맥락을 가진, 보다 명징하고 진실한 통찰이 담긴 프루스트의 문장들을 본다면, 현대 작가들은 자신의 발상이 표절처럼 느껴질지 모른다. 버지니아 울프가 『시간』을 읽다 그만둔 것은 잘한 일이다. 작가적 야심이 클수록, 프루스트를 자세히 읽는 것은 창작의 동력으로서의 자기애를 손상시킬 수 있다.

문체에 무관심한 현대 독자는 색다른 이야기를 탐한다. 그러나 방금 논박되었다시피, 발상으로서의 이야기보다 훨씬 다양한 가능성을 누리는 문체조차도 이렇게나 진부한 되새김질인 마당에, 우리를 경악게 할 전무후무한 서사가 과연 인간의 상상력으로 가능할지 모르겠다. 그럼에도 여전히 부인할 수 없는 사실은 있다.

사유는 문체를 만들고, 촘촘하고 면밀한 사유는 유사품들에 의해 부식되지 않는 강도 높은 문체를 생산한다. 그리고 문체는 유머를 통해 상투적 도덕주의를 넘어서는 탄성력을 얻는다. 현대소설에서 눈이 번쩍 뜨이는 서캐즘을 찾아보기 어려운 것은, 언제부턴가 작가들이 통쾌하게 야유하는 자기만의 문체를 욕심내지 않게 되었기 때문이다.

물론 대중 독자는 어느 시대에나 문학에서 자신을 닮은 어둠을 보기를 두려워한다. 독자는 타인의 모순을 손가락질하고, 고통에 열광하고, 불행을 고소해하면서, 스스로는 불편부당한 구경꾼이라 믿는다. 그러나 허구의 존재들에 대하여 우리가 갖는 분노 연민 희망 인간애의 용도는 무엇일까. 온정과 선의를 현실에서 실천하려는 의지가 부족할수록, 문학은 우리의 기만적 죄책감을 덜어주는 값싼 면벌부가 아닌가.

가슴 따뜻해지는 이야기, 심금을 울리는 감동적인 이야기는 읽기도 쓰기도 쉽다. 그러나 눈살을 찌푸리면서도 웃을 수밖에 없는 글, 그 글과 그것을 쓴 작가를 비난할 자격이 자신에게는 없다고 독자 스스로 느낄 만큼 솔직한 글을 쓰는 데는 용기 이상의, 직업적 성실성이 필요하다.

— 강풍특보, 아침 8시

인간은 수천 년 동안 지대한 관심으로 사랑과 성애를 탐구하고 실천하고
노래하고 꿈꿔 왔으면서도, 여전히 욕망의 속성을 오인하고 있으며,
여자들의 성애에는 아직 이름조차 없다.

5

파라노이아: 셉 — 페드르 — 불가항력 — 서스펜스

셉은 생성과 파괴의 전능한 패턴으로 『시간』의 어디에나 두루 작용한다. 셉은 눈에 띄는 표식, 무시할 수 없는 징조로 거듭된다.

'마르셀'이 열두어 살 무렵 쓰는 최초의 글은 **세 종탑**에 관한 묘사다. 어느 오후에, 너무 멀리까지 산책을 나갔던 '나'는 급히 왕진 가는 마을 의사의 마차를 얻어 타고 집으로 돌아오게 된다. 프랑스 중부의 곡창인 시골 마을 콩브레는 1년 전이나 100년 전이나 한결같아서 속도가 없는 세계다. 그런데 질주하는 마차로 인해 풍경이 속력을 얻자, 마차꾼 옆자리에 앉은 '나'의 눈앞에, 이제껏 본 적 없는 광경이 마법처럼 펼쳐진다.

"외로이, 평평한 들판으로부터 솟아나, 그러고는 아득하게 트인 전원에서 길을 잃은 마르탱빌의 두 종탑이 하늘로 올라가고 있었다." 이렇게 시작하는 글은, 구불구불 휘어지며 구릉지를 따라 오르내리는 도로를 달리는 마차의 눈높이에서, 빠르게 바뀌는 시야 각도와 변화하는 풍경의 양상을 시적으로 소묘한다.

첫눈에는 마르탱빌 성당의 두 종탑만이 지표면에서 솟아오른 듯했으나, 곧이어 종탑은 셋이 된다. 더 멀리 있는 비외비크 성당의 종탑이 마르탱빌의 두 종탑 사이로 불현듯 끼어든 것이다. 잠시 후, 마르탱빌의 두 종탑이 일직선상에 놓이자 그것들은 하나로 합쳐지고, 하나의 비외비크 종탑을 마주보는 하나의 마르탱빌 종탑이 된다. 그리고 "어둠이 내려앉은 고독 속에 버려진 전설의 세 소녀"를 연상케 하는 종탑들을 마지막으로 돌아보았을 때, 셋이었던 종탑은 "핑크빛 하늘에 하나의 체념한 검은 형체만을 남기고" 소멸한다.(1편 1부 「콩브레」)

저물녘의 하늘 위에 이야기를 풀어내는 종탑들은 '마르셀'에게 희열에 찬 단어들로 인식되고, 그는 얼른 의사에게 연필과 종이를 빌려, 달리는 마차 위에서 단숨에 글을 완성한다. '마르셀'이 경이와 환희 속에서 바라보는 세 종탑의 변화무쌍함은 시점과 시간의 흐름에 좌우되는 **존재의 상대성**을 나타낸다. 우리는 독립적이고 고유한 개별자로 존재하지만, 인간의 눈은 세계를 한 번에 360도로 감관할 수 없기 때문에, 대상들은 그 본질로서 파악되는 것이 아니라, 시간의 흐름 속에서, 변화하는 관찰자의 시선에 따라 서술되는 각 면들의 합으로써 재구성된다.

이것이 '마르셀'의 첫 번째 문학적 순간이다. '나'에게는 대상들이 발산하는 순간적 인상을 포착하는 탁월한 감수성이 있고, 감각들은 언어의 형태로 지각되므로, 그것을 쓰고자 하는 열망은 자연스럽다. 그렇지만 이 글은 '나'에게 절망만을 안긴다.

세계가 뿜어내는 신비한 **인상**들은 찬탄을 자아낸다. 그러나 감각들을 묘사하고 싶은 순수하고 목적 없는 욕망만으로는 글이 되지 않는다. 문학은 파편화된 인상들의 기록 이상의 무엇이고, 사유를 거쳐 깊이와 넓이와 무게를 가진 실체에 도달함으로써 이룩되는 것이다. 하지만 글쓰기에 대해 생각하는 것만으로도 '나'는 에너지가 고갈되는 것을 느낀다. '마르셀'은 자신에게 "사유하는 재능"이 없다는 사실에 낙담하고, 작가의 꿈을 포기한다.

세 종탑과 유사한 문학적 순간을 '마르셀'은 발베크에서 한 번 더 경험한다. 빌파리지 부인의 마차를 얻어 타고 발베크 인근 시골 마을들로 나들이를 나갔던 '마르셀'은 어느 언덕길 근처에서 **세 그루의 나무**를 보게 된다. 콩브레와 흡사한 전원 풍경 속에 서 있는 그 나무들은 "신탁을 주러 온 신화 속 무녀들"이나 "목소리를 잃어버린 동화 속 슬픈 옛 사랑들"처럼

'나'에게 전하고픈 어떤 말을 가진 듯하지만, '나'에게는 그 이야기를 알아듣는 귀가 없다. "너에게로 가 닿으려고 애써 우리 자신을 추슬러 세운 이 길모퉁이에 다시 주저앉도록 우리를 내버려둔다면, 오늘 우리로부터 들어 알았어야 할 것을 너는 영원히 알지 못하게 되리라."(2편 2부 「고장들의 이름—고장」)

프루스트의 통찰은 모든 시대에 유효한 문학의 보편진리, 즉 공리라 할 수 있다. 인간은 누구라도 글쓰기에서 일시적으로 기쁨을 느낄 수 있지만, 작가가 된다는 것은 전혀 다른 얘기다. 작가에게는 이야기의 소재가 필요하고, 소재를 알아보는 눈이 필요하며, 그것이 왜 이야기되어야 하는지를 사유할 수 있어야 한다. 그런 다음 끈질기고 성실한 노력을 기울여, 그 이야기를 **알맞은 언어로 옮겨 적어야** 한다.

먼 훗날 깨달음에 이른 '나'는 이 과정을 다음과 같이 쓴다. "유일하게 진실한 책은 우리 내면에 기존하며, 따라서 그것은 통념과 달리, 위대한 작가가 창안해 내야 할 무엇이 아니라, 다만 번역되어야 할 무엇이다. 작가의 책무와 일은 곧 번역가의 책무와 일과 같다."(「되찾은 시간」)

일생 동안 패배감에 절어 뒷걸음질하던 '마르셀'은 **세 번째의 문학적 순간**을 통과하고, 각성한다. 흥미롭게도 이 마지막 각성은 모든 영웅 전설의 통과의례가 그러하듯 세 단계의 **환기**를 거친다.

때는 1차 세계대전이 끝나고도 수년이 흐른 어느 날. '나'는 게르망트 대공 부인의 오후 연회에 참석하기 위해 저택이 위치한 불로뉴 숲 근처 가로수 길에 도착한다. 차에서 내려 저택 안마당으로 들어선 순간, '나'는 뒤이어 진입하는 다른 차를 피하려다 살짝 튀어나온 포석에 발이 걸려 넘어질 뻔한다. 이 **움직임**은 '나'와 어머니가 베네치아를 여행했던 시간을 순간적으로 되살려 낸다. 베네치아 산마르코 광장의 포석이 울퉁불퉁해서 걸을 때 비틀거렸던 감각을 매개로, 의식 속에 묻혀 있던 과거가 **지금, 다시 한번 경험하는, 현재**로 소생하는 것이다.

두 번째는 대공 부인의 서재 겸 응접실에 앉아 기다릴 때다. 손님께 대접할 다과를 준비하던 하인이 실수로 접시에 스푼을 부딪쳐 '쨍그랑' 소리를 낸다. 그 소리는 어느 여름날 발베크의 지방열차 안을 감돌던 담배 냄새와, 맥주병을 딸 때 나던 청량한 소리, 숲길에 잠시 정차한 열차의 바퀴를 수리하러 내려간 철도원이 내던 금속성의 망치 소리를 기억에서 건져 올린다.

그리고 세 번째로, 하인이 내준 다과 접시를 받고, 냅킨으로 입가를 닦는 순간, 그 촉감은 맨 처음 벨베크에 도착했던 날, 그랑 호텔 객실의 빳빳하게 풀 먹인 바다색 냅킨을 환기시키고, 이때 비로소 '나'는 어린 시절 어머니가 홍차에 적셔 주던 마들렌 과자의 맛으로 돌아가는 것이다.

오감이 총동원된, 감수성과 기억의 **르네상스(Renaissance, 재생)**를 연달아 세 번 경험하는 사이 '나'는 물질적 불완전성이 모두 제거된, "지극히 순수하며 비물질적인 것으로서의 삶의 순간들을 음미"하고, 문학에의 희열을 회복한다. 이 각성의 기쁨으로부터, 이제껏 분리되어 있던 자아들의 합일이 일어난다. 이야기하는 '나', 이야기되어지는 '마르셀', 그리고 메타서술자 '거미'는 마침내 **작가인 나 마르셀**로서, 이 자전적 글쓰기의 진정한 주체가 되는 것이다.

「되찾은 시간」의 이 장면은 『시간』을 대표하는 철학적 에피소드로 널리 회자된다. 그것은 장구한 세월 속에, 뿔뿔이 흩어진 기억 속에, 낱개로 부유하던 여러 감각들과 인상들이 대통합을 이루는 아름다운 장면이다. 번민과 비통을 인내하며 지나온 그 많던 페이지들이 거대한 음표들의 파도가 되어 대단원을 향해 몰려온다. 그것은 한낱 습벽으로서의 독서가 웅장한 교향악으로 상승하는 감격적인 순간이다.

— 밤바람 신선한 11시

파라노이아: 셋—페드르—불가항력—서스펜스

'마르셀'은 일생 동안 세 여인(질베르트, 오리안, 알베르틴)을 사랑하지만 아무와도 결혼하지 않고, 생루는 일생 동안 세 사람(라셸, 질베르트, 모렐)을 사랑하고, 그중 가장 덜 사랑한 질베르트와 결혼한다. 반면 부르주아 살롱의 숙적 베르뒤랭 부인과 오데트는 목표로 하는 신분에 도달하기 위해 세 번 결혼한다. 『시간』에서 사랑 때문에 결혼하는 인물은 스완이 유일하다.

삼각관계는 연애소설의 진부한 소재지만, 『시간』은 모든 관계가 세 개의 꼭짓점을 갖는다는 점에서 병적이다.[『시간』의 삼각관계들: 나×질베르트×남장한 레아(오인된 삼각관계), 나×알베르틴×레아(의심받는 삼각관계), 나×앙드레×알베르틴(거짓 삼각관계). 생루×(숨겨진 모렐)×라셸, 생루×라셸×질베르트(질베르트의 일방적 삼각관계), 생루×모렐×질베르트(위장용 삼각관계). 샤를뤼스×모렐×쥐피앵의 조카딸(회피적 삼각관계), 샤를뤼스×모렐×(숨겨진 레아!), 샤를뤼

스×모렐×생루(샤를뤼스의 일방적 삼각관계). 스완×오데트×포르슈빌 백작(비교적 전형적인 삼각관계).]

만일 세 개의 종탑이나 세 그루 나무가 세 사람에 관한 상징이고, 그들 모두가 삼각관계 속에 있다면 경우의 수는 폭발적으로 증가한다.[48] 이 복잡한 관계성으로부터 긴장과 끌림, 은폐와 폭로, 비밀과 거짓말이 생겨난다. 특히 '마르셀'의 알베르틴에 대한 사랑은 5편 「갇힌 여인」, 6편 「사라진 알베르틴」을 거치면서 편집증의 양상을 띠는데, 여기에는 보다 **원초적이고 불가피한 비극의 조건**이 있다.

그것은 일찍이 세 개의 종탑에서 계시된바, 똑같은 두 종탑(마르탱빌 성당)과 다른 한 종탑(비외비크 성당), 두 동성과 한 이성의 삼각관계다. '마르셀'이 소년기에 열광했던 여배우 라베르마의 대표 공연 레퍼토리였던 「페드르」는 이 예외

48 세 사람(1, 2, 3) 사이에 가능한 삼각관계는 통상 '한 사람을 사랑하는 두 사람'으로 생각된다. 커플 가운데 어느 한쪽을 나머지 한 사람도 사랑하는 것이다. 이 경우의 수는 6가지다.[{1×2←3}, {3→1×2}, {2×3←1}, {1→2×3}, {3×1←2}, {2→3×1}] 하지만 한 사람이 두 사람을 동시에 사랑하는 삼각관계도 있지 않은가.[{1×2, 1×3}, {2×1, 2×3}, {3×1, 3×2}] 이제 경우의 수는 9가지로 늘어난다. 또는 사랑의 화살표가 일방향인 삼각관계도 있다.[{1→2→3}, {2→3→1}, {3→1→2}] 이로써 경우의 수는 12가지가 되었다. 그런데 세 사람이 꽤나 자유분방하다면 이런 관계도 가능하다.{1×2, 2×3, 3×1} 그러나 어쩌면 셋은 각자 홀로인 채 아무도 사랑하지 않을 수 있다.{1, 2, 3} 참고로, 이 연애의 경우의 수는 세 사람의 성별과 성적지향을 고려하지 않는다. 젠더 요소는 개인 각자의 주관에 따라 수용 가능성이 가변적이므로, 일반적 경우의 수를 따질 수 없다.

적인 사랑을 이해하는 데 귀중한 단서를 제공한다.

*——

장 라신(Jean-Baptiste Racine, 1639~1699)이 1677년 초연한 『**페드르(Phèdre)**』는 17세기 프랑스 고전주의를 대표하는 희곡 중 하나다. 르네상스 이후 프랑스에서 고도로 양식화된 '고전극'은 아리스토텔레스의 『시학』에 기초한 '고대극'의 규범을 추종하며, 대개 신화적 주제와 소재를 차용해 재해석한 작품들이다. 프랑스 고전극의 3대 작가로는 코르네유, 몰리에르, 라신이 꼽히지만, 코르네유와 몰리에르가 프랑스적 풍자 정신으로 명성을 날렸다면, 라신은 고전극의 이념에 가장 부합하는 진지한 비극들로 이름을 얻었다.

『페드르』는 고대 그리스의 비극 작가 에우리피데스(Euripidēs, 기원전 484?~기원전 406?)의 『히폴뤼토스(Ἱππόλυτος)』를 토대로, 로마제국 시대 철학자이자 극작가였던 세네카(Lūcius Annaeus Seneca, 기원전 4?~서기 65)의 『파에드라(Phaedra)』를 참조해, 라신이 17세기적으로 재해석한 비극이다. 각기 다른 버전의 서사를 비교하기 용이하도록 인물관계도와 이름 표기를 다음과 같이 정리한다.

	에우리피데스	세네카	라신
아테네 왕	테세우스 (Theseus)	테세우스 (Theseus)	테제 (Thésée)
왕비	파이드라 (Phaedra)	파에드라 (Phaedra)	페드르 (Phèdre)
왕비의 유모	이름 없음	이름 없음	오이노네 (Oenone)
테세우스의 아들	히폴뤼토스 (Hippolytos)	힙폴리투스 (Hippolytus)	이폴리트 (Hippolyte)
아테네 왕족	×	×	아리시(Aricie)
사랑의 여신	아프로디테	베누스	×
순결의 여신	아르테미스	디아나	×

이름 표기 비교

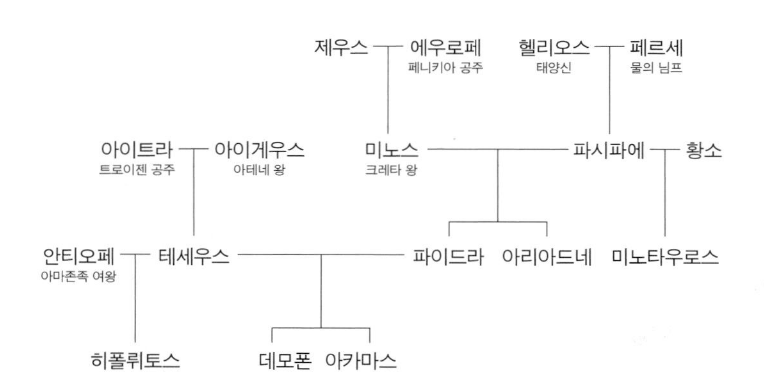

파이드라 인물관계도

고대극과 고전극의 가장 큰 차이는 파국의 원인이 어디에 있느냐다. 고대극에서 비극의 원인은 인물에게 운명으로서(출생에 의해, 신탁으로) 주어진다. 영웅은 운명에 따라 명예롭게 죽고, 악인은 운명에 따라 저주받아 죽는다. 생사와 희비를 모두 신이 결정하므로, 인간은 죄의 책임에서 자유롭다. 고전극에 이르면 운명과 과업의 당위성이 줄어들면서 파국은 인물 내면의 결함에서 기인하는 것으로 바뀐다. 이 전제 조건을 염두에 둘 필요가 있다. 그렇지만 어느 모로 보나, 이 일가에 닥친 비극은 아버지 테세우스의 여성 편력과 무관하지 않다.

그리스신화의 영웅은 반인반신이다. 혈통의 절반은 신이기 때문에, 신들의 뜻에 따라 예언된 '남다른 삶'이 있다. 그리스신화의 3대 영웅 중 헤라클레스가 제우스의 아들이고, 아킬레우스가 바다의 님프 테티스의 아들이듯이, 테세우스는 포세이돈의 아들로 여겨진다. 어머니 아이트라가 아이게우스 왕과 동침한 날에 포세이돈과도 동침했기 때문이다. 그래서 테세우스에게는 포세이돈에게 소원을 빌면 세 번 반드시 이루어지리라는 신탁이 있다.

출처에 따라 다양한 이본이 존재하는 신화의 내용을 요약하기는 매번 어렵지만, 그럼에도 '파이드라 비극'은 보편적으로 다음과 같은 전사(前事)를 가지고 있다. 아테네 왕위에 오르고 얼마 지나지 않아 테세우스는 흑해 연안의 여전사 부족인 아마조네스 정벌에 나섰고, 여왕 안티오페(또는 히폴리테)를 납치해 와 아들 히폴뤼토스를 낳았다. 이후 미노스 왕이 미궁에 가둬둔 괴물 미노타우로스를 처치하러 가고, 도움을 준 공주 아리아드네에게 사랑을 맹세한다. 임무를 완수한 테세우스는 아리아드네를 데리고 귀향하다가 낙소스섬에서 잠든 그녀를 홀로 버려두고 온다.

테세우스는 아리아드네의 자매인 파이드라를 두 번째 아내로 맞는다. 그러고는 또 절친인 테살리아 왕 페이리토오스가 하데스에게 납치된 페르세포네를 아내로 삼으려고 저승으로 내려갈 때 동행했다가, 그곳에 발이 묶이고 만다. 테세우스가 페이리토오스의 저승행을 함께한 이유는, 테세우스가 스파르타 왕의 양녀 헬레네를 아내로 삼으려고 유괴하러 갈 때 그가 함께해 주었기 때문이다.

파이드라 신화는 여러 시대 많은 작가가 소재로 다뤘다. 가령, 로마 시인 오비디우스는 『변신 이야기』에서 결말이 살짝 다른 버전—죽었던 힙폴리투스가 신들의 도움으로 다시 살아나는—을 제시하기도 했다. 그렇지만 가장 널리 알려진 비극은 역시 소크라테스와 동시대인이었던 에우리피데스의 『히폴뤼토스』다.

비극의 발단은 아프로디테의 분노다. 사랑과 미의 여신은 질투심이 강해서 자신을 공경하지 않고 아르테미스에게만 **순결**을 맹세하는 히폴뤼토스를 응징하고자 한다. 아프로디테의 수법은 지독한데, 벌주고자 하는 인간을 누구보다도 괴롭힐 수 있는 인물에게 에로스를 보내, 사랑으로써 인간들이 서로에게 가장 끔찍한 존재가 되게 한다.

하계로 내려간 남편이 오랫동안 돌아오지 않자, 의붓아들 히폴뤼토스를 처음 본 이래로 줄곧 연정을 품어왔던 계모 파이드라는 "숨겨야 하고, 숨기려 애쓰지만, 또한 **너무나도 말하고 싶은** 사랑"을 참는 것이 점점 고통스러워진다. 파이드라의 사랑은 최악의 짝사랑이고, 결코 이루어지지 않으면서 벗어날 수도 없으므로, 형벌과 같다. **발설하는 것만으로도 죄**인 파이드라의 사랑은 **잔인한 병**이다.

시름에 죽어가는 왕비를 걱정하던 유모는 히폴뤼토스를 찾아가 파이드라의 사랑을 대신 전하고, 단호히 거부당하고, 이를 안 파이드라는 목을 매 자살한다. 문제는 그녀가 자신의 죽음이 히폴뤼토스 때문이라는 유서를 남김으로써, 자신의 명예를 지키고자 그를 무고(誣告)한 것이다. 때마침 저승에서 살아 돌아온 테세우스는 아들이 감히 자신의 아내를 범하려 했다는 데 분노해(아내의 죽음보다 정조가 더 문제 된다) 그를 저주하고 추방한다.

해안을 따라 말을 달리던 히폴뤼토스는, 테세우스의 소원은 반드시 이루어진다는 신탁에 따라, 바다에서 솟아 나온 **황소**에게 죽임을 당한다. 이에 히폴뤼토스의 수호 여신 아르테미스가 나서서, 죽어가는 아들과 아버지를 화해시킨다. 에우리피데스 비극은 신에서 비롯한 문제가 신에 의해 마무리되는 그리스극의 범례를 충실히 따른다.

세상 만물이 오직 사랑의 지배만을 받기 바라는 아프로디테는 그리스신화에서 꽤 골칫거리로 여겨진다. 그녀는 신 인간 동물을 가리지 않고 욕정을 불러일으키는 마법의 허리띠 '케스토스 히마스(kestós himás)'를 갖고 다니며 수많은 존재들과 정사를 치른다.

그녀는 신의(fidelity)의 대척점에 있고, 그래서 가정의 수호신 헤라와 앙숙이다. 하지만 그리스인들이 아테나 여신을 유난히 사랑했던 것보다 훨씬 더, 로마인들은 베누스를 최고의 여신으로 숭배했다. 종교적 신실함이 부족했던 로마인들은 그리스신화의 극단성—신들의 대리자로서의 인간들의 운명—을 희석시키고, 보다 실용적이고 세속적인 이야기로 변형했다.

세네카의 극에서 파에드라는 간교하고 부정한 여인이 된다. 그녀는 하계로 내려간 남편이 죽었으리라 여기고(죽었기를 바라면서), 자신의 사랑을 정당화하려 한다. 명부(冥府)에서 살아 돌아오는 인간이 없으므로, 남편도 죽었다면, 내 사랑이 더는 죄가 아니지 않을까. 비록 힙폴리투스가 여자를 싫어하지만, 엄연히 남남인 그와 나 사이를 가로막는 절대적 불가능성만은 사라진 것 아닐까. "여자를 좋아하지 않는 남자라서 경쟁자를 걱정할 필요 없으니 좋구나."

그렇지만 세네카의 힙폴리투스는 아르테미스를 섬기는 순결한 숲의 청년 히폴뤼토스보다 훨씬 노골적인 여성 혐오자다. 여자를 증오하는 마음이 "판단에 의해선지, 본능 때문인지, 아니면 광기인지는 알 수 없지만" 그는 "여자를 싫어하는 자신이 만족스럽다". 따라서 파에드라의 고백은 차디찬 혐오의 눈초리만을 돌려받는다.

눈여겨볼 점은, 세네카의 파에드라가 제 입으로 직접 사랑을 호소하는 것이다. 힙폴리투스가 거절하자 파에드라는 자살하겠다며 그의 칼을 빼앗으려 하고, 이에 놀란 힙폴리투스가 그녀를 밀치자, 유모는 목격자를 자처해 테세우스의 아들이 왕비를 범하려 했다고 소리친다.

세네카 극에서도 파에드라가 의붓아들을 사랑하는 것은 베누스의 저주 때문이다. 하지만 로마의 베누스는 신다운 명분이 아니라 복수심으로 그렇게 한다. 파에드라의 외조부인 태양신 헬리오스는 과거에, 베누스가 군신(軍神) 마르스와 바람피운 사실을 베누스의 공식 남편 불카누스에게 밀고한 적 있고, 이 때문에 베누스와 마르스는 정사 중에 불카누스가 쳐둔 그물에 붙잡혀 알몸으로 공개 망신을 당했다. 베누스는 자신이 겪은 치욕에 대한 벌을 헬리오스의 후손, 즉 파시파에의 딸이 대신 받기 원한다.

로마의 세네카는 모든 면에서 육욕의 대결이다. 태양신의 딸 파시파에는 그리스신화 속 대표적 이상(異常)성욕자로, **황소**와 성관계를 맺어 미노타우로스를 낳았다. 그래서 파에드라가 의붓아들 힙폴리투스에 대해 근친상간적 욕망을 품게 된 **기질적 요인**으로 어머니 파시파에의 도착적 성애가 지목되곤 한다. 마찬가지로 힙폴리투스가 처녀신 디아나를 숭배하고 여자를 기피하는 것은, 아마존족 여왕 안티오페의 아들로서 **물려받은/유전되는** 동성애 성향으로 해석된다. **불(태양)의 딸**인 파에드라는 여성 혐오자 힙폴리투스에게 특히 흉측한 괴물이지만, 바로 그렇기 때문에 그녀는 날뛰는 정염을 제어할 수 없다.

세네카에서도 테세우스는 멀쩡히 살아 돌아오고, 파에드라는 자신의 만행이 발각될까 두려워 선수를 친다. 계모의 거짓 증언으로 힙폴리투스가 아버지에 의해 추방당하고, **황소와 뱀의 혼종인 바다괴물**에 찢겨 죽었다는 소식이 들려왔을 때, 무정한 테세우스는 태연하다. 하지만 색욕의 대상을 상실한 파에드라는 분노한다. 그녀는 남편 앞에서 힙폴리투스에 대한 사랑을 큰 소리로 선언하고, 이러한 결과를 초래한 남편을 비난하면서, 그가 보는 앞에서 제 가슴에 칼을 꽂는다.

상사병과 죄의식 사이에서 번민하던 그리스적 파이드라가 극의 절반이 겨우 지났을 때 서둘러 목을 매는 것과 달리,[49] 다혈질의 로마적 파에드라는 극의 마지막 순간에야, 연정의 대상을 잃고 사랑에 미친 여자로서 자결한다. 당당하고 파렴치한 파에드라는 테세우스에게 "이 계집을 본받아 죽는 법을 배우시라!"는 악담을 남긴다.

기독교 세계의 작가 라신은 『페드르』에 고대적 다신교 정신을 대체할 만한 여러 장치를 마련한다. 원전 신화 속 여신들 간 대결을 먼 배경으로 간략화하고, 페드르가 이폴리트를 사랑하는 실질적 인간적 이유를 만들어준다. 페드르는 이폴리트가 그 아버지 테제를 닮지 않았기 때문에, 불충한 남편과 달리 "수천 명의 다른 여자에게 찬사를 바친 적 없는" 순결한 남자라서, 그에게 끌린다. 그럼에도 여신의 꼭두각시나 욕망의 노예만은 아닌, 자유의지를 가진 페드르는 부정한 사랑에 굴복하지 않으려 노력했다. 이폴리트에게 **미움받으려고**

49 에우리피데스 비극의 나머지 절반은 아버지와 아들의 대결이다.

일부러 그를 괴롭혔고, 그를 보지 않으려고 아테네에서 추방하기도 했다.

페드르는 세 번 사랑을 고백하는데, 첫 번째는 유모 오이노네의 추궁에 답하는 형식을 취하고,[50] 두 번째는 이폴리트 앞에서 하는 실언이며,[51] 세 번째가 남편에게 하는 참회의 고해성사다. 그러나 페드르가 다른 두 여인보다 덜 죄인이라면, 그 이유는 그녀의 두 번째 고백이 남편의 사망 **소식** 이후에—"테제와의 혼인의 매듭이 끊어진 뒤에"—이루어지기 때문이다.

고대 그리스 로마 비극과 달리, 『페드르』에서 테제의 죽음은 한동안 기정사실이다. 그 때문에 아테네는 정치적 격랑에 휩싸인다. 테제의 장남 이폴리트, 페드르가 낳은 아들들, 그리고 테제가 왕위를 차지하기 전 제거했던 정적 가문의 유일한 생존자인 아리시 공주를 옹립하려는 세력들 간에 암투

---

50 "내가 사랑하는 건……."
"누굽니까?"
"내가 오랫동안 박해해 온 그 왕자……."
"이폴리트?"
"그 이름을 입 밖에 낸 건 너다."

51 "내 눈앞에 있는 남편을 보는 듯합니다."
"여왕님의 사랑은 놀라워요. 왕은 돌아가셨지만, 여왕님 눈에는 여전히 살아 계시는군요."
"그래요, 사랑합니다. 지옥에 내려간 그의 모습이 아니라, 내가 보고 있는 당신의 모습과 같은 그이를 사랑합니다."

가 벌어진다. 이폴리트는 어머니가 이민족이라는 결격사유가 있고, 페드르의 아들들은 아직 어려서 왕비가 섭정하게 될 것이며, 아리시 공주가 왕권을 차지하려면 테제의 아들들을 모두 죽여야 한다.

왕권 다툼에서 승리한 페드르는 이폴리트에게 왕위를 양보하고, 대신 자신과 이복동생들을 '가족'으로 받아들여 보살펴주기를 청원한다. 그리고 이때 테제가 귀환한다. 페드르는 이실직고하려 하지만, 오이노네는 이폴리트를 무고하자고 설득한다. 테제의 심문이 시작되자 유모는 거짓 진술을 하고, 이폴리트는 아버지 앞에 불려 온다. 그리고 라신이 준비한 반전이 펼쳐진다. 순결한 왕자 이폴리트는 순결한 공주 아리시를 사랑하고 있다. 그는 동성애자가 아니고, 다만 원수의 딸을 사랑하는 비밀을 숨겨왔을 따름이다. 테제는 극심한 혼란에 빠진다. "나를 배신한 자는 대체 누구인가?"

파국은 **질투**에서 비롯한다. 이폴리트가 아리시를 사랑한다는 사실, 이폴리트가 여자를 원할 수 있고 그럼에도 자신은 거부당했다는 사실을 알게 되었을 때, 페드르는 비로소 **불의 딸**의 면모를 드러낸다. 어차피 그들은 장차 서로 다시는 만나지 못하리라는 유모의 위로는 원한에 찬 페드르를 진정시킬 수 없다. "그래도 그들은 서로를 영원히 사랑하겠지!" 자존심이 박살 난 페드르는 악에 받쳐 소리친다. "내가 사랑을 고백했을 때 그들은 얼마나 비웃었을까." 그녀는 남편에게 그의 무고(無辜)한 아들의 죄상을 낱낱이 고한다.

극은 기존대로 끝난다. 이폴리트는 테제의 소원을 이뤄주는 넵투누스(포세이돈)의 괴물에게 죽고, "메데이아가 아테네에 가져온 독약"을 마신 페드르는 이폴리트에 대한 죄책감 속에 죽어간다. 페드르를 죽인 독약은 원래 메데이아가 테제를 죽이려고 만든 것이다. 잔인한 마녀로, 온갖 독(毒)에 능통하며, 질투의 화신인 메데이아는 아이게우스의 첫 번째 아내였을 때, 의붓아들 테제를 독살하려다 아테네에서 추방되었다. 헬리오스의 친손녀인 메데이아는 페드르와 사촌지간이다.

— 기습 추위에 깜짝 놀란 아침 5시 45분

파라노이아: 셋—페드르—불가항력—서스펜스

십대 때, 한 해 여름 동안 어울렸지만 휴가철이 끝나자 자연스럽게 각자의 세계로 돌아갔던 알베르틴이 '마르셀'의 파리 아파트에 불쑥 찾아온 것은 그로부터 몇 년이나 지난 뒤였다.[52] 그사이 몰라보게 변한 알베르틴의 외모에 '마르셀'은 "돌 속에 들어 있던 얼굴이 조각상이 되어 튀어나온 것처럼" 놀라워한다. 볼이 통통하고 거친 **소녀**였던 알베르틴은 어느새 신체 접촉에 거리낌 없는, 개방적인 **여자**가 되어 있다. 만지고 껴안아도 될 것 같은 이 "새로운 알베르틴"에게 '마르셀'은 기쁨과 호기심을 느낀다.[53]

애욕은 특정한 '몸'에 대한 반응이다. **어떤 육체가 특히** 나

52 소설 속 타임라인에 따라 계산하면 길어야 2~3년인데, '마르셀'의 묘사로만 보면 7~8년은 흐른 것처럼 읽힌다.

53 발베크에서 알베르틴은 '마르셀'에게 밤에 방으로 놀러 오라고 초대한다. '마르셀'은 소년다운 기대에 부풀어 그녀를 방문하고, 키스하려 다가가는데, 알베르틴이 질겁하며 거부한다. 이 사건으로 '마르셀'은 알베르틴에 대한 흥미를 잃는다.

의 욕망을 자극하는 것이다. 그렇기 때문에 성적 취향도 성적 지향도 의지로써는 잘 바뀌지 않는다. 그 사람의 성격이나 품성 같은 추상적 성질이 아니라, 구체적이고 고유한 물리적 개성에 사로잡히는 것이므로, 보편적으로 아름답거나 매력적인 것이 대체제가 되지도 못한다. 또한 몸의 관능은 즉각적으로 그리고 일시적으로만 충족되므로, 반복해서 다시 채우고자 하는 욕구, 즉 중독성을 띤다.

"언제나 나를 매혹하는, 절대로 싫증나지 않는, 형언할 수 없는 어떤 우아함을 오직 그대에게서만 발견하게 된다오."(「갇힌 여인」 1부) 알베르틴을 간절히 원하는 '마르셀'이 라신의 종교극 『에스테르』[54]에서 아하수에로 왕이 에스테르에게 하는 고백을 인용할 때, 그 욕망의 성격은 명확하다. 꼭 그 사람이어야 하는 이유는, 그 사람**만**이 그 육체의 소유자여서다.

알베르틴에 대한 '마르셀'의 호감은 그녀의 육체성으로부터 온다. 신분 재력 지성 교양이 한참 부족하고, 인격은 천박한 쪽에 가깝고, 도덕성은 희미하지만, 그럼에도 그녀와 잠자리가 가능할 것 같아서, 자꾸만 이끌리는 것이다. 발베크에서 처음 보았을 때부터 그는 알베르틴의 "검은 광선" 같은 눈빛

---

54 에스테르는 에스더의 프랑스어 발음이다. 사전 표기와 라신의 희곡을 구분할 필요가 있을 때만 '에스테르'로 썼다.

이 뿜어내는 도발의 열기를 감지했다.

그럼에도 **눈 뜬** 알베르틴, 동물적이고 고체인 그녀는 '나'에게 고통만을 안기는 존재다. 살아 움직이는 독자적 객체인 알베르틴은 소유되어지지 않는다. 그래서 '나'는 식물성의, 액체인, **잠든** 알베르틴만을 사랑할 수 있다. '나'는 그 곁에서 휴식할 수 있는, "실체가 완전히 알려진" 알베르틴을 원하지만, 그녀는 비밀을 감춘 존재고, 이 "미지의 알베르틴"이 '나'를 불행하게 만든다. 모호한 알베르틴은 불가항력적이고 그래서 끔찍하다.

우리가 누군가를 사랑할 때, 우리에게는 그녀/그가 일관되게 묘사 가능한 특유성을 지닌 현존재라는 믿음이 필요하다. 그렇지 않다면 우리가 왜 그녀/그에게 사랑을 느끼는지를 스스로에게 설명할 수 없기 때문이다. 내가 알고 있는 그녀/그에 대한 친밀감과, 내게 알려져 있지 않은 그녀/그를 발견했을 때의 놀람 사이의 간격이 크지 않을수록 관계는 안정적이다.

그렇지만 인간성은 유동적이고, 어떤 부분들은 자기 자신에게도 잠정적이다가, 일정 조건 하에서만 발현되거나 상실되거나 한다. 항구적이고 불변하는 부동성은 생명체의 속성이 아니다. 사람은 누구나 다소간 미결정적인 측면을 갖고 있다. 이 사실을 기탄없이 받아들이는 것이 성숙한 관계로 나아가는 유일한 길이다.

과도한 의심, 병적 질투, 집착과 피해망상 등, 종합적으로 파라노이아 증세를 보이는 '마르셀'은 종종 자기본위적인 나르시시스트로 오해된다. 그러나 무생물의 풍경 또는 그림 같은 대상을 갈구하는 '마르셀'의 고질병에는 슬픈 기원이 있다. 그의 편집증은 사랑에 대하여 지속적으로 패배자인 사람에게 나타나는 손상된 사고구조, 좌절된 욕망의 부작용이다.

가난한 고아로 세상살이를 일찍 배운 알베르틴은 결혼 적령기에 이르자, 안락한 삶을 위해 (여자를 좋아하는 취향을 숨기고) 부유하고 순진한 '마르셀'에게 의도적으로 접근했다. 이것이 알베르틴이 갑자기 '마르셀' 앞에 다시 나타났을 때부터 꾸준히 제기되는 의혹이다. 처음에 '마르셀'은 그녀를 가볍게 즐길 상대로만 여겼기 때문에, 알베르틴의 목적을 궁금해하지 않는다. 그는 그녀가 "헤픈 여자"가 되었다는 사실, 그래서 그녀에게 미안해할 필요가 없는 자유로운 상태가 만족스러울 뿐이다.

알베르틴의 비밀은 「소돔과 고모라」의 후반부에서부터 몇몇 인물들의 구체적 증언과, '마르셀' 자신이 과거에 목격했던 "젖가슴을 서로 비벼대며 황홀해하는 여자들"의 모습들이 결합되어, 점차 기정사실로 굳어진다. '마르셀'은 의혹을 잠재울 확실한 반례에 대한 희망과, 풍문에 부합하는 명백한 증거가 발견되는 데 대한 두려움 사이에서 갈팡질팡한다. 그녀가 누군가로부터 받은 편지를 실내복 주머니에 넣어둘 때, '마르셀'의 눈은 안락의자 팔걸이에 무심히 걸려 있는 실크 가운에 붙박인다. 그는 그녀의 편지를 훔쳐보고 싶은 강한 욕망과 오랫동안 싸운다. 이 순간 그는 "부질없는 존재의 무한한 슬픔"으로 가슴이 짓눌리는 통증을 느낀다.

십대 때 알베르틴이 읽은 유일한 희곡이 라신의 『에스테르』인 것은 분명 무언가를 암시한다. 페르시아제국 아하수에로 왕(로마 표기로 크세르크세스 1세, Xerxes I, 기원전 519?~기원전 465)의 아내 에스더의 본명은 하닷사(Hadassah), 히브리어로 '도금양'이라는 뜻이다.

어릴 적에 고아가 되어 사촌오빠 모르드개의 보살핌으로 성장한 유대 소녀 에스더는 출중한 미모와 타고난 덕성스러움으로 아하수에로 왕의 두 번째 아내가 된다. 그런데 궁궐의 일개 문지기인 모르드개가 자신에게 굽실거리지 않는 데 앙심을 품은 총리대신 하만이 유대민족을 멸절할 계획을 세우고, 아하수에로 왕의 승인을 얻는다. 에스더는 동족을 구하기 위해 왕 앞에 나아가 자신 또한 유대인임을 고백한다. 그녀가 사흘 동안 단식하면서 자신의 정체를 밝히기로 결심할 때 신께 드린 기도는 『구약성경』에 기록되었다. "죽으면 죽으리이다."(「에스더기」 4장 16절) 에스더를 사랑한 왕은 하만을 처형하고 유대민족을 살려준다.

에스테르는 '마르셀'이 갈구하는 **이상화된 알베르틴**이다. 비밀로 묻어둔 기질, 혈통, 종족, 남다른 성적지향을 밝히려면, 때에 따라서는 죽을 각오의 용기가 필요하다. 고백은 너무도 두려운 일이어서, 흔히 일어나지 않는다. 추악한 정체를 추궁당하는 나약한 인간은 부정도 긍정도 하지 않는 묵비권을 선택한다. 침묵은 불확실성 속에 진실을 방치해 스스로를 보호하는 수단이다.

말할 수 없는 사랑 때문에 병든 페드르에게 오이노네가 "침묵을 부끄러워하시라."고 충고할 때, 그것은 함구해야 할 사랑이라면 원하지도 말라는 꾸짖음이다. 그리고 그 상대가 남편의 아들—여자를 싫어하는 남자임을 안 유모는 경악에 차 외친다. "그 기억은 영원한 침묵 속에 묻혀야 합니다!" 어떤 비밀은 단지 부도덕이 아니라 신성모독이므로 발설되지 않는 편이 정의롭다. 강요된 침묵은 욕망을 해소할 수단을 앗아가므로 집념을 낳는다. **불가항력**의 사랑은 그 불가능성 때문에 치명적이 된다.

이폴리트에 대한 연정을 멈추기 위해, 그에게 미움을 사려고 애쓰면서 페드르는 독백한다. "너는 나를 더 증오하겠지만, 나는 너를 덜 사랑할 수가 없는걸.” 악덕의 사랑에 내재한 이 불멸의 순환고리를 ‘마르셀’은 다음과 같이 성찰한다. “우리는 어떤 특정인에 대해 매력을 느낄 수 있다. 하지만 슬픔의 샘, 돌이키지 못하리라는 예감, 사랑을 위해 마련된 길의 고뇌를 분출시키려면, 단지 우리 열망이 불안하게 끌어안으려는 실제 대상으로서의 한 인간 이상의 무엇, 바로 불가능성이라는 위험이 필요하다.”(「꽃피는 소녀들의 그늘에서」 2부)

— 낙엽이 횡횡하는 오후, 4시 34분

파라노이아: 셋—페드르—불가항력—서스펜스

서스펜스를 다루는 프루스트의 기술은 탁월하다. 만일 프루스트가 셰익스피어의 속도감으로 이 서사를 펼쳐놓았다면, 현대의 모든 막장드라마를 압도하는 사이코스릴러가 되었을 것이다. 그런데 그는 미세한 단서들 사이사이에 장문의 사색을 무진장 배치해서, 굼뜬 독자가 어기적거리며 쫓아가다 지쳐 나가떨어지게 한다.

프루스트가 『시간』을 얼마든지 흥미진진하게 쓸 능력이 있었음에도 왜 그렇게 쓰지 않았는지, 서스펜스를 말려 죽이는 느려터진 속도로밖에는 읽을 수 없는 소설을 썼는지, 독자는 그 이유를 생각해야 한다.

'마르셀'이 스테르마리아 양과의 데이트를 추진할 때까지만 해도 그는 언제든지 알베르틴과 헤어질 수 있다고 믿었다. 결혼할 나이의 아들이 자유분방한 아가씨를 동반하고 사교계를 드나드는 데 대해 우려를 표하는 어머니께는 곧 헤어질 여자니 걱정 마시라 안심시킨다. 그는 자기가 알베르틴과 만나는 이유는, 지금 당장 만나고 싶은 더 마음에 드는 상대가 없어서일 뿐이라고 자신만만해한다.

라 라스플리에르 저택에서 열린 베르뒤랭 부인의 수요 살롱에 알베르틴을 데려간 '마르셀'은 그녀를 사촌동생으로 소개한다. 그녀와의 애무는 매번 사람들 눈을 피해, 컴컴한 기차역 뒤편 같은 으슥한 장소에서만 이루어진다. 그러다 문득, 이렇게 숨어서만 해야 하는 사랑에 자괴감을, 더 정확히는 수치심을 느낀다.

모임이 끝나고 돌아오는 밤기차 안에서 그는 이별하기로 결심한다. 내세울 수 없는 알베르틴 말고, 부유한 부르주아인 앙드레와 연애하기로 마음먹는 것이다. 다만 결심이 확고하므로, 통지는 내일 하기로 한다. 이때 충격적인 비밀의 문이 열리기 시작한다.

알베르틴에게 까칠하게 굴던 '마르셀'은 수요회가 자신이 좋아하는 작곡가의 레퍼토리로 음악회를 열어주었으면 좋겠다는 이야기를 무심코 한다. 그 작곡가가 누구죠? 알베르틴의 물음에 '마르셀'은 그녀의 교양 수준을 깔보는 마음으로 놀리듯이 답한다. 뱅퇴유라고 하면 당신이 알까요? 그러자 알베르틴은 "가장 기대하지 않은 순간에, 외부로부터 불현듯, 진실이 우리 살을 찌르고 들어와 영원히 아물지 않는 상처를 내듯이" 반색하며 대꾸한다.

"내게는 어머니이자 큰언니 같은 분과, 예전에 트리에스테에서 더없이 행복한 시간을 보냈다고, 내가 얘기한 적 있죠? 그녀가 바로 당신이 말한 뱅퇴유 씨의 딸의 가장 친한 친구랍니다. 몇 주 후에도 그녀와 셰르부르로 여행 갈 약속이 있지요."(「소돔과 고모라」 2부 4장)

알베르틴이 무구(無垢)하게 이 말을 할 때, 독자는 그녀의 입을 틀어막고 싶은 충동을 느낀다. 그녀는 뱅퇴유라는 이름이 지옥문을 여는 주문인 줄을 까맣게 모른다. 뱅퇴유 양과 그 여자친구가 무엇을 했는지 '마르셀'이 두 눈으로 똑똑히 본 적 있다는 사실을 그녀가 알 리 없다. 알베르틴의 '동성애 증거'로 인해 '마르셀'의 가슴은 갈가리 찢어진다. 밤새 흐느껴 울다가, 흐린 하늘이 점점 붉어지며 동이 터올 무렵, 그는 기필코 그녀와 결혼해야겠다고 다짐한다.

서스펜스는 의혹을 해소하려는 의지와, 비밀을 은폐해야만 하는 필요의 대결로써 극대화된다. '마르셀'이 무엇을 의심하는지를 알게 된 알베르틴은 애매하게 부인하는데, 이때부터 그와 그녀의 숨바꼭질이 시작된다. 알베르틴은 점점 더 많은 거짓말을 하고, '나'는 점점 더 많은 증거들을 수집한다. 그때마다 '나'는 "심장을 쥐어뜯는" 그러나 여전히 "찬미 섞인 증오심"을 느낀다.

「갇힌 여인」에서 '나'는 알베르틴을 24시간 감시하려고 자신의 아파트에 그녀를 감금하고, 그녀가 외출할 때는 미행을 붙였다고 진술한다. 하지만 이 말을 곧이곧대로 믿어선 안 된다. '나'는 알베르틴에게 약혼을 언급했고, 그녀는 자기 발로 '나'의 집에 들어와 꽤 안락하게 지내면서 값비싼 많은 선물과 편의를 제공받는다.

수상한 알베르틴과 불안한 '마르셀'의 동거는 시들하고 안온한 일상의 반복인 가정생활을 닮아간다. 알베르틴의 육체가 얌전히 자기 곁에 있다는 사실에 안도하자마자 '나'는 또 그녀와 헤어지고 싶다. 결혼할 정도로 알베르틴을 사랑하지는 않는 것 같고, 그녀를 **포로**로 붙잡아두었다고 해서 그녀에게 어른거리는 고모라(여성 동성애)의 베일이 벗겨지는 것도 아니기 때문이다. 하지만 아무리 지켜보고 엿보고 탐문해 봐도 "아주 자연스럽게 거짓말하는 굉장한 기술을 갖고 있는" 그녀는 요리조리 잘 빠져나가고, 그로 인해 '나'의 불안은 종식되지 않으므로, 아직은 그녀와 이별하지 못한다.

'나'는 알베르틴이 돈을 노리는 것에 관대하고, 그녀를 묶어둘 수만 있다면 (스완처럼) 얼마든지 비용을 지불할 용의가 있다. '나'는 알베르틴이 사교 모임에서 남자들과 어울리지 않고, 숙녀들 곁에 조신하게 있으면 불안하다. 생루가 알베르틴에게 흥미를 보이는 것은 아무렇지 않지만, 그녀가 소녀들과 은밀한 사이였다는 첩보에는 "무덤의 암흑에서 솟아나온 원수(怨讐)"와 맞닥뜨린 사람처럼 마비된다. 알베르틴이 여자를 좋아한다는 의혹은 '나'를 절망적으로 비참하게 만든다. 왜일까?

'마르셀'이 스스로 주장하는바 통상의 이성애자라면, 여자친구의 외도 상대가 여자인 것보다는 남자일 때 심각하게 받아들여질 가능성이 높다. 남성 이성애자가 연인의 부정행위 자체에 실망할 수는 있지만, 그렇다고 여자를 연적으로 두고 질투하기는 쉽지 않다.

진화적으로 이성애는 마음에 드는 이성을 차지하려고 동성끼리 경쟁하는 구도를 말한다. 그런데 남성 이성애자의 경쟁자가 여성일 경우, 그녀에게는 번식력이 없으므로 수컷으로서 자신의 지위는 흔들리지 않는다고 믿는다. 성애에 관한 남성 이성애자들의 상상력은 꽤나 제한적이어서, 여자들끼리의 섹스가 그렇게까지 만족스러울 거라고는 잘 믿지 못한다. 레즈비언 성애는 어지간해선 남성에게 위협적이기 어렵고, 눈치가 많이 부족한 경우라면 가당찮은 스리섬(threesome)의 꿈에 젖을 빌미일지 모른다.

그렇다면 이런 가설은 어떨까. 알베르틴이 실은 남자고,

그녀[그]가 이성애자거나 또는 양성애자여서 어떤 여자를 좋아한다면, 그녀[그]를 사랑하는 '나-마르셀'이 느끼는 서글픔과, 그녀[그]의 여자친구에 대한 수동적 질투는 한결 수긍이 된다. '나-마르셀'이 알베르틴과 남의 눈을 피해 어둠 속에서 하는 애정행각에 염증을 느끼는 이유는, 그렇게밖에 하지 못하는 사랑에 대한 수치심이다. 발설하는 것이 죄인 사랑을 하는 것도 그 자신이고, 동성애의 악벽(惡癖)을 숨기고 있는 것도 그 자신이다. 그는 페드르고 또한 이폴리트다.

『페드르』는 프루스트의 내면 풍경과 『시간』을 잇는 가교다. 프루스트는 라신이 에우리피데스의 청순함과 세네카의 음란함을 기독교적 세계관 안에서 극복한 기법을 사사(師事)한다. 라신이 이폴리트에게 여자를 사랑할 수 있는 능력을 부여해 동성애 요소를 회피했듯이, 프루스트는 '나-마르셀'을 이성애자로 두고, 페드르의 슬픔을 품은 이폴리트로서 사랑을 독백하게 한다.

'나-마르셀'은 비난하면서 비난당하는 분열적 자아고, 알베르틴은 그의 파라노이아 속에만 있는 환영이므로 실체가 없거나, 적어도 이 텍스트 안에는 부재한다. 프루스트가 '나-마르셀'과 알베르틴의 긴박한 서스펜스를 무한한 인내심을 요하는 무거운 명상들 속에 깊이 가라앉혀 둔 이유는, 독자가 이 비밀을 스스로 알아차릴 때까지 아주 천천히, 많은 생각을 하도록, 충분한 시간을 주기 위해서다.

갇힌 여인 알베르틴은 매일 약속이며 쇼핑 등의 용무로 외출하고, 불로뉴 숲으로 산책도 꼬박꼬박 나간다. 반면 그녀로 인한 질투, 환멸, 파괴적 상상 사이를 격렬히 오가느라 체력이 쇠진한 '나-마르셀'은 몸이 아프고, 침대에서 일어나지도 못하고 누워만 있는 날이 늘어간다. 거미는 꿀벌을 그물에 잡아두었다고 믿지만, 그것은 여전히 붕붕거리며 잘만 날아다닌다. 붙들린 것은 그 자신으로, 자기가 친 그물 위로밖에는 다니지 못하는 기이한 강박증에 시달리고 있다. 그러는 동안에도 알베르틴은 "바다와 육지를 마음대로 오가는 양서류처럼"[55] 원하는 누구나와 사랑하고 있다.

'나-마르셀'을 고통스럽게 하는 것은 그녀의 성적지향 자체보다 바로 이 상태, 그녀가 그에 대하여 한결같이 자유롭다는 사실이다. '나-마르셀'은 그녀를(가령, 결혼 같은 것으로) 묶어둘 수 없기 때문에, '나-마르셀'의 소유욕은 결코 충족되지 않을 운명에 처했다. 그녀[그]를 잃어버릴지 모른다는 불안이 그 존재의 유일무이함을 도드라지게 하고, 이 인식은 그

55 바다는 '여성'을(또한 아마도, 바다에서 태어난 베누스를), 육지는 '마르셀'의 집을 상징한다. 알베르틴은 바다를 좋아하고, 여자친구들과 주로 바닷가에서 어울린다. 현생 양서류는 주로 민물에서 살지만, 진화적으로는 어류와 파충류의 중간에 해당한다.

녀[그]에게 "아름다움보다 더한 아름다움"을 부여한다. '나-마르셀'은 달아나려는 포로에게 권능을 바치고, 그의 노예가 되어 조롱당한다.

— 겨울에 도착, 밤 9시

여름의 해안도로

「소돔과 고모라」 2부 3장은 어느 계절 어떤 시간에 읽어도 나를 여름날의 오후로 옮겨다 놓는다. 『시간』을 통틀어 가장 낭만적이고 가장 계시적인 이 장에서 '나'와 알베르틴은 수채화 속 풋풋한 연인들처럼 사랑스럽다. 때는 아직 알베르틴의 악덕이 폭로되기 전이고, 장소는 두 사람이 두 번째로 함께하는 여름휴가지 발베크다.

'나'와 알베르틴은 여름 동안 매일 발베크 근교로 소풍을 나간다. 한편에 바다를 두고 절벽을 따라 오르내리는 해안도로, 언덕들 아래로 내려앉은 샹트피 숲, 그 속에 숨어 있는 계곡과 시내. 태양은 눈부시고, 노래로만 제 존재를 알리는 새들은 신비롭다. 이 아름다운 풍경 속으로 둘이 들어갈 때, 그들의 이동수단은 중요한 의미를 갖는다.

'마르셀'이 사랑한 세 여인은 각기 다른 세 시대에 속하며, 변화하는 시대상을 반영한다. 마차와 촛불의 시대에는 추억의 첫사랑 질베르트가 있고, 신천지가 열린 전화와 전깃불의 시대에는 호화로운 사교계의 오리안이 있다. 알베르틴은 자동차와 비행기의 시대를 예고한다. 각 시대는 저마다 다른 속도를 가지며, 속도는 삶의 양식뿐만 아니라 감정과 사고를 지배한다. 이동은 의식작용을 일으키는데, 그 속도에 따라 방향도 달라지기 때문에, 이동수단은 생각하는 방법을 바꾼다.

처음에 '나'는 알베르틴과의 나들이에 쓸 **마차**를 대절하지만 굴곡진 지형 탓에 갈 수 없는 곳이 많다. 미술에 취미를 붙인 알베르틴이 생장들라에즈 성당 근처의 풍경을 그리고 싶어 하는데, 그곳은 언덕 꼭대기에 있다. 언덕 밑에 마차를 세우고 한낮의 무더위 속에 가파른 길을 걸어 올라가느라 알베르틴은 지친다. '나'는 기사 딸린 자동차를 빌린다.

호텔 앞으로 두 사람을 태우러 온 **승용차**는 모두의 이목을 끌 만큼 큰 소리로 부릉거려 신문물의 위엄을 과시한다. 지금껏 돈이 없어서 못했다뿐이지 사치를 좋아하는 알베르틴은 '오빠 차'[56]의 멋진 자태에 신이 나 팔짝팔짝 뛴다. 그 모습을 보며 '나'는 "20세기인으로서" 약간의 뿌듯함을 느낀다. 그리고 이때만큼은 제법 센스 있게, 미리 사둔 베일 달린 토크[57]

---

56 서술 초기에는 분명 또래였는데(질베르트와 같은 나이로 소개되므로, '마르셀'과도 동갑이어야 한다) 그녀가 '나'를 다시 찾아온 후로는 점점 나이 차가 벌어져, 이쯤에는 못해도 여덟 살은 어려 보이게 쓰여 있다. 아마도 프루스트의 의식 속에서는 알베르틴이 '나'보다 한참 어리기 때문에, 이런 태도가 자연스럽게 표출된 듯하다.

57 toque. 챙 없는 모자의 통칭이다. '마르셀'이 선물한 토크는 이탈리아산 밀짚인 레그혼을 사용해 짠 것으로, 얼굴 앞으로 늘어뜨리도록

를 그녀에게 깜짝 선물한다. 남자의 재력을 과시하는 최신식 이동수단과 새로운 패션 아이템은 알베르틴을 애교 넘치는 여인으로 만들어준다. "알베르틴의 양팔에 갇힌" 채로 해안도로를 드라이브하면서 '나'는 그녀를 위해 몰래 자동차를 주문해야겠다고 생각한다.

훗날 돌이켜보면 이 여름날들이 모두가 행복했던 유일한 시간이다. 알베르틴이 그림을 그리는 동안 '나'는 혼자 자동차로 여기저기 돌아다니고, 그중에는 십대 때 외할머니와 함께 빌파리지 부인의 마차로 돌아보았던, 언덕 아래 세 그루의 나무가 있는 숲길도 포함된다. 그곳에서 불현듯 '나'는 지금까지 자신이 달려온 모든 길이 엇비슷하다는 사실을 깨닫는다.

질베르트, 게르망트 공작부인, 스테르마리아 양을 만나려고 허둥대며 달렸던 그 길들의 유사성은 "내 기질이 쫓는 어떤 한 노선처럼, 심오한 단조로움"을 나타낸다. '나'의 지난날의 사랑들은 모두 '알베르틴'에 도착하기 위한 한 개의 길이었을 뿐이다. 사랑에 있어 '나'의 취향은 일관되다.

실크 베일이 붙어 있다. '마르셀'은 자신이 선물한 토크를 쓴 알베르틴이 예뻐 보이지만, 패션 감각이 뛰어난 샤를뤼스 남작에게 미스매치로 지적받는다. 알베르틴은 "색상을 고르는 안목"이 있고 "옷을 입을 줄 아는 아가씨"인데, 그녀처럼 숱이 풍성한 머리에 납작한 토크는 안 어울린다고.(「갇힌 여인」 2부)

햇살 따가운 해안도로에는 두 사람의 비극을 예고하는 복선들도 여럿 있다.

알베르틴이 자신을 버리고 다른 사람에게 가버릴지 모른다는 불안, 이따금 나 혼자만 사랑하는 것 같은 쓸쓸함, 밤에 캄캄한 모래사장 언덕 밑에서 담요를 뒤집어쓰고 나누는 키스의 행복, 그리고 그녀와의 관계를 못마땅해하는 어머니에 대한 미안함. 사랑이 일으키는 서로 다른 마음들로 혼란해진 '나'는 지독한 피로를 느낀다.

때로 이 모든 것들로부터 "탈주하고 싶은 욕망"이 솟구치지만, '나'는 스스로는 달아날 힘이 없다. 의지박약은 그의 중대한 결함이고, 그럼에도 그에게는 남다른 집요함도 있어서, 기어코 알베르틴을 곁에 붙들어 두는 데 성공하는 것이다. 하지만 머지않은 미래에 그는, 일상의 일부가 된 알베르틴이 외출할 때마다—'누구를 만나러 가는 걸까?'—상습적 의심과 그로 인한 통증에 시달릴 것이고, **승마**를 하러 간다는 그녀의 뒷모습을 보면서 마음속으로 이런 생각을 하게 될 것이다.

"물론 나는 그녀에게 불행이 닥치기를 조금도 바라지 않지만, 그녀가 자신의 말들을 타고, 어디든 그녀 마음에 드는 곳으로 가버려서, 다시는 내 집으로 돌아오지 않는다면, 얼마나 기쁠까. 그녀가 떠나서 어디서건 행복하게 지내고, 나는 거기가 어딘지 알고 싶지도 않게 된다면, 만사가 참으로 간단

해질 텐데."(「갇힌 여인」 1부) 자신이 이런 생각을 하게 되리라는 것을 "그때 알았더라면 가슴 아픈 많은 일을 피할 수 있었겠지만" 그 여름의 해안도로는 사랑의 빛이 너무도 풍성한지라, '나'는 도저히 그녀를 손에서 놓을 수가 없다.

어느 날 '나'는 혼자 **말**을 타고 숲속을 달리다 해안 절벽에 이르는데, 바다와 숲이 맞닿은 그곳에서, 머리 위 50여 미터 높이를 나는 **비행기**를 본다. "번뜩이는 강철의 거대한 두 날개 사이로, 겨우 식별할 수 있을 정도의 어떤 존재가, 내 눈에는 남자로 보이는 어떤 얼굴이, 눈에 들어왔다. 나는 반신반인을 난생처음 마주한 그리스인처럼 깊이 감동받았다." 지상 가까이 내려왔던 비행기가 **중력**을 거슬러 하늘로 솟구칠 때, '나'는 깨닫는다. "그의 앞에 ― 그리고 **습성**이 나를 수인(prisonnier)[58]으로 만들지 않는다면 내 앞에도 ― 창공의, 인생의, 모든 길이 열려 있음을."(「소돔과 고모라」 2부 3장)

프루스트가 『시간』을 구상했던 초기에 소설은 1편 「스완네 집 쪽으로」와 3편 「게르망트 쪽」으로만 이루어졌더랬다. 이 구도로 보면, 현재의 2편 「꽃피는 소녀들의 그늘에서」는 1편의 후반부고, 4편 「소돔과 고모라」는 3편의 후반부다. 그리고 7편은 1편과 맞닿으며 순환고리를 완성하는 결말이

58 이어지는 5편 「갇힌 여인(La Prisonnière, 여죄수)」의 알베르틴을 예고하는 동시에, 습성에 매인 나의 역전된 감금 상태를 암시한다.

다.(프루스트는 1편을 끝낸 직후부터 죽을 때까지 7편을 고쳐 썼다.)

1909년 집필을 시작해 1913년에 1편이 출판됐지만, 다음 편들의 출간이 전쟁으로 미뤄지는 사이, 프루스트는 5편 「갇힌 여인」과 6편 「사라진 알베르틴」을 추가하기로 결정한다.[59] 1913년에 있었던 아고스티넬리와의 두 번째 만남이 『시간』에 끼친 영향이다.

* ——

프루스트와 『시간』에 대해 조금이라도 관심 있는 사람이라면 아고스티넬리(Alfred Agostinelli, 1888~1914)라는 이름을 들어보았을 것이다. 가끔, 프루스트가 그를 만나지 않았더라면 『시간』은 어떤 소설이 되었을까 생각하면, 마음이 복잡하다. 왜냐하면 나는 알베르틴 서사를 이해하기 위해 많은 노력과 인내심이 필요했고, 이 훌륭한 작품을 음미하는 데 쓸 에너지의 상당량을 겹겹이 베일에 싸인 이 관계를 투시하는

59 애초에 프루스트는 이 둘을 「소돔과 고모라」의 일부로 계획했다. 하지만 대대적인 수정에 돌입하면서 분량이 자꾸 늘어나, 결국 오늘날의 상태로 독립되었다. 이러한 분리는 사실상 그의 사후에 이루어졌으며 프루스트가 더 오래 살아서 원하는 대로 최종본을 완성했다면 어떤 모습이 되었을지 알 수 없다. 알려지기로 프루스트는 6편의 많은 부분을 삭제할 작정이었다.

데 소진해야 했기 때문에, 그토록 가련하고 비열했던 자의 기여를 인정하고 싶지 않은 마음이 크다. 하지만 어떤 독자들에게 작가의 스캔들은 확실히 흥미롭고, 아고스티넬리는 『시간』의 호객꾼으로서 얼마간 대중의 관심을 끌어준다.

프루스트가 그를 처음 만난 것은 1907년 8월이었다. 어머니가 죽고 2년 뒤, 여전히 막막함 속에 부유하던 프루스트는 어릴 적 부모님과 함께 바캉스를 즐기곤 했던 카부르를 다시 찾았다. 당시 카부르에는 '택시메트르 유니크 드 모나코'[60]의 렌터카 서비스가 막 시작된 참이었는데, 프루스트는 종종 차를 빌려 드라이브를 나갔다.

프루스트의 친구로, 극작가이기도 했던 앙리 드 로칠드(Henri de Rothschild, 1872~1947)의 투자 자본으로 1905년 설립된 유니크(Unic)는 원래 자동차 제조회사였다.[61] 하지만 양산차 시스템이 갖춰지기 전이라, 계열 사업으로 렌터카 서비스도 했다. 초창기에는 자가 운전자가 드물고 고장이 잦았기 때문에, 자동차 정비술을 배운 기사 딸린 차량 임대업이었다. 앙리는 친구인 자크 비제에게 사업 운영권을 주었고, 그들과 친구인 프루스트가 택시메트르의 렌터카를 애용했다.

---

60 Taximètres Unic de Monaco. 주행거리 계산기인 '택시미터'라는 명칭이 여기서 유래했다. 겨울에는 당시 프랑스령 식민지였던 북아프리카 모나코에서, 여름에는 카부르에서 영업했다.

61 이후 시트로앵사가 된다.

프루스트에게 배차된 렌터카의 기사는 오딜롱 알바레였고, 아고스티넬리는 그의 동료로 프루스트에게 소개되었다. 강렬한 검은 눈동자의 아고스티넬리는 잘생기고, 건방지고, "자신의 조건에서 벗어나고 싶어 하는 변덕스러운"(셀레스트 알바레의 증언) 열아홉 살 청년이었다. 첫 번째 발베크 시절의 소녀 알베르틴이 처음 '나'를 스쳐갈 때 보냈던 "검은 광선" 같은 눈빛이 이때 모습일 것이다. 그 후 다시 만날 때까지 두 사람 사이에 어떤 일이 있었는지 혹은 아무런 일도 없었는지는 알려진 바가 없다.

1913년, 이제는 파리에서 택시기사 일을 하고 있던 알바레는 3월에 셀레스트 지네스트(Céleste Albaret, 결혼 전 Gineste, 1891~1984)라는 시골 처녀와 결혼한다. 난생처음 파리에 상경한 셀레스트는 일거리 없는 도시 생활이 지루했다. 알바레는 여전히 프루스트의 전담 기사였고, 알바레의 아내 이야기를 들은 프루스트는 셀레스트에게 하루 8시간, 청소와 간단한 심부름 등의 일을 맡기기로 한다.

아고스티넬리가 불쑥—알베르틴과의 두 번째 만남처럼—프루스트의 파리 집으로 찾아온 것 또한 1913년 초였다. 회사에서 해고돼 갈 곳이 없으니 자신을 기사로 고용해 달라는 부탁을 하기 위해서였다. 프루스트는 운전은 알바레가 하고 있으니 곤란하고, 대신 비서 자리를 제안한다. 때마침 『시간』 1편을 출간하기 위해 그라세 출판사와 협의 중이던 프루스트는 원고 정리 및 연락 등의 업무를 보조해 줄 사람이 필요했다. 프루스트의 비서직을 받아들인 아고스티넬리는 사귀고 있던 여자친구 안나까지 데리고 프루스트의 집으로 들어온다. 하지만 1913년 12월 1일 새벽, 아고스티넬리는 여자친구와 함께 사라져버렸다.

프루스트는 1907년 앙리의 권유로 네덜란드 석유회사[62] 주식을 샀더랬다. 그런데 사업이 본격 궤도에 오르기 전인 1914년 초에 이를 판다. 오랫동안 보유하고 있던 수에즈 운하 주식 2만 프랑어치도 같은 시기에, 여전히 저평가된 상태에서 서둘러 판다. 그리고 그해 7월 오스트리아 황태자가 세르비아에서 저격되는 사건이 일어나자, 주식은 나락을 모른 채 폭락한다. 전쟁이 발발한 것이다. 그 와중에도 프루스트는 선매수했던 주식들의 대금을 치르고, 대출금에 대한 지연이자도 내야 했다.

1913년 초부터 1년 남짓 사이에 프루스트는 결과적으로 재산의 3분의 1을 날렸다. 이 시기 그의 지출은 전설적이다.

---

62 다국적 정유기업 로열더치셸이다. 1892년 당시 세계에서 가장 큰 유조선을 만든 영국인 형제는 1897년 로스차일드 은행의 투자를 받아 셸운송무역회사를 설립한다. 한편 1890년 네덜란드는 인도네시아에 로열더치 석유회사를 설립했다. 그리고 미국의 석유왕 록펠러의 스탠더드오일과 경쟁하기 위해, 1907년 영국 셸과 네덜란드의 로열더치가 합병하면서 오늘날 로열더치셸이 되었다.

비행기 조종사가 되고 싶어 한 아고스티넬리에게 교습을 받게 해주려고 항공학교에 2,300프랑을 지불했으며, 1914년 초에는 도망친 아고스티넬리를 돌아오도록 설득하려고 롤스로이스와 비행기—소설에서는 자동차와 요트—를 주문했다.[63]

1914년 4월 30일, 아고스티넬리는 비행기를 몰고 나갔다 바다에 추락해 사망한다. 프루스트가 아고스티넬리의 파렴치와 배은망덕을 어느 정도로까지 견뎌야 했는지는 정확히 알 수 없다. 그와 관련된 모든 문서를 프루스트가 직접 없앴기 때문이다. 다만 추정해 볼 수 있는 사건은 하나 있다.

평소 의심 많고 탐욕스러웠던 아고스티넬리는 프루스트에게서 시시때때로 뜯어낸 금화 6,000프랑(오늘날 화폐가치로 약 3,000만 원)을 항상 몸에 지니고 다녔다. 아고스티넬리가 사망했을 때, 이 사실을 알고 있던 그의 형제들은 금화와 금반지 등을 회수하려고, 시신 수색 작업에 고용할 잠수부 인건비 5,000프랑을 프루스트가 지불해야 한다고 주장했다. 프루스트는 군말 없이 돈을 주었다.

프루스트는 아고스티넬리의 죽음에 막대한 죄책감을 느꼈다. 그가 자신을 만나지 않았더라면 비행기 조종사는 한낱

63 1914년에 롤스로이스 가격은 모델에 따라 7,000~1만 1,000달러였고, 오늘날 화폐가치로 2억 원대다. 당시의 비군사용 경비행기도 롤스로이스와 비슷한 가격이었다.

꿈에 불과했을 테고, 그랬다면 비행기를 몰다 추락사할 일은 없었을 것이기 때문이다. 프루스트는 아고스티넬리의 애인 안나가 찾아와 과부를 자처하며 거처를 요구했을 때도, 전에 둘이 함께 쓰던 방을 내주었다.

프루스트는 그 외로움과 환멸들을 어떻게 다 흘려보내고 끝끝내 사랑을 이야기할 수 있었을까. "우리는 사랑의 대상이 한 육체 속에 담겨 우리 눈앞에 누워 있는 존재라고 상상한다. 하지만 슬프게도, 사랑은 그 사람이 이전에 점유했고 장차 점유할, 모든 시공간상의 지점들로의 연장(延長)이다. 그이가 닿아 있던 이곳 또는 그곳, 지금 또는 그때를 소유하지 못한다면, 우리는 그이를 소유하지 못한다. 그러나 우리는 그 모든 지점들에 가 닿을 수가 없다."(「갇힌 여인」 1부)

『시간』 속의 사랑에 관한 수많은 명상들 가운데 나는 이 가망 없는 구절이 마음에 든다. 사랑의 존재론적 비애를 가장 잘 압축한 문장이라고 생각한다. 그의 가슴이 감당해야 했던 시름과 통증 들에 대해 생각하니, 또다시 깊은 연민이 밀려온다.

— 성에꽃 핀 아침 5시 18분

프랑수아즈

매일 오전 10시에 '마르셀'에게 카페오레를 대령해, 그를 죽음/잠으로부터 삶/깨어남으로 되돌아오게 하는 프랑수아즈는 "부활의 기적을 일으키는 **유일한** 조력자"다.

프랑수아즈의 모델로는 흔히 셀레스트 알바레를 지목하지만, 『시간』의 다른 모든 인물들과 마찬가지로, 프랑수아즈 또한 단일 인격체가 아니라, 같은 이름 아래 나타나는 여러 인격들의 임의적 조합이다. 그럼에도 그녀가 비교적 명료하고 일관된 캐릭터로 인식되는 것은, 등장인물과 서술자의 중간지대에 있는 '나-마르셀'이 의식 있는 시간 대부분을 갖가지 비물질적 추상적 주제 탐구에 할애할 수 있도록, 생명 유지에 필수적인 일상의 영역을 관장하기 때문이다.

콩브레 시절, 레오니 이모 댁 **요리사**로 처음 등장하는 프랑수아즈는 인근 지역 토박이인 촌부(村婦)로, 건강하고 단순하며 충직하다. 일찍이 남편을 사별한 뒤 침대 밖으로 나오기를 거부하고 스스로를 방 안에 유폐시킨 레오니 마님을 보살피는 것이 프랑수아즈가 맡아온 오랜 임무였다. 건강염려증과 강박증 환자인 마님이 죽음의 공포에 짓눌리지 않도록 프랑수아즈는 매일 정해진 시각에 비쉬 광천수를, 펩신을, 보리수차를 준비한다.

아스파라거스를 듬뿍 곁들인 콜드미트, 송아지고기 스테이크, 로스트치킨, 오믈렛, 수플레, 그리고 러시아의 외교관 네셀로데(Nesselyrode)의 이름을 딴 밤맛 푸딩까지 완벽하게 만들어내는, "요정의 부엌을 지휘하는 거인" 프랑수아즈는 『시간』에 물리적 에너지를, 살아 있는 것들의 냄새를 불어넣는다. 그녀는 자기 일을 한 치의 흐트러짐 없이 해내는 데 모든 열정을 쏟고, 주인댁 살림살이의 실권자로서 자신이 부리는 부엌 하녀에게 잔인할 정도로 엄격하다.

마님에게 마을 사람들의 소식을 전해 주고 동전푼을 받아 가는 전직 하녀(욀랄리)나 일요일에 헌금을 받으러 주임 신부가 들를 때마다, 프랑수아즈의 신경은 곤두선다. 마님의 재산을 보호하는 데 있어서라면 언제든지 그녀는 "어미와 같은 사나움"을 발휘할 태세를 갖추고 있다. 레오니 이모가 세상을 뜬 뒤, '나'의 어머니는 프랑수아즈에게 파리로 올라와 살림을 맡아달라 부탁하고, 그 뒤로 줄곧 '마르셀'네 가족은 프랑수아즈가 제공하는 **습관의 리듬**에 의존해 살아간다.

현실에 무관심한 몽상가의 사랑타령과 허송세월을 그린 『시간』은 노동자 계급이 부재하는 소설로 알려졌지만, 이는 사실이 아니다. 우체부, 재봉사, 세탁부, 호텔 지배인, 약사, 벨보이, 도어맨, 식당 매니저, 기차 검표원, 웨이터 등, 갖가지 직업의 '노동하는 서민'들이 이 권태로운 만담소설에 활력을 불어넣는다. 생활에 필요한 최소한의 활동조차 대부분 스스로 하지 않는 귀족과 부르주아는 가사와 시중을 '일거리'로 만들어 노동자에게 맡긴다. 그러다 보니 시종일관 **말**만 하는 상류층과 달리, 노동자들은 **도구**를 사용한다.

노동자의 도구는 봉건적 농업사회에서 산업화로 나아가는 문명의 진보를 스케치해 보인다. 이 집에서 저 집으로 편지를 직접 나르던 사환 아이는 전기통신이 발달하자 암호문처럼 축약된 전보 메시지를 들고 우체국으로 달려가는 임무를 맡는다. 이어서 건물들에 전화가 설치되고, '전화 교환원'이라는 신종 직업을 가진 여성들이 등장한다. 발베크의 호텔은 최신식 건물답게 '리프트'를 운행하는 엘리베이터보이가 있다. 십수 세기 동안 상류층과 함께해 온 역사적 직업인 마부는 20세기 초까지도 자동차 운전수와 일자리 경쟁을 벌이다 점차 사라져간다.

호모 하빌리스(Homo habilis), 즉 '손재주 있는 사람'인 노동자는 시대 변화에 더 빨리 적응하고, 그 결과로 사회의식에 더 민감하다. 하지만 깊이 사색할 시간이 부족하고 풍문에만 의존하는 삶의 조건으로 인해, 사안에 대한 관점을 스스로 정립하거나 논리를 정교히 다듬지 못한다. 가령, 드레퓌스 사건에 대한 민중의 관심은 상류층 못지않게 뜨겁지만, 자기 입장에 대한 논거는 자신과 같은 입장에 있는 다른 사람들의 말뿐이다.

프랑수아즈는 발베크 그랑 호텔의 지배인이나 카페 사장과 마찬가지로 반드레퓌스파인데, 그 논증 형식은 이러하다—'어쨌든' 드레퓌스는 매국노고, '그러므로' 재심파는 매국노이며, '따라서' 진실은 언젠가 밝혀진다. 이는 부적절한 접속사를 사용한 문법 오류의 무한반복이다. 재심파인 '마르셀'네 집사와 반드레퓌스파인 게르망트네 집사가 논쟁할 때, 민중의 결론은 번번이 자신의 최초 신념으로 돌아간다.

"일급 요리사"로서 자신의 업에 대한 프랑수아즈의 긍지는 대단하다. 그녀는 결코 '하녀'가 아니고 '가정부'도 아니다. 그녀는 게르망트네 집사나 하인이 갖고 있는 노동자로서의 자의식에 동의하지 않는다. 신세기가 열렸는데도 여전히 그녀는 '고용인' 또는 '직원'으로 불리기를 거부하는데, 그러한 "민주주의적" 칭호가 그녀를 돈에 따라 마음이 바뀌는 변덕스러운 일꾼으로 격하시키기 때문이다.

이 전근대적인 여인에게 일이란 교환가치를 갖는 생산 수단이 아니라, 삶의 형식이다. 귀족에게 그들이 실천해야 할 그날그날의 예법이 있듯이, 프랑수아즈에게는 자신이 수행해야 할 일과로서의 양식(樣式)이 있을 뿐이다. 그것은 더 관례적이고 기능적일수록 더 바람직하다. 그녀가 주인에 대하여 종(servant)인 것은, 기사(knight)가 주군에 대하여 종인 것과 같다. 만일 투쟁적 계급론자가 그녀를 주인의 '개'로 비하한다면, 그녀는 저열한 승냥이가 아니라 '명예로운 개'임을 자부할 것이다.

프랑수아즈와 마찬가지로 전근대적인 어머니는 비록 "가장 가까운 친구에게 하듯이 우정과 헌신으로" 프랑수아즈를 대하지만, 그녀와 같은 테이블에서 식사하는 것만은 불가능하다. 어머니가 아무리 인간에 대한 선의와 인정이 흘러넘치고, 그 누구에 대해서도 차별하는 마음이 없을지라도, 매너와 무례는 언제나 일정 정도 언어적이기 때문에, 호텔 직원이 '마르셀'에게 '므시외' 호칭을 붙이지 않는 것을 받아들이지 못한다. 근대적 평등 개념을 거부하는 두 여인은 주인과 종의 **모범**이다.

이런 여인들이 골조 기둥을 이루고 있는 가정에서 자라난 도련님 '마르셀'이 서민 노동자들과 허물없이 지내고, 존칭을 생략해도 아무렇지 않아 할 때, 프랑수아즈는 분개한다. '마르셀'의 게으름에 하소연을 빙자한 잔소리를 시시때때로 퍼붓고, 마뜩잖은 일을 시키면 눈에 띄게 무능해지고, '마르셀'이 심부름꾼에게 팁을 지나치게 후하게 줘여 주기라도 하면 최근에 그가 잘못 계산한 돈의 액수들을 읊어대지만, 결코 스스로를 주인과 동등하게 여기지 않는 프랑수아즈의 알베르틴에 대한 반감은, 충직한 하인과 방종한 애인의 대결이다.

프랑수아즈는 알베르틴 같은 (신분의) 여자가 주인을 불행하게 만드는 것을 지켜보기 힘들고, 그녀를 '마드무아젤'로 모시는 일은 도저히 할 수가 없다. "40년을 이 가족과 살아온 저를 악취 풍기는 애가 모욕하는데 가만두시다니요!" 어디서 굴러먹다 왔는지 알 수 없는 "교활한 계집애"가 "도련님의 돈을 갉아먹을까" 봐 프랑수아즈는 걱정이 이만저만이 아니다. 그래서 '나'와 알베르틴이 함께 무언가를 (그게 뭐든) 하고 있을 때면, 어떻게든 훼방을 놓는다.

'신스틸러' 프랑수아즈의 코믹한 전투는 알베르틴이 파리 집으로 불쑥 찾아온 그날부터 본격화된다. 마침 집에는 '나'와 프랑수아즈밖에 없고, 전과 다르게 과감해진 알베르틴이 그의 무릎 위에 앉으려는 찰나, 프랑수아즈가 벌컥 문을 열고, 등잔을 들고 들어온다. 그동안 줄곧 문에 귀를 대고 엿들었거나 열쇠구멍으로 들여다보기라도 한 듯이. 아직 그렇게까지 어둡지도 않은데, 두 사람 위로 등불을 치켜든 프랑수아즈는 "악을 척결하려는 정의의 여신" 같은 모습이다. 마찬가지로 알베르틴이 돌연 사라진 날 아침, "알베르틴 아가씨가 떠나셨어요!"라고 깍듯이 존칭을 붙여 고지하는 '전령' 프랑수아즈에게선 앓던 이가 빠진 후련함이 느껴진다.

서재를 청소하면 '마르셀'이 다른 사람들에게 보여주기 싫은 편지를 굳이 책상 맨 위에 잘 보이게 올려두고, 그가 여자와 전화 통화하고 있는 방에 들어와 이곳저곳 매만져 정돈하고, 춥지도 않은데 난로에 장작을 "천천히" 넣으면서 꾸물대는 프랑수아즈는 얄궂다. 그렇지만 이토록 사심 없이 '나'를 염려해 주는 인물이 또 어디 있겠는가. 인간들의 천박함과 탐욕에 대해 면역력이 없는 '마르셀'에게 프랑수아즈는 감시자이자 수호자다. '나'에게 그녀는 파이드라의 유일한 조력자 유모고, 미천한 "알베르틴-에스테르"를 제거하려는 아하수에로 왕의 총리대신 하만이다.

보통의 소설에서 관습적으로 생략되어 온 일상성이 『시간』에서는 서사의 중요한 한 축을 이룬다. 등장인물로서 '마르셀'이 사교계의 담화에 갇혀 있지 않을 때, 그는 서민 노동자들과 실질적으로 가장 많은 시간을 보내며, 그들의 대화는

직접인용으로 옮겨진다. 그 결과로, 서민들 속에서 '나'는 사실적 생기를 얻고, 비로소 우리가 자연스럽다고 느끼는 소설의 주인공이 된다.

'나'는 서민 노동자들에게 꾸밈없는 애정과 열성적 호기심을 품고 있다. 발베크로 가는 기차가 중간에 잠시 정차한 동안, 창밖으로 다가온 우유 파는 소녀를 보았을 때, '나'는 단번에, 아주 잠깐 동안이지만, 그녀와 운명적 사랑에 빠진다. 그 순박함이 마음에 들고, 거칠 것 없는 삶을 살아보고 싶은 것이다. 또 발베크의 그랑 호텔 매니저는 '나'의 요청으로 갖가지 염탐 수색 추적을 수행하는 스파이로서 나름대로 비중 있는 활약을 펼친다. '나'는 서민들에게 먼저 다가가 말을 걸고, 때로 도움을 주고, 자주 도움을 받는다. 비록 그의 말투에서 풍기는 신분적 우월의식 때문에 아이로니컬하게도 자기비하적 개그가 되곤 하지만.

'나'는 프랑수아즈에 대해 시니컬하지 않고, 다만 해학이 넘칠 뿐이다. 비록 프랑수아즈가 종종 사고(思考)의 결함을 드러내고, 잘못된 문법을 고집하고, 가벼운 비리(주인 식구들이 없을 때 몰래 딸을 불러들여 특식을 만들어준다든지)를 들켜도, 다정한 쓴웃음으로 넘어간다. '나'는 그녀의 투박한 프랑스다움의 가치를 인정한다. 그리고 모렐이나 오데트처럼 경쟁적이고 야심에 불타는 하층민에 대해서도, 기득권자로서 보여야 마땅한 톨레랑스(tolerance)를 잃지 않는다. '마르셀'은 모두에게 친절하고, 지극히 공손하며, 전혀 차별적이지 않다. 하지만 그 또한 자기 어머니보다 조금 더 평등할 뿐, 진정한 민주주의자는 될 수 없다.

* ——

1차 세계대전이 발발했을 때, 프루스트는 사십대의 나이에 만성 천식환자로 '복무 부적격'이라는 진단서가 있었음에도, 알 수 없는 이유로 수차례나 징집될 뻔했다. 열여덟 살에 자원입대했을 때도 군 측이 앞장서 조기 제대시켰을 만큼 군인의 자질을 결여했던 그가 전쟁에 투입되었더라면, 그 부대의 사령관은 늙고 병든 사병을 보살피는 책임을 회피하기 위해, 최대한 신속히 그를 후방으로 돌려보냈을 것이다.

텅 빈 파리에서 프루스트는 연일, 사랑했던 많은 친구들의 전사 소식을 듣는다. 셀레스트의 남편 오딜롱과 프루스트의 동생 로베르도 전쟁에 동원되었다. 그러니까 홀몸으로 파리에 남겨진 셀레스트가 가정부로 정식 고용돼 프루스트의 아파트에 입주한 것은 전쟁 때문이었다.

죽음의 무도가 이어지는 속에서 프루스트는 『시간』의 확장을 결심하고, 급격히 나빠진 건강 상태에도 불구하고, 인생에서 가장 맹렬하고 정력적인 시간을 보낸다. 그는 세기말의 데카당이 소멸했으며, 새로운 신분질서로 재정비된 진정한 20세기가 도래하고 있음을 감지했다.

평생 과장된 죽음의 공포에 시달렸던 그는 이제 죽음을 두려워하지 않게 되었다. 독일군의 야간공습 때문에 밤이면 칠흑같이 캄캄해지는 파리의 거리로 산책을 나갔다. 그러면서도 그는 "저는 포탄보다 여전히 생쥐가 더 무섭습니다."라고 편지에 썼다. 그는 죽음에 초연한, 그리고 작은 아픔들에 애정을 기울이는 작가가 되어갔다. 『시간』의 서사를 정체시키고 있던 트라우마적 존재인 아고스티넬리의 죽음도 점차 극복되었다.

『시간』을 읽을 때 나는 때때로, 끔찍하게 까다롭고 집요하게 도식적인 프루스트에게 실용주의자적 반감을 느낀다. 그리고 이 심리적 저항이 나의 서민적 의식에서 기인한 것임을 자각하기 때문에, 정말로 도련님 앞에 서 있는 무식한 시종처럼 격하당한 기분이 들곤 한다. 하지만 이런 반감이 이 작가와 작품에 대한 존경심을 손상시키지는 않는데, 이는 문학에 대해서는 아무것도 모르고, 프루스트가 권한 어떤 책도 읽기를 거부했던 셀레스트 알바레가, 자신이 시중을 들어주지 않으면 혼자서는 아무것도 못하는 무능한 고용주가 실은 문학사상 유례없는 천재라는 사실만은 온전히 이해하고, 그의 죽음 이후 오랜 시간이 흐른 뒤에도, “므시외 프루스트”에 대한 존경과 신의를 잃지 않았던 마음과 유사할 것이다.

— 오전 10시 44분, 보슬비

마지막으로 **괄호** 안에 들어 있는 것들을 꺼내 보아야 한다. 프루스트의 사랑을 이야기할 때 자주 누락되는 주제, 여자들에 대해서 말이다.

여성에 대한 프루스트의 부정적 인식은 『시간』 읽기의 즐거움을 자주 훼방한다. '마르셀'이 남성 동성애자 샤를뤼스를 묘사하는 많은 장면들이 측은한 웃음을 자아내는 것은, 그를 바라보는 서술자의 넘치는 아량 덕분이다. 이지적이고 엄정한 '나'는 샤를뤼스의 악덕을 논할 때도 줄곧 공평무사하지만, 그것이 진실한 이해를 바탕으로 하고 있기에, 설령 샤를뤼스가 부도덕을 넘어 충격적 사도마조히즘에 이를지라도, 다만 악을 미워할 뿐 인간적 연민은 거둬들일 수가 없다.

그에 반해, 여성에 대한 '나'의 태도는 상대에 따라 온도차가 큰데, 일관되게 작동하는 하나의 기준이 있다. '마르셀'이 존중하는 여성들, 즉 할머니 어머니 프랑수아즈는 여성의 육체를 가진 인격이라기보다 보통명사인 **인간**이다. 그녀들에게 성애의 가능성이 없기 때문에 '나'는 그녀들에 대해 다정하다. 『시간』에 '나'의 아버지가 부재하는 것은 아버지를 제거하려는 오이디푸스적 의지보다는 어머니를 **무성화**하려는 의도가 더 크다고 생각한다.

만일 여성이 진짜 여성—성애의 가능성이 있는 대상—이라면, '나'는 그녀가 아직 경험 없는 소녀일 때까지—성애에 눈뜨기 전까지만 매력을 느낀다. '마르셀'이 사랑한다고 외쳐댔던 그 많은 여자들 가운데, 그가 실질적으로 성적 교감을 나누는 데 성공한 상대는 알베르틴뿐이다. 질베르트나 게르망트 공작부인이 선망의 대상으로서 신비로움을 유지하고 또 비교적 쉽게 단념되는 것은 성사되지 못한 육체관계 덕분이다. 첫 번째 알베르틴이 **처녀**로서 얼마간 낭만화되는 데 반해, 두 번째 알베르틴이 '나'를 배반했을 때 확실히 지탄받는 것도 그녀가 **더럽혀진** 여자기 때문이다.

'나'는 알베르틴의 동성애 물증을 확보하지도, 그녀에게 순순히 자백을 받아내지도 못했음에도, 그녀의 악벽을 상상하는 것만으로 두려움을 느낀다. 그러나 레즈비언에 대한 그의 반감은 욕구가 좌절된 이성애자 남성이 표출하는 공격적 히스테리와는 결이 다르다.

『시간』에는 여성살해(femicide) 모티프가 담긴 여러 전설이 반복적으로 언급된다. 가령, '골로와 준비에브 드 브라방 전설'은 실존인물인 브라반트의 마리아(Maria von Brabant, 1226~1256)에서 비롯한다. 바이에른 공작 루트비히 2세(Ludwig II, 1229~1294)의 첫 번째 아내였던 마리아는 남편이 부재중인 사이 그의 가신과 외도했다는 의혹을 받아 참수되었다. 이후 그녀가 **거절당한 구애자**의 계략으로 무고하게 처형되었음이 드러나자, 루트비히 공작은 죽은 아내를 추모하는 수도원을 건립했다. 이로부터 여러 버전의 전설들이 만들어졌는데, 음흉한 가신 골로, 잔인한 남편 지그프리트, 죄 없는 희생자 준비에브 이야기가 대표적이다.

준비에브와 더불어 '마르셀'의 유년기 환상을 수놓는 '푸른 수염 전설'은 아내를 맞아들이고 죽이기를 되풀이하는 사이코패스에 관한 이야기다. 막강한 영주인 푸른 수염은 아내를 새로 들일 때마다 집을 비우면서, 성안의 어느 한 방만은 절대 들어가지 말라고 지시한다. 하지만 **금기**는 호기심을 낳으니, 아내는 방문을 열고, 그 안에는 푸른 수염이 죽인 이전 아내들의 시체 여섯 구가 있다. 남편은 마법 열쇠에 묻은 피로 아내가 자신의 명령을 **위반**했음을 알아낸다. **여성의 호기심**을 단죄하는 푸른 수염 전설은 샤를 페로(Charles Perrault, 1628~1703)의 동화로 유명하지만, 오페라나 연극으로도 다양하게 각색되었다.

그리고 앙투안 갈랑의 『천일야화(Les mille et une nuits)』가 있다. 페르시아와 인도의 구전설화들을 모은 이 민담집은 1704년에 첫 권이 출간되었을 때부터 프랑스에서 폭발적 인기를 누려 14년간 총 12권이 시리즈로 간행되었다. 갈랑은 외설성 잔인성 종교성이 모두 강렬한 이슬람 설화들을 기독교 세계가 수용 가능한 수준으로 순화함으로써, 유럽 사회에 '이국적인 페르시아풍'이 문화 코드의 하나로 자리 잡는 데 결정적 영향을 끼쳤다.

『천일야화』는 아름답고 지혜로운 셰에라자드가 술탄 샤리아에게 매일 밤 이야기를 하나씩 들려주는 액자소설 형식을 취한다. 그녀가 밤마다 **이야기**하는 이유는 살아남기 위해서다. 음탕한 아내의 외도를 목격한 술탄은 **복수심에 미친 남자**로, 처녀와 결혼한 후 하룻밤 정사를 치르자마자 목을 베어버리는 연쇄살인마다. 집집마다 곡소리가 울리고, 처녀들은 꼭꼭 숨어버린다. 하지만 대재상의 딸 셰에라자드는 두려워하지 않고 왕비가 되어 문제 해결에 나선다.

『천일야화』에서 샤리아는 6세기 사산 왕조 페르시아의 술탄으로 설정되었지만, 그 모델은 이슬람 제국 압바시야 왕조의 5대 칼리프 하룬알라시드(Hārūn al-Rashīd, 763~809)다. 압바시야 왕조의 최대 전성기를 이룩했던 그는 수도 바그다드에 세련되고 사치스럽기 그지없는 왕궁을 건설한 것으로 유명하다. 알베르틴의 불충을 의심하며 불면의 밤을 보내는 '마르셀'이 자신을 "바그다드의 밤거리를 배회하는 변장한 칼리프"에 빗댈 때, 그는 『천일야화』의 배신당한 술탄이 된다.

전설들은 공통적으로 음란한 여성을 박해하는, 상처받은 남자들의 폭력성을 보여준다. 하지만 '마르셀'의 경우는 이 또한 하나의 제스처, 여성의 부정(不貞)에 분노하는 이성애자로 보이기 위한 **위장**이다. '마르셀'의 인용 안에서 **이야기**들은, 그가 이성애자의 여성 혐오를 **연기**(play)하는 데 쓰이는 소품이 된다. 이럴 때 칼리프 '마르셀'은 모렐을 닮은 흑인 병사를 찾아 헤매는 저물녘의 산책자 술탄 샤를뤼스와 정확히 겹친다.

여성의 음란함이 문제 되는 것은, 그런 여자가 더 많은 남자를 차지하기 때문이다. 그녀들은 '나'와 남자를 놓고 경쟁한다. 그래서 이성애자[로 위장한 게이]인 '나'의 혐오감은 알베르틴[으로 위장된 남성]이 아니라, 그녀[그]와 관계 맺고 있는 다른 **음탕한** 여자들을 향한다. 소설에서 '마르셀'은 유명한 레즈비언인 여배우 레아 양을 극도로 경계하고, 알베르틴이 그녀와 만나지 못하도록 갖가지 수단을 동원한다. 이 때문에 결과적으로는 이성애자[로 위장한 게이]가 레즈비언을 유별나게 혐오하는 것처럼 보이는, 의아한 상황이 된다.

프루스트의 관점에서 여성은 순전히 레즈비언일 수는 없고, 남녀 모두에게 열려 있는, 배타적이지 않은 동성애자다. 따라서 그녀들은 가장 죄질이 나쁜 연인으로 창녀화된다. 여성의 성애에 대한 전반적 무지에서 비롯하는 이러한 여성 비하는 평범하게 남성적이고, 게이인 남성도 동일한 관점을 공유한다.

여기에 더해 남성 동성애자는, 같은 동성애자들 간의 애정 경쟁, 상대가 양성애자일 경우의 배신 가능성, 그리고 양성애자 여성들의 침공 위협이라는 삼중고에 시달리기 때문에 훨씬 더 의심 많고 예민해진다. 하지만 남성 동성애자는 자신이 사랑하는, 자신과 닮은 남성을 비난하고 싶지는 않으므로, 그 대신 양성애자 여성을 역겨운 거짓말쟁이로 비방한다. 이것을 발자크의 「황금 눈의 여인(La Fille aux yeux d'or)」과 비교해 보면, 프루스트의 작위성이 한결 뚜렷해진다.

『시간』에서 샤를뤼스는 성애의 신비를 묘사한 뛰어난 작품으로 이 단편소설을 언급한다. 그 내용으로 말하자면, 아무리 발자크라도 실소가 나올 지경의 막장이다. 색욕이 남달랐던 영국 귀족 더들리 경의 사생아들로, 서로의 존재를 전혀 모른 채 성장한 남매가 있다. 더들리 경과 프랑스인 어머니 사이에서 태어난 앙리, 그리고 에스파냐인 어머니를 둔 에우페미아는 생김새는 물론이고 목소리까지 똑같을 만큼 서로 닮았다. 이 **분리된 양성구유**가 파키타 발데스라는 한 여성을 각자, 그리고 동시에 사랑한다.

카리브해의 앤틸리스제도 출신 크리오요[64]인 파키타는 "로마인들이 황금색 여인, 즉 **불의 여인**이라 부른 부류에 속하는 여인"이고, "불타는 검은 눈"과 "자기(磁氣) 띤" 관능미를 뿜어내는, "괴물을 애무하는 여인"이다. 세네카의 파에드라를 연상케 하는 파키타는 양성애자다. 그런데 자세히 들여다보면, 그녀가 에우페미아와 관계를 맺을 때는 여성적/수동적/팸 역할을, 앙리와 관계를 맺을 때는 남성적/주도적/톱 역할을 하기 때문에, 양쪽 관계 모두에 동성애 모티프가 들어 있다.[65] 특히 앙리가 파키타와 정사할 때 여자 옷을 입는 것은, 트랜스젠더 여성과 부치인 파키타의 교합처럼 보이도록 꾸며져 있다.

발자크는 성행동에 있어 남성적 역할 수행과 여성적 역할 수행이 생식기중심 구분인 성별과 반드시 일치하지는 않는다는 진실을 드러낸다. 발자크는 성애의 모호성을 잘 이해하고 있으며, 무엇보다 여성성에 대한 이해가 높다는 점에서

64 criollo. 프랑스어로는 크레올(créole). 유럽 식민지 아메리카대륙에서, 에스파냐인 또는 프랑스인과 현지인 사이에서 태어난 백인 혼혈이다.

65 부치/팸은 레즈비언 관계에서 남성/여성 역할을, 톱/보텀은 게이 관계에서 남성/여성 역할을 가리키는 은어다.

양성적이다. 그럼에도 불구하고 발자크에서는 동성애가 연극이고, 양성애는 이성애의 확장형이다. 앙리와 에우페미아 남매는 (성별이나 성정체성과 관계없이) 파키타에게 이성애적인 육욕을 느끼고, 이성애자처럼 질투한다.

발자크의 판타지는 유구한 역사를 가진 남성중심 성애, 즉 그리스적 에로스의 재현이다. 그래서 공격성과 질투심이 강한—진짜 부치인 에우페미아가 파키타의 외도를 알게 됐을 때, 그녀는 **배신당한 남성처럼** 격노해 파키타를 살해하는 것이다. 그리고 파키타의 피로 뒤덮인 침실에서, 증오스러운 연적과 비로소 대면한 남매는 서로의 얼굴을 보자마자 알아차린다. 자신들이 한 아버지의 자식이라는 것과, 파키타의 사랑이 한결같은 취향에 충실했다는 것을.

게이인 프루스트의 상상 속에는 플라토닉한 남성은 있을지언정 진정한 자웅동체는 없다. 샤를뤼스의 양성성은 사실 성적 특징이라기보다 '지킬과 하이드'처럼 교대로 나타나는 다중인격에 가깝다. 프루스트는 여성적 요소들을 (어떤 필요에 의해) 세밀하게 묘사하지만, 발자크와 달리, 여성성을 예찬하지는 않는다. 프루스트는 파이드라를 혐오하는 히폴뤼토스처럼 여성의 성적 욕망을 불결하게 여긴다.

프루스트와 동시대인이었던 시도니 가브리엘 콜레트

(Sidonie-Gabrielle Colette, 1873~1954)[66]는 성의 해방이 있기 수십 년 전인 1900년대에 두 번 이혼하고 세 번 결혼하는 동안, 여러 여성들과 공공연히 동성애 관계를 맺고(그중에는 남편의 정부와의 연애도 있었다) 여러 연하 남성들과 사귀었으며(그중에는 서른 살 연하 양아들과의 연애도 있었다) 남장 여자 애인과 동거하면서, 물랭루주에서 반나체로 춤을 춰, 파리 예술계 스캔들의 역사를 새로 쓴 시대의 아이콘이다.

실존했던 알베르틴/레아/오데트라 할 수 있는 콜레트는 남녀 사이에 가능한 모든 유형의 관능을 자전적 경험으로 보유한 작가였다. 그런 그녀가 보기에 프루스트의 레즈비언 서사는 "초라한 모조품"이고, 그에게서는 "높은 곳에서 굽어보는 온전하고 거대하고 영원한 **소돔의 시선**"만이 느껴진다. 가령, '마르셀'이 그토록 가증스러워하는 레아 양은 레즈비언임에도 모렐과도 잠자리를 한다. 이것은 불가능하다. 그녀가 정말로 레즈비언이라면, 모렐은 발자크의 파키타가 되어야 하는데, 그러기에는 그가 앞서 보여준 남성적 면모들이 너무나

---

66 콜레트는 스무 살에 열네 살 연상의 출판업자와 결혼 후, 남편의 독려로 소설 『클로딘』 4부작을 쓴다. 하지만 남편의 이름으로 출판된 작품이 유명세를 얻자, 계속해서 글을 쓰도록 강요당한 끝에 이혼한다. 이후 작가로서 독립한 콜레트는 여성의 성애를 섬세하게 묘사한 작품들로 주목과 찬사를 받았다. 1945년 여성으로는 최초로 공쿠르 아카데미 회원이 되었고, 레지옹 도뇌르 훈장을 5급에서 2급까지 네 번 받았다.

뚜렷하다. 모렐은 이상성애자이거나 성범죄자일 수는 있어도 트랜스젠더 레즈비언으로는 보이지 않는다.

프루스트가 묘사한 레즈비언 성애는 위악적이다. 이는 남성 동성애가 인습에 의해 '악'으로 규정될지라도, 고대로부터 끈질기게 수행되어 온 인간의 본능 가운데 하나인 반면, 여성 동성애는 본질적으로는 '거짓'일 뿐이라는, 지독히 남성적인 편견을 드러낸다. 콜레트는 프루스트가 "**그녀**에 대해 아는 게 거의 없다."고 단언한다.(「'C'와 남자들」, 『순수와 비순수』)

* —

그러니까 각기 다른 맥락에서 전개되어 왔어도—성별, 성역할, 성정체성, 성적지향 전부와 관계없이—여성 비하는 단 하나의 속성을 갖는다. 그것은 **남근숭배의 그림자**다.

프루스트의 동성애 성향은 그의 여성 혐오를 덜 문제 삼거나, 보다 허용적으로 받아들이게 하는 배경이 된다. 여성에게 실질적 위해를 가하는 여성 혐오는 통상 이성애자들이 주도하고, '안전한 이성'인 게이는 까다롭지만 센스 있는 여성들의 친구로 받아들여지는 경향이 있다. 그러나 이런 인식은 '자매애'에 익숙한 여성들의 일방적 착각이고, 대중매체가 퍼뜨린 소녀 취향 판타지에 가깝다.

성욕은 언제나 (동성애에서건 이성애에서건) 남성적인 것으로 이해되어 왔다. 고대 그리스의 에로스가 그러했고, 19세기에 프로이트가 발명한 리비도가 그러하다. 프로이트는 성충동을 뜻하는 리비도가 '남성성'이라고 명시했다. 이는 여성에게 허용되는 리비도를 남근숭배로 제한한다.

불의 여인, 정열적인 여성, 능동적인 부치는 음욕에 미친 변태다. 아담의 타락을 주도한 이브는 원래부터 색광이었다. 그런데 혹시…… 정말로 여성이 남성적 역할까지 모두 다 할 수 있다면, 이토록 단순한 남성의 페니스는 무슨 쓸모가 있겠는가. 바로 이 두려움으로부터 모든 유형의 여성 혐오가 비롯된다. 여성 혐오는 여성의 욕망을 부정하고 남성적 동맹을 구축한다.

후기구조주의 철학자로, 페미니즘 이론의 대모인 주디스 버틀러(Judith Butler)는 『젠더 허물기』(2004)에서 삼각관계와 질투의 메커니즘을 분석하는데, 이때 '욕망이란 곧 타인의 욕망의 모방'이라고 한 라캉의 '대타자 이론'의 심각한 남성중심성을 절묘하게 포착한 퀴어 비평가 이브 세지윅(Eve Kosofsky Sedgwick)을 인용한다.

대표적 프로이트주의자인 라캉(Jacques Marie Emile Lacan, 1901~1981)의 욕망 이론에 따르면, 남성이 어떤 여성을 원하는 이유는 다른 남성들이 그녀를 원하기 때문이다. 그리고 삼각관계는 남성이 '한 여성을 욕망하는 자신'과 '그 여성을 욕망하는 다른 남성'을 동일시하는 상태다. 여기에서 여성의 욕망은 논의되지 않는데, 왜냐하면 여성의 욕망은 욕망되어지려는 욕망뿐이기 때문이다. 여성은 남성들의 욕망에 있어 '교환가치'로서만 평가된다. 라캉의 욕망 이론은 오늘날에도 정신의학뿐만 아니라, (남성성 여성성 부분을 중성화한 버전으로) 사회철학과 문화비평에까지 두루 활용되고 있다.

라캉에 대해 세지윅이 던지는 질문은 이것이다. 만일 한 남성의 한 여성에 대한 욕망(이성애)이 다른 남성들(동성사회)의 욕망의 투사라면, 이성애는 사실상 남성들 간의 동성사회적 유대(homosocial bond)의 표현이 아닌가. 라캉 이론은 이성애와 동성애를 "하나의 순환 회로"로 만들고, 여성은 그 안에서 순환한다. 그러므로 "한 여자를 다른 남자에게 보내려는 한 남자는 자신의 어떤 일부를 보내는 것이고, 그녀를 받는 다른 남자는 그 한 남자 또한 받는 것이다. 이때 그녀가 실제로 원해졌는지, 아니면 그저 그녀가 남자들의 욕망의 표상이 되어서, 즉 하나의 예시로써 원해졌는지"는 알 수 없다.(『젠더 허물기』 6장)

호모소셜(동성사회) 개념은 호모섹슈얼리티(동성애)와 같지 않지만, 적어도 프루스트가 가장한 이성애는 세지윅의 도식에 완벽하게 들어맞는다. 그는 이십대 때, 친구인 가스통

아르망과 가스통의 비밀 연인이었던 소녀 잔 푸케 사이에 끼어, 잔을 열렬히 사모함으로써 가스통을 화나게 했다. 하지만 잔은 프루스트의 연정이 거짓임을 직감으로 알아차리고, 그를 **괴상하다**고 생각했다.[67] 이 삼각관계에서 프루스트는 가스통의 감정을 공유하고 가스통과 가까워지고 싶은 바람을 품은 가짜 이성애자다. 여자를 사랑하는 척하면서 동시에 남자를 사랑하는 방법은, 자신이 사랑하는 남성과 한 여성을 두고 경쟁하는 것뿐이다. 프루스트는 평생 동안 여러 차례 이런 방법으로 사랑을 했다.

아이오와 대학교 신경생리학 교수 마크 블럼버그(Mark Blumberg)는 『자연의 농담』에서 여성성은 여성과 등치가 아니고(여성성 ≠ 여성) 남성성 또한 남성과 등치가 아님을(남성성 ≠ 남성) 규명한 다수의 연구들을 제시한다. 많은 생리학자 유전학자 심리학자 뇌과학자 들이 밝힌바, 인간의 생식선이나 생식기가 언제나, 예외 없이, 유전적으로 **결정**되는 것은 아니다. 외형은 완전히 남성임에도 여성 염색체(XX)를 가지는 경우도 있고, 생식기 형태로 성별을 판정하기 어려운 간성

67 극작가 가스통 아르망(Gaston Arman de Caillavet, 1869~1915)과 잔 푸케(Jeanne Pouquet, 1874~1962)는 1893년 결혼했다. 이들 부부는 부분적으로 생루와 질베르트의 모델이며, 생루 양처럼 두 사람 사이에도 외동딸 시모네(Simone)가 있었다. 시모네는 '알베르틴'의 성[Simonet]과 발음이 같다.

(intersex)도 있다. 또한 인간의 성욕은 번식 가능성을 제일원인으로 발달하지 않았고, 생식(후손의 생산)은 성행동의 결과로 우연히 일어나는 일일 뿐이다.

그럼에도 인간은 예나 지금이나 생식기중심주의를 버리지 못해서, 자연이 낳는 여러 변종들을 기괴하게 느낀다. '생김새'가 인간의 판단력에 끼치는 영향은 지대하다. 간성은 괴물이므로 적절한 때에 여성 생식기나 남성 생식기 중 한쪽은 처치되어야 한다.[68] 통념은 성별과 성정체성이 일치할 때만 정상으로 간주하는데, 그 '일치 상태'가 양단간의 선택이라기보다 정도 차에 따른 스펙트럼에 가깝다는 사실은 무시한다. 그러니 생식기가 결정해 준 성역할을 거부하는 **괴상한/퀴어한** 성적지향들을 용인하기는 당연히 어렵다.

블럼버그는 이성애와 동성애의 뚜렷한 차이가 하나뿐이라고 말한다. 이성애는 성정체성과 성적지향을 확실하게 **고정**하고 싶어 한다. 이성애자가 동성애를 혐오하는 이유는, 동성애가 모호함을 거부하지 않기 때문이다. 동성애자가 불분명한 가능성들 속에 즐겁게 머물러 있는 상태가 이성애자의

68 수술로 성기의 '모양'을 만드는 것은 가능하지만, 그것이 의도대로 기능하리라는 보장이 전혀 없음에도 불구하고, 간성의 수술은 보통 당사자가 성정체성을 확립하기 전인 미성년기에 이루어진다. 반면, 거의 눈에 띄지 않는 희미한 간성이나, 유전자적 돌연변이의 경우는 미성년기에는 무시되다가, 성인이 된 후에 성정체성 혼란의 원인이 되기도 한다.

반감을 자극하는 것이다. 그렇지만 더 많은 연구들이 계속해서 드러내고 있는바, 진화행동학적으로나 발달심리학적으로나 100퍼센트의 남성, 100퍼센트의 여성인 인간이 존재하지 않고, 만일 있다면 우리의 상상보다 훨씬 더 퀴어한 존재일 것이다.

성적 끌림과 상호작용에는 이질성만큼이나 유사성 또한 필수 요소다. 모든 인간은 때로 여성적이고 때로 남성적이다. 우리는 상황과 조건에 따라 그때그때 몇 퍼센트의 남성성과 몇 퍼센트의 여성성을 발휘하며 살아가고 있다. 동성애 관계에 있는 두 사람 사이에서도 남성적 성역할과 여성적 성역할은 나뉜다. 모든 면에서 가장 넓은 진폭을 가진 레즈비언은, 바로 그 다양성 때문에 성애의 서열에서 최하층 천민이 된다.

성애에 관한 새로운 지식들, 신조어들, '경계를 가로지르는' 개념들은 우리를 점점 더 어지럽게 한다. 모든 것이 그토록 미결정적이라면, 우리는 왜 누구에게 욕망을 느끼거나 느끼지 못하고, 어째서 어떤 욕망은 황홀하고 다른 욕망은 역겨울까. 우리는 누구로서 어떻게 사랑하고 싶은 걸까. 그것을 알려면 먼저 자신의 욕망이 어떤 것들로 구성되어 있고, 왜 그렇게 형성되었는지를 파악해야 한다. 이는 곧 우리가 젠더의 모호성을 더 많이 이해해야 한다는 뜻이다.

* ——

이 페이지에 이를 때까지 나는 '동성애'라는 단어를 72차례 썼다. 그리고 이 단어를 쓸 때마다—어쩔 수 없다고는 생각하면서도—프루스트에게 일말의 미안함을 느꼈다. 그는 '호모섹슈얼리티'라는 말을 매우 싫어했다. 그래서 『시간』에도 동성애 대신 '소돔'과 '고모라'를 끈질기게 쓰고 있다. 성경 속 색정광들의 도시 소돔과 고모라가 각각 남색과 레즈비언의 상징인 것은 누구나 알지만, 어쨌든 '호모섹스'라는 단어처럼 노골적이지는 않다.

『시간』에서 샤를뤼스는 "독일인들 때문에 잘못 퍼뜨려진 동성애라는 단어"를 성토한다. '호모섹슈얼리티'가 공개 지면에 쓰인 최초의 예는 1868년 프로이센의 반(反)소도미법(동성애 금지법)을 두고 벌어진, 독일인 (게이) 법률가와 헝가리 태생 언론인 사이의 논쟁에서다. 하지만 샤를뤼스의 말대로, 이 단어가 지금처럼 널리 대중화된 계기는 1907년 유럽을 떠들썩하게 했던 일명 '오일렌부르크 스캔들'의 영향이다.

오일렌부르크 공 필리프(Philipp zu Eulenburg, 1847~1921)는 독일 황제 빌헬름 2세(Wilhelm II, 1859~1941)의 오랜 친구로, 당시 오스트리아 대사였다. 평생을 외교관으로서 정치 이력을 쌓아온 그는 공화정에 비판적이었고, 배타적 국수주의자였으며, 강력한 반유대주의자였다. 1871년 최초의 통일국가 독일인 독일연방(Deutsche Bund)을 수립하는 데 진력을 쏟았던 수상 비스마르크가 1890년 반강제로 사임한 뒤, 황제의 각료들 사이에서는 외교 정책을 두고 파벌 싸움이 벌어졌다. 한때 오일렌부르크 공의 측근이었던 외교부 비서관 프리드리히 폰 홀슈타인(Friedrich von Holstein, 1837~1909)은 강한 독일을 주장한 제국주의자로, 오일렌부르크와 이견을 겪자 적으로 돌아섰다.

비스마르크가 "하이에나"로 불렀던 홀슈타인은 책략에 능한 인물이었다. 그는 오일렌부르크를 포함한 황제의 각료들이 은밀히 형성했던 이너서클에 대해 알고 있었다. 홀슈타인은 기독교로 개종한 유대인 언론인 막시밀리안 하르덴(Maximilian Harden)에게 그들의 남색을 흘려 기사화하도록 유도한다. 그 과정에서 하르덴의 협박에 시달리다 자살한 장교가 여섯 명이고, 수십 명이 동성애 혐의로 기소되었다.

홀슈타인은 오일렌부르크에게 대사직 사임을 압박해 뜻을 이뤘는데도 이에 만족하지 않고, 그를 완전히 몰락시키기로 작정한다. 홀슈타인의 사주를 받은 하르덴의 고발로 오일렌부르크를 포함한 여러 고위 관료가 재판에 회부되었다. 오일렌부르크는 명예훼손 고소로 맞섰다. 법정에 불려 나온 증인들은 자신들이 알고 있는 다양한 동성애 행각을 적나라하게 묘사했고, 증언은 고스란히 신문 지면에 실렸다. 오일렌부르크 스캔들은 정적 제거라는 정치적 목적을 위해 동성애 혐오를 조장한 악명 높은 사건이다.

이때부터 사람들은 소돔과 고모라라는 문학적 비유 대신, 더 직설적이고 시각적인 '호모섹스'를 스스럼없이 입에 올리게 되었다. 당시 신문은 황제와 각료들의 동성애를 풍자한 만화들로 연일 독자의 눈을 사로잡았다. 그것은 많은 남자들에게, 아양 떠는 게이들의 구애로부터 자기 항문을 사수해야 할 것만 같은 공포심을 심어주었다. 프루스트는 이런 반응을 『시간』에서 다음과 같이 묘사한다. 샤를뤼스가 "자기 소유 말의 주둥이를 토닥이며 각설탕을 주는 주인의 마음으로" 상대의 손을 가볍게 잡았을 뿐인데, 그 남자는 "흡사 강간을 예고당하기라도 한 듯이 공포에 질려 두리번거린다."(「소돔과 고모라」 2부 3장)

현대의 극성스러운 퀴어들과 달리, 사실 프루스트는 상당히 늦게까지도 스스로를 그다지 '퀴어하게' 여기지 않았다. 이는 그가 자신의 동성애 성향을 잘 몰랐다는 뜻이 아니라, 당시만 해도 퀴어 정체성이 이성애와 선명히 구분되는 대립 개념이 아니었다는 말이다. 기독교적 배경 속에서 동성애를 금기시하는 시선은 당연했지만, 한 개인의 성적지향은 배타적이며 다른 모든 지향성들과 양립 불가능하다는 아이디어 자체가 불분명했던 것이다. 샤를뤼스는 호모섹슈얼리티라는 단어가 남용되기 전까지만 해도 "여자를 아예 기피하는 남자나, 여성만을 좋아하지만 이득을 위해 때때로 다른 것도 하는 남자를 제외하면, 동성애자는 건실한 가장이었고, 위장할 필요가 없다면 정부도 두지 않았다."고 말한다.(「갇힌 여인」 2부) 이는 사실이었고, 또한 프루스트의 입장을 거의 그대로 대변한다.

유감스럽게도 이런 말은 단호한 이성애자들에게, '그러니까 동성애는 치료될 수 있는 병'이라고 주장할 빌미가 될 것이다. 실제로 프루스트 자신도 그런 걱정을 했다. 그래서 『시간』에 언급된 여성살해 전설들은 프루스트의 여성 혐오를 드러낸다기보다, 병적 타락에 대한 공포와 끌림이라는, 그의 내면에서 상충하는 양가감정을 더 반영하는 것으로 보인다.

푸른 수염 전설의 모델로 알려진 실존인물 질 드 레(Gilles de Montmorency-Laval, baron de Rais, 1405?~1440)는 오늘날까지 정신의학 연구 대상이 되고 있는 프랑스 최초의 아동연쇄살인마다. 브르타뉴 공국의 가장 오래된 기사 가문인 몽모랑시 남작 질 드 레는 15세기 프랑스의 영향력 있는 영주 중 한 명이었다. 잔다르크와 더불어 백년전쟁의 영웅이었던 그는 1440년 교회에 무장하고 들어가 예배를 방해하고 악마 소환 의식을 한 혐의로 기소되었다. 이후 재판에서 그가 남색가이자 소아성애자로, 수백 명의 아이들을 성폭행하고 살해했다는 증언이 잇따랐다. 그는 종교재판 후 화형에 처해졌다. 푸른 수염 전설은 표면적으로는 아내를 시험하는 남편 서사지만, 그 이면에는 **비정상적 욕망과 그 단죄**라는 주제가 자리하고 있다.

부정한 여인을 박해하는 남자에 관한 전설은 아니지만, '마르셀'에게 동화적 영감을 주는 또 다른 전설로 '구호 성자 쥘리앵'도 눈여겨볼 필요가 있다. 생쥘리앵 전설은 루앙대성당에 34장의 스테인드글라스로 묘사되어 전해지는 이야기인데, 『시간』에서는 주로 플로베르가 쓴 단편소설 내용을 기준으로 언급된다.

평화로운 왕국의 왕비가 왕자를 출산한다. 아름답고 영민한 왕자는 성장하면서 사냥을 광적으로 즐기게 된다. 그는 짐승을 죽일 때 솟구치는 피에 극도의 쾌감을 느낀다. 어느 날 그는 사슴 가족을 몰살하는데, 죽어가던 수사슴이 그를 저주한다. "언젠가 너는 네 어미아비를 죽이리라." 쥘리앵은 이 예언을 피하기 위해 왕국을 떠나고, 용병이 되어 숱한 전투에서 무공을 세우지만, 결국은 자신의 부모인 줄도 모르고 부모를 죽이고 만다. 이후 쥘리앵은 고행자가 되어 떠돌다가 나환자를 돕고, 그로써 구원받는다. 프루스트의 맥락에서 생쥘리앵은 **부모 살해자**, 피할 수 없는 운명으로서의 죄인을 나타낸다.

알고 보면 꽤나 음침한 이 고딕 전설들은 어릴 적 할머니가 읽어주시던 동화책으로 꿈결처럼 모호하게 서술되지만, 거기에는 늘, 부모님에 대해 프루스트가 느끼던 감정과, 자신의 **병**에서 비롯하는 **죄의식**이 어른거린다.

종교 계급 인종의 투쟁을 거쳐온 인간에게 성은 마지막 남은 투쟁의 주제 가운데 하나다. 1990년, 버틀러가 『젠더 트러블』에서 젠더는 성기에, 자아에, 유전자에, 의지에 깃들어 있는 것이 아니라, 수행하도록 반복적으로 강제된 정체성이라고 주장했을 때, 페미니스트들은 열광했다. 그것은 대립적 성정치학이 전혀 아니었지만, 그럼에도 버틀러의 젠더 수행성(Gender Performativity) 개념은 억압되어 온 여성성으로부터의 해방을 지상과제로 삼는 페미니즘에 논리적 철학적 구조를 마련해 주었다.

오늘날 남녀 간 권리 투쟁은 이념적 좌파와 우파의 대립만큼이나 극렬하다. 한국 사회에서도 '페미나치'와 '일베충'의 개싸움은 고전적 젠더 갈등의 급진 버전으로 굳건히 자리 잡았다. 그러나 이 투쟁에는 음험한 구석이 있다. 서프러제트[69] 이래로 페미니즘은 그 이름이 나타내는 여성성 옹호에도 불

---

69 suffragettes. 20세기 초 영국의 참정권 운동가들로, 공공건물 방화 및 폭탄 테러 등 무력시위로 의사를 표현한 급진 페미니스트 그룹이다.

구하고, 투쟁 전략으로써 남성성을 택했다. 그것이 투쟁인 한, 남성에 맞서려면 그에 못지않은 남성성이 필요하기 때문이다. 배제와 연대의 전략으로서 페미니즘은 남성적 사회 구조에 균열을 내는 데 얼마간 성공하고 있다.

하지만 버틀러가 젠더 수행성에서 **젠더 허물기(Undoing Gender)**로 나아가는 성정치학을 전개하면서 드랙, 간성, 트랜스젠더 등을 분석한 것은, 페미니즘이 여전히 생식기중심 젠더 의식에서 벗어나지 못하고 있음을 에둘러 지적한다. 페미니스트가 성소수자를 대하는 이중 잣대에는 남성의 차별을 모방하는 측면이 있다. 여성은 '외견상' 여성이어야 하고, '여성으로서' 억압된 경험을 가져야 한다. 그래서 레즈비언은 수용되지만 트랜스젠더 여성은 공격 대상이 된다. 페미니즘은 '사회적 약자로서의 여성'에 집중하기 위해, 남자들이 그러듯이, 또다른 약자인 성소수자를 차별한다.

남성들의 여성 혐오(misogyny, 미소지니)나 여성 숭배(philogyny, 필로지니)는 길게 논할 필요가 없다. 생식기가 의식을 지배하기라도 하는 듯이 대부분의 사안을 단순화하는 그들은 여자가 다정하면 좋고 사나우면 싫다. 게이는 정신병자고 트랜스젠더는 장애인이다. 투쟁은 이렇게 여전히 섹슈얼리티의 거대한 장막 아래서, 남근숭배적으로 전개되고 있다. 이래 가지고는 아무도 원하는 바를 결코 얻지 못한다.

성정치학이 필요한 이유는 그것이 일개인의 분투로는 도달할 수 없는 목표를 세우기 때문이다. 다른 어떤 권리 투쟁보다도 젠더는 당사자 인간들의 상호 승인이 필요하다. 우리의 정치성이 과연 올바르고 정당했는가는 미래의 사람들이 평가할 것이다. 하지만 자신의 욕망을 알기 위해서는 먼저 섹슈얼리티의 규제적 압력에서 벗어나야 한다는 사실만은 틀림없다. 성찰은 어느 때에고 집단적으로는 이루어지지 않는다. 우리에게는 저마다 자기만의 생각할 시간이, 더 많이 자신으로 살아갈 자유가 필요하다.

모호함에 대한 거부는 진화적 본능이라고 설명된다. 확실한 것은 안전하고, 조심성은 생존확률을 높여주기 때문이다. 그러나 인간은 이미 오래전에 본능의 시대를 지나왔고, 이제는 더 많은 모호함들이 몰려오고 있는 세상이다. 우리에게는 본능을 넘어설 보다 능동적인 대처법이 필요하다. 인간은 수천 년 동안 지대한 관심으로 사랑과 성애를 탐구하고 실천하고 노래하고 꿈꿔 왔으면서도, 여전히 욕망의 속성을 오인하고 있으며, 여자들의 성애에는 아직 이름조차 없다.

* ——

텍스트 내적 전개로만 본다면—프루스트가 의도했건 아

니건—『시간』은 **쌍년들(bitches)의 승리** 서사다. 오데트의 화려한 비약, 베르뒤랭의 게르망트 정복, 뱅퇴유 양과 그 여자 친구의 예술적 성공, 질베르트의 사교계 여왕 등극, 그리고 알베르틴의 탈주까지, 오직 못된 여자들만이 원하는 바를 충분히 이뤄낸다. 이런 공식은 여성 혐오적이지만, 바로 그래서 여성 독자인 내게 뜻밖의 쾌감을 안긴다.

인습에 짓눌린 여성의 좌절을 묘사하는 비통한 서사들과 달리, 『시간』의 여자들은 되바라졌고, 반성할 줄 모르고, 욕망 추구에 집요하며, 그로써 성공한다. 남자들이 하나둘씩 죽어갈 때에도, 상처 입지 않는 그녀들은 태연히 살아남아, 거의 전부를 차지한다. 이렇게나 현실과 동떨어진 판타지는 희귀하다.

'마르셀'의 패배는 버림받은 재벌 3세의 딜레마와 유사하다. 그는 돈으로 사랑을 사고선 온 마음으로 사랑받기 바란다. 거의 늘 의심 속에 살면서 한 점 의혹도 없는 사랑을 내놓으라 한다. 신분적 우월의식과 통제의지를 발휘해 알베르틴을 가르치고 바르게 하려는 '마르셀'은 독재자 칼리프다. 집안에서는 모두들 주인인 그가 정한 규칙에 따라야 한다. 아침에 시끄러운 소리를 내서는 안 되고, 밤에 창문을 열어서도 안 된다. 그는 발칙한 여자들로부터 알베르틴을 떼어놓고(그렇게 믿고) 안온한 일상을 지루해한다. 그는 저주가 풀리지 않는 야수인데, 미녀가 자신을 왕자처럼 사랑해 주기 바란다.

알베르틴에게 이별을 통보하고, 그 통보의 효과를 이리저리 가늠하면서, 그녀가 굴복해 오기만을 기다릴 때, '마르셀'은 이 세상에서 가장 찌질한 사나이다. 알베르틴이 단호히 떠나는 것, 그리고 다시는 돌아오지 않는 것은 여성주의적 관점에서 통쾌하다. 경제적 자립이 불가능한 여성이 후원자 남성의 억압을 감내하며 관계를 유지하는 오랜 관습에 도전한 알베르틴은 남성 권력자에게서 벗어나 자기해방에 도달한 페미니스트다.

어쩌면 레즈비언에 대한 프루스트의 적의에는, 동성애자로서 무의식적 동류의식의 소산인 자기비하도 담겨 있을 것이다. '마르셀'이 알베르틴을 비난하면서 "우리로 하여금 사랑할 수밖에 없게 만드는 여인의 원죄"라는 개념을 끌어다 쓸 때, 여기에는 (그가 사랑하는) 남자들을 지배하는 여자에 대한 시샘이 담겨 있다.

여자를 모르는 프루스트는 심각하게 오해했다. 여자는 남자에 대해 그렇게까지 강력했던 적이 없고, 대부분 이성애자 남자들도 그 사실을 알고 있다. 여신/님프/뮤즈는 남자들이 만들어낸 환상이지만, 어떤 이성애자 남자도 현실의 여자를 그렇게 신성시하지 않는다. 그래서 그녀들이 바라는 것도 남자들과 별반 다르지 않다. 그녀들은 욕망을 추구할 때—남자와 마찬가지로—자유롭고 싶고, 또 성애를 실현하고 있지 않은 나머지 시간에는—남자와 마찬가지로—그저 인간으로 존재하는 것을 방해받고 싶지 않을 뿐이다.

개인의 사고뿐만 아니라 사회 인식은 많은 부분이 언어에 의해 고착된다. 언어는 관념에 일종의 물질성을, 즉 그것으로써 현실에 영향을 끼칠 수 있는 파급력을 부여한다. 『시간』은 성애의 복잡다단한 측면들을 정밀하게 **언어화**했다는 점에서, 젠더 다양성의 파도 위를 표류하는 현대인들에게 꽤 쓸 만한 구명용 널빤지일 수 있다. 비록 프루스트가 여성의 성애를 부당하게 폄하한 측면은 있지만, 그가 마음껏 사랑하지도 못하면서 평생토록 죄를 숙고해야 했던 "가짜 악인"이었으므로, 여자인 내가 대인배답게 용서하기로 한다.

프루스트는 당위와 현실 사이의 불분명한 중간지대를 언어로써 탐색하는 문학 예술가의 임무에 충실했다. 『천일야화』의 셰에라자드는 **나쁜 병**에 걸린 왕을 이야기로 진정시킨다. 1001일 밤 동안의 **이야기로써 치유된** 왕은 여성 혐오를 극복하고 사랑을 되찾는다. '마르셀'은 자신을 배신당한 칼리프에 비유했지만, 그는 또한 이야기로써 스스로를 구원한 셰에라자드기도 하다.

— 성탄 전야

인생은 늘 미지의 혼란 가운데 나아가므로, 우리는 아주 먼 시선, 시간성을 벗은 아득한 눈으로만 우리 삶을 관조할 수 있다. 그리하여 『시간』 읽기는 우리가 우리 자신의 신이 되어보는 것이다. 죽음과 영원 사이에 갇혀 사는 인간이 기억을 통해 윤회하는 것이다. 『시간』의 서술자가 죽음에 대해 나타내는 것은 냉담이 아니라, 그 너머에서 도래한 초월적 시선이다.

6

입구에 놓인 의자

『시간』을 읽으면서 적지 않은 수의 관련 서적과 독자 리뷰를 보았다. 그리고 나만의 가설을 하나 세우게 됐다. 누군가가 『시간』의 어떤 측면을 특히 비판적으로 평가할 경우, 어쩌면 그것은 그 사람 내면의 가장 취약한 부분일지 모른다. 가령, '마르셀'에 대한 흔한 반감은 그가 이기주의자라는 것인데, 나는 인간들 대다수가 마음속으로 그 정도로는 다들 자기중심적이지 않나 생각한다. 독자는 '마르셀'을 최악의 밑바닥까지 훤히 들여다보면서 비난하지만, 내심에서부터 이타적인 인간이 인류 전체로 보면 한 3퍼센트나 될까? '마르셀'에게 잘못이 있다면, 그가 지나치게 솔직하다는 것이고, 그것이 프루스트가 타고난 작가로서의 재능이라고 나는 생각한다.

『시간』에 비추어볼 때, 나의 약점은 '기다림'이다. 나는 성미가 급하기 때문에, 어쩔 수 없이 기다려야 하는 상황에 처하면 쓰레기인 인성이 표출될까 봐 조마조마하다. 기다림이 필요한 욕망을 차단하기 위해, 오래 기다릴 필요가 없는 선택을 주로 하며 살고 있다. 그런데 이 책을 읽으면서 문장들의 의미들을 알아듣는 나 자신을 참으로 오래 기다려야 했다. 『시간』 때문에 우울증에 걸렸다고 생각했던 것이 실은 내 느려터진 독서력 때문에 일어나는 화였다.

책을 잡으면 가능한 한 단번에 죽 읽는다. 결말을 보기까지 하룻밤도 기다리지 못하기 때문이다. 같은 책을 여러 번 읽는 이유는 빨리 읽느라 잘못 읽은 부분들이 있을 것이기 때문이다. 『시간』은 이런 나의 독서 습관을 적용하는 것이 물리적으로 불가능한 책이다. 1회독에만 꼬박 1년이 걸렸는데 여전히 대부분의 내용을 이해하지 못했다는 생각이 들어 다시, 또, 다시 읽어야 했다.

그러다 문득, 생각했다. 이것은 삶에 대한 나의 불량한 태도의 한 단면이 아닌가. 이러든 저러든 삶의 결말은 죽음인데, 인생을 산책자처럼 거닐지 못하고 매번 최대 속도로 질주하려 한다면, 나에게 삶은 죽음을 기다리는 상태일 뿐 아닌가. 이렇게 죽음의 문전에서 대기한 채로, 문학의 꿈을 미뤄온 것이 다름 아닌 '마르셀'의 인생 아니던가.

* ——

『시간』 속 서사는 줄곧 사랑을 둘러싸고 전개되지만, 가만 보면 죽음도 그에 못지않게 꾸준한 사건이다. 1편에서는 레오니 이모와 뱅퇴유 씨가 죽고, 3편에서는 외할머니와 스완이 죽는다. 4편의 죽음 가운데는 피아니스트 드샹브르가 인상적이고, 6편에서는 알베르틴과 올로롱 양, 그리고 7편에서는 생루의 사망 소식이 전해진다.

이 죽음들을 성격 유형에 따라 분류해 볼 수도 있다. 뱅퇴유 씨와 올로롱 양은 성도착자들로 인해 고통받다 죽어간 인물들이다. 쥐피앵의 조카딸이 모렐에게 버림받자, 동병상련의 샤를뤼스는 이 망가진 소녀를 양녀로 삼고 올로롱 공녀 작위를 하사함으로써, 그녀를 비참에서 구해 준다. 그녀의 고양된 신분은 캉브르메르 후작의 아들에게 꽤나 매력적이어서, 샤를뤼스 남작의 후원하에 빠르게 결혼이 성사되지만, 결혼식 며칠 후 그녀는 장티푸스로 죽고 만다.

스완과 드샹브르는 죽음의 사회성을 드러내는 씁쓸한 우화다. 스완이 병색이 완연한 모습으로, 오리안을 위해 특별 주문한 사진 작품을 선물로 가져왔을 때, 게르망트 공작 부부는 파티에 가려고 집을 나서던 참이다. 이 부부는 방금 전에 친척 아주머니의 임종이 임박했다는 소식을 하인으로부터 전해 들었는데, 파티에 가고 싶은 마음이 예의범절을 이겨낼 정도로 커서, 그 전언을 받지 못한 것으로 치고, 외출 준비를 서둘렀다.

오리안은 금박으로 테를 두른 빨간 새틴 드레스를 입었

고, 공작은 아내의 사치스러운 모습이 뿌듯하다. 부부는 스완을 그의 선물과 함께 출입문 앞에서 응대한다. 그를 집 안으로 들여 이야기 나누는 사이 친척 아주머니가 돌아가셨다고 다시 기별이 오면, 꼼짝없이 파티 대신 장례식에 가야 하기 때문이다.

그래도 약간이나마 눈치가 있는 오리안은 자신들이 너무 냉담해 보일까 봐서, 연말쯤으로 예정하고 있는 베네치아 여행 이야기를 꺼낸다. 스완은 그 여행은 자기가 함께하기 어려울 것 같다고 공손히 답한다. 왜죠? 왜냐하면 그때쯤엔 제가 죽은 사람이 되어 있을 테니까요. 아니, 열 달 뒤의 일을 어떻게 알아요? 열 달보다 훨씬 전에 죽을 겁니다. 이번에도 공작 부부는 스완의 말을 못 들은 척한다.

그 와중에도 공작은 아내가 빨간 드레스에 검정색 구두를 신은 것이 못마땅하고, 마차로 10분 거리인 연회 장소에 어서 빨리 도착하고 싶을 따름이다. 공작은 스완의 검푸른 얼굴을 보면서, 그의 예정된 죽음보다 공작 자신에게 더 시급한 것들—아내의 구두 색깔과 자신의 허기와 식탐을 자제하느라 곤두선 신경—에 대한 불평을 늘어놓고는, 그사이 문밖으로 멀어져 가고 있는 스완에게 위로랍시고 외친다. "의사들의 악담에 주눅 들지 마시게나. 자네는 퐁뇌프 다리처럼 튼튼하니까! 자네가 우리 모두를 묻어줄 걸세!"(「게르망트 쪽」 2부)

누군가가 평생 속해 있던 사회가 그의 죽음에 대해 보여주는 이런 무정함은 잔인함일까. 사람들이 죽음을 두려워하는 이유는, 죽음이 우리가 사는 동안 소유하고 누려온 모든 것을 완전히 앗아가기 때문이다. 단지 육체만이 아니라, 돈이나 권력만이 아니라, 인간으로서 받아야 할 최소한의 존중과 예의까지도. 사람이 죽으면 그의 생애는 타인들의 가벼운 악의나 호의에 따라 완전히 다른 이야기로 각색될 것이다.

그렇다 해도, 아직 관에 못질이 끝난 것도 아닌데, 벌써부터 이렇게 존재가 무화되어 간다면, 서러울 것이다. 죽기가 너무 싫을 만큼 화날 것 같다. 하지만 스완은 그저 호탕하게 웃는다. 그들 부부에게는 자신의 죽음보다, 드레스 색깔에 맞춰 빨간 구두로 바꿔 신는 게 훨씬 중요하다는 것을 그는 이해한다. 그렇게 자신의 욕구에 충실할 수 있는 것이 살아 있는 자의 특권 아니겠는가.

드샹르브의 죽음도 같은 계열이지만, 그의 죽음을 접한 사람들의 반응은 더 비정하게 느껴진다. 1편 2부 「스완의 사랑」에서 그는 베르뒤랭 부인의 수요회 멤버로, 이름 없이 "젊은 피아니스트"로만 거론된다. 스완이 오데트를 재발견하던 순간, 뱅퇴유의 소나타를 연주한 이가 바로 그다.

그는 「소돔과 고모라」 2부 2장에서 불현듯, 죽은 뒤에야 비로소 '드샹브르'라는 이름을 얻는다. 라 라스플리에르 별장에 모인 수요회 신도들은 최근 간경화로 사망한 드샤브르 이야기를 화제에 올리고, 이것이 베르뒤랭 부인의 노여움을 산다. 그녀에게는 현재 자신의 살롱에 없는 사람은 존재하지 않는 사람이고, 죽은 자라면 더더욱 아예 존재한 적조차 없는 사람이기 때문에, 그가 한때 수요회의 일원이었을지라도, 그 자신의 죽음으로 오늘의 모임을 망쳐선 안 된다. 하지만 그녀는 또한 사람들에게 비정하다는 말을 듣고 싶지도 않기 때문에, 자신이 드샤브르의 죽음을 지나치게 슬퍼하다 병이 날 지경이어서, 가급적 그 생각을 안 하려고 애쓰고 있는 척하기로 한다.

귀족과 부르주아는 이렇게 서로 닮아 있다. 그들은 오직 삶에 대해서만 열렬한, 쾌락주의자들이다. 우리 산 자들이 축배의 잔을 들어 올릴 때, 기왕 죽은 자는 그대로 계속 침묵하라. 이런 태도는 왜 나빠 보일까. 애도할 줄 모르는 인간이 부도덕한 이유는 그가 우리의 미래 모습－언젠가 우리도 그처럼 웃고 즐기고 먹고 마시며 태연히 살아가리라는 사실－을 너무 성급히 예고해, 우리를 수치스럽게 만들기 때문이다.

어릴 때는 '나'도 그랬다. 레오니 이모가 죽으면서 그에게 꽤 많은 유산을 남겼지만, '나'는 단 한순간도 레오니 이모를 애도하지 않았다. '마르셀'은 마음대로 쓸 수 있게 된 돈이 생기자마자 한껏 신나서는 질베르트에게 줄 꽃을 사러 외출했다.

그가 후회와 자책 속에 심장이 쪼개지는 슬픔과 그리움이 무엇인지 깨닫는 것은 외할머니가 돌아가시고도 한참이나 지나서다. 외할머니의 임종 과정은 『시간』에서 죽음의 육체성을 드러내는 유일하게 구체적인 장면이다. 하지만 이때만 해도 '나'는 꽤나 덤덤한 관찰자로, 흔히 인간적이라 일컬어지는 감정의 동요 없이, "덧없는 생의 파노라마"를 묘사하는 서술자 역할에 충실했다.

훗날, 외할머니가 극심한 병의 고통 속에서도 신경이 예민한 손자가 불안해하지 않도록 엄청난 노력으로 통증을 숨겼다는 사실을 알게 되었을 때, '나'는 미칠 듯이 외할머니가 그립다. 죽음이 임박했음을 직감한 외할머니가 마지막으로 단정한 모습의 초상사진을 남기고 싶어 했을 때, '나'는 왜 그렇게 화장하고 모자 쓴 외할머니의 모습에 화를 냈던가. '마르셀'은 이기적인 자신에 치를 떤다.

알베르틴의 죽음은 그녀와 이별하지 못한 채로 헤어졌기 때문에 악몽이다. 그녀가 도망가 버렸기 때문에, 그럴 줄은 정말로 몰랐기 때문에, '마르셀'은 그녀를 놓아줄 수가 없다. 알베르틴의 죽음을 받아들이기 위해, 그는 진짜 알베르틴을 알아내려 한다. 그녀가 곁에 있는 동안은 한번도 하지 않았던—도저히 그럴 용기가 없었던—**직시**를 하려 한다. 그런데 그녀와 오랫동안 가까이 지냈던 앙드레는 알베르틴이 고모라의 여인이 전혀 아니라 한다. 그건 그저 "자매애"였을 뿐, 알베르틴이 그를 떠난 진짜 이유는 베르뒤랭 부인의 조카 옥타브[70]의 청혼을 받았기 때문이란다. 대체 '나'는 그녀에 대해 무엇을 알았던 걸까.

또렷한 **앎**은 질투를 사그라지게 한다. 질투가 사라진 자리에는 무관심이 자라난다. 우리는 서서히, 더이상 사랑하지 않는 사람들로부터 멀어진다. 그토록 애달게 하던 사랑도 언젠가는 기어이 **잊히리라**는 사실, 그것이 사랑으로 고통받는 사람에게 "미래가 약속하는 단 하나의 희망"이다. 그러니까 모든 사랑의 끝은 "절대적으로 평온한 무덤 속의 망각"과도 같은 **무심함**이다. "우리의 사랑이 약해지는 것은 그가 죽었기 때문이 아니라 우리 자신이 죽고 있기 때문이다."(「사라진 알베르틴」 2장)

* ——

사는 동안 내내 '마르셀'은 이런저런 여행들을 계획했지만, 그것을 실행에 옮긴 적이 없다. 발베크에서의 바캉스는

---

70 275쪽 "수면부족의 형이상학자"가 이 인물이다.

여행이 아니라, 여름의 생활양식이다. 진정한 여행은 부단한 움직임이고, 그런 의미에서 삶과 닮았다. 만일 삶이 여행이라면, 죽음은 귀향일 것이다. 그는 여행을 떠나지 못했으므로 귀향할 수도 없었다.

지연된 여행은 지연된 삶, 지연된 글쓰기의 은유다. "오래전에 글을 쓰기로 마음먹었지만, 그저 어제인 것만 같았다. 내게는 하루하루가 아직 오지 않은 날들로 여겨졌기 때문이다."(「갇힌 여인」 1부) '마르셀'은 입구에 놓인 의자에 앉아—자기 앞의 문이 죽음이라고 생각하면서—기다리는 존재였다.

알베르틴이 곁에 있는 동안에 '마르셀'은 자주, 베네치아 여행을 상상하면서 그녀와 이별하기로 결심했다. '한 사람'을 향한 집요한 사랑을 멈추고 홀가분하게 떠날 수 있는 사람이 되고 싶었다. 그러나 그는 스스로의 의지로는 여행을 실현하지 못한다. 그 사람이 사라지고, 그의 죽음이 먼 곳으로부터 **소식**으로 도착한 뒤에야, 비로소 '나'는 어머니와 함께 베네치아로 떠날 수 있게 된다.

이 여행은 '마르셀'의 일생 동안의 사랑 서사들을 함축적으로 요약한다. '나'는 베네치아의 광장에서, 골목에서, 도제궁과 성당과 미술관에서, 열렬했던 지난 사랑들과 겹쳐지는 잔상을 본다. '나'는 끊을 수 없는 욕망과, 그 욕망의 좌절로 인한 우울증 사이에서 오도 가도 못한 채 갇혀 살았고, **불만족**했으므로 꾸준히 불행했다. 그리고 내 맞은편에는, 사랑으로 병든 아들에게 햇살 같은 미소를 보내는 어머니가 있다.

아들에게 희망을 품었던 과거 콩브레 시절에 어머니는 '나'에게 엄했고, 그래서 잠자리에 든 그에게 한 번 더 키스해 주러 오지 않으셨다. 어머니는 '나'에 대한 기대를 아주 놓아 버릴 수는 없었으므로, 당신의 바람이 실현되지 못하리라는 것이 자명해진 이후에도 여전히, '나'에 대한 사랑을 표현하지 않으셨다. 하지만 이제 차갑기를 단념한 어머니는 "불치병에 걸렸으며 더는 회복의 가망이 없으리라는 선고를 받은 환자에게 원하는 음식을 뭐든 다 내주듯이, 무한한 애정을 아낌없이 드러내신다." 다정한 어머니의 얼굴을 감싼 흰머리에 '나'는 죄스럽다.

시간이 직선의 틀에서 벗어나 자유롭게 연장되고 확장되는 베네치아는 지나온 시간들 속의 **유죄**가 인정되는 장소다. '나'는 자신이 어머니에 대해 평생 배덕자였음을 인정하고, 또한 알베르틴이 '나'에 대해 배덕자였다는 사실을 받아들인다. 딸의 악덕 때문에 은둔자처럼 살다 간 뱅퇴유 씨의 죽음이 '마르셀'에게 유난히 기억에 남은 이유는, 그 자신이 뱅퇴유 양처럼 **불효자**기 때문이다.

파리로 돌아가기로 한 날, 모자간에는 작은 충돌이 일어난다. 출발하는 기차 시각에 맞춰 여행 가방들을 먼저 역으로 보내놓고, 호텔에서 체크아웃을 하던 '마르셀'은 투숙객 예약 명단에서 어떤 이름[71]을 보고는, 갑자기 새로운 사랑의 욕망이 샘솟아 체류를 연장하려 한다. 그러나 어머니는 '나'의 욕망을 외면하는 것이 최선이라는 듯, 대꾸조차 없이, 예정된 시각에 열차를 타려고 가버리신다.

'나'를 복종시키려는 부모의 이런 **억압**에 대하여 "오래된 반항심이 되살아나는 것을 느낀 '나'는 다시 한번 투쟁 의지를" 불태운다. 그는 혼자라도 베네치아에 남겠다고 선언한다. 하지만 '나'를 위로해 주고 '나' 때문에 가슴 아파하는 어머니가 부재하는 베네치아에서, '마르셀'은 전적으로 **홀로**임을 느낀다.

운하가 내려다보이는 호텔 테라스에 앉아 그가 자기 내면과 싸우는 매분 매초, 기차의 출발 시각은 돌이킬 수 없는 멸망처럼 착착 다가온다. 황금빛 저녁놀 속으로 퍼져가는 곤돌라 사공의 「오 솔레미오」가 그의 가슴을 서럽게 옥죈다. 가장 마지막 순간에, 돌연 힘이 솟고, 그는 "다리가 목에 감기도록" 전력 질주해 늦지 않게 기차를 탄다. 어머니는 눈물을 삼

71 "퓌트비스 남작 부인 일행"으로, '나'는 남작 부인의 시녀에게 관심이 있다. '나'는 발베크에서부터 그 시녀를 눈여겨보았는데, 그녀가 성적으로 문란하고 사창가를 드나든다는 소문이 있기 때문이다.

키며 감격하시고, 모든 것이 제자리로 돌아간다.

이 장면은 성소수자인 프루스트가 부모, 주로 어머니에 대해 느끼는 깊고 오랜 죄책감이 상징적으로 반영되어 있다. 소설 속에서 베네치아 여행이 이루어지는 시점에 '마르셀'은 이미 삼십대 후반의 나이이다. 그렇지만 욕망과 절제 사이에서 아무리 번민해도 차마 어머니를 저버릴 수는 없는 착한 아들 '마르셀'은 여전히 열일곱 살 소년처럼 보인다.

실제로 프루스트는 스물아홉 살이던 1900년 4월과 10월에 베네치아를 여행했는데, 첫 번째는 어머니와 함께였고 두 번째는 친구와 함께였다. 베네치아에서 그는 비교적 자유롭게 **길티플레저**를 충족시켰을 것으로 추측된다. 이 장면이 담긴 「사라진 알베르틴」 3장의 초기 원고에는 '마르셀'이 혼자 베네치아에 남아 방탕한 젊음을 즐기는 줄거리도 있었다. 그렇지만 프루스트는 결국 '마르셀'을 어머니에게 돌려보냄으로써, 쾌락을 단념하는 대신 오랜 꿈인 문학으로의 복귀를 예고한다.

「되찾은 시간」에서 '마르셀'은 게르망트 대공 부인의 연회에 조금 늦게 도착한다. 홀에서는 이미 연주회가 시작되어, 그는 입장을 저지당한다. 집사는 '마르셀'을 그 옆의 작은 응접실로 안내한다. 한 곡이 끝날 때까지, 서가로 둘러싸인 응접실 의자에 앉아, 문이 열리기를 기다릴 때, 금은보화가 가득 들어 있는 동굴의 거대한 돌문을 여는 주문, **“열려라 참깨!”의 순간**이 ‘나’에게로 온다.

책꽂이에서 이런저런 책들을 무심히 꺼내 펼쳐보다가, 예전에 어머니가 침대에서 읽어주셨던 『프랑수아 르샹피』를 발견한 ‘나’는 포기했던 글쓰기의 의지가 되살아나는 것을 느낀다. “전부를 잃어버린 듯한 바로 그때에, 우리를 구조해 줄 계시가 도착한다. 이제껏 모든 문을 두드렸으나 아무 문도 열리지 않았건만, 어쩌면 우리가 찾으려고 100년 동안을 헛되이 노력해야 했을지 모를 바로 그 유일한 문에 엉겁결에 부딪치고, 그러자 문이 열린다.”

여태 그 앞에서 기다려온 문이 죽음이 아니라 삶으로 들어가는 입구였음을, ‘나’는 너무 늦지 않게 깨닫는다.

—눈으로 반짝이는 밤

느낌과 알아차림

게르망트 대공 부인의 오후 연회는 『시간』의 모든 도식들 가운데 가장 그로테스크하다. 그것은 오로지 이 서사를 결산하기 위해 마련된 커튼콜의 시간으로, 이때까지 살아남은 주요 등장인물이 총망라된다. 이들은 장구한 세월의 드라마를 함께해 준 독자 여러분께 작별인사를 드리러 마지막으로 무대 위에 올라온 **늙은 배우들**이다.

그러니까 이 연회의 흥미로운 점은, 지금껏 나이를 계산할 수 없을 만큼 나이 들어가지 않던 인물들이 돌연 급속도로 노화한 것이다. 여기서 '마르셀'의 서술은 의도적으로 혼란스럽게 되어 있는데, 이날의 파티가 **가면무도회**라서 모두가 노인 분장을 하거나 마스크를 쓴 것처럼 읽히기도 한다. 하지만 이런 '늙음'이 드레스코드라면, 그것은 이제 완연히 늙은 마녀처럼 보이는 베르뒤랭 부인, 아니 게르망트 대공 부인의 악취미가 아닐까.

백발, 탄력 없이 비대한 몸, 자글자글한 주름, 쉰 목소리, 관절염으로 절룩거리는 다리, 흘러내리는 눈꺼풀, 척추협착,

뇌졸중 후유증으로 보이는 어눌함까지, 인물들은 노년기 질병 백과사전의 삽화들 같다. 중년임에도 여전히 젊음을 간직한 '마르셀'과, 매일 방부제를 주사 맞는 듯 팽팽해서 나이와 도저히 매치되지 않는 오데트를 제외하면, 서로가 서로를 못 알아볼 지경이다. '마르셀'은 질베르트도 알아보지 못하고, 그녀가 오데트인 줄 안다.

생루 양은 게르망트 대공 부인의 연회에 참석한 유일한 젊은이다. 그녀는 지난했던 종족투쟁의 끝, 유대민족과 켈트족과 프랑크족이 하나로 융해된 대화합의 상징이다. 콩브레 산사나무 그늘 아래의 오데트와 파리의 질베르트, 우정 어린 스완과 샤를뤼스, 그리고 반짝이는 생루까지 그 모두의 얼굴을 닮은, "나의 잃어버린 시간들의 집약"인 생루 양은 또한 장차 도래할 미래를 보게 될 유일한 인간이리라.[72]

피어나는 싱그러운 청춘과 죽음을 목전에 둔 노인들의 마지막 무도회. 이 대비가, '나'의 마음을 재촉한다. "생각의 실현을 거듭해서 미루고 밤마다 잃어버린 날을 무효로 하면서, 달력에 따라 일상의 하루하루를 더하며" 지내온 '나'는 자신이 "줄곧 '시간' 속을 살아왔음"을 깨닫고 통탄한다.

---

72 이 소녀가 "열여섯 살쯤" 되어 보인다는 서술에 따르면, 이 연회는 정말로 아직 오지 않은 시간의 사건이다. 1차 세계대전 발발 직전에 아기였던 생루의 딸이 16세라면, 현재는 아무리 못해도 1926년인데, 프루스트는 1922년에 죽었으니 말이다.

* ——

『시간』의 대명사가 된 마들렌 과자는 '나'의 세계가 **느낌**에서 **알아차림**으로, 감수성에서 인식으로 전환되는 일생일대의 사건을 촉발한다. 마들렌 과자는 유명하지만, 우리는 그 환기가 일어나도록 추억의 씨앗을 뿌린 인물이 레오니 이모라는 점을 생각해 봐야 한다. 그토록 중요한 기억이 어째서 1편이 끝나기도 전에 고인이 된—'나'는 그 죽음을 애도하지도 않았던—존재감 희미한 레오니 이모로부터 왔을까.

남편이 죽은 뒤로 단 한 번도 집 밖을 나가지 않은 레오니는 '갇힌 여인'이다. 그녀는 언제나 방 안에서, 거의 늘 침대 위에서, 끊임없이 불안에 시달리며, 지독하게 외로운 일생을 살았다. 수인(囚人)인 그녀가 세상을 경험하는 방식은 **구경하기**와 **이야기 지어내기**다. 2층 자기 방 창문을 통해 거리를 내다보며 남들 일에 참견하고 예측하고 안절부절못하다 제풀에 지쳐 앓아눕는 것이다. 레오니는 혼자고, 누구와도 마음을 나누는 것이 불가능해진 사람이다.

슬픔이라는 무인도에 유배되었던 레오니 이모는 죽으면서, 장차 상실한 인간으로 살아갈 조카 '마르셀'에게 자신의 유산을 물려줌으로써 그의 후원자가 된다. 죽음의 공포에 시달리느라 삶을 지연하는 사람, 언젠가 메제글리즈(스완네 집) 쪽으로 산책 가고 싶다는 꿈을 끝내 이루지 못하는 사람, 그녀가 바로 소년 '마르셀'에게 마들렌 과자를 주었던 것이다.

사십대의 '마르셀'이 경험하는 **환기**는 여러 감각기억들의 긴 연쇄고리다. 게르망트 대공 부인의 응접실에서 발견한 책—어머니의 목소리로 낭독되어 '나'에게 문학의 신비를 가르쳐준 『프랑수아 르샹피』로부터, '나'의 어머니와 동일시되는 주인공 마들렌 블랑셰가 환기되고, 마들렌이라는 이름은 다시 레오니 이모의 보리수차와 마들렌 과자를, 또 어머니가 홍차에 적셔 주던 마들렌 과자를 떠오르게 한다. 그리고 이때, 레오니 이모가 약초 냄새 풍기는 자기 방에서 보여주었던 요술 종이꽃의 **펼침**이 환기되는 것이다.

문학적 순간의 회복은 마들렌 과자의 맛 자체가 아니라, 그 감각기억을 '나'에게 남겨준 레오니 이모와 함께했던 놀이의 추억에 있다. 그것은 19세기에 일본을 통해 유럽에 소개된 오리가미(折り紙, 종이접기) 놀이 가운데 하나로, 팝업아트(pop-up art)의 원시적 형태다. 근사한 팝업아트는 겹친 종이들이 시간차를 두고 세워지도록 구조를 설계하는 과정이 중요하고, 닫힌 상태에서는 그 최종 형태를 예측할 수 없어서 경이로운 매력을 지닌다.

체계적으로 접혀 있는 종이 뭉치를 물그릇에 넣으면 서서히 물이 스미며 종이가 팽창하는 순서대로 꽃잎을 피우는 오리가미는 아이들에게 신기한 마법처럼 보일 것이다. 종이꽃 펼치기는 고독한 은둔자 레오니가 방구석에서 어린 조카와 놀아줄 수 있는 몇 안 되는 놀이였다. '마르셀'은 그녀가 스스럼없이 다정할 수 있는 단 한 사람이었다.

종이꽃은 문학이라는 '요술 초롱'의 또다른 은유다. 그 속에는 한 인생 전체가 잠재태로 깃들어 있다. "내 찻잔 속에서 솟아나는" 것은 펼쳐지는 꽃잎처럼, 튀어오르는 용수철처럼, **피어나는 '나'의 이야기들**이다. 오리가미는 '꿈'을 소생시키는 사물이고, 궁극적으로는 이 소설 자체다. 소설의 시작은 이렇게 소설의 끝과 맞닿아, 머나먼 미래의 어느 날에 "새로운 시작"으로 '나'를 이끈다. 우리 자신은 각자 어둠 속에 스러져 가겠지만, 저마다의 이야기들은 문학이라는 종이꽃을 통해 부단히 피어나리라.

* ——

프랑스 혁명기에 가톨릭 왕정주의 정치가로 파란 많은 생애를 살았던 프랑수아 샤토브리앙(François Auguste-René de Châteaubriand, 1768~1848)은 아메리카의 원시림을 배경으로 젊은 남녀의 열정적 병적 비극적 사랑을 그린 중편소설 「아탈라」와 「르네」로 프랑스 낭만주의의 선구자가 되었다. 그는 말년에 자서전『무덤 너머로부터의 회상(Mémoires d'outre-tombe)』을 집필하다 그만두었다.

어느 날 그는 저녁 산책을 나갔다 "자작나무 우듬지에서 노래하는 개똥지빠귀 소리"를 듣게 되고, 그것이 "개똥지빠귀의 휘파람소리가 그토록 자주 들리던 어릴 적 생말로의 콩부르(Combourg)성 인근 숲"을 되살아나게 하면서, 3년 반 동안 중단했던 자서전을 이어 쓸 수 있었다. 샤토브리앙이 자서전을 끝내는 데는 제1제정의 멸망보다 새소리가 더 결정적으로 기여했다.

프루스트에게 마들렌의 맛은 샤토브리앙에게 개똥지빠귀의 노랫소리 같은 것이다. 글쓰기는 원대한 사상, 거친 투쟁, 절박한 욕망의 힘에 의해서가 아니라, 우연적이고 사소한 한순간으로부터 시작된다. 프루스트의 문학적 선배였던 샤토브리앙, 보들레르, 네르발에게도 저마다의 '마들렌의 순간'이 있었다. 그들은 모두 예술적 **섬광(閃光)**의 중요성을 이해한 작가들이다.

알아차림은 평범한 때에, 아주 가까운 곳에서, 불현듯 이루어진다. 하지만 날것 그대로의 광선으로는 문학이 되지 못한다. 빛은 시간을 가로질러 날아가면서, 분해되고 연장되고 확장되어야 한다. 기억은 인식의 빛을 형형한 색채로 분광하는 프리즘이다. 현재 속에 과거와 미래가 만나는 드넓은 장을 마련하는 것이다.

그로부터 진정한 책들이 태어난다. 그것은 "밝은 대낮과 한담의 아이들이 아닌, 어둠과 침묵의 아이들이다. 그리고 예술은 삶을 정확히 재구성하기에, 우리 내면이 깨달은 진리들의 주변에는 언제나 시적 분위기가 감돌고, 우리가 관통해 내야 했던, 오직 **미광**으로만 남아 떠도는 감미로운 신비는, 하나의 지표(indication)로서, 고도계에 의해 측정된 것처럼, 한 작품의 깊이를 드러낼 것이다."(「되찾은 시간」)

— 남빛 저녁

이 위대한 예술의 시간에

『시간』은 우리 삶의 서사를 이루는 전 요소들―시간 공간 인물 사건 감각 기억 감정 사고―의 유동성을 실체험하게 한다. 『시간』을 읽을 때 독자는 만화경 밖에서 그 안을 들여다보는 구경꾼이 아니라, 만화경 속으로 뛰어든 모험가처럼, 수많은 문들로 이루어진 움직이는 통로 같은 비유클리드적 공간을 정신없이 헤매다 나오는 마술적 체험을 하게 된다. 일사불란함과는 거리가 먼 『시간』의 서술방식은 인생을 모사하지 않고, 인생 자체를 현상(現像)한다.

삶은 순간들로만 지각되며, 그 낱낱의 점들이 모여 이뤄내는 큰 그림은 결코 가까이에서는 파악되지 않는다. 인상주의가 점묘법으로 실제에 더 가까운 풍경을 묘사했듯이, 프루스트는 『시간』의 연대기적 서사를 예술적 의도에 따라 의식적으로 재배치함으로써 **순간들의 연대기**로 바꿔놓았다. 그것은 "소설적 불안정성을 감내하는 대신에 시적 진실을" 드러낸다. 프루스트의 천재성은 『시간』을 읽는 동안 누구라도 감탄하다 질리고 마는 고아한 문체로써 드러나는 것이 아니라, 책을 덮고 나도 여전히 영롱하게 떠다니는 문장들의 함의를 뒤늦게 깨닫는 순간에 비로소 강렬하게 인식된다.

인생은 늘 미지의 혼란 가운데 나아가므로, 우리는 아주 먼 시선, 시간성을 벗은 아득한 눈으로만 우리 삶을 관조할 수 있다. 그리하여 『시간』 읽기는 우리가 우리 자신의 신이 되어보는 것이다. 죽음과 영원 사이에 갇혀 사는 인간이 **기억**을 통해 윤회하는 것이다. 『시간』의 서술자가 죽음에 대해 나타내는 것은 냉담이 아니라, 그 너머에서 도래한 초월적 시선이다.

> 전부를 바꾸기에도 참으로 짧은 세월이면 족하다!
> 어찌 그리 빨리 잊느냐, 평온한 이마의 자연아!
> 네 변신들로써 어찌 이리 끊어놓느냐,
> 우리들 마음을 맺어주는 이 **신비한 실들**을!
> (……)
> 그래! 잊어라 우리를, 집아 마당아 나무그늘아!
> 잡초야 우리 문을 덮어라! 가시덤불아 우리 발자국을 감춰라!
> 노래해라, 새들아! 흘러라 개울아! 울창해라 나뭇잎들아!
> 너희들은 나를 잊어도 나는 너희를 잊지 못하리.
> (……)
> 그리고 그 밤, 별빛 하나 없는 칠흑 속에서,

영혼은, 모든 것이 스러진 듯한 어둠 속으로 물러나 느낀다,
아직 무엇인가가 베일 아래서 두근거리고 있음을……
그것은 그늘 아래 잠자는 너구나, 오 성스러운 기억이여!

—빅토르 위고, 「올랭피오의 슬픔」 중에서

게르망트 대공 부인의 가면무도회는 '나'의 지난 생애가 사교계를 떠돌면서 문학과의 직면을 회피한 허송세월이었음을 명징하게 요약한다. 연회의 참석자들은 염량세태, 격세지감, 인생무상 그리고 무엇보다 쾌락의 한갓됨을 일깨운다. 이때 '나'는 찬란했던 옛 사랑을 회고하는 빅토르 위고의 시 「올랭피오의 슬픔」 속에 언급된 "신비한 실들"에 대해 자기만의 해석을 제시하는데, 이 구절은 프루스트의 소설작법을 이해할 의미심장한 단서가 된다.

"물론, 단지 우리 마음만이 문제라면, 삶이 끊어버리는 신비한 실들에 대해 시인이 한 말이 옳을 것이다. 하지만 삶은 모든 존재들 사이로, 사건들 사이로, 실들을 부단히 자아내고, 그 실들을 엇갈려 여러 겹으로 직조해 냄으로써, 우리 과거의 가장 사소한 한때와 나머지 전체 사이에 그토록 풍요로운 추억의 조직망을 형성하고, 우리에게는 그저 그 연결들에 대한 선택이 주어질 뿐이라는 것이 좀더 진실에 가깝다."

프루스트 자신이 아니고는 이 괴팍한 문장의 의미를 누

구도 확신할 수 없겠지만, 내게는 이렇게 이해된다. 낭만주의자 위고에게 사랑의 추억은 죽음을 넘어선다. 그는 시간의 파괴력에 맞서는, 굳은 다짐으로서의 사랑을 노래한다. 대단히 분석적이고 관찰력 좋은 현상학자 프루스트는 우리의 추억이 서로의 마음을 이어주는 '신비한 실'이라는 점에는 동의한다. 그러나 하나의 추억이란 낱개로 뚝 떨어져 있지 않고, 우리는 살아가는 동안 계속해서 추억의 실들을 자아내, 지난 실들 위로 엮는다. 무수한 기억의 씨줄과 날줄이 이룩하는, **형성 중인 그물망** 위에서 우리가 할 수 있는 일은 다만, 새로 뽑은 추억의 실을 우리가 지금까지 펼쳐내 온 기억의 피륙의 어떤 매듭에 엮을지, 그것을 선택할 수 있을 뿐이다.

『시간』은 바로 이 원리에 입각해 쓰인 소설이다. 이야기의 시작점은 탄생 이후 임의의 순간이다. 소설의 서술자('나')는 이야기의 재료가 될 실들을 자신('마르셀')의 삶으로부터 뽑아내고, 그('마르셀')는 자신('나')이 짜고 있는 이야기그물-삶 위를 부지런히 오가며, 새로운 추억의 실들을 겹겹이 쌓아올린다. 그러니까 '나-마르셀'은 이야기를 자아내면서(살면서) 또한 이야기그물을 엮는(쓰는) 존재라서, 언제나 얼마간은 자신에 대하여 초연한 관찰자인, 메타서술자가 되는 것이다.

『시간』 속에서 '나'는 4단계에 걸쳐 완전변태(holometabolous)하는 나비와 같은 삶을 산다. 1~2편의 '나'는 십대고 세상 밖으로 나오기 전의 아늑한 알 단계에 머문다. 3편은 이 십대가 된 '마르셀'이 사교계라는 요지경 세상에 들어가 이리저리 탐험하는 애벌레 단계를 보여준다. 4~6편은 이십대 후반부터 삼십대까지로, 이 시기 '마르셀'은 사교계 깊숙이 침잠해 그 세계에 완전히 용해되는 번데기 과정을 겪는다. 그리고 7편에서 중년의 '나'는 마침내 사교계라는 묵은 고치를 떨치고, 작가의 세계로 날아오른다.

이렇게 보면 『시간』이 구조적으로 얼마나 견고한 통일성을 갖췄는지가 인식되면서, 놀라움을 넘어 신묘함을 느끼게 된다. 기승전결로 치닫는 전략적 서사와는 거리가 멀고, 끝없이 본류를 벗어나는 산만한 서술방식 때문에 줄거리 없는 소설이라는 오명까지 쓰고 있건만, 낱낱의 조각들을 다 맞춰놓고 보면 이렇게나 체계적이고 조직적일 수가 없다. 그것은 모든 모서리와 굴곡까지 꼼꼼하게 붙인 타일들이 깊은 푸른빛을 뿜어내는 페르시아의 신성한 사원처럼 도식적(schematic)이다.

이는 곧, 이 방대한 분량의 이야기가 그의 마음속에 맨 처음부터 분명히 자리 잡고 있었다는 뜻이고, 프루스트가 자신이 계획한 그대로의 소설을 기어코 완결해 냈다는 뜻이다. 많은 세부들의 변경은 당연하고 또 필요한 일이었을 테지만, 자신의 구상을 14년 동안 흔들림 없이 밀고나간 힘은 어느 대가와 비교해도 뒤지지 않는다. 마르셀은 게으르고 유약하고 변덕스러운 사나이였지만, 작품에 관한 한 어마어마하게 고집센, 집념의 창조자였다.

『시간』의 마지막 무도회가 끝나고 혼자 집에 돌아온 그 그는 마침내, "오랫동안, 나는 일찍 잠자리에 들어왔다."로 시작되는 소설 '잃어버린 시간을 찾아서'를 쓰기 시작할 것이다. "작품을 완성하기에 충분한 힘과 시간이 나에게 남아 있는지" 알지 못하므로, 그는 서두를 것이다. 아무도 더이상 글쓰기를 재촉하지 않게 된 뒤에야 그는, 평생을 그렇게 써왔다는 듯이, 어제 쓰다 만 부분을 이어 쓰듯이, 예사롭게 시작할 것이다.

지금껏 그가 읽은 수많은 책들은 시간 속에서 형성되어 가는 이야기들을 바라보는 신비 체험이었다. 그리고 드디어 자신의 글을 쓰게 된 그는 "대성당을 축조하는 건축가"처럼, "옷을 짓는 재단사"처럼, "레이스를 짜는 여인"처럼, 수천수만 장의 종잇조각들과 씨름한다. 이야기는 그렇게 물질적 행위로써 이룩된다.

* ——

개성과 개인성을 발명한 현대 예술은 훌륭한 패스티시가

어떻게 독창성을 획득해 왔는지를 잊어버렸다. 현대성은 '전적으로 새로운' 것에 집착했는데, 이는 아이러니하게도 예술의 창조적 힘을 빠르게 고갈시켰다.

로마제국기의 대다수 유적이 고대 그리스 황금기(기원전 5세기)의 모작이고, 르네상스의 최고 걸작들이 로마 유산의 모작이다. 고전주의와 신고전주의는 애초에 그리스 로마의 복원을 추구했으며, 그 반동으로 나타난 바로크와 낭만주의는, 고전기의 빛에 젖어 나태해진 '아류'로서의 후기 르네상스 양식, 일명 매너리즘의 이상화(理想化)된 탐미주의를 '급진적으로' 계승한 결과였다. 반면 근대의 예술지상주의, 인상주의, 표현주의는 근본 없는 이단아, 뿌리 없는 스타일로써 본질에 도달하고자 했다. 그것은 왜소한 인간으로 위대함에 이르고자 한, 지극히 현대적인 야망이었다.

『시간』의 서사는 프루스트라는 한 작가가 고안해 낸 기발하고 참신한 이야기가 아니다. 프루스트의 목표는 그보다 원대했다. 「되찾은 시간」에서 프루스트가 문학에 대해 드러내는 무한한 애정은 그가 승부를 겨루고자 한 상대가 누구인지를 명확히 한다. 그것은 동시대의 이름난 작가들이 아니고, 한 세기도 온전히 경험하지 못하는 협소한 자기 자신도 아니었다. 문학사의 대가들과 동류의식을 느꼈던 프루스트는 선대의 문학 유산을 끌어들여 체화하려는 모방의 열정으로써 일개인의 스타일을 뛰어넘는다. 그는 가장 진부한 서사 모형들의 조합으로써 새로운 세기의 양식(mode)을 이룩하려 한 대담한 도전자였다.

이것이 진정한 예술 정신이다. 프루스트는 과거를 부정하지도 답습하지도 않았으며, 인간을 회의하면서도 절망하지는 않았다. 모든 걸작 예술에는 『시간』의 서술자의 육체와 마음과 영혼을 이룬 것과 동일한 유전형질이 들어 있다. 『시간』은 그 표현형(phenotype)들 가운데 하나일 뿐이다. "그리하여 지평선으로 보이는 것은 신비로운 장엄함을 띠며, 세계의 마지막 챕터가 닫히는 듯 보인다. 하지만 우리는 계속 나아가고, 머지않아, 다음 세대에게는 우리 자신이 그 지평선에 있게 되므로, 지평선은 그렇게 부단히 물러나면서 세계는 끝난 듯 보이는 곳에서 다시 시작된다."(「되찾은 시간」)

— 입춘, 오후 5시 27분

죽음과 삶 사이에서
할 수 있는 것은 사랑뿐

프랑스어 새티스팩시옹(satisfaction)에서 유래한 영단어 새티스팩션(satisfaction)이 **만족**의 의미로 쓰이기 시작한 것은 14세기 후반부터다. 원래 그것은 종교 개념이었는데, 예수가 인간을 대신해 속죄(대속, satisfáctĭo, 사티스팍티오)하심으로 구원(redémptĭo, 레뎀프티오)받은 인간이, 고해성사를 통해 죄를 씻고 신의 뜻에 따라 살기로 한 약속을 성실히 이행할 때 얻는, 보상을 가리켰다. 그것은 변제보증(satisfáctĭo)받은 자가 값을 치르고 풀려나는(redémptĭo) 것이었고, 이로써 세속의 새티스파이(satisfy)가 기대를 채우다, 만족시키다의 뜻을 갖게 되었다. 15세기까지도 프랑스어에서 새티스팩시옹은 법률용어였다.

프랑스어에는 만족을 뜻하는 다른 단어로, 라틴어 소피오(sópĭo)에서 유래한 아수비르(assouvir)도 있다. 소피오는 진정시키다, 잠들게 하다라는 본래의 의미가 활용되면서 욕구를 잠재운다는 뜻을 갖게 되었지만, 맥락에 따라서는 마비시키다 또는 죽음에 이르게 하다의 의미가 되기도 한다.

독일어로 만족은 추프리덴하이트(Zufriedenheit)인데, 이 단어는 평화와 관련이 있으며, 더 거슬러 올라가면 기쁨 그리고 자유와 어원을 공유한다.[73] 하지만 평화를 뜻하는 옛 독일어[74] 프리텐(frīten/vrīten)과 뜰(hof, 호프)의 합성어인 프리드호프(Friedhof)는 평화로운 뜰이 아니라, 울타리로 둘러싸인(frieden, 동사) 정원, 즉 교회의 중정(中庭)을 일컫는 말이었다. 물론 닫힌 공간은 안전하므로 평화로울 것이지만, 프리드호프가 무덤을 뜻하게 된 것은, 묘지와 교회가 늘 서로 가장 가까웠기 때문이다.

중세까지 문법의 일부였던 어원학은 오늘날 흥미롭고 쓸모없는 현학 취미처럼 보인다. 하지만 거기에도 어떤 깨달음, 철학에 가까운 명상의 재료가 들어 있다. 어원학은 언어가 모든 시대에 걸쳐 보편적 인간의 마음을 참으로 솔직하게 반영해 왔음을 알려준다. 평화 자유 기쁨으로 구성된 '만족'에는 언제나 얼마간 잠과 죽음의 이미지가 드리워지고, 어쩌면 이것은, 인간의 욕망이 죽음으로써 잠재워질 뿐, 결코 흡족히

73 Frieden(프리덴, 평화), Freude(프로이데, 기쁨), Freiheit(프라이하이트, 자유)는 모두 인도유럽조어(祖語, Proto-Indo-European)로 기쁘게 하다, 사랑하다 등의 뜻을 갖는 프리히오스(priHyós/priHós)에서 파생되었다.

74 Althochdeutsch. 고대고지(高地)독일어. 가장 오래된 초기 형태 게르만어로, 알프스산맥과 가까운 독일 중부, 주로 작센 이남에서 쓰인 방언이다.

충족되지 않으리라는 진실을 드러내는지 모른다. 살아 있는 인간은 필연적으로 매일 매 순간 어떤 갈급함을 느끼고, 짧게는 며칠 길게는 몇 년, 아마도 평생토록, 이루어지기를 바라고 기대하는 욕망들과 불화하며 살아간다.

불만족은 불행이고 속박이며 번민의 원흉이다. 그리하여 산 자들에게는 두 가지 길이 허락된다. 하나는, 기도하는 자로 살면서 죄를 고백하고 스스로를 정화한다면, 만족시키고자 하는 욕망으로부터 자유로워져 평화에 이를 것이다. 사랑하는 자에게 만족은 바로 그 사랑에서 자유로워짐으로써 소유를 향한 갈망이 불러오는 환란에서 벗어날 수 있다.

* ——

『쾌락과 나날(Les Plaisirs et les Jours)』은 1896년, 프루스트가 25세 때 출판한 첫 책이다. 열 편의 단편소설, 짧은 시편들과 산문들이 수록된 이 작은 책의 제작과 출판에는 프루스트의 당시까지 인맥이 총동원되었다.

『시간』에서 베르고트로 형상화된 아나톨 프랑스(Anatole France, 1844~1924)가 서문을 썼는데, 당대에 이미 거물 작가이자 평론가였던 그가 자신의 책을 발행한 출판사 칼만-레비(Calmann-Lévy)에 프루스트를 소개하고 출판을 주선해 주었다. 수십 컷의 수채 삽화는 베르뒤랭 부인의 모델이면서 비슈[75]의 모델이기도 한 화가 마들렌 르메르(Madeleine Lemaire, 1845~1928)가 그렸다. 그리고 「스완네 집 쪽으로」의 젊은 뱅퇴유를 연상케 하는 레날도 안의 피아노소나타 악보 4점이 함께 수록되었다. 마르셀과 레날도는 1894년 르메르의 살롱에서 처음 만났고, 둘은 이 시기에 가장 각별했다.

프루스트는 열다섯 살이던 1886년 3월 21일, 시사일간지 《시간(Le Temps)》 일요일 자에 실린 아나톨 프랑스의 칼럼을 읽고 그에게 홀딱 반했다. 프랑스의 문장들을 줄줄 욀 정도로 열혈 팬을 자처한 마르셀은 1889년, 바칼로레아를 끝낸 직후에, 아르망 부인[76]의 문학 살롱에서 그녀의 정부였던 프랑스와 실제로 만나게 되었다.

박학하고 세련되며 위트 넘치는 프랑스와 장시간 대화하면서 프루스트는 깊이 감명받는다. 옛 대가들의 작품을 읽으며 시인을 꿈꿔온 마르셀에게 드디어 현실의 롤모델이 생긴

75 엘스티르가 되기 전, 1편 「스완네 집 쪽으로」의 속물적인 화가 비슈를 말한다. 엘스티르의 모델로는 에두아르 마네(Edouard Manet, 1832~1883), 클로드 모네(Oscar-Claude Monet, 1840~1926), 그리고 미국 출신으로 파리에서 활동한 제임스 휘슬러(James Abbott McNeill Whistler, 1834~1903) 등 인상주의 회화 대가들이 꼽힌다.

76 아르망 드 카야베(Arman de Caillavet, 1844~1910). 유대계 독일인 금융가의 딸이다. 프루스트는 아르망 부인의 아들 가스통 아르망(354쪽 참조)의 친구로서 그녀의 살롱에 초대되었다.

것이다. 마르셀은 프랑스의 정치관 사회관 예술관을 따랐다. 드레퓌스 사건에 대한 마르셀의 관점도, 상징주의와 아방가르드 미학에 대한 비판의식도 모두 프랑스의 영향 아래 형성되었다. 그러면서도 프루스트는 고전주의로 회귀하거나 사실주의적 참여문학으로 나아가지는 않았다. 그는 "소설을 파괴하지 않으면서" 정의를 향한 투쟁과 역사를 서사에 녹여 넣을 방법을 모색했고, 소위 인간적이라 일컬어지는 자연스러운 비극이 아니라 "예술적으로 발명된" 감각적이고도 병적인 열기를 묘사하고자 했다. 프루스트가 추구한 예술은 새롭고 생소했는데, 바로 이 점을 프랑스는 높이 샀다.

아나톨 프랑스가 『쾌락과 나날』 서문에 쓴 대로, 젊지만 노인처럼 쇠잔하고, 광대한 교양을 갖췄으되 경험이랄 것이 거의 없는 프루스트는 퇴폐적이고도 순진한 마음으로 "노을의 처절한 찬란함"을 묘사한다. "이 어린 궁수가 당기는 활시위는 놀랄 만큼 확신에 차 있다." 마르셀은 분명 재능이 있었다.

호화 장정 300부를 포함해 초판 1500부를 찍은, 과히 장식적인 『쾌락과 나날』은 권당 13프랑 50상팀(현재 화폐가치로 약 7만 5,000원)으로 꽤 비쌌는데, 22년간 329부가 팔렸다. 그것도 대부분은 프루스트가 지인들에게 선물하기 위해 샀다. 기원전 8세기 그리스 서사시인 헤시오도스의 『노동과 나날(Erga kai Hēmerai)』을 전복적으로 패러디한 야심찬 제목에도 불구하고, 대중과 평단은 『쾌락과 나날』에 완전히 무관심했다. 프루스트는 자신감을 잃었다.

* ——

『쾌락과 나날』의 맨 마지막에 실린 「질투의 끝(La Fin de la jalousie)」은 『시간』 서사를 예고하는 원형(原型)이라 할 수 있다. 삼인칭으로 쓰인 이 단편의 주인공은 (발자크와 이름이 같은) 오노레 드 탕브르(Honoré de Tenvres)와 남편을 사별한 손(Seaune) 부인 프랑수아즈다.

사교계 명사인 두 사람은 지난 1년간 공공연한 **우정**과 은밀한 **애정**을 나눠왔다. 그들은 서로에게 다시없을 연인이지만, 설령 살아서는 아니라도 죽음이 기어이 둘을 갈라놓을 것이다. 어떤 인간도 영원히 사랑할 수는 없다는 사실을 떠올리는 것만으로도 오노레는 불행하다. 사랑의 끝을 상상하면서 그는 매일 다짐한다. 언젠가 내 마음이 식을지라도 그녀가 그걸 알아차리지도 못하게 계속해서 사랑하리라.

손 부인과 함께 만찬 연회에 참석했던 오노레는 식민지 베트남에 체류하다 막 귀국한 한 신사의 귀갓길을 동행하게 되는데, 그가 문득 이런 말을 한다. 그녀와 즐겼다는 자가 말하길, 손 부인은 아주 쉬운 여자라던데. 그것은 진위를 확인할 길 없는 **전언**에 불과했지만, 그럼에도 오노레의 가슴은 산산조각 부서진다. **어떻게 그녀는 지금 여기 내 곁이 아닌 곳에서 즐거울 수 있단 말인가**.

의심하는 자는 질투로 불타오른다. 그녀를 **아프게 만들고** 싶어서 그동안에 자신이 저지른 불충들을 고백하고, 그녀가 자기는 단 한 번도 그를 배신한 적 없다고 단호히 말할 때, 그것을 흔쾌히 믿지 못해서, 그녀가 거짓말한다는 **의구심**을 떨칠 수가 없으므로, 고통은 사그라지지 않는다.

한 사람을 소유하고자 하는 집념은 **병**이 된다. 오노레는 온종일 프랑수아즈 곁에 딱 달라붙어서, 그녀의 시공간을 독점함으로써, 질투하는 영혼이 깃들 빈자리를 물리적으로 제거한다. 의지로써 불만족을 억누르고, 서서히 병에서 회복하려는 찰나, 예기치 못한 사고가 일어난다. 달리는 말[馬]에 부딪혀 깔리면서 오노레의 두 다리가 으스러지고 만다.

병석에 누운 오노레는 죽을 듯이 질투한다. “내가 죽은 뒤에 그녀는 또 누구를 사랑할까?” 쾌락을 느끼는 육체에 대한 시샘을 잠재우려고, 편안히 죽기 위해, 그는 프랑수아즈와 **결혼할 생각**까지 한다. 그러나 진짜 죽음이 다가오자 오노레는 깨닫는다. 지금껏 온 세계의 무게로 그를 짓누르던 것이 다름 아닌 자신의 사랑이었다는 사실, 그리고 곧, 죽음으로써 그 막대한 무게에서 풀려나리라는 것을.

지독한 갈망이 멈춘 순간, 오노레의 가슴속에 "자신과 같은 영혼을 지닌 세상 모든 사람을 향한 무한대의, **욕망 없는 애정**"이 솟구친다. 인간 존재 전체에게 두루 사랑을 느끼는 그에게 프랑수아즈는 그저 늙은 하인과 신부와 똑같은, 한 인간일 뿐이므로, 그녀에게**만** 내줄 사랑은 이제 없다. 오노레는 **사랑으로부터 해방된 자**로, 질투의 끝에서, 지극한 만족 속에, 평화로이 죽는다.

* ——

첫 소설집의 참패에도 불구하고, 프루스트는 13년간 꾸준히 문장들을 쓰고, 쌓아두었다. 그러다 불현듯, 그것들을 다시 하나의 작품으로 엮어내는 일에 돌입했을 때, 그는 자신에게 넘치도록 있는 '신비한 실들'을 새로운 눈으로 보고, 거듭 고쳐 써야 했다. 그것은 쾌락과는 거리가 먼, 끝나지 않을 노동이었고, 아득한 위대함을 향해 갔다.

「질투의 끝」에서 『시간』에 이르는 동안 그는 과연 달라졌다. 문장은 점점 길어졌고, 어휘는 보다 풍요로워졌으며, 문장부호는 여름의 풀들처럼 무성해졌다.[77] 독보적인 빈도로 나

77 『쾌락과 나날』에서 한 문장을 이루는 단어 수는 평균 33개인 데 비해, 『시간』에서는 43개로 늘어난다. 또한 『시간』 초판본에는 쉼표 9만

타나는 문장부호들은 특히 『시간』의 악명 높은 복문을 만들어냈다. 그토록 훌륭한 언어감각을 가진, 시인에 가까웠던 프루스트는 담백하면서도 깊이 있는 단문을 도저히 쓸 수 없었던 것일까. 깨우친 선승의 화두는 단 한 구절이면 족하건만, 그는 왜 이리 구차하게 문장들에 연연했을까.

간결한 문장이 좋은 문장이라는 것은 하나의 견해일 뿐이다. 그것은 대개 참된 의사소통을 목적으로 하지 않으며, 다만 자신의 의미를 포고(布告)한다. 화자의 의도와 청자의 이해는 서로 대조되지도 수정되지도 않는다. 따라서 이해는 늘 저마다의 이해들일 뿐이다. 프루스트는 이런 무심한 현대성에 반대했다.

인간의 언어는 근사하지만, 그것으로써 인간들이 상호 완전한 이해에 도달하기는 대단히 어렵다. 근대과학이 자연어로 사유하기를 포기한 것은, 자연어가 너무도 부정확하고 많은 오차를 상시적으로 만들어내기 때문이다. 극소수의 철

9106개, 쉼표에 준하는 세미콜론 3652개, 마침표에 가깝지만 마침표는 아닌 콜론이 3725개, 그리고 문장 내 삽입구를 위한 줄표와 괄호 5366개가 쓰였다. 이런 걸 세는 인간은 얼마나 할 일 없는 미친 자일까. 정치학 박사 도미니크 라베(Dominique Labbé)와 그의 아들로 그르노블 대학교 컴퓨터공학과 교수인 시릴 라베(Cyril Labbé)다. 이들은 19~20세기 문학 텍스트들에 나타난 어휘와 문장구조를 분류하는 통계 알고리즘을 개발해, 언어의 사용 방식과 사회의식 간 상관관계를 '과학적으로' 분석했다.

학적 인간을 제외한 누구나 대강 생각하고, 적당히 말하고, 얼추 알아듣는다. 문자로건 구두로건 다른 어떤 기호로건, 인간의 대화는 불가피하게 불완전한 채로 끝난다. 커뮤니케이션에서 사랑이 특별한 이유는, 사랑할 때 우리가 일시적이나마 언어의 불가능성을 극복하고, 서로 완벽히 밀착되었다고 느끼기 때문이다. 그 일체감은 황홀하지만, 지속되지 않는다.

감각으로서의 사랑에서 해방된 프루스트는 그 많던 사랑을 언어에 쏟아부었다. 언어로써 사랑을 쓰고자 했으며, 그것도 최고의 정밀함으로 쓰고자 했다. 무언가를 느끼고, 느낀 것을 깨닫고, 깨달은 그것을 가장 알맞은 단어로, 최적화된 구조 속에 배치하는 일이 프루스트에게는 무엇보다 중요했다. 그 결과, 『시간』은 예술의 전당에 기려져, '손대지 마시오!' 팻말이 붙은 문학이 되었다. 프루스트는 독자와 진정한 의사소통을 시도했는데, 그처럼 유능하게 언어를 사용하고 이해할 능력이 없는 우리들 독자는 너무나도 다정다감하고 끈질긴 그의 **말 걸기**에 질색하며 도망친다.

「질투의 끝」은 프루스트가 이십대에 이미 자신이 무엇을 쓰고자 하는지 알고 있었음을 명확히 한다. 인간이 인간에게 숭배를 바치는 것, 그로부터 많은 황홀한 것들과 많은 가공할 것들이 생겨난다. 인간이 스스로 생각하는 것보다 더 뛰어나고 더 어리석다는 진실만큼 문학적으로 흥미로운 것이 없다. 모든 끝은 시작이고, 죽음이 있기에 삶이 값져진다. 인생의 문체는 모순어법이고, 문학은 끝내, 대기처럼 널리 퍼져 우리를 숨 쉬게 하는, 인간성을 초월한 인간애에 다다르려 한다.

「질투의 끝」과 『시간』은 근본적으로 같은 이야기를 담고 있지만, 결코 그 무게를 견줄 수는 없다. 심오한 진리를 깨닫는 것은 찰나일지라도, 그에 이르기까지 걸린 시간의 길이 차는 우리 내면에 작용하는 힘의 크기 차로 치환된다. 14년에 걸쳐 쓰인 글은 머리가 아니라 우리 가슴에 새겨지고, 어쩌면 그것으로 습관의 괴력에 맞설 수도 있다.

언제든지 기꺼이 욕망에 굴복한 프루스트의 가벼움에는 웅장하거나 고매한 덕이라고는 하나도 없다. 그럼에도 이 허약한 존재가 어떤 비인간적인 집념으로 자신의 문학을 끝까지 밀고나갈 때, 그 헌신은 전율스럽다. 프루스트의 힘은 지각 아래서 도도히 흐르는 마그마와 같다. 그것은 화산으로 폭발하지 않고, 대류하면서 대륙을 옮기고, 지구의 온도를 유지한다.

＊ ——

『시간』을 막 읽기 시작했을 때 나는 마흔아홉을 지나고 있었다. 그런데 지금은 프루스트가 죽은 나이인 51세보다 더

늙었다. 그래서 생각했다. 혹시 내가 여든 살을 먹고도 살아 있다면, 팔십의 나에게 30년 전 오십대의 나는 얼마나 어리고, 얼마나 기운차고, 얼마나 모르는 게 많아 보일까. 그러자 지금의 내가 아주 만만하고, 이 삶의 무게라는 것도 참 대수롭지 않게 느껴졌다.

선천적 회색분자인 나는 피아(彼我)가 선명한 세계를 믿지 않는다. 진리와 거짓, 아군과 적군, 있음과 없음, 정의와 불의 같은 것들 말이다. 그래서 내가 문학을 택한 것 같다. 프루스트는 내가 알고 있는 작가들 가운데 누구보다도 문학을 믿었다. 프루스트와 나 사이에 닮은 부분이라곤 하나도 없지만, 문학에 대한 굳은 믿음이라는 공통분모 덕분에 나는 미약하게나마 프루스트를 이해할 수 있었다.

인생은 멀리서 보면 수많은 길들이 숨겨져 있는 아득히 너른 벌판 같지만, 매 순간만을 살 수 있는 우리의 시야에는 지척의 외길밖에 들어오지 않는다. 그러나 삶이 정말로 선(線)형일지라도, 인간에게는 다면체를 상상하는 능력이 있고, 인간의 의식은 물질계를 벗어나 여러 시간대를 넘나들 수 있다.

『시간』 속 시간은 단선율의 라이트모티프(Leitmotiv, 주제 악구)를 다성부의 화음이 겹겹이 감싸며 전개되는 푸가 변주곡처럼 흐른다. 그것은 하나의 시공간에 여러 우주들을 펼쳐 보인다. 이 독창적인 프루스트식 시간여행이 물리적으로는 불가능하다 해도, 우리 의식은 꿈으로 추억으로 상상으로 그러한 여행을 떠나고 돌아오기를 무수히 되풀이하며 산다.

『시간』은 우리네 한평생을 닮았다. 다른 어떤 문학에는 없는, 『시간』만의 고유한 '독서할 가치'가 있다면 아마 이것—일생을 전체로 겪어보는 일—이 아닌가 싶다. 데드라인을 앞둔 우리 존재들에게 『시간』은 삶 쪽으로 한 걸음 내딛는 법을 보여준다. 우리는 매일 목숨 바쳐 읽고, 목숨 바쳐 잠들고, 목숨 바쳐 살아가고 있다. 하여, 죽음과 삶 사이에서 인간이 전심전력하는 모든 것에 하나의 이름만을 붙일 수 있다면, 아마도 사랑이 가장 적절하리라.

— 산수유 꽃핀 아침, 7시

책은 질문을 던지고, 독자의 응답을 기다릴 뿐이다. 당신이 바로 책의 친구고, 책의 거울이고, 책의 메아리다. 책과 당신은 그런 관계다.

맺음말

나의 프루스트 읽기 연습

어떤 순간이 자기 인생의 행로를 바꿔놓는 때를 사람들은 얼마나 알아차릴 수 있을까. 젊고 어린 시절에는 자신이 나아갈 길을 스스로 정할 수 있고 정해야 한다고 생각한다. 살아보고 싶은 삶을 구상하고 전부는 아닐지라도 얼마쯤 이뤄내는 것, 그렇게 살려고 애써 보기라도 하는 것. 삶의 의미는 힘겹지만 유의미한 그 과정 속에 있다고 배우고 가르쳐진다. 이상과 실제 모습을 일치시키려는 노력의 경주. 어른들 말로는 그런 게 꿈이고 자아실현이었다.

나는 내가 썩 잘해 내고 있지 못하다는 것을 눈치챘지만, 그래도 지금껏 내가 지나온 경로는 과거의 내가 내린 결정들의 축적인 줄 알았다. 그런데 오늘 아침 잠에서 깨어나려는 순간에 퍼뜩, 그게 아니었다는 생각이 들었다. 내 삶의 향방은 1989년이나 1997년, 아니면 2006년에 나도 모르게 정해졌는데, 그때마다 내가 무언가를 선택하고 있다고 착각했을 따름이다. 나는 너무 늦게 운명론자가 되었고, 삶이 나에게 보여주려던 많은 장면을 그냥 지나쳤다.

이 생각의 타격이 너무 커서 몸을 일으키려다 도로 누워 버렸다. 읏차 하고 힘을 내 똑같은 새 하루를 맞을 의욕이 물에 닿은 성냥불처럼 푸시시 사그라졌다.

불가항력 섭리 숙명 같은 단어에 반발심을 품었던 나는 세계가 발산하는 불분명한 신호들을 꽤 능숙하게 무시해 왔다. 매혹되거나 휩쓸리거나 뒤돌아 달아났던 순간들은 비밀에 부쳐졌다. 이제 그걸 들춰낼 사람은 아무도 없다. 왜냐하면 그건 나 자신에게 가장 완강한 비밀이었으니까. 더는 기억해 주는 사람이 없을 때, 비밀은 소멸한다.

그런 줄 알았다. 그런데 오늘 여기에 이런 식으로 도착해 있다니. 결국 피하지 못했으므로 이것은 필연인가? 삶의 궤도가 바뀌던 순간들을 일찌감치 알아보았더라면 그에 순응하여 더 성실히, 더 많은 결실을 맺으며 살았을까? 아니, 아무리 생각해 봐도 나는 뻑뻑한 눈에다 안경을 덮어쓰고 빈속에 커피를 들이부으며 필연과 비밀에 관한 글을 쓰고 있는 내 모습을 상상한 적은 정말이지 단 한 번도 없다.

* ——

직관적으로 끌리지 않는 대상을 어떻게든 이해해 보려고 전력을 다할 일이 살면서 자주 있는 것은 아니다. 그렇지만 우연한 계기로 무관심했던 대상을 다시 보고, 재발견하게 될 때, 취향에 대한 확신 또한 만들어진 자아상의 일부가 아닌지 의심하게 된다. 의식은 탄성력이 큰 스프링 같아서 자신의 편견으로부터 가장 자유롭지 못하다.

『시간』을 읽는 동안, 이해 못 할 문장들을 붙들고 끙끙거릴 때마다 자문하지 않을 수 없었다. 나는 왜 이 적성에 안 맞는 걸 읽겠다고 자처했을까. 의식한 적은 없지만, 가만 보면 나에게는 문학에 대한 의협심 같은 것이 있는 듯하다. 사람들에게 오해받거나 놀림거리가 되는 문학—가령, 세르반테스나 카프카, 보들레르 같은 작가들—을 옹호하려는 마음이 있다.

다독가들 사이에서 『시간』은 신포도 같은 책이다. 안 읽었다고 순순히 인정하기는 내키지 않지만, 읽었다고 섣불리 말했다간 봉변을 당할 것만 같다. 그것은 삼키기도 뱉기도 곤란하므로 애꿎게 비난당한다. 그래서 다짐하게 됐다. 언젠가는 내 눈으로 『시간』을 완독해 보리라. 그러고도 별로면 생전 펼쳐본 적도 없는 척해야지. 그러다 몇 해 전, 『시간』을 읽기에 알맞은 환경이 갖춰졌다. 고정된 일자리가 없어졌으니 실직한 거나 마찬가지고, 요양으로 말하자면, 없던 병이 읽다가 생기기도 한다. 나는 참 아무것도 모르고 덤벼들었다.

『시간』을 읽는 것은, 거대 자석 주위에 흩뿌려진 철가루들 중 한낱 부스러기인 내가, 프루스트라는 거인의 힘의 장력

안에서 발버둥친 시간이었다. 타는 갈증으로 물을 찾아 내 작은 곡괭이로 힘겹게 두드리고 파내기를 거듭한 끝에 도달한 지하 수원지는 은빛 호수를 품은, 울림 깊은 동굴이었다. 어둡고 아늑하고 구슬픈, 황금빛 그로테스크에 눈이 휘둥그레져, 너무 오래 그 속에 잠겨 있었다. 이 보배로운 동굴에 현혹된 어리석은 독자를 위해 프루스트는 일찍이 훌륭한 일침을 예비해 두었다.

프루스트가 존경한 문인 가운데는 영국의 예술사가이자 비평가였던 존 러스킨(John Ruskin, 1819~1900)도 있다. 프루스트가 『시간』을 쓰기 전에 완성해 출판에까지 이른 세 작품 가운데, 소설집 『쾌락과 나날』 외에 2종은 번역서였고, 둘 다 러스킨의 책이다.

러스킨이 1884년 출판한 『아미앵의 성서』[78]는 문화유산 답사기 형식으로 기독교 건축 예술 역사를 개괄한, 일종의 미학 개론서다. 『시간』에는 프루스트가 러스킨의 미학에 크게 자극받고, 탐구하고, 넘어선 전 과정이 잘 드러나 있다. 프루스트는 어머니와 함께 이 책을 번역했으며, 1904년에 프랑스

---

78 이 책의 원제는 『우리 아버지께서 말씀하시길; 1부. 아미앵의 성서(Our Fathers have Told Us; Part I. The Bible of Amiens)』인데, 후속편 없이 1부로 끝난다.

어판이 출간되었다. 이어서 1906년에 프루스트는, 러스킨이 1860년대에 했던 두 차례 대중강연을 묶은 조그만 책 『참깨와 백합(Sesame and Lilies)』(1865)을 번역 출판했는데, 여기에는 「독서에 관하여(Sur la lecture)」라는 제목의 제법 긴 역자 서문이 붙어 있다.

『참깨와 백합』에서 러스킨은 우리 정신을 살찌우는 양서의 가치를 드높이고, "책을 제대로 읽는 법"을 가르친다. 러스킨은 독자에게, 책을 통해 위대한 스승들의 사상을 이해하고 그들과 같은 가슴을 가지려고 혼신의 노력을 기울이라 명한다. 러스킨은 지혜의 보고인 고전에 최상의 가치를 부여한다. 프루스트는 책과 독서에 바치는 이러한 물신숭배를 비판한다.

한결같이 솔직한 프루스트는 러스킨이 독서의 가치를 과장하고 있으며, 책의 미덕이란 곧 책의 한계이기도 하다는 진실을 말한다. 독서가 "고상한 오락 중 하나"인 것은 틀림없지만, 아무리 위대한 걸작이라도 모든 인간을 고양시키지 못하고, 어떤 시시한 잡지나 팸플릿이 불현듯 누군가에게 진리의 문을 열어줄 수도 있다. 깨달음은 독자가 자기 내면에서 건져 올리는 것이지, 책의 탁월함으로써 가르쳐지는 것이 아니다. "책의 지혜가 끝나는 곳에서 독자의 지혜가 시작된다."

누구보다도 많은 책을 평생 읽었던 독자 프루스트는 말

한다. 책은 질문을 던지고, 독자의 응답을 기다릴 뿐이라고. 독자인 당신이 책의 물음에 답할 때, 비로소 그 책은 당신에게 존재하는 책이 된다. 고전이 좋은 친구일 수 있다면, 그것이 당신의 이해타산과 무관한, 죽은 사람들의 글이기 때문이다. 책과 당신은 서로 대화해야 하지만, 당신의 지성과 감성을 발전시키는 것은 다른 누가 아닌 당신 자신이다. 당신이 바로 책의 친구고, 책의 거울이고, 책의 메아리다. 책과 당신은 그런 관계다.

지금껏 수많은 연구자 비평가 작가가 『시간』의 독자가 되어, 각자 저마다의 답을 내놓았다. 그들의 통찰은 일면의 진실을 밝혀 주지만, 내가 읽은 『시간』과는 항상 어딘가 조금씩 어긋났다. 아마 그것이 나의 대답이자 질문일 것이다. 그리고 또 누군가에게는 이런 내 말이 일면의 진실에 불과할 것이다.

프루스트는 우리들 독자가 부족한 이해력으로 제멋대로 떠들어댈 것을 벌써 알았다. 그래서 『시간』의 마지막 편까지 숱한 물음표를 달고 왔을 독자를 위해 써두었다. "모든 독자는, 읽는 동안에, 그 자신의 독자다. 작가의 글이란 다만, 아마도 독자 스스로는 알아보지 못할 무언가를 책을 통해 **식별할** 수 있도록 해주는, 일종의 광학기구 같은 것이다. 작가는 독자에게 어느 쪽이 더 잘 보이는지, 이것인지 저것인지 아니면 또 다른 안경인지, 원하는 대로 얼마든지 써볼 수 있도록, 커다란 자유 속에 그들을 내버려두어야 한다."(「되찾은 시간」)

나는 『잃어버린 시간을 찾아서』를 완독했지만, 지금까지의 독서는 연습일 뿐이었다고 느낀다. 다음에 『시간』을 더 잘 읽기 위해서, 그다음에는 조금 더 깊이 또 새롭게 읽기 위해서, 나는 아직 프루스트 읽기를 연습 중이다.

* ——

착실하고 고분고분한 청소년이 아니었던 나는 나름대로 질풍노도의 사춘기를 겪었다. 그리고 그로써 갖게 된 나의 성격과 취향과 자아인식은 그야말로 판에 박힌, 그 시대에 유행한 아웃사이더의 자아상이었다. 나는 내 생각보다 훨씬 우유부단하고 감정적이고 관계 지향적이며 일관성 없는 민감한 내면을 가졌음에도, 정확히 그와 반대되는 인간이 되려고 애쓰며 살아왔다.

그런데 어쩌다가 프루스트라는 거대한 정신의 반사판에 내 모습을 비춰보게 되었고, 나라고 믿었던 많은 것들이 훌훌 떨어져나가는 것을 목격했다. 외유내강의 덕성스러운 인품을 갖출 자신이 없으므로, 단호박처럼 딱딱해지기나 하자고 이런저런 껍데기들을 주워다 붙이고 어기적거리며 왔는데, 위장물들을 다 떼어내고 보니 이런…… 오미자일 줄이야.

원치 않은 자아성찰을 거듭하느라, 전반적으로 글이 뻣뻣해졌다. 이렇게 장황한 글은 쓰고 싶지 않았다. 대가처럼, 아이처럼, 짧고 쉬운, 일격 같은 글을 쓰고 싶었다. 그런데 읽고 쓸수록 프루스트식 복문이 맘에 들어 나도 모르게 흉내 내게 되었다. 그것이 말하고자 하는 바를 진실하게 전하려는 지극한 진지함이라는 것을 받아들이게 됐기 때문이다. 그리고 나도 내 책으로 누군가에게 열렬히 말 걸고 싶어졌다.

사실 평소의 나는 이것보다는 명랑한 편인데, 프루스트 앞에서 재주넘기를 하려니 자주 발이 꼬였다. 독자 여러분을 흡족히 웃겨드리지 못한 점, 못내 아쉽다. 이별의 말은 으레 다음을 기약하는 것이니, 우리도 그렇게 식상하게 헤어지기로 하자. 모두에게 다음이 있기를, 바라 마지않는다.

— 2024년 4월

이수은

참고문헌

프루스트의 저작들

『잃어버린 시간을 찾아서』, 김창석 옮김, 국일미디어, 1998
『잃어버린 시간을 찾아서』, 민희식 옮김, 동서문화사, 2010
『잃어버린 시절을 찾아서』, 이형식 옮김, 펭귄클래식코리아, 2015~2019
『잃어버린 시간을 찾아서』, 김희영 옮김, 민음사, 2012~2022
『참깨와 백합 그리고 독서에 관하여』, 유정화·이봉지 옮김, 민음사, 2018
『쾌락과 나날』, 최미경 옮김, 미행, 2019
『익명의 발신인』, 최미경 옮김, 미행, 2022
『질투의 끝』, 윤진 옮김, 민음사, 2022
A la recherche du temps perdu, Collection Folio, Gallimard, 1988~1992
In Search of Lost Time, trans. D. J. Enright; C. K. Scott Moncrieff; Terence Kilmartin; Andreas Mayor, Modern Library Classics, Penguin, 2003
Les Plaisirs et Les Jours, CALMAN LÉVY ÉDITEUR, 1896
The Lemoine Affair, trans. Charlotte Mandell, Melville House Publishing, 2008

그 밖에 참고한 책들

「구호 성자 쥘리앵의 전설」, 귀스타브 플로베르; 『순박한 마음』, 유호식 옮김, 민음사, 2017
「실비」, 제라르 드 네르발; 『불의 딸들』, 이준섭 옮김, 아르테, 2007; 『실비/오렐

리아』 제2판, 최애리 옮김, 문학과지성사, 2020
「에스더」, 장 라신; 『라신 희곡선』, 장성중 옮김, 이화여대출판부, 2008
「파이드라」, 장 라신; 『라신 희곡선』, 정병희 옮김, 이화여대출판부, 2008
「황금 눈의 여인」, 오노레 드 발자크; 『13인당 이야기』, 송기정 옮김, 문학동네, 2018
「히폴뤼토스」, 에우리피데스; 『메데이아』, 강대진 옮김, 민음사, 2022; 『에우리피데스 비극』, 천병희 옮김, 단국대학교출판부, 1999
「힙폴리투스」, 세네카; 『세네카 희곡선』, 최현 옮김, 범우사, 2001
『루이 14세와 베르사유 궁정』, 생시몽, 이영림 옮김, 나남출판, 2009
『모더니티의 수도, 파리』, 데이비드 하비, 김병화 옮김, 글항아리, 2019
『본성과 양육』, 매트 리들리, 김한영 옮김, 김영사, 2004
『사라진·샤베르 대령』, 오노레 드 발자크, 선영아 옮김, 민음사, 2023
『사생아 프랑수아』, 조르주 상드, 이재희 옮김, 지식을만드는지식, 2011
『세 위계: 봉건제의 상상 세계』, 조르주 뒤비, 성백용 옮김, 문학과지성사, 1997
『세라피타』, 오노레 드 발자크, 김중현 옮김, 달섬, 2020
『순수와 비순수』, 시도니 가브리엘 콜레트, 권예리 옮김, 1984Books, 2021
『아메리칸 프로메테우스』 특별판, 카이 버드·마틴 셔윈, 최형섭 옮김, 사이언스북스, 2023
『악의 꽃』 제2판, 샤를 피에르 보들레르, 윤영애 옮김, 문학과지성사, 2021(프랑스어 원전: *Les fleurs du mal*, 1857)
『유명한 철학자들의 생애와 사상』, 디오게네스 라에르티오스, 김주일·김인곤·김재홍·이정호 옮김, 나남출판, 2021
『율리시즈』, 제임스 조이스, 김종건 옮김, 범우사, 1988
『자연의 농담』, 마크 S. 블럼버그, 김아림 옮김, 알마, 2012
『자연의 패턴』, 이언 스튜어트, 김동광 옮김, 사이언스북스, 2005
『전체주의의 기원』, 한나 아렌트, 박미애·이진우 옮김, 한길사, 2006
『젠더 무법자』, 케이트 본스타인, 조은혜 옮김, 바다출판사, 2015
『젠더 허물기』, 주디스 버틀러, 조현준 옮김, 문학과지성사, 2015
『중세의 가을』, 요한 하위징아; 최홍숙 옮김, 문학과지성사, 1988; 이종인 옮김, 연암서가, 2012; 이희승맑시아 옮김, 동서문화사, 2016

『진화신경심리학』, Frederick L. Coolidge, 이성근·오미경 옮김, 하나의학사, 2021
『천일야화』, 앙투안 갈랑, 임호경 옮김, 열린책들, 2010
『텍스트의 즐거움』, 롤랑 바르트, 김희영 옮김, 동문선, 1997
『프루스트그래픽』, 니콜라 라고뉴, 정재곤 옮김, 민음사, 2022
『프루스트와 기호들』, 질 들뢰즈, 서동욱·이충민 옮김, 민음사, 2004(프랑스어 원전; *Proust et les signes*, Presses Universitaires de France, 1964)
『향연』, 플라톤, 강철웅 옮김, 아카넷, 2020
『해시시 클럽』, 샤를 보들레르 외, 조은섭 옮김, 지식의편집, 2020
American Prometheus : The Triumph and Tragedy of J. Robert Oppenheimer, Kai Bird, Martin Sherwin, Knopf, 2005
Insult and the Making of the Gay Self, Didier Eribon, trans. Michael Lucey, Duke University Press Books, 2004(프랑스어 원전; *Réflexions sur la question gay*, FLAMMARION, 1999)
Literary Geographies in Balzac and Proust, Melanie Conroy, Cambridge University Press, 2021
Marcel Proust: A Life, Jean-Yves Tadié, trans. Euan Cameron, Penguin Books, 2001(프랑스어 원전; *Marcel Proust: Biographie*, Gallimard, 1996)
Marcel Proust: Bloom's Modern Critical Views, Herold Bloom, Chelsea House Publishers, 1987
Narrative Discourse, Gérard Genette, trans. Jane E. Lewin, Cornell University Press, 1980(프랑스어 원전; *Figures III*, Le Seuil, 1970)
Proust's Lesbianism, Elisabeth Ladenson, Cornell University Press, 2007
Proust in Love, William C. Carter, Yale University Press, 2006
Proust: The Search: Jewish Lives, Benjamin Taylor, Yale University Press; Reprint edition, 2016
Selling Paris: Property and Commercial Culture in the Fin-de-siècle Capital, Alexia M. Yates, Harvard University Press, 2015
The Cambridge Companion to Proust, ed. Richard Bales, Cambridge University Press, 2001

The Franks, Edward James, Basil Blackwell, 1988
Tristesse d'Olympio, Victor-Marie Hugo, 1837; https://www.bonjourpoesie.fr/lesgrandsclassiques/Poemes/victor_hugo/tristesse_dolympio
Zum Bilde Prousts; Illuminationen, Walter Benjamin, Suhrkamp Verlag, 1961; *Illuminations: Essays and Reflections*, trans. Harry Zohn, Mariner Books, 2019

느낌과 알아차림
나의 프루스트 읽기 연습

1판 1쇄 찍음 2024년 4월 1일
1판 1쇄 펴냄 2024년 4월 8일

지은이 이수은
발행인 박근섭, 박상준
펴낸곳 ㈜민음사

출판등록 1966. 5. 19 (제16-490호)
서울특별시 강남구 도산대로1길 62(신사동) 강남출판문화센터 5층
대표전화 02-515-2000
팩시밀리 02-515-2007

ISBN 978-89-374-5644-2 03810

* 잘못 만들어진 책은 구입처에서 교환해 드립니다.